徳間文庫

強襲

所轄魂

笹本稜平

徳間書店

第一章

1

江東区大島《おおじま》三丁目の古びた賃貸アパートの前には、すでに大勢の警官が出動していた。葛木《かつらぎ》邦彦《くにひこ》はコートの襟《えり》を立て、背中を丸めてパトカーを降りた。

時刻は午後六時。師走の風が身に沁みる。たいがいの役所はきょうが仕事納めで、警察も事務系の一部の部署はあすから休みに入るが、刑事、生活安全、交通、地域といった現場業務はむしろこれからが書き入れどきだ。

犯罪者も年末年始は休業にする法律でもあればいいのだが、そもそも法律を守らないのが犯罪者だから、言ってもせんない愚痴でしかない。

面倒な事件はそういうときに決まって起きる。一時間ほど前。アパートの二階の一室に猟銃を持って男が立て籠もり、住人の女性を人質にしているという通報が警視庁に入った。

驚くことに通報してきたのは犯人自身だった。動機はまだ判明しない。

さっそく近隣をパトロールしていた機動捜査隊が現地に直行すると、犯人が窓を開け、手にした猟銃をこれ見よがしに示し、怯《おび》えた表情の女性の姿を見せた。

たまたま庭に出ていてその場を目撃した近隣住民の話では、男は女性の別れた夫だった。ここ最近、その部屋をたびたび訪れ、大声で言い合う声がしばしば外に洩《も》れていたという。女性がアパートへ越してきたのは去年の夏で、その住民が聞いた話だと、家庭内暴力を振るう夫から逃れてのことだと言っていたらしい。

その後、離婚調停が成立したものの、接近禁止の保護命令が切れたのが三ヵ月前で、女性はしばしば恐怖を訴えていたとのことだった。

当の女性にとっては深刻だが、そこまでの話はさほど珍しくもない。ところがほどなく困った事情が判明した。その男は、元警察官で、三年前まで警視庁刑事部捜査一課特殊犯捜査係——通称SITに所属していた。

SITは誘拐事件や立て籠もり事件を専門に扱う部署で、犯人説得や秘匿《ひとく》追尾などの捜査技術に加え、人質救出、犯人逮捕のための強行突入のノウハウももつ。

そのSIT自身もすでに現場に出動しているが、男のほうはその手の内を知り尽くしている。人質は一人で、古い木造アパートはドアや窓を破っての突入も容易だ。普通ならその道のプロのSITにとって容易い事件と言っていいが、今回ばかりはそうはいかない。

葛木はきょうは城東警察署管内の連続窃盗事件のナシ割り（盗品や遺留物から犯人を追及する捜査）で都心部の質屋を回っていて、本署からの連絡で急遽《きゅうきょ》呼び戻された。

役職は刑事・組織犯罪対策課の強行犯捜査係長だが、所轄では殺人や強盗のような派手な事件は滅多に起こらない代わりに、空き巣や車泥棒のような事件は頻発《ひんぱつ》する。担当部署だけでは手が足りないから、そちらのフォローに入ることは珍しくない。

要するに犯罪と名の付くものならなんでも手がける便利屋だが、所轄というのはどこも似たようなもので、殺人事件専業だったかつての職場の警視庁捜査一課殺人班とは対極の仕事と言っていい。

「ご苦労さん。なんとも困った事態だよ。ＳＩＴもうかつに手が出せない」

歩み寄ってきたのは刑事・組織犯罪対策課長の大原直隆《おおはらなおたか》だ。手渡された防弾チョッキを着込みながら、葛木は頷いた。

「膠着《こうちゃく》しそうですね。近隣の住民は？」

「アパートの住人や半径一〇〇メートルの範囲の住民には近くの公民館に避難してもらったよ。流れ弾でも当たったら大変だから」

「なにか要求は？」

「それがなにもないから困ってるんだよ。食べ物や煙草も要求しない。いまのところ興奮している様子はないが、警視庁を辞めた理由が問題でな」

「なんだったんです？」

「覚醒剤の常習だよ。そのときは初犯だったし、警察を辞職したことで社会的な制裁も受けたという理由で執行猶予がついた」

「犯人の名前は？」

「西村國夫《にしむらくにお》。歳は三十五。住所は埼玉県の川越市。現在は無職だ。うちのほうでわかっているのはそのくらいだな」

「やはりそうですか」

「知ってるのか」

「個人的な付き合いはなかったんですが、かつては同じ捜査一課ですから、いろいろ噂は耳に入りましたよ。覚醒剤の事件のときはもうこちらに異動していたので、知っているのはマスコミが報道した程度ですがね。その後はやっていないんですか」

「逮捕されたことはないようだが、だからといって、やっていないとは断言できない」

「たまたまいまやっていなくても、フラッシュバックというのがありますからね」

「ああ、やめて何年か経っても、体内に残っていた記憶が突然再燃して錯乱に陥るという話だな」

「やくざの自宅にガサ入れして一暴れされたようなケースでは、警察に踏み込まれたショックで起きたフラッシュバックが原因のことがよくあるそうです」

「おれも聞いたことがある。そのリスクも頭に入れておかないと、とんでもないことになるかもしれないな」

「SITはいまどこに?」

「西村を刺激しないように、うちの連中に混じって普通の警官や刑事のふりをしている」

「交渉役は?」

「本庁のお偉いさんが直々に当たってるよ。ただし警視庁でな」

「警視庁で? 現場に臨場もしないで?」

「そこが野郎の巧妙なところでね。ホットラインを用意させて、その番号以外の電話には応じないと言いやがる。担当管理官も一課長も全員が本庁に釘付けになっている」

「指揮官不在じゃ、現場も動きにくいでしょう」

「こういう場合は、犯人の反応を見ながらの微妙な状況判断が必要だからな。普通ならうちの署に本部を置くはずなんだが」

大原は苦い口ぶりだ。葛木はこれまで立て籠もり事件は経験したことがないが、状況の変化に遅滞なく反応し、指揮官と実働部隊が一体となって動くことがいかに重要かは容易に想像がつく。その指揮命令系統が本庁と現場に分断されていては、状況への即応に支障を来す。

「隊長はこっちにいるんでしょう」

「いるにはいるが、現場判断で勝手に動くわけにもいかないんだろう。こういう事件はただでさえ船頭が多くなる。理事官から課長から部長まで、偉いさんがこぞって口を挟んでくるから、現場は逆に萎縮《いしゅく》しちまう」

「我々はただ傍観するだけですか」

「犯人からの要求があれば、弁当や煙草を買いにコンビニに走るくらいはさせてくれるだろうがな」

言いながら大原は、犯人が立てこもるアパートの窓に目を向ける。

警官たちはアパートから一〇メートルほど距離を置き、防御用の楯やパトカーの背後に身を隠している。封止を徹底しているのだろう。普通の事件なら喧《やかま》しく響いているはずの警察無線のやりとりは聞こえない。

警察無線は現場の情報共有に真価を発揮するが、秘匿性の高い捜査では逆に使いにくい。いまはそれに代わって携帯電話という便利なものがある。

臨場しているSITの隊長と警視庁のあいだでは携帯によるやりとりが盛んにおこなわれているはずだが、その情報はこちらの耳には届かない。困惑を隠さず葛木は言った。

「用がなければ帰りますとは、我々も言えませんからね」

2

「そもそもどういう人間だったんだ、西村という男は」

大原が興味深げに訊いてくる。

長年所轄に籍は置いているものの、どう情報を仕入れるのか警視庁内の人の噂については地獄耳で、毎年春の人事では、競馬の予想屋並みにお偉方の異動を予想してみせる。

それが中《あた》らずといえども遠からずだから、毎年春先になると、人事の動向が気になる警務課長がご意見を拝聴に訪れることもある。

しかしさすがに西村クラスの現場の刑事となると、そうは噂が入らないのだろう。

そのうえ誘拐や企業恐喝事件も扱うＳＩＴの場合はほとんどが秘匿捜査となるため、所属する刑事も普段から表に顔を出さないように心がける。

誘拐事件で刑事だと見破られたら致命的だし、警視庁番の記者たちに動きを察知された場合も捜査に支障が出る。だから葛木が本庁に在職した当時も、彼らとの交流はほとんどなかった。

そもそも創設当初からＳＩＴという呼称が使われた理由が、マスコミなどにその存在を知られないようにという考えからだったらしい。

元々は「Sousa Ikka Tokusyuhan」の頭文字をとったなんの芸もない呼称だったが、現在は「Special Investigation Team」の英語名が与えられている。

ただ西村については、覚醒剤事件の二年前に別の噂を聞いている。

本庁組織犯罪対策部の薬物捜査班が、ある暴力団組員の自宅をガサ入れした際、短銃を所持しているとの事前情報があり、SITに応援要請があった。

覚醒剤の販売が男のシノギだったが、本人も常習しているとの情報もあり、錯乱して凶暴化する惧《おそ》れがあったので、その判断自体は妥当といえた。

捜査員が戸口から家宅捜索に応じるよう呼びかけたが、男はドアを開けようとしない。なかからは意味不明の怒声が聞こえてくるばかりで、やむなくSITは突入を決断した。

ドアを破り、最初に踏み込んだのは西村と彼の先輩に当たる同僚だった。西村は当時はまだ若く、SITへはその二年前に着任したばかりで、真面目で血気盛んな性格が逆に周囲の危惧するところでもあったらしい。

西村たちが飛び込んだリビングで、男はその場に立ちすくんでいた。同時に駆け込んだ同僚が男に歩み寄ったとき、援護に回っていた西村の目に、テーブルの上を後ろ手でまさぐる男の手が見えた。

角ばった黒っぽい金属光沢をもつものにその手が触れた。射撃姿勢で援護していた西村はパニックに襲われた。男が同僚に向き直った一瞬、西村は条件反射のように引き金を引いた。

狙ったのは肩のあたりだった。西村は射撃には自信があった。しかし相手は動いていた。銃弾はわずかに逸れた。男の首筋から激しく血が噴き出した。男は悲鳴を上げて手にしていたものを床に落とした。

それを見て西村は愕然《がくぜん》とした。短銃だと思ったのはなにかの動物を模した鋳物《いもの》の灰皿だった。男はそれで同僚に殴りかかろうとしたのだろうが、その程度の攻撃は格闘術の訓練を積み重ねているSIT隊員なら軽くかわせたはずだった。

とっさの判断でやむを得なかったとの言い訳が果たして通用するか。男は床に倒れてうめき声を上げる。周囲のフローリングが血の海に変わる。携帯型の警察無線で救急車の出動を要請する同僚の傍らで、西村はただ立ち尽くすだけだった。

男は病院への搬送中に出血多量で死亡した。西村が放った銃弾は、男の頸動脈《けいどうみゃく》を撃ち貫いていた。

常識的にみれば、特別公務員暴行陵虐《りょうぎゃく》致死罪に問われてもおかしくない状況だった。

しかしSITはその事実をひた隠しにした。

たかが覚醒剤の売人という感覚がなかったとは言えないだろう。それに対してSITは人命に関わる凶悪犯罪に対処するための貴重な秘密兵器だ。事実が明らかになればSITに対するマスコミや市民の目が厳しくなり、今後の活動に甚大な影響を被《こうむ》る。

上層部のそんな判断のもとに真実は隠蔽された。男の部屋からは銃は見つからず、所持していたとされた短銃は、じつは組対部の銃器捜査班が保管していた押収品だった――。

「洩れ伝わった話にすぎませんがね」

ため息交じりに葛木は言った。噂には尾ひれがつくもので、妙に詳細で生々しいその話にどこまで信憑性《しんぴょうせい》があるかはわからない。大原は頷いた。

「そのあとのことは知ってるよ。警視庁は正当防衛を主張して送検すらしなかった。検察もその措置に異論は挟まなかった。マスコミも警察発表の事実関係を報道しただけで、新聞の扱いは小さく、テレビでもローカルニュースで短く触れられただけだった」

「覚醒剤に溺《おぼ》れるようになったのは、たぶんそのあとでしょう。過失だったとはいえ、人を殺したという事実は、西村にとって人生の重すぎる荷物になったんじゃないですか」

葛木は刑事になって三十年余り。これまで人を撃つどころか、人に銃を向けたことすらない。日本に約二十六万人もいる警察官のほとんどがそうなのだ。

もし自分がそんな立場に立たされたら、どれほどの慚愧《ざんき》の念に苛《さいな》まれて残りの人生を生きることになったかと思う。まだ想像に過ぎないが、西村の行動の背後には、そんな事情があるのではないかと思えてくる。

「おれは初めて聞いたが、その話は本庁の上層部なら全員知っているんだろうな」

大原は腕組みをして一唸りする。葛木は頷いた。

「上の人間を本庁に釘付けにしている理由は、ひょっとするとそのあたりにあるのかもしれません」

「ターゲットは警視庁そのものだというわけか。しかしそれじゃ――」

「ええ。理屈に合いません。覚醒剤の常習についてはやむを得ないにしても、公務員暴行陵虐致死という重い罪に問われかねないところを救ってくれたのは警視庁ですからね。しかしそんなかたちで救われたことが、かえって魂の地獄になる――。ついそんな気がするんですよ」

「そういうこともあるかもしれんな。警視庁にすればとことん隠し通したい事実でも、本人の思いはまた別かもしれない」

「人が犯罪に走る動機というのは、常識では計れないところがありますからね」

「もしそうだとしたら、このヤマ、一筋縄では行かないかもしれんな」

「ええ。これだけ時間が経ってもＳＩＴが現場の主導権を握れない。担当管理官も臨場さえしない。果たして犯人が本庁に釘付けにしているせいなのか。むしろ別の理由で及び腰になっているという気がします」

「まだ具体的な要求はしていないと聞かされてるが、ひょっとしたら本庁のお偉方のところへは、とっくに要求をぶつけているとも考えられる」

「警視庁の威信を突き崩すくらいの、とんでもない要求なのかもしれません」

「だったらどうしてわざわざ立て籠もりなんかを？　本庁のお偉方を脅すためなら、わざわざそこまでしなくても、真相を暴露すれば目的は達せられるんじゃないのか」

「しかし古巣のＳＩＴを引きずり出すにはいちばんいい手じゃないですか。直接の標的はＳＩＴだとも考えられます」

「だったら人質の女性というのもじつはグルで、今度のことに一役買っているとも言えそうだな」

大原は猜疑《さいぎ》を滲《にじ》ませる。葛木は頷いた。

「危ないのは、本庁の皆さんがそんな手の内を読んでいる場合ですよ。人質を殺す気がないとみれば、一気に踏み込んで片をつけられますから」

大原は呻くように言った。

「西村を射殺するわけか。自分が所属する組織をそこまで勘ぐりたくはないが、人質の人命優先でという理屈をつければそれで一件落着だ」

「あくまで勝手な想像ですよ。課長同様、私だって自分が所属する組織を、犯罪者の集まりだとは思いたくありませんから」

3

そうは言いながらも、葛木の心は穏やかではない。本庁の思惑がどうであれ、ここは城東署の縄張りだ。

本庁捜査一課から所轄へ異動したのは、自ら望んでのことだった。周囲からは好きこのんで都落ちする変わり者と見られたが、自分にとっては人生の価値観を変えてくれた新天地だった。

捜査一課殺人班という押しも押されもせぬ花形部署で、仕事一途に生きてきた。くも膜下出血で妻が急逝したとき、仕事にかまけてその最期を看とれなかった。

妻を失って初めてわかったのは、ひたすら家庭をなおざりにし、一人息子の教育にも関心を持たず、ただ殺人捜査にのめり込んできた自分の半生が、すべて亡き妻によって支えられていたことだった。

事件が起きれば糸の切れた凧のように家に帰ることもない。事件の谷間の待機番のときも、書類仕事にかこつけて家族サービスの一つもしなかった。

そんな自分のファンなのだと、妻は日頃から息子に言っていたらしい。捜査一課殺人班の敏腕刑事――葛木邦彦のファンなのだと。そんな夫を持てたことが自分のいちばんの自慢なのだと――。

空気や水の有り難さはなくなってみないとわからない。妻がいなくなってから、葛木は大地から引き抜かれた植物のように、ひたすら魂が細り干からびていく自分を感じた。

上司の勧めで一ヵ月の休暇をとった。気分はそれでも晴れなかった。辞表を書いては破り捨てた。刑事という職業に愛想が尽きたのなら、すっぱり辞めればいいものを、それはそれでまた踏ん切りがつかない。

入庁直後の交番勤務の時期を除けば、刑事以外の仕事はしたことがない。愛着というより未練に過ぎないとはわかっていた。そのとき苦肉の策で思いついたのが所轄への異動だった。

願いはすぐに受理されて、城東署刑事・組織犯罪対策課に配属された。

所轄の仕事は想像以上に多忙だった。殺人班時代の感覚では雑事にしか見えない小さな事件が次々起こり、捜査の現場を駆け回りながら事件処理の書類仕事にも追い回される。それでも少しずつ気持ちは明るくなった。

そこでは市民とのあいだに、相手の体温を感じられるような適度な距離があった。殺人班時代の葛木にとって、市民は被疑者か参考人かそれ以外の人々に分類される存在でしかなかった。

生身の人間が殺し殺される――。そんな事件に立ち会いながら、いや、だからこそ普通に生きる市民の感覚を自分は失っていた――。気づかされたのはそのことだった。そしてそんな新たな環境が、妻の死のあとずっと絶たれていた魂の養分を供給してくれた。

本庁時代は同僚同士がライバル意識の塊だった。所轄にはそんな刺々しい雰囲気はない。本庁のエリートたちはここを掃き溜めのような場所とみるだろう。自分もかつてはそうだった。所轄に立った帳場《ちょうば》（特別捜査本部）に出張り、肩で風を切っていたころを忸怩《じくじ》たる思いで顧《かえり》みた。

そのころといまとでは立場が逆転した。所轄の刑事にとって、本庁一課の連中の人を人とも思わない横柄な態度はただむかつく以外のなにものでもない。

世間で起きる刑事事件は殺人だけではない。逆に窃盗や詐欺や破廉恥《はれんち》犯のような、彼らから見れば雑多な事件が仕事の大半を占めていて、そのほぼすべてが所轄の仕事だ。扱う事件の大小で刑事の格が違うということなどあり得ない――。そんな当たり前すぎる真実を教えてくれたのが所轄という職場であり、自分を受け入れてくれた同僚たちだった。

いまでは所轄刑事であることが、葛木にとって人としての誇りであり、生きる喜びともなっている。所轄魂――。あるとき大原がそんな言葉を口にした。それが現在の葛木にとってはかけがえのない心の勲章だ。

その城東署管内での立て籠もり事件に、なにやら本庁サイドの都合があるらしく、人質の救出にも犯人の逮捕にも及び腰でいる。だとしたらそれが最悪の結果を招くこともある。

地域の住民にとっては本庁も所轄も関係ない。この事件で失策を犯せば、傷つくのは葛木たちへの信頼だ。

警察が一般市民にとって必ずしも愛すべき存在だとは思わない。それは公権力を付与された組織としての宿命で、警察は税務署と並んで人に好かれない役所の筆頭だろう。だからこそ所轄の警察官は地元の信頼に応えようと日々汗を流している。地元の人々との連携なしに所轄の仕事は成り立たない。しかし上から目線で市民を取り締まる発想ではそっぽを向かれる。

本庁はそこをわかっていない。いや理屈ではわかっていてもお題目に過ぎない。桜田門の白亜の本庁舎の住人たちには、所轄刑事にとっては当たり前の、地べたからの視線が欠けている。

「ただ立ちん坊している以外に、我々に出来ることはありませんか」

苛立ちを隠さず葛木は訊いた。誘拐事件と並んで、立て籠もり事件は成功裏に解決するケースが必ずしも多くない。最大の目標は人質の救出だが、それに成功した場合でも、警察側に殉職者が出る例は珍しくない。

だからこそ捜査一課はＳＩＴという特別チームを創設したわけだが、そのＳＩＴ自身が面倒な事情を抱えているのなら、動けるのは所轄の自分たちだけという事態にもなりかねない。

「そう言われてもなあ。うちに本部が設置されれば、首を突っ込むチャンスがなくもないんだが」

大原は思案投げ首だ。背中を押すように葛木は言った。

「こちらにいるSITの隊長と話してみたらどうですか。現場の人間同士、気脈が通じるところがあるでしょう。向こうもこんな状況で、内心は困っているかもしれません」

「そうだな。救出に失敗するようなことがあれば、詰め腹を切らされるのは現場にいる隊長だ。あんたも来るか」

「ええ。ご一緒します」

葛木は心急く思いで頷いた。

いまはアパートの窓は閉め切られ、カーテンも引かれて、なかの様子はわからない。状況も知らされず、ただ待機しているだけの所轄の警官や刑事たちの顔が、気のせいか緊張を欠いて見える。

この種の事件は専門ではないが、状況への対応に一瞬の遅滞も許されないことは容易に想像がつく。最悪の事態が想定されれば、本部の指示を待たず、現場の判断で動かざるを得ない局面が必ずあるはずで、そのとき適切な判断が出来るように、いまの段階でより多くの事実を把握しておく必要がある。事件の収拾に失敗することはもちろん、城東署の同僚たちから一人でも負傷者や殉職者を出したくない。

4

「隊長、ちょっと話があるんだがね」

ミニバンタイプのグレーの車両に歩み寄り、大原が窓越しに声をかけた。

ＳＩＴの専用車両のようだが、外観は一般車と変わらない。ナンバーも警察車両によく見られる「88」ではなく、一般車両と同じ「33」だ。しかしダッシュボードには警察無線やサイレンアンプがものものしく設置されている。

助手席にいた四十代前半くらいの男が窓から顔を覗かせた。隊長というのはＳＩＴの慣例的な呼び名で、正式には係長に相当する。本庁の係長は所轄の課長と同格だから、隊長と大原はどちらも階級は警部だ。

立て籠もり事件での突入や誘拐事件での長時間の張り込みなど、ＳＩＴの仕事は体力を要し、そのため年齢構成も全体に若い。この隊長もその歳からすればまだ世知に長けているとはいえないだろう。本庁の海千山千に翻弄される惧れは十分にある。

「ああ、課長。私のほうもご相談をと思ってたんです。なかに入りませんか」

大原とはすでに挨拶は済ませているようで、隊長は如才なく応じた。年功は大原や葛木のほうが上だから、言葉遣いは丁寧だ。

「こちら隊長の川北《かわきた》さんだ。こっちはうちの強行犯捜査係長の葛木警部補。さっきまで質屋回りをしていたのを急遽呼び戻したんだがね」

言いながら大原は後部座席に乗り込んだ。よろしくお願いしますと挨拶し、葛木も続いて車内に入る。

カーゴスペースにはハンマーやチェーンカッター、アルミ梯子《はしご》など突入用の装備が山積みされている。ケースに入った狙撃用のライフルらしいものも見える。

運転席にいた隊員に、川北は外に出るように指示をした。込み入った話になりそうだと思ってのことだろう。隊員は黙って外に出た。

頭上にマスコミ関係らしいヘリが飛来して、喧しい爆音をまき散らす。その騒音にかき消されないように大原は声を張り上げる。

「こういう事件にしては本庁の動きが鈍いようだが、どういうことになってるんだね」

「私も判断しかねているんです。桜田門の本部はほとんど状況を教えてくれない。指令があるまで待機するようにと言うだけで。これじゃ突発的な事態にはとても対処できない」

「犯人が元SITの隊員だったということと、なにか関係があると思うかね」

「ないと思います。というよりあってはならないと――」

川北は言うが、その表情がどこか冴えない。大原がさらに訊く。

「川北さんは、西村とは面識があるんじゃないのかね」

「それがないんです。じつは着任したのが二年前で、その前は機動捜査隊でした。そのとき西村はすでに警視庁を辞めていましたから」

「二年前なの？」

問い返す大原の声にわずかに落胆が滲む。ＳＩＴのような専門チームの隊長となれば、その道一筋の叩き上げだと葛木も勝手に思い込んでいた。しかし警察の人事というのは現場での経験や実績とは別の判断に左右されることが少なくない。

隊長のポストに空きができたとき、ＳＩＴ内部から抜擢できないのが警察人事の面倒なところで、隊長は警部という決まりがあるから、運よく警部への昇任が決まっている人材が内輪にいない限り、よそから連れてくるしかない。

そのうえＳＩＴには暗黙の年齢制限があり、上限はせいぜい四十代までと聞いている。その年齢で警部となると、庁内にもそうざらにいるものではない。

それはＳＩＴに限らない。殺人班の係長に、殺人捜査の経験の浅い他部署の警部が横滑りしてくることもある。川北はそんな事情でＳＩＴに着任した口だろう。

だからといって川北が無能だとは限らない。古巣の機捜はＳＩＴと連携して動く部署だし、部下には叩き上げの猛者《もさ》もいるはずだから、川北は指揮官としての能力を発揮しさえすればいい。むしろ今回のケースでは、生え抜きのようなしがらみがないぶん、こちらからみれば適任かもしれないと思い直す。

「じゃあ、こういう噂は聞いたことがないんだね――」

先ほど葛木が語ったことを大原が聞かせると、川北の表情が険しくなった。

「本当なんですか、それは？」

「あくまで噂です。それで隊長さんに確認しようと思ったわけで」

葛木が付け加えると、川北は落ち着かない様子で首を振る。

「私は聞いたことがない。いくらなんでもそういうことが――」

聞いたことがないという話に嘘はなさそうだが、それを事実無根だと確信を持って切り捨てることも出来ない様子だ。大原がさらに続ける。

「おれたちもまさかとは思ってるんだが、本庁の動きが妙に鈍くて、その話が当たりだとしたら、そこから説明がつきそうな気がするもんだからね」

「うちの班には西村が在職した時期にＳＩＴにいた者がかなりいます。班は別だったと思いますが。事件が起きてからいまの時点まで、誰もそんな話を聞かせてはくれませんでした」

「部内に箝口令《かんこうれい》が敷かれていたとも考えられるね。発覚すればＳＩＴの存続に関わる問題だから」

「しかしどうしてそういう馬鹿なことを。もし事実なら、過失は過失として素直に認めるべきだったんです」

「組織というのは、上に行くほど保身の意識が強くなるもんでね。おれなんかは失って困るものを持ち合わせていないからあんたの考えに同感だが、上にはそうはいかない連中が大勢いる」

「しかし、けっきょく噂に過ぎないわけでしょう」

「そうだね。あんたが知らないというんじゃ、あまり信憑性があるとは言えないね」

大原は探るような口ぶりだ。川北もまた知っていてしらばくれているとも考えられる。ただの噂だと自分も言いはしたが、それが流れていたのが捜査一課という特殊な職場で、広めたのは捜査のプロの刑事たち。情報の真贋《しんがん》を見分ける目に関しては一般人とやや違う。葛木の経験からしても、一課で流れた噂話でガセネタと判明したものはそう多くない。大原は続ける。

「しかしSITというのは秘密主義が徹底しているからね」

「そういうきらいはあります。機動捜査隊にいたころも、たびたびそれは感じましたよ」

川北は複雑な面持ちだ。それがもし真実で、新参の自分だけが知らないという話なら、彼にすれば蚊帳《かや》の外に置かれた気分だろう。大原が問いかける。

「本庁に交渉のプロはいるのかね」

「それは我々現場の人間が本来担当すべき仕事で、そのための訓練を受けています。この事案なら私がじかに犯人と交渉するのがセオリーなのに、逆に接触するのはまかりならんという指示が出ている。そのあたりを考えると──」

川北は表情を曇らせる。

「離れた場所での犯人との交渉がこちらにとって不利だというのは、素人考えでもわかるわな」

大原の嫌みな調子には、現地を管轄する自分たちをもないがしろにする本庁のお偉方への皮肉も混じっているだろう。

「こういうケースはよくあるんですか」

葛木が訊くと、川北は頷いた。

「それ自体は珍しくもないですよ。要は犯人に交渉する意思があるかどうかです。交渉することでなにかを得ようとしているとしたら、打開の可能性は高いと言えます」

「その気がないとしたら？」

「最悪のパターンです。人質を傷つけたり殺害したりが目的だった場合、手に負えない方向に進む可能性が高い」

「いまのところ、犯人と本部の交渉は成立していると？」

「おそらく──。自分との連絡を本庁の特定部署の内線番号だけに限定しているということは、少なくとも一本のパイプだけは通しているわけだから」

「しかし交渉の内容は教えてくれないわけですね」

「現場で犯人と対峙している我々にも教えられない内容となると――」

川北は言いよどむ。

「怪しいね。葛木さんの話は、どうも根も葉もない噂じゃないような気がするな」

大原は露骨に疑心を滲ませる。葛木は言った。

「人質に差し迫った危機がないと考えるなんらかの根拠があって、のんびり構えているんならいいんですが」

「それならわざわざ人質をとって立て籠もりませんよ。その可能性こそが立て籠もり犯の切り札ですから」

川北はあっさり否定する。たしかにそう見るのは楽観的すぎる。大原が身を乗り出す。

「だったら母屋《おもや》（警視庁）にいる連中は、よほど痛い急所を握られていることになるな」

「その見立てで辻褄《つじつま》が合うとしたら、やはり誤射隠蔽の件以外に考えにくいですよ」

確信を強めて葛木は言った。大原も頷いた。

「誤射事件そのものがSITにとっては大きな失態だった。それを隠蔽したことがさらに輪をかけた失態で、それが今回の事件に繋がった。発覚したら首が飛ぶ人間がいくらいるかわからんな」

「そういう首はどんどん飛ばしてやればいいんです。我々の仕事は人質を救出し、犯人を検挙することですから」

川北が声を上げる。こんどは大原が宥《なだ》めに回る。

「まあまあ、まだそこまで突っ走る段階じゃないでしょう。ただ上がそういう状態なら、おれたちはおれたちで情報を集めておかないとまずいと思ってね」

「たしかにそうです。とりあえずうちの隊員を全員集めて、西村に関して知っている限りのことを聞き出します」

「そうしてもらえると助かるね。ただし事件当時の箝口令がまだ生きているとしたら、新参のあんたに簡単に真相を喋ってくれるかどうかわからんぞ」

「そこまで部下を疑いたくはないんですがね。きょうまで手がけた事件では、みんないい働きをしてくれたし」

川北は心外だという表情だ。ＳＩＴという部署の役回りを考えればどちらかというと小柄なほうで、体力で勝負という印象はない。しかし性格的には熱血漢らしく、そこが頼もしくもあり危うげでもある。

いずれにしてもここで川北が動いてくれれば、こちらもなにかが見えてくる。隊員になにかを隠している様子が窺えるようなら、こちらの読みがあながち外れでもないことになる。

それではよろしくと言ってＳＩＴの車両を降りて、空いている所轄のパトカーに潜り込んだ。アパートからは二〇メートルほど離れているが、そちらの様子はウィンドウからよく見える。

周囲を固める警官たちの緊張感がやはり乏しいような気がしてならない。自分にしても、この状況にしては肌がひりつくような感覚を覚えない。

本部が上手く話をつけて、そのうち犯人が投降するのではないかという楽観的な気にさえなってくる。ただ気持ちを張り詰めていればいいわけではないだろうが、こんな状態で突発的な事態に即応できるかと思うと、やはり不安は拭えない。

ここは散弾銃の有効射程に十分入る。窓の付近の動きに注意を払いながら、葛木は大原に問いかけた。

「どうします。SITのチームと我々が連携すれば、本部の決断を待たずに決着がつけられないこともないでしょう」

「しかし、そう簡単な話でもなさそうだぞ。もし標的が警察だとしたらな」

「それもSITそれ自体――」

「隊長は当時の事情と関わりがないからああいう物言いが出来るが、部下が必ずしもそうだとは限らんだろう」

大原の危惧はわからないでもない。葛木にしても、本庁から異動してきたとき、所轄の同僚のなかに溶け込むには時間がかかった。警察に限らないかもしれないが、組織にはいい意味でも悪い意味でもある種の閉鎖性がある。

本庁から来たというだけで、所轄の刑事たちは警戒感を抱く。それを解くために部下たちとことん腹を割って話すしかなかった。本庁一課の刑事への批判は甘んじて受けた。もちろんそれが当たってもいたからだ。

そのせいで一時的に鬱《うつ》に拍車がかかったが、やがて気持ちが通じてみれば、彼らは頼もしい味方になった。いまでは城東署の職場が第二の故郷のようにさえ感じられるのだ。

川北がどれだけ新しい職場に受け入れられているかはわからない。もしそれが不十分なら、ここで主導権を発揮しようとすれば、あらぬ反発を招く惧れがなきにしもあらずだ。

「うかつに動いて、うちの連中に犠牲者が出るようなことになってもかなわんしな」

大原は慎重だ。城東署の刑事部門を預かる刑事・組織犯罪対策課長にとっては、職員の安全への配慮も重要な責務で、そこは葛木も十分わかる。

しかしただ手を拱《こまね》くことが安全策だとは必ずしも言えない。状況がより悪化する前に、ワンチャンスを生かして一気に局面を打開することが、結果的に最良の安全策となることもあるだろう。

そのとき葛木の携帯が唸りだした。犯人を刺激するのを極力避けるために、全員がマナーモードに設定している。

ポケットからとりだしてディスプレイを覗くと、息子の俊史《としふみ》からの着信だった。

「えらい事件が起きたね。状況はどうなってるの？」

「ああ、いまは膠着状態が続いていてな――」

ざっと現状を説明すると、俊史はひとしきり唸った。

「親父の見立て通りだとすると、桜田門はえらい失態をやらかしそうだね」

「ああ。所轄の立場とすれば、桜田門の幹部の首なんかどうでもいいが、ここはおれたちの縄張りだからな」

「警察の面子《メンツ》が大事で、人命が軽視されるような事態になったら、本末転倒もいいところだよ」

苦い口ぶりで俊史は言う。

息子と言っても、当たり前の親子とは少し事情が違う。鳶《とび》が鷹《たか》を生むの言葉通り、俊史は警察庁採用の第Ｉ種国家公務員、つまりキャリアで、現在の階級は親父より二階級も上の警視だ。

いまは警察庁に戻っているが、昨年までは警視庁に出向し、捜査一課の特命捜査対策室の管理官を務めていた。

亡き妻の教育のお陰なのはもちろんだが、家庭を無視して捜査に奔走していた刑事の父親の背中に憧れて、目指した職業が警察官だと言われれば、面映《おもは》ゆくもあり嬉しくもある。

大学時代に知り合ったその妻がまた文部科学省採用の第Ｉ種国家公務員で、親父一人が取り残された感もある。一昨年は長男も生まれ、息子もぜひ警察官にと新米親父は入れ込んでいる。

息子に追い越されるというのはなかなか気持ちのいいもので、末は警視総監、警察庁長官と親の欲目は抑えがたい。

しかし俊史のほうは融通の利かない正義感の持ち主で、親父に憧れて警察官になったのだからと、出世には不利な刑事部門を歩み続けるつもりのようだ。

どういう運命の巡り合わせか、管理官在任中に二つの事件で俊史と付き合うことになった。最初は青臭さ丸出しだった俊史が、多少は官僚社会を泳ぎ渡る知恵も身につけた。それを果たしてよしとするか、思い悩むところがなくもないが、自ら望んで足を踏み入れた警察組織の頂点は、同時に権謀《けんぼう》渦巻く伏魔殿でもある。

警察を真に市民のための組織につくり替える——。入庁当初に抱いたというそんな大望はいまだ色褪せていないようで、そのために必要なのが出世によって得られる権力なのだと俊史は見定めている。

市民の視点を忘れて出世競争に明け暮れて、監督官庁としての利権を使ってパチンコや風俗業界から甘い汁を吸い、やがては監督下にある業界や関連団体へ破格の条件で天下る。キャリア官僚の大半が望むそんな人生コースには目もくれず、腐敗と闘うためにこそ出世の階段を登るのだという心意気はよしとするが、権力という諸刃の剣の扱い方は難しい。

こちらは警部補のまま警察官人生を終えそうだが、いまさら親父風を吹かせて口うるさいことを言う気もないから、せいぜいお手並み拝見と割り切るしかない。

現在は警察庁刑事局刑事企画課の課長補佐で、そこで五年も勤めれば警視正。警視庁なら参事官か課長クラス、地方の小さな警察本部なら本部長クラスの待遇が待っている。ただしそれは地雷を踏まなかったときの話で、もって生まれた性分なのか、好んで地雷原に踏み込むようなところが俊史にはあって、しばしば肝を冷やさせられる。

それでも俊史はまだ若い。失敗してもまだやり直す時間がある。それは若さの特権だ。自分についてはその逆で、警察官もここまで勤め上げればいつ辞めても惜しくない。それは老いたる者の特権と言えるだろう。

「そこだよ、問題は。上の役所（警察庁）から、一発どやしつけてやるわけにはいかないのか」

「難しいな。複数の本部をまたがった広域捜査のケース以外は、現場を抱える警察本部に捜査権がある。直接指揮命令することは出来ない建前だからね。それに――」

俊史は声を落とす。

「どうもこちらの庁内も妙に静かで、それで変だと思って電話したんだよ」

「こういう事件の担当は刑事局なんだろう」

「そのはずなんだけど、この種の大きな事件の情報は、逐一刑事企画課に入るはずでね。

うちを経由して長官官房へ情報を上げる仕組みだから」

「その情報が上がってこないわけか」

「ああ。親父の見立てが当たりだとしたら、こっちのほうにもその事実に蓋をしたい連中がいるのかもしれない」

「いやな話になってきたな。聞いていたのは元ＳＩＴの隊員だったということくらいなのか」

「いや、それも親父から初めて聞いた」

「驚いたな。本当なのか」

「ああ。刑事企画課をここまで蚊帳の外に置くのは明らかなルール違反だよ」

「こっちも情報が入らなくて困っていたんだよ。おまえのほうからなにか仕入れられないかと思っていたんだが、蚊帳の外という意味じゃこっち以上だな」

「なにか見通しがあって水面下で動いているんならいいんだけど、一部の人間たちの保身のために人質を見殺しにするようなことがあったら、おれとしては堪らない」

「そこはおれだって同じだよ。とりあえずここにはＳＩＴの実働部隊がいるから、万一の際にはそういう連中の思惑に拘わらず彼らと連携して動くつもりだよ。その場合は指揮命令違反がどうだという議論は通じないからな」

「ただしそれは救出に成功した場合で、上手くいかなかったら、ぜんぶ親父たちのせいにされかねないよ」

「たぶんな。しかしそれを怖がってなにもしないでいたら、死ぬまで後悔を背負うことになる」

「わかった。おれのほうでも情報を探ってみるよ。なにかわかったらすぐに知らせる」

「ああ、よろしく頼む」

そう応じて通話を終えると、大原が待ちきれない様子で聞いてくる。

「上の役所までなにかおかしいって？」

「そうなんです。この事件、単なる立て籠もり事件じゃ終わらない気配が濃厚ですね――」

俊史から聞いた内容をかいつまんで説明すると、大原は天を仰いだ。

「いやはや、警察がそんなふざけた組織なら、きょうまで捧げたおれの警察官人生をそっくり返せと言いたいところだよ」

「同感です。出来ればこちらの勘ぐりすぎであって欲しいですがね」

「だとしたら、警察はそこまで無能な集団ということになる。どっちにしても世間に威張れる話じゃない。いよいよおれたちが踏ん張るしかなさそうだな」

「そのとおりです。上が臆病風を吹かせているなら、むしろこれ幸いじゃないですか。アパートの間取りやら建物の構造はわかっていますか」

「ああ、いま池田《いけだ》が不動産屋に出向いて話を聞いている。もうじき帰ってくるだろう」

噂をすればなんとやらで、サイドウィンドウを叩く音がして、見ると池田誠《まこと》巡査部長が立っていた。入れと促すと、後部座席に素速く滑り込む。

「どうだった。強襲作戦には向いていそうか」

大原が訊くと、池田は頷いた。

「築後三十年の木造で、玄関ドアやベランダのサッシはかなりガタが来ているようです。ぶち割って突入するのは割合簡単でしょう。間取りは２ＤＫで、こちら向きの窓があるのが六畳のダイニング、あとは四畳半の寝室と三畳の小部屋があります」

「相手が飛び道具をもっている以上、どの部屋にいるか確認せずには踏み込めんな」

「そうなんですよ。防弾チョッキを着ているといっても、至近距離から撃たれたら防ぎきれない。それに覚醒剤をやっているかもしれないわけでしょう。錯乱して人質を殺されたりしたら目も当てられない」

日頃は威勢のいい池田だが、さすがにきょうは慎重だ。葛木のチームのまとめ役で、向こう気の強さと繊細な気配りが同居した味わい深いデカ長だ。

葛木が着任した当初は反目し合った時期もあったが、いまではなくてはならない片腕となっている。若い刑事たちの指南役でもあって、指導スタイルはスパルタ式だが、その背後に滲む人間味が伝わるのか、どやしつけられることに快感を覚えている連中もいるようだ。

「ＳＩＴはまだ動かないんですか。おれが隊長にヤキを入れてやりましょうか」

不信感もあらわに池田は訊いてくる。葛木は頷いて言った。

「桜田門の本部がこちらに主導権を渡そうとしないから、にっちもさっちも動きがとれないらしいんだ。いまどんな交渉をしているのか、ほとんど情報を入れてくれないそうだ」

「勝手に動くなと言うだけで、少しも事態を打開しようとしない。上の連中がやっているのは税金泥棒という立派な犯罪ですよ」

「ところが連中、どうもややこしい事情を抱えているらしくてな――」

大原が例の話を聞かせると、池田は吐き捨てるように言う。

「裏になにかありそうな気はしていましたがね。もし本当なら、逆に立て籠もっているやつに加勢したいくらいですよ」

「そこなんだよ。だから人質についてはもちろんだが、犯人にしても、出来るだけ生かして逮捕したい」

「そうか。連中、ひょっとして――」

池田が膝を打つ。

「犯人に好き放題やらせて、名分が立ったところで射殺する。それで一件落着を狙ってるんじゃ？」

「十分あり得る。いまＳＩＴが踏み込んで西村を逮捕したら、いちばん困るのは連中かもしれんからな」

大原は顔色も変えずに頷いた。池田はいきり立つ。

「だったらこっちで勝手に片をつけちまいましょうよ。ＳＩＴがびくついているようなら、おれが強行突入してもいいですよ」

先ほどの慎重さはどこへやら、池田は戦闘姿勢むき出しだ。やむなく葛木が宥めに回る。

「こういうことはタイミングが重要だ。手を拱いて事態を膠着させるのもまずいが、下手に動いて失敗したら結果は最悪だ。桜田門の幹部連中の対応にいらだっている点では、ＳＩＴの隊長もおれたちと変わらない。行動に移る前に十分計画を練っておけば、最小限のリスクで最大の結果が得られるはずだ」

池田はいがぐり頭をこりこり掻《か》いた。

「おっしゃるとおりです。なんの知恵もなく、ただ蜂の巣になりに行ったんじゃ堪りませんからね」

葛木はウィンドウに顔を寄せてアパートの窓に目を向けた。カーテンの隙間から明かりは洩れているが、室内で人が動くような気配は見えない。

池田にはああ言ってみたものの、よくよく考えれば、いちばん問題なのは相手もＳＩＴの元隊員だということだ。向こうも周到に計画を練って犯行に及んだとすれば、いくらこちらが作戦を立てても、踏み込んだ先にどんな罠が待ち受けているかわからない。

そのとき窓の横に川北がやってきてノックした。隊員からなにか話が聞けたのか、どことなく浮かない表情だ。

ウィンドウをわずかに下げて、どうぞと声をかける。池田が気を利かせて後部席のドアを開くと、川北は身軽な動作で池田の隣りに滑り込む。

互いに目顔で挨拶しているから、こちらもすでに自己紹介は済ませているのだろう。大原がさっそく問いかける。

「どうです。面白い話は聞けましたか」

川北は渋い口ぶりで切り出した。

「西村が在職した時期にSITに所属していた隊員は五名です。葛木さんが噂を耳にした五年前に限ると、在職したのは二人。どちらも西村とは別の班でした。覚醒剤事件に関しては、すでに私が聞いていたとおりです。しかし誤射の件については、全員があり得ないことだと否定しました」

「川北さんの感触では、その証言は信用できそうですか?」

身を乗り出して葛木は訊いた。川北は寂しげに首を振った。

「普段は気の置けない連中で、十分気持ちが通い合っていると思いましたが、その話を切り出したとたんに態度が硬くなったんです」

「やはりそうかね、想像したとおりといったところだね」

大原は深いため息を吐く。川北は頷いた。

「私もＳＩＴに来る前は機捜に八年、その前は所轄の強行犯捜査係の刑事をやっていたから、被疑者や参考人を聴取した経験は少なくありません。嘘をついている人間はだいたい勘でわかります」

「なにか理由があって口を閉ざしていると、あんたは感じたわけだね」

「ええ。そこが悔しいんです。着任以来、何度も現場で一緒に体を張った仲間ですから。心は一つに繫がっていると勝手に思い込んでいた」

「まあ、しょげなさんな。世の中なんてけっきょくそういうもので、長いものに巻かれない人間を探すのは丸顔の馬を探すより難しい。おれはあんたの勘を信じるよ。そいつらには嘘を吐く理由があるんだよ」

「しかし、これから命を張るような局面が訪れたとき、彼らをどう信頼して行動すればいいか」

「あんたにとっては獅子身中の虫《しししんちゅう》になりかねないね」

大原はいかにも同情的だが、葛木はむしろ意を強くした。そういう連中を内輪に抱えているのは、不利といえばたしかに不利だが、逆に真相を知っている人間を身近に置いておけることでもある。

必要なときには力ずくでも口を開かせればいいし、向こうから勝手に口を開くこともあるだろう。桜田門に立てこもっているお偉方より、ある意味で扱いやすい情報源とも言える——。

そんな感想を言うと、川北はわずかに表情を明るくした。

「彼らにしたって根っから腐っているとは思えない。人の命を救うために何度も修羅場を踏んできた連中です。桜田門の奥の院で保身のための鳩首《きゅうしゅ》会議をするしか能のないお偉いさんとは違うかもしれません」

「そうだね。疑うよりまず信じることだよ。物事ってのは、楽観的でいたほうがいい方向に転がっていくもんでね」

明るい口調で大原も言う。普通の刑事捜査でもそれは当てはまる。進展しない捜査に悲観し萎縮《いしゅく》すれば、目の前の壁は厚みを増すばかりだが、あすこそは上手くいくと自分に言い聞かせ、日々当たり前の努力を続けるうちに、隠れていた希望が見えてくる。

そのとき葛木の携帯が唸り出した。俊史からかと思って取り出すと、ディスプレイに表示されているのは見慣れない携帯番号だ。どうせ間違い電話だろうとそのまま切りかけたが、つい気になって耳に当てた。ただ「もしもし」とだけ応じると、意外な言葉が返ってきた。

「葛木警部補ですね。西村國夫と申します」

頭のなかが白くなる。どうして西村が自分の携帯に？

「こんな状況のときに悪い悪戯をするんじゃない。誰なんだ、君は？」

強い口調で問い返すと、相手は含み笑いとともにまた言った。

「西村國夫です。正真正銘の——。さっき警部補の姿を見かけました。アパートの前のパトカーのなかにおられるんでしょう」

「もし本物だとしても、私は君とは面識がない。どうして携帯の番号を？」

「それは追い追いわかります。じつは折り入って頼みごとがありましてね」

人を食っているようでもあるが、どこか真摯《しんし》な調子も窺える。悪戯電話だとは思えなくなった。

「どうしても西村本人だと言うんなら、窓から顔を見せてくれないか」

「了解。ちょっとお待ちを——」

そう言って、電話の声がしばらく途絶えた。ウィンドウ越しにアパートの窓に目を向ける。カーテンがわずかに開き、そこから男が顔を覗かせた。

背後からの明かりで顔は逆光になってよく見えないが、室内にいる男は西村一人。間違いなく本人だ。

男は軽く敬礼してからカーテンを閉じた。すぐに携帯から男の声が流れてきた。

「納得してもらえましたか」

「ああ。それで頼みごととは？」

内心の動揺を抑えて問いかけた。男の声が真剣みを帯びた。

「葛木さんに交渉の窓口になっていただきたいんです。桜田門のお偉いさんたちは、無能すぎて相手になりませんので」

「どうして私に白羽の矢を？」

「それも追い追い説明します。いまはひとことだけ答えてください。お受けいただけますか」

有無を言わせぬ意思を感じた。逃げるわけにはいかなかった。ひとつ間を置いて、葛木は答えた。

「ああ、受けよう」

第二章

1

携帯の保留ボタンを押して、葛木は大原たちを振り向いた。

「西村からです。私を交渉役に指名してきました」

「なんだって？　どういうわけで？」

大原は当惑もあらわに訊いてくる。池田は目を丸くする。川北はこわばった顔で身を乗り出す。

「理由はまだわかりません。とりあえず受けることにしました。断わればせっかくのチャンスを潰すことになりますから」

葛木はそう応じて、携帯をスピーカーホンに切り替えた。もしもしと呼びかけると、西村の声が車内に響いた。

「それじゃさっそくですが、SITの隊員を全員、アパートの前に整列させてください」

大原と池田が当惑したように顔を見合わせる。葛木は問い返した。

「どうして、そんなことをさせなきゃいけないんだ」

「相手の戦力を適切に把握するのが、こういう局面での鉄則だとSITの時代に仕込まれていますんで。隊員は一般の警官に紛れているんでしょう。そういう戦術も在職時代に教えられていますから」

川北に顔を向けると、きっぱりと首を横に振る。手の内を晒すのを惧れるというより、おいそれと従えばSITの体面に関わるということだろう。葛木は肝心なところに話を振った。

「それより、まず聞かせてくれないか。どうして私を指名したんだ」

「権威に媚びない硬骨漢だという噂をかねがね聞いていたもんですから」

「そんな噂、私は聞いたことがない」

「ご謙遜なさらずに。本庁捜査一課庶務担当管理官の首を飛ばした話は、捜査関係者のあいだで武勇伝になっているそうじゃありませんか」

江東区内で起きた連続失踪事件のことを言っているらしい。たしかに職権を利用した捜査妨害との闘いだったが、意識して警察組織とことを構えたつもりはない。

「あくまで成り行きだよ。おれにとっては警察は大事な職場で、あんな落着自体が不本意だった」

「そうなんですか。そんな話を聞いて、私は胸がすく思いでしたよ。ぜひお会いしてじかにお話を伺いたいと思っていたら、こんな機会に巡り合えて、じつに嬉しい気分です」

「私は少しも嬉しくはないよ。どうしてそういう行為に走るんだ。君も元警察官なら、それがどれだけ世間にとって迷惑か、よくわかっているはずだ」

「しかしね、先輩。私のやってることなんか子供の遊びに過ぎないくらいは、重々ご承知じゃないですか。いま本庁で雁首《がんくび》を揃えている連中のやっていることと比べたら」

「馴れ馴れしく先輩と呼ばれたくないな。君のやっていることは犯罪で、犯罪を取り締まるのが私の本分だ」

「もちろんそれはわかってます。しかしなにが犯罪でなにがそうじゃないかの線引きをするのは警察です。恣意的《しいてき》に認知されない犯罪もあればされる犯罪もある。そもそもそういうことを自分たちの都合で勝手に切り分けるということが、私の考えじゃ犯罪なんですがね」

西村は挑むような口ぶりだ。理屈はそれなりに筋が通って聞こえるが、やっている行為の説明にはなっていない。

「ボーダーラインにある不法行為を犯罪と見なすかどうかの判断も、警察権力の行使の一つだよ。いたずらに立件することが被疑者の更生を妨げる場合もある。そのときは軽微な犯罪でも、敢えて摘発することで犯行のエスカレートを未然に防げる場合もある」

「おっしゃっていることはわかります。しかし私が言いたいのは別のことです」

例の噂が真実なら、西村はのっけから核心に話を向けているとも見える。こちらからその件に触れていく手もあるが、それで相手を刺激するのもまずい。西村の意図を探るためには、自分から語らせるほうが適切だろう。

「別のことというと、いったいなにかね」

「人を殺して罪に問われない――。それも警察権の裁量の範囲と言えますか」

「例えばの話をしているのか。それとも君が知っている事実についてのことなのか」

「とりあえず例えばの話にしておきましょう。そういう事実をもし知ったとして、葛木さんは見て見ぬふりが出来ますか」

西村は難しいポイントを突いてきた。見て見ぬふりは出来ないと杓子定規《しゃくしじょうぎ》に答えたら、犯行の動機に共鳴したことになりかねない。自分が聞いた噂が真実だとしても、いま西村がやっていることも重大な犯罪で、しかも人質の命がかかっている。容認するわけにはむろんいかない。

「そういう立場に立ってみないと答えようがないな。私は聖人君子じゃないし、自分や仲間の利益のために、ときには泥水を呑む覚悟もなくはない」

そんな答えを返す自分に苦い思いが湧き起こるが、この場の方便に過ぎないと、敢えて割り切るしかないだろう。真意はわかっているというように大原も池田も頷いている。

「本気でそんなことを言ってるんですか」

西村は落胆を隠さない。微妙なさじ加減が必要だ。せっかく自分に白羽の矢が立ったのに、期待を裏切って逃がしては元も子もない。

「だから難しいと言っている。ここで思い上がって偉そうなことを言ったって、自分がそれほどの器かどうか自信がない。君の言うこともわからないわけじゃないが、思うようには進めない道もある」

「葛木さんとならなにかができるような気がするんですよ。もちろんこんなことをやらかしてただで済むとは思いません。もとより自爆覚悟です」

「自爆って、どういう意味だ？」

穏やかではない言葉に緊張して問い返すと、西村はさらりと言ってのける。

「命を惜しむ気はないということです。もちろんそのときは人質も道連れです」

多少は筋のとおった話が出来るかと思っていたが、やはり普通ではないようだ。刺激しないように努めて穏やかに問いかける。

「なあ、狙いはいったいなんなんだ。この国の警察がなんの問題もない組織だとは私だって思っちゃいない。しかしそれを変えることは出来るはずだ。一朝一夕には行かないだろうが、このままじゃだめだと考えている人間は少なくない」

「おれも最初はそんな一人でしたよ」

西村の自称が「私」から「おれ」に変わっている。それを親密感の表れと解するなら、心の琴線《きんせん》に触れる道筋がないわけではなさそうだ。

「だったらどうして――」

「覚醒剤になんか手を出したんだと言いたいんでしょう。人間なんて壊れ始めると脆いもんです。水を吸ったクッキーみたいに止めどなく崩れていく。そのうち崩れていくのが快感になるんです」

「そういう時期は私だってあったよ」

「葛木さんにも？」

西村は意外だという口ぶりだ。葛木は続けた。

「死のうと思ったこともあった。君と同じように、あるきっかけで心がぼろぼろ崩れ始めてね」

「懐柔《かいじゅう》しようとして出まかせは言わないでくださいよ。だって葛木さんはおれのように――」

西村はそこで言葉を呑み込んだ。おれのように人を殺したわけではない――。続いたはずの言葉を葛木はそう理解した。

「過ちというのは誰にでもある。躓《つまず》きの石ってやつかもしれないね。自分が悪いわけじゃない。しかし他人を恨んでも始まらない。けっきょく自分を救えるのは自分でしかないんだよ」

「言ってることはわかります。いまおれがこんなことをしているのは、まさしく自分を救うためなんです」

「自分を救うために自爆するというのか」

覚えず強い口調になった。人質をとって籠城《ろうじょう》するということ自体、まともな感覚を持ち合わせている人間ならまずやらない。一見、理屈が通っているように聞こえる西村の話でも、うっかり寄り添えば判断を誤る。背景に同情すべき事実があるにせよないにせよ、それについての情状は留保して、主観を排して冷静に臨むしかない。穏やかな調子で葛木は続けた。

「私の人生は先細るばかりだが、君には使い切れないほどの未来がある。やり直す時間はいくらでもあるだろう。きょうまでうだつが上がらなかった人生だったが、それでも生きて良かったと思っている」

「だったら、そのうだつの上がらない人生を勝手に生きてくださいよ。葛木さんは違うと思っていた」

西村は吐き捨てる。いまの言葉にいたく失望した様子だが、そもそも自分になにを期待しているのかがわからない。とはいえせっかく指名を受けて、ここで袖にされるのはいかにも間抜けだ。

2

「どう違うと言うんだ。私はどこにでもいるようなごく普通の人間だ。買いかぶられても困る」

困惑を隠さない葛木に、西村は勢いづいて押してくる。

「買いかぶっちゃいませんよ。葛木さんだけは一緒に闘える仲間だとずっと思っていたんです」

「しかし、私は君とは面識がない。庁内ですれ違ったことくらいはあるかもしれないが」

警察という役所は一種のたこつぼ社会で、それは警視庁に限らない。同じ捜査一課の殺人捜査担当部署でも、班が違えば口も利かないようなところがある。

捜査上の機密は他班にも漏らせないという機密保持の側面もあるが、ベースにあるのは強烈なライバル意識とトップダウンの指揮命令系統だ。

もちろん所轄を含めた人事異動はしょっちゅうだから、その繋がりでの人脈もあるにはあるが、それを除けば横の交流はほとんどない。

殺人捜査部署内部でさえそれだから、輪をかけて秘密主義のＳＩＴとの交流などまずあり得ない。ましてや庶務担当管理官と渡り合ったあの事件のとき、西村はすでに警視庁を辞めていた。

そのときの経緯は警視庁内で多少の話題にはなったはずだが、マスコミが記事にしたわけではないし、葛木が外部に吹聴して歩いたわけでもない。西村は思いのこもった調子で切り出した。

「葛木さんが本庁にいたころ、同じ帳場《ちょうば》（捜査本部）で仕事をしたことがあります。葛木さんのほうは本庁殺人班のばりばりで、こちらは人手が足りなくて駆り出された所轄の生活安全課の新米でした」

そう言われてもとっさに思い出せない。もしどこかの帳場で接していたとしても、西村という名前はありふれているし、おそらく顔も覚えていないだろう。

殺人事件の場合、多いときは二百人前後の捜査員が動員される。そのほとんどが帳場の置かれた所轄や近隣署の刑事で占められて、本庁から出張る殺人班は係長を筆頭にせいぜい十数名。その本庁の刑事が所轄の刑事たちを手足に使って事件解決に当たるというのが殺人捜査の原則的なスタイルだ。

しかも本庁の刑事と所轄の刑事のヒエラルキーの壁は越えがたい。望んで所轄に異動したいま、自分が殺人班の刑事だった話を持ち出されると、いつも忸怩《じくじ》たる思いに襲われる。

「どこの帳場で？」

やむなく訊くと、西村は露骨に落胆してみせる。

「あーあ、やっぱり覚えていてはくれなかった。本庁のエリートから見たら所轄の刑事なんて虫けらですから」

「たしかにそんなふうに見ていたかもしれないな。おれも所轄に異動していろいろ感じるところがあった。いま顧みると顔から火が出るような気分になる」

「七年前、蒲田で起きた強盗殺人事件の帳場ですよ。逮捕まで半年かかったしんどい事件でした」

「ああ、思い出したよ。あれはまさしく足で解決した事件だった。所轄の力がなかったら、とても逮捕まで漕《こ》ぎ着けられなかった」

「おれは葛木さんのことをよく覚えてます。所轄の捜査員の聞き込みで浮上した被疑者を、本庁のエリートの皆さんは無視してかかった。そいつがクロだと主張してくれたのは葛木さん一人だった」

「当たり前のことをしただけだよ」

葛木はさらりと言った。そのとき本庁サイドの刑事たちが目をつけていたのは別の被疑者で、管理官も係長もその方向で指揮していた。

しかし土地鑑のある所轄のグループが注目したのは捜査線に上がっていないある男だった。周囲の証言から丹念に積み上げられた状況証拠を見れば、葛木の目にはその男の容疑のほうがはるかに濃い。

しかし所轄に手柄を上げられては本庁サイドの面子《メンツ》が潰れるという思いからか、殺人班の同僚たちも係長も管理官も当初の捜査方針を変えようとしない。

大きな声を上げられない所轄の捜査員たちに代わって、葛木は会議の席上でその方針を批判した。くだらない面子に拘《こだわ》って真犯人を取り逃がすことになればまさに本末転倒だと――。

それは葛木にとってことさら気負った行動ではなかった。本ボシを上げるのが刑事の本分で、そこにいかなる恣意も入れるべきではない――。

しかしそんな当たり前な考えを、上司の係長も管理官もお気に召さなかったようだった。かといって葛木の理の通った主張に反論も出来ず、渋々捜査方針の変更に同意した。

被疑者は逮捕され、犯行を自供した。溜飲を下げた所轄の捜査員は好意の目で見てくれたが、管理官は恥を掻かされたと勘違いしたようで、そのころ持ち上がっていた警部への選抜昇任の話が知らないうちに立ち消えになった。

以来二度と選抜昇任や選考昇任の話は来なくなり、自ら望んで一般昇任試験を受ける気にもならず、いまも警部補のままでいる。それをことさら無念だとも思わない。

「それまで長いものに巻かれるのが仕事のような上司や同僚と付き合ってきて、そういう葛木さんが無性に眩しく見えたんです。その思いはいまも変わりません」

西村の声には真っ直ぐな心情が感じられる。自分の評価については過大だと思う一方で、その心意気が本物なら、こういう状況での話でなければ、前途有為な青年と葛木の目には映っただろう。

そういう警察官が一人でも増えれば、公権力と利権の区別のつかない腐敗官僚や、それを見て見ぬふりをする事なかれ主義者の分厚い壁もやがては突き崩せるのだが、西村の場合はそんな思いの強さが裏目に出て、取り返しのつかない犯罪に踏み込んでしまったとも考えられる。

いずれにしても、まず犯行の意図を探らなければ話は始まらない。葛木は穏やかに問いかけた。

「おれの携帯番号はその帳場で知ったわけだな」

「ええ。葛木さんは主任だったんで、連絡用の携帯番号は全員に知らされていましたから。なにかのときに使うこともあるかと思って手帳に書きとめておいたんです」

「それで、君の狙いはなんなんだ。おれたちになにか要求したいことがあってこういう行動に出たんだろう」

「まだ手の内は明かせません。せっかく始めたショーですから、もう少し長引かせないとね」

「本庁にいる偉いさんとは、どういう交渉をしていたんだ」

「警察庁長官に取り次いで欲しいと言ったんですがね」

「長官と？　本気なのか？」

「本気ですよ。ところが連中は相手にもしてくれない」

「取り次いでくれたら、なにを話そうと思ってたんだ」

「長官の肉声で、すべてを語り、国民に謝罪してもらいたい——。そう要求するつもりでした」

西村の頭のつくりは普通の立て籠もり犯とだいぶ違うようだ。言っていることは筋が通っているが、要求していることは突拍子もない。

しかしある意味でそれは警察側のもっとも痛いところを突いている。西村の言う『すべて』がなにを指しているのかはわからないが、おそらく自分の過失による殺人の隠蔽を含め、警察が内部で犯してきた諸々の悪事のことと考えていいだろう。

それを警察庁長官の肉声で明らかにし、謝罪するなどということは、天地がひっくり返ってもあり得ないことだ。

しかしもし拒絶して人質の命が失われるようなことが起きたとき、警察は組織の悪を隠蔽するためには市民の犠牲も厭わないという事実を自ら立証する羽目になる。

「なあ、西村君。きみもかつては警視庁に籍を置いた人間だ。その要求が決して通るものじゃないくらいわかるだろう」

諭すような調子で葛木は言ったが、百も承知だというように西村は答える。

「もちろんわかってます。それは警察にとって自殺に等しいことですから」

「だったらどうしてこんなことを？」

「ですから、いま言ったとおりです。この国の警察を自殺に追い込みたいんです」

「本気なのか？」

「頭がおかしいと言いたいんですか。そうかもしれません。しかし考えてくださいよ、葛木さん。ほかにどういう方法があるのかを」

葛木は答えに窮《きゅう》した。そのとおりかもしれないという言葉が喉に出かかる。しかしそれを言えば西村の行為に荷担《かたん》することになる。西村の理屈は一見筋が通っているにせよ、やっていることはただの犯罪ではない。意図から見ればテロと言うべきだ。

この交渉役は自分には荷が重すぎる。それが率直な思いだが、だからといっていま本庁で鳩首会議をしているお偉方となると、なおさら上に媚びる習性が身に染みついている。彼らを交渉相手にすることに見切りをつけた西村の気持ちもわからないではない。

つい先ほども西村は自爆という言葉を使った。それがどこまで本気なのか。交渉を有利にするための三味線ではないとしたら、最悪の事態を回避するために自分になにが出来るのか――。

いずれにしても一警察官の本分としてやるべきことは明確だ。人質を無事に救出し、西村を検挙する。それが困難な場合は西村を殺害してでも人質の救出が優先される。

ＳＩＴの装備に狙撃用のライフルが含まれているのは、そんな選択もあり得ることを意味している。もちろん西村はそれをよくわかっているはずだ。

「君の言うことがあながち間違っているとは思わない。警察という組織になにかと問題があることは、きょうまでの警察官人生で身に沁みてわかっている。それでも君がやっていることは犯罪だ。それを容認することも同時に警察官の私にとっては自殺に等しい。そこをわかって欲しいんだ」

「それじゃ警察は永久に変わりませんよ。警察だけじゃない。腐りきったこの国の官僚機構そのものが永遠に続くことになる。警察官の立場を離れて一人の国民として考えてください」

「だからといって君がやろうとしている手段を正当化することは出来ない」

「いいんですよ、正当化なんかしてもらわなくても。おっしゃるとおり、おれがやっていることは法治国家の日本では犯罪です。それでいいんです。おれはこの世の中を少しでもまともにするために犯罪を犯す道を選んだんですから」

「そのために人質を犠牲にしていいのか。元の奥さんなんだろう。人の命をそこまで軽く見られるなら、君だって警察のことをあげつらう資格はないだろう」

「死んで当然の女というのもいるんです。おれは暴力なんか一度も振るわなかった。たしかにクスリはやりました。あの女はそれを利用して家庭内暴力の話をでっち上げて、離婚調停に持ち込んだ。本当は外に男をつくって、そいつと一緒になるためにおれを袖にしたんです」

西村の口ぶりに怒りが滲む。男をつくった云々の話はよくわからない。しかし警察を辞めてからも覚醒剤を常習していたのなら、妻が別れようと考えたとしてもそう理不尽な話ではない。家庭内暴力の話についても、西村の言い分を丸々信じる根拠はない。

しかし一見理が通っているようにみえる西村の行動が、全体としてみればある種の狂気をはらんでいるのは疑いようがない。だとしたらいま口にした妻への感情にしても、甘く見るのは危険だろう。

いずれにせよ、ただ膠着《こうちゃく》した状態を続けることが得策だとは思えない。ここは少しでも状況を動かしたい。

「とりあえず私はなにをしたらいい」

「さっき言ったとおりです。そこにいるSITの隊員全員をアパートの前に整列させてください」

「それについては即答は出来ない。おれにはSITに対する指揮命令権はないんでね」

「そのくらいは承知です。しかし隊長はそこにいるんでしょう」

「隊長にしたって、一存で言うことは聞けない」

「本庁の連中にお伺いを立てても無駄ですよ。向こうは拒否しましたから」

「拒否した？」

「そうです。おれはいまさら命が惜しいとは思いませんが目的を達しもせずに犬死にはしたくない。しかし連中にとっていちばん好ましい解決は、おれを射殺して一件落着というパターンでしょう」

「その最悪のパターンを回避しようとは思わないのか。一度捨てる覚悟をした命なら、もっと有意義な使い方があるんじゃないのか」

「そういう生ぬるい考え方でこの国の警察が変わったことが一度でもありますか。例えば、組織的な裏金づくりや所管業界との根深い癒着。いくらマスコミに叩かれても、一部の不心得な連中のせいにしてお茶を濁す――」

それが真実だということを葛木もよく知っている。というより全国津々浦々の警察官の誰もが知っていると言っていい。

本来なら捜査の現場で使われる経費がすべて裏金として吸い上げられて、そのカネは上の人間の官官接待や異動の際の餞別に使われる。

現場の刑事は緊急の際のタクシー代から携帯電話代、情報収集のための飲食代に自腹を切らされ、果ては空出張の伝票まで書かされる。

逆らえば人事で不利な処遇を受けたり村八分にされるから、誰も表だって苦情は言わない。葛木だってそんな悪弊の一端を担ってきた一人なのだ。

「要するに警察を摘発する警察は存在しないということですよ。検察だって内部の体質は似たようなものだから、決して司法のメスは入れない。誰かが自爆攻撃を仕掛けないと、けっきょくなにも変わらないんです」

左翼や右翼の過激派が相手の公安なら珍しくはないかもしれないが、たとえ正義感に基づくものであるにせよ、ここまで思い詰めた犯人と対峙するのは葛木にとって初めての経験だ。このまま話を続けても相手のペースに引き込まれるだけだろう。いったん頭を冷やす必要がありそうだし、いま要求されていることは葛木の一存で応じられるものでもない。刺激しないように慎重に問いかけた。

「一つだけ確認したい。いま覚醒剤は?」

「ここ一年は完全に絶っています。フラッシュバックも起きていません。そこは信じてください。クスリでいかれた結果の妄想と理解されたら、これから先の交渉はすべて無意味になってしまいます」

「わかった。それは信じよう。少し時間をもらえないか。SITの隊長とも相談してみたい」

「あまり時間はかけないでください。そうですね、三十分待ちます。おれも出来れば人は殺したくない。そういう経験は一度で十分ですから」

一度で十分――。西村が言っているのは五年前の事件のことだろう。ただし上層部による事実隠蔽に触れたわけではないから、噂の真偽についてはまだ判断できない。しかしここでその話を持ち出したこと自体、今回の事件とそれとのあいだの深い繋がりを示唆しているとも言えるだろう。

とはいえ、そのことにいま敢えて触れて刺激はしたくない。成り行きとはいえ、そもそもこうして自分が西村と話していることにさえ、桜田門のお偉方がどういう横槍を入れてくるかわからない。

「わかった。三十分以内に連絡する。くれぐれも早まった行動には出ないでくれ」

「ご心配なく。顔を潰すようなことはしません。おれにとっては葛木さんは貴重な命綱ですから」

信頼を滲ませた口ぶりで言って、西村は通話を切った。

3

「とんでもないことになっちまったな」

大原は深刻な表情だ。指名を受けたのは葛木でも、所轄の現場指揮官として、預けられた下駄は重すぎると言いたげだ。

「なんとも因果な成り行きですが、逃げるわけにもいきません。問題は桜田門がどう受け止めるかでしょう」

不安を覚えるのがそこだった。自分たちが見限られて、代わって指名されたのが所轄の葛木で、しかもすでに長々と話をしている。面子を潰されたと考えて、どんな見当違いの指示をしてくるか予断を許さない。

「どうするね。ＳＩＴとしては」

大原が問いかけると、川北は緊張を隠さない。

「上に報告しないわけにはいかないでしょう。こちらの判断だけで動いてしまうと、後々、厄介なことになりそうですから」

「しかし三十分のタイムリミットがある。そのあいだに適切な対応を思いついてくれるかどうか」

大原は思案投げ首だ。そもそも微妙なニュアンスも含めて、西村とのやりとりを報告するだけで三十分では済みそうにない。そのうえ話したのは、上の連中にとってあまりに刺激的な内容だ。自分が置かれている立場が想像を絶して困難なものだという事実を葛木は改めて噛みしめた。

「こうやっているあいだにも時間は過ぎていきます。いずれ報告しなければいけないのだとしたら、川北さんが言うようにやはりいまがいい」

葛木が言うと、大原も渋い表情で頷いた。

「そっちはそっちで厄介な相手だが、やはり逃げるわけにはいかないな」

「それじゃ管理官に電話を入れます。ＳＩＴを担当するようになって長い人ですから、現場の事情はある程度わかってくれるはずです」

そう言って川北は携帯から本庁に電話を入れた。まずかいつまんで事情を説明する。スピーカーホンでやって欲しいところだが、そこは本庁サイドの指揮命令系統に関わることで、所轄の葛木たちに垂れ流しというわけにはいかないだろう。

一通りの説明を終え、川北は通話を切って振り向いた。

「いま管理官が集まっているお歴々に報告しています。そのあと向こうから連絡をくれるそうです」

「どんな様子だったね」

大原が問いかける。眉間に皺を寄せて川北は言う。

「慌てていました。向こうに対して西村は交渉打ち切りの通告をしていなかったようです。ただ電話を入れても応答しなくなったそうで、不安になっていた矢先のようでした」

「蜂の巣を突ついたようになっているかもしれんな。こっちの舵取りはえらく難しくなりそうだ」

大原はため息を吐く。

そのとき葛木の携帯が鳴り出した。緊張してディスプレイを覗くと、俊史《としふみ》からの着信だった。

話しているあいだに西村から電話があったら困る。慌てて耳に当て、こちらからかけ直すと応じて通話を切った。

「課長、携帯を貸してもらえますか」

大原は事情を呑み込んで、素速く自分の携帯を手渡した。それを受けとって俊史の携帯番号をプッシュする。周囲の耳を憚《はばか》っているのか、声を落としたような調子で俊史が応答する。

「そっちの状況はどうなの？」

「じつはとんでもないことになった──」

手短に説明すると、俊史は当惑をあらわにした。

「なんてことに。桜田門の偉い人たちは子供の使いみたいなことしか出来ないのか」

「どうもそのようだ。西村のお眼鏡に適わなかったわけだよ。だからといっておれが適任だという話にはならない」

「いや、適任だと思うよ。西村が親父を人間として信頼しているのが最大の強みだよ。難しいかもしれないけど、少なくとも親父は西村の心を開く鍵を握っているわけだから」

「だからといって、あそこまで腹を括《くく》られてしまうとな」

「いま西村は覚醒剤はやっていないんだね」

「本人はそう言っている。おれとの話しぶりからも嘘じゃないと思うんだが」

「そうだとしたら手強いね。選択した方法が常軌を逸している点を除けば、言っていることは間違ってはいない」

警察という組織の腐敗を一掃することをキャリアとしての自分の使命だと自任する俊史にすれば、西村の言い分には共鳴するところが多いだろう。

だからこそ、この問題は厄介だとも言える。心ある警察官ほど、西村が訴える正義と警察官としての立場の板挟みになる。西村がいまやっていることは明らかに犯罪だが、それをただ挫折させて終わるなら、結果は組織にはびこる悪の温存に手を貸したことになる。

「泣き言は言いたくないが、出来ればほかの署の管轄で起きて欲しかったよ」

「いや、その話だと、親父がどこにいようと交渉役に指名してきたかもしれないよ。あるいは親父が城東署にいるのを知っていて、わざわざそこで事件を起こしたとも考えられる」

「そうだとしたら、おれも被害者の一人だと言いたいよ。上の役所の動きはどうなんだ」

「まだ気味が悪いほど静かだよ。マスコミはだいぶ報道しているけど、そっちも出ているのは西村が元警察官だというくらいだから。立て籠もった動機については、不明だと言って警視庁が公表していないようだしね」

「どう転んでも悔いが残る結果に終わりそうだな。西村はえらく厄介なことを思いついてくれたよ」

「最悪の事態はもちろん人質を死なせてしまうことだけど、西村を殺害して終わるというのも、決して望ましいかたちとは言えないからね」

俊史も同じことを惧れているらしい。五年前に起きた事件の真相は、それによって永遠に封印されてしまいかねない。

裏金やら監督下にある業界との癒着やら、西村が言及した諸々の悪弊も、警察組織という分厚い闇の底にしまい込まれ、西村の目論見はなんの結果も残さずに潰《つい》え去る。俊史が続ける。

「親父の立場の難しさもよくわかるよ、おれもいまはいい考えが浮かばない。心情としては西村の考えに惹かれるところがなくもないけど、親父が言うように、たしかにやり方が過激すぎる」

「ああいう若い元警官にそこまでの行動を決断させた点においては、この国の警察官全員に責任がある。もちろんおれも例外じゃない。そんな負債を抱えながら、西村を抹殺して終わるのは堪えがたい」

「かといって警察上層部が、体面をかなぐり捨てて要求に応じるはずもない。長官の肉声での謝罪うんぬんはこちらの様子を窺うための観測気球で、本当はもっと過激な要求を用意しているかもしれないよ。大変だとは思うけど。ここはやるしかないよ。

「これだけのことを仕掛けてきたんだ。西村としてはあっさり失敗するわけにはいかない。

二の手、三の手を考えているかもしれない。大変だとは思うけど。ここはやるしかないよ。

おれはこのまま蚊帳の外に置かれそうで、手伝えることがないのが歯痒いけどね」

「いや、むしろそのほうがいい。伊達《だて》に警察庁にいるわけじゃない。外からは窺い知れない雰囲気というのも察知できるだろう。そういう情報が意味を持つ局面もきっとある」

「ああ、いずれはおれのところにも詳しい情報が上がってくる。役に立ちそうな材料があれば逐一知らせる。守秘義務違反に問われるかもしれないけど、この状況でそれを怖がってはいられない」

力強い口調で俊史は言う。息子の言葉に背中を押されて、逡巡《しゅんじゅん》していた気分がすこし軽くなった。

「ああ、天命だと開き直るしかなさそうだな」

そう応じて通話を終えると、入れ替わるように後部シートで携帯が鳴り出した。弾かれたように川北が応答する。相手の話に耳を傾けるうちに、その表情が険しくなっていく。

「わかりました。伝えます」

そう応じて、川北は葛木を振り向いた。

「最悪の対応です。交渉はあくまで自分たちでやるから、葛木さんは西村からの電話に一切応じてはならないと――」

「それじゃ交渉を打ち切るに等しいじゃないですか。いかにも母屋の官僚らしい。くだらない面子にこだわっているとしか思えない」

池田が吐き捨てると、大原が渋い表情で口を挟む。

「それだけじゃないな。連中、西村によほど痛いところを突かれたんだ。葛木君が交渉役ということになると、西村の口からどんな重要機密が漏れ出してくるかわからない」

「それを惧れてだとしたら、彼らの考えはやはり読めますね――」

葛木は頷いた。

「交渉決裂ということにして強行策に出る。抵抗したことにしてその場で射殺。その場合、人質の命は保証の限りじゃありません」

「五年前の事件についての噂が本当だとしたら、西村を殺さずに検挙するチャンスがあっても敢えて殺害を強行する。それを隠蔽することは十分可能だと連中は見るだろうからな」

「もしそういう命令が出たとしても、私は従うつもりはありません」

思い詰めた表情で川北が言う。

「そのときは、隊長の首をすげ替えれば済むからね。しかしそんな作戦に出る可能性があるくらい、西村だって先刻承知だろう」

　大原が首を傾げる。葛木は大きく頷いた。

「そこですよ。本庁のお偉方は事態を甘く見ています。話をしていて、西村はなにか得体の知れない自信を持っているように感じました」

　川北が身を乗り出す。

「元ＳＩＴの隊員ですから、こちらの実力はよく承知しているはずです。猟銃一丁で我々の強襲に太刀打ちできるとは思っていないでしょう。それを未然に防ぐ秘策を用意しているかもしれません」

「そうだとしたら、この先、えらい落とし穴が待ち受けているかもしれん。ＳＩＴの隊員を整列させろという要求についてはどうなんだ」

「無視しろと言っています」

「人質に危害が加わるようなことになったらどうする」

「まだそこまではしないと思います。その要求自体、こちらの腹の据わり具合を試そうという狙いでしょう。向こうにしてみれば人質はなけなしの切り札ですから」

「自分を守る楯を自ら放棄はしないということか」

「少なくとも現時点では、という意味ですが」

「あんたの言うとおりかもしれない。おいそれと言うことを聞けば、ますますつけ込んでくるだろうからな」

腹を括ったように大原が言う。川北の傍らで池田も頷く。

「そのあたりは我慢比べでしょうね。さっきのやりとりを聞く限り、クスリでぶっ飛んでいる様子もないし、なかなかクレバーなところも見せてますから、いますぐ闇雲な行動に出るとは思えません」

「桜田門の本部の面々が馬鹿な対応をしないという前提での話だがな。いちばんの心配はそっちだよ」

大原はそう言って川北を振り向いた。

「SITの配置はどうなってますか」

「所轄の皆さんに紛れ込んで、アパートのいちばん近くに待機しています。万一の際にはいつでも突入できる態勢です。あの造りの木造アパートならドアを蹴破るのは容易です。ただし我々のやり方は犯人との交渉が基本で、強行策はあくまで最後の手段です」

「それはそうだ。人質が救出できても殉職者を出したんじゃな」

大原は頷く。腕時計を見ながら葛木は川北に訊いた。

「そろそろタイムリミットですよ。どうしますか」

川北は首を横に振る。

「在職期間から考えて、西村に顔を知られている隊員はせいぜい三名くらいです。隊の全容を晒してしまえば、こちらは決定的に不利になります。応じないほうが賢明でしょう」

「向こうから電話が来た場合、出たほうがいいと思いますか」

川北は意を決したように言う。

「出てください。命令には反しますが、そもそもその命令が間違っています。立て籠もり事件で犯人との接触を失うのは最悪の事態です。一度拒絶した桜田門の本部との交渉に、いまさら西村が応じるとは思えません。責任はすべて私がとりますので」

現場を預かる隊長として、それはぎりぎりの決断だろう。一方で葛木にも重圧がのしかかる。犯人からの最初の要求を拒絶することが今後の推移にどういう影響を及ぼすか、こうした事件の専門家ではない自分には判断できない。葛木は川北に確認した。

「状況がいまより悪化することはありませんか」

「西村も簡単に目的が達せられるとは思っていないでしょう。重要なのは葛木さんを信頼している点です。向こうの要求を呑まない代わりに、こちらも強行策には出ないと約束してください。その取引には乗ってくると思います」

専門家がそう言うなら、まずは信じるしかない。こちらから電話をすると言いはしたが、本部から接触を禁じられている以上、あとで言い訳をするためにも、向こうからの連絡を待つほうがいいだろう。

リミットまであと五分というところで葛木の携帯が鳴った。西村からの着信だ。

「連絡をくれるって話だったじゃないですか。まさか逃げようというんじゃないでしょうね」

のっけから挑発的だ。こんどもスピーカーホンに切り替えて、深呼吸をして葛木は応じた。

「済まなかった。じつは桜田門の本部から、おれが交渉するのはまかりならんというお達しが出てね」

「そのようですね。さっきから何度も電話がかかってます。もちろん出ませんがね。正式な交渉窓口は自分たちだから、すぐに連絡を寄越すようにと留守電に吹き込んできてますよ」

「あくまで向こうとは交渉しないんだな」

「そのつもりです。こっちの要求には応じてもらえるんですか」

「残念ながらそれはできない。きみもSITに在籍したからわかるだろう。応じればこちらにとっては大幅な戦闘力ダウンになるからね」

「言っときますが、おれはこの女をいつでも殺せます。人質がいなくなれば自滅することになるから、それは出来ないと高をくくってらっしゃるんでしょうがね。しかし、殺さないまでも苦痛を与えることは出来ますから」

「家庭内暴力の話は本当だったわけか」

怖気《おぞけ》だつ思いで問いかけた。西村はせせら笑う。

「信じようと信じまいとそちらの勝手ですが、目的を遂げるためには手段は選ばないということだけは言っておきます」

「早まったことはしないほうがいい。ここにSITの隊長がいる。そちらが人質に危害を加えない限り、強硬な手段に出るつもりはないとはっきり約束してくれている。お互いそこで譲歩するのが賢明だと思うんだが」

「譲る気はありません。おれも必死なんです。SITの能力はよくわかっています。いますぐ突入しておれを射殺するくらいわけもないことをね」

「隊長はそんなことは考えていない」

「しょせんは宮仕《みやづか》えだから、上からの命令なら従うしかないでしょう」

「こちらにとっては人質の救出が最優先だ。その命を犠牲にしてまで強硬手段に出る気はない」

「上の連中はなにを画策してくるかわからない。まずはお互いの信頼関係の構築のために、こちらの要求を呑んで欲しいんですよ」

「私に言わせればそれは逆だな」

「どういうことです？」

「君が私を交渉の窓口に指名したのは、私を信頼してくれているからだろう。だったらここで私や隊長を言いなりにさせて、面子を潰すのは得策じゃないということだ」

「葛木さんの面子を潰そうなんて思っちゃいませんよ」

「しかし上の連中は私や隊長を無能と判断して外しにかかる。私が当事者としての立場を失えば、君にとっても不利な結果を招くんじゃないのか」

「すでに連中は外しにかかっているんでしょう」

「君は交渉を拒否している。けっきょく彼らはこちらに一任するしかなくなるだろう。しかしここで君の要求を吞んだら、彼らは私を交渉能力なしとみる」

「なるほど、筋の通る話ではありますね。連中の命令に逆らっておれの電話に出てくれたことにも、葛木さんの誠意は感じます」

「じゃあ、要求は撤回してくれるんだな」

「その要求に関しては撤回します」

「小出しにするのはやめてくれないか。そろそろ本音を言ってくれ。さっき言っていた警察庁長官の肉声による謝罪というのが人質を解放する条件なのか」

「それはもうしばらくとっときます。いま要求しても拒否されるのは目に見えてますから」

「なかなか周到だな。だったらとりあえずの要求は?」

葛木は水を向けた。このまま事態を膠着させれば、ＳＩＴのみならず所轄の人員も疲弊する。そうなれば万一の際の即応力を失う。SITは危急の局面での尖兵《せんぺい》という役割だが、それは所轄の警官の分厚いサポートがあって初めて可能になるものだ。

「そうですね。だったらこれから一時間以内に、警視庁で記者会見を開いてもらえませんか」

「記者会見？」

「こっちはずっとテレビを見ているんですが、どうも報道協定でも結んでいるようなんです。ニュースでは江東区大島のアパートで、身元不明の男が女を人質に立て籠もっていて、その男が元警察官らしいという第一報を繰り返すだけなんですよ。せっかく全国的に有名になろうと思ったのに、これじゃ得体の知れないどこかの馬鹿としか認知されないじゃないですか」

「そうなのか。おれたちはテレビを見ていないので、そのへんのことはわからない」

マスコミと警察の報道協定は誘拐事件などの際にはよく行なわれるが、立て籠もり事件でもそういうケースはあると聞く。ニュースなどを通じて警察の動きが犯人に察知されるのを嫌ってのことらしいが、今回はどうもそれだけではなさそうだ。

「おれは自分が元SIT隊員で、覚醒剤の常習が発覚して警察を辞めたということをすでに伝えています。もちろん名も名乗りましたから、警察サイドで裏はとれたはずです。隠す理由のない事実を隠しているのは、そこにやましいことがあるからじゃないんですか」

やはり要求を小出しにして揺さぶりをかけるつもりらしい。いま出してきた要求は、事情を知らない人間からみれば無理難題と言えるようなものではない。むしろそれをやらない警察の態度が不審なくらいで、拒否して人質の安全を脅かすようなことになれば、警察に非難が集まるのは間違いない。

「まずはとっかかりですよ。そのくらいは聞いてくれてもいいでしょう。人質の命と比べたら安いもんじゃないですか」

「たしかにな。おれが頑張ってなんとか通そう。その代わり、こっちの頼みも聞いてくれるか」

一方的に要求を吞むだけなら小学生でもできる。譲ったぶんはこちらも要求し、絶えずフィフティ・フィフティの関係に持っていくのが交渉ごとの鉄則だ。

「なんですか?」

西村は警戒するように問い返す。さしたる話でもないというニュアンスを漂わせ、穏やかな調子で葛木は言った。

「人質の女性と話をさせて欲しいんだ。電話でいいから。安否を確認したいんでね」

それはいい要求だというように、後部シートで川北が頷く。

「いいですよ。ただしこちらの要求を通してくれるのが先です。記者会見の様子をテレビで確認したら、こちらから葛木さんの携帯に電話を入れます。もちろん録音してもらってかまいません」

西村は警戒を解いた様子だ。それ自体は西村にとって不利な話ではない。人質が無事なことを確認させることは、それが我が身を守る楯として十分機能していることのアピールに繫がり、警察側にとっては逆にプレッシャーとなる。しかしこちらとしてもそこを確認しない限り、話は前に進められない。葛木はさらに一押しした。

「いや、いますぐにだ。それが我々の条件だ。君にとっても悪い話じゃないだろう。世間の関心はなによりもまず人質の安否だ。彼女と君の関係も含めて、その話も記者会見で発表できればマスコミの注目度も違ってくるだろう」

「たしかにね。おっしゃるとおりかもしれない。少しお待ちを」

西村はそう応じ、そのまま音声が途絶えた。携帯を保留にしたのだろう。じりじりしながら二、三分待つと、西村は電話口に戻った。

「どうぞ、話してください」

葛木は音声録音のボタンを押して呼びかけた。

「警視庁城東警察署の葛木と申します。杉田久美子《すぎたくみこ》さんですね」

それが人質の女性の現在の名前だ。事件が起きたときはすでに役所が閉まっていたので、戸籍からの確認はしていないが、警視庁の警務部には西村が在籍したときの給与関係のデータが残っていた。控除関係の書類にあった妻の名前が久美子で年齢も一致した。さらにそこには当時三歳の息子も扶養家族として記載されていた。近所の住民の話では、女性は一人暮らしらしいが、その息子がどこにいるのかも気になるところだ。

「はい。そうです」

どこか怯えた女性の声が携帯のスピーカーから流れてきた。ダッシュボードに置いた携帯に顔を近づけて、葛木は問いかけた。

「無事なんですね。お怪我などはありませんね」

「はい。怪我はとくに」

「息子さんがいらっしゃるはずですが、いまどちらに?」

「実家の両親のところに預けてあります。いろいろ心配なことがあったものですから」

心配なこととは西村からの接触と考えていいだろう。子供も一緒に人質にされているとしたら厄介だと案じていたが、その点は安心できた。

「いまはどんな状態ですか。身体は拘束されていますか」

「あ、あの——」

なにか答えようとしたところへ、西村の声が割り込んだ。

「ここまでにしてください。安否の確認は十分出来たはずですから」

「彼女はいまどんな状態なんだ。身体を拘束しているのか」

「そこはご想像に任せます。そう洗いざらいこちらの事情をお話しするわけにはいきませんので――」

　余裕を覗かせて西村は続けた。

「それでは記者会見のほうをよろしく。あ、そうそう。ステージを盛り上げるために、これからそちらの携帯にプレゼントを送ります。ぜひご活用を」

　そう言って西村は通話を切った。不快感を隠さず大原が言う。

「野郎、えらく自信満々じゃないか。まだなにか隠し球があるのか」

「たしかに気味悪い。ただの立て籠もり犯じゃありません。元ＳＩＴ隊員ですから、甘く見るわけにはいかないでしょう」

　葛木は頷いた。川北は桜田門の本部に報告を入れている。そのとき葛木の携帯にメールが着信した。

　開いてみると写真が添付されている。写っているのは三十前後とみられる女性の姿だった。ダイニングテーブル用の背もたれのある椅子に座り、両腕を後ろに回している。ロープのようなものが写っていないところを見ると、後ろ手に縛られているか手錠をかけられているかだ。足はどうなっているか、写真ではわからないが、たぶん椅子の脚に固定されているのだろう。

　うつむき加減だが、なにかを訴えるように目だけはカメラのほうを向いている。憔悴《しょうすい》している様子だが、外傷は見られない。

いかにも人を食った話だが、記者会見の席上で公表する性質のものではない。しかし、いましがたの西村の口ぶりからすると、同じ写真をマスコミにも送りかねない。

そうなるとワイドショー関係のテレビ番組が流さないはずがない。西村の思惑どおり、事件は全国規模の大ニュースになるだろう。

呑み込みの悪い本部の管理官に懸命に状況を説明している川北の傍らで携帯が鳴った。池田が素早く応答する。

「おう、若宮《わかみや》か。どうした。なにか出てきたか」

若宮は強行犯捜査係の若い刑事で、事件が発生してすぐ、近隣の聞き込みに回っていた。

「なんだって？　西村がきょうの日中、妙なものを買っていた？　硝酸アンモニウムに軽油？　それからラジコン用のニトロメタン混合燃料？　なんに使うんだ、そんなもの？」

池田の上げた声に反応したように、川北が携帯を耳から離して顔を上げた。

「まずいな、それは」

「どうまずいんだね」

振り向いて問いかける大原に、緊張を帯びた声で川北は言った。

「アンホ爆薬の材料です。ニトロメタンは爆速を高めるために添加するつもりでしょう。大量の死傷者を出したオクラホマシティ連邦政府ビル爆破事件で使われたのがそのタイプの爆薬です」

第三章

1

「自爆というのは、譬え話じゃなかったらしいな」

大原は怖気だつように言う。オクラホマシティ連邦政府ビル爆破事件は、一九九五年四月に起きた爆破テロ事件で、死者は子供十九人を含む百六十八人、負傷者は八百人に上った。

そのとき使われたのはトラックに積んだ数トンという大量の爆薬だった。

西村が購入したのは基剤となる硝酸アンモニウム、いわゆる硝安が二五キロに軽油が二〇リットルで、量ははるかに少ないが、鉱山などでの発破《はっぱ》に使われることを考えれば、アンホ爆薬の威力は馬鹿にできない。

軽油は硝安の六パーセントが適量だというから、あまり少量では怪しまれるとみて、ある程度まとまった量を購入したのだろうと川北は言う。

硝安は園芸品店やホームセンターで肥料として売られている。ニトロメタン混合燃料も、ラジコンカーやラジコン飛行機などの燃料として専門のショップで購入できる。軽油はガソリンスタンドで簡単に買える。

西村も硝安は現場に近いホームセンターで、混合燃料はその近くのラジコンショップで、軽油は近くのガソリンスタンドで購入していた。いずれもきょうの午前中で、硝安の売り場を訊かれたというホームセンターの店員は、西村の写真を見せるとすぐその顔を思い出した。聞き込みをした捜査員もレジにある防犯カメラの映像を確認したが、映っていたのは西村で間違いないという。

ラジコンショップの店員もその顔をはっきり記憶していた。軽油を容器で買う客は珍しいので、ガソリンスタンドの店員も顔を覚えていたらしい。

「しかし当日になって慌ただしく買いそろえたところをみると、それほど計画的だとは思えないが」

小首をかしげて大原が言う。葛木《かつらぎ》も同様に受け止めていた。かつてSITに所属していたなら爆発物について多少の造詣はあるだろうが、生半可な知識で行き当たりばったり行動しているとすれば、そこに付け入る隙がありそうだ——。そんな考えを口にすると、川北は慎重に首を振った。

「そうとも言えないかもしれません。アンホ爆薬は、製造は容易でも簡単に爆発しないのが特徴なんです。ライターで火を点けてもただ燃えるだけだし、電気雷管でも起爆はできない。普通はダイナマイトを使って誘爆させます。そのくらいの知識は西村にもあるはずです」

「ところがそのダイナマイトは、一般の人間は買えないわけだ」

大原が膝を叩く。川北は頷いた。

「都道府県知事の許可が必要で、かつ資格を持っていないと入手できません」

「だとしたら西村は、それを知らずに役にも立たない玩具《おもちゃ》をつくっているのか、それとも――」

葛木は言葉を呑み込んだ。もし承知のうえだとしたら、事前に周到な準備をしていたことになる。起爆用のダイナマイトをどう手に入れたのかは知らないが、素人の仕事と舐めてかかるのは危険だろう。葛木は川北に確認した。

「桜田門にいるお偉方の耳にも入れておくべきじゃないですか」

その一報がくるまで川北は本庁と話をしていたが、結論の出ないやりとりに業《ごう》を煮やして適当な口実をつけて話を打ち切ったところで、爆薬の件はまだ伝えていない。

ただでさえ頭がパンク寸前のお偉方にいま爆発物の話を聞かせたら、どんな頓珍漢《とんちんかん》な反応をするかわからない。それに情報そのものがまだ想像の域を出ていない――。そんな考えもあってだろうが、いまの川北の話を聞けば、やはりいつまでも蓋はしておけない。

「まず事実関係を明らかにするのが先決でしょう。SITとしてはもっと確定的な情報がないと動けないし、上の人たちをただ闇雲に混乱させることになる。それを探れるのは葛木さんしかいませんよ」

川北は煽《あお》るように言う。現場指揮官にすぎない彼がそこまで上への不信感を示したのは意外だが、ここまでの成り行きをみれば、それもわからないではない。

西村が所持している武器が猟銃だけなら、突入という強硬手段も不可能ではないが、大量の爆薬となると難しい。そこがはっきりしなければ、突入がそのまま自殺になりかねない。川北が言うとおり、その感触をいま探れるのは葛木だけだろう。

「その量のアンホ爆薬の破壊力はどの程度ですか」

葛木が訊くと、川北は表情を硬くした。

「アパート全体を粉みじんにし、さらに近隣の家にも被害が及ぶくらいの威力はあるでしょう。この一帯は木造家屋が多いですから、火災が起きればかなりの範囲が類焼する惧れがあります。そもそも起爆用のダイナマイトだけで、室内にいる人間は死傷を免れないと思います」

「本当だとしたら、我々に打つ手はありますか」

「近隣の住民については、すでに避難していますから心配は要りません。しかし家屋の破壊や焼失は最小限にとどめたい。事前に消防車を待機させるべきでしょうね」

「それ以上に問題なのは、こちらの態勢じゃないのかね」

深刻な顔で大原が言う。たしかにそこが大きな問題で、万一爆発しても警察側に死傷者が出ない距離まで前線は後退させざるを得ない。警視庁にはテロ専門のＳＡＴ（特殊急襲部隊）もおり、ＳＩＴの手に余ればそちらが出動することになるだろうが、それでも状況はたぶん変わらない。

警備の人員に紛れてアパートに接近できないとなると、突入の指令が出た場合、まさしく命をかけた作戦になるだろう。アパートに近づくだけで生命は危険にさらされる。猟銃で狙い撃ちされる惧れもあれば、自爆の巻き添えになることもある。

「正直言って妙案がありません。現状では説得によって自爆を思いとどまらせるしか手はないと思います」

川北はあっさり言ってのける。なんのためのＳＩＴかと腹立たしくもなるが、現実は彼の言うとおりで、隊員たちに決死の特攻作戦を強いることはできないし、よしんば敢えてそうしたとしても、成功の確率は高くない。人質もろとも犠牲になるなら、まさに犬死にということになる。

「けっきょく葛木さんに頼るしかないわけだな」

大原も下駄を預けようという口ぶりだ。葛木は身を硬くした。

「しかし自信はありません。こういう交渉の訓練を受けたわけではないですから」

「そこはSITも似たようなものです。教科書通りの説得術でうまくいくことなんてまずあり得ない。私も突入作戦の指揮をとったことはありますが、それはあくまで説得に失敗した結果です」

川北は無念そうに言う。大原も頷く。

「その爆薬を西村が用意しているとしたら、強行突入という二の矢が事前に封じられているようなものだからな」

そういう見方もわからないではないが、なぜこんな巡り合わせにという思いはやはり打ち消せない。説得に失敗したとき背負うであろう責任の重さを思えば、心が押し潰されそうな気分だ。

「まずは西村の真意を探るべきだろうな。それはあんたにやってもらうしかない」

引導を渡すように大原が言う。どうやら逃げ場はなさそうだ。慄《おのの》く思いで携帯のボタンをプッシュすると、数回の呼び出し音で西村は電話口に出た。

2

「早いですね。本庁のお偉方はもう結論を出しましたか」

「いや、その前に確認したいことが一つあってね」

「なんでしょう」

西村は親しげに訊いてくる。その余裕を裏づけているのがやはり爆薬なのかと不穏な思いが湧き起こる。できれば否定して欲しいと願いながら問いかけた。

「きょうの午前中、区内のホームセンターで硝酸アンモニウムを購入しているね。それからラジコンショップでニトロメタン混合燃料、さらにガソリンスタンドで軽油も――。なんに使うつもりなんだね」

「さすがですね。もう調べがついていましたか」

西村は隠そうともしない。想像していたとはいえ、やはり落胆は拭えない。同時に事態の深刻さがいよいよ心にのしかかる。

「用途は爆薬と理解していいんだね」

「おっしゃるとおりです。SITのあとにはSATが控えている。猟銃一丁で勝負できると考えるほど、おれだって甘くはありませんから」

「どこでそういう知識を得たんだね」

「従兄弟《いとこ》が発破関係の会社をやってましてね。警察を辞めたあと、しばらくそこで働かせてもらったことがあるんです。そのとき見様見真似で覚えたんですが、なにせ素人の仕事ですから、うまく爆発してくれるかどうか――」

いかにも韜晦《とうかい》するような言いぐさで、逆に自信を覗かせているようにさえ受けとれる。

「起爆用にダイナマイトが必要だと聞いているが」

しらばくれて問いかけると、舐めたような調子で西村は応じる。

「いろいろご存じなんですね。じつは発破の現場でアルバイトをしていたときに、少しだけくすねておいたんです。なにかのときに役に立ちそうな気がしましてね。電気雷管もありますんで、いざというときには瞬間的に爆発させられます。ただし理屈どおりにいった場合で、実験したわけじゃないからまだなんとも言えない。まあ素人の遊びみたいなもんですよ」

「さっき自爆と言ったのは、それを使う覚悟があるということだね」

「それはもちろんです。できれば使わずに済ませたいんですがね。それは警察側の出方次第です」

「人質を巻き添えにするのだけはやめてくれないか」

「それじゃおれ一人が勝手に死んで、警察という組織はなにも変わらないことになるでしょう。もちろん最終的な要求が通れば人質は解放します。ですからまずは先ほどの要求に応じてください。おれのほうは人質の声を聞かせて写真も送った。なのに葛木さんのほうが梨のつぶてじゃ、こちらは立つ瀬がないじゃありませんか」

「当然それは上と話し合う。しかしその前に考えてくれないか。こんなやり方で本当になにかを変えられるのか。良識的な市民はそんな手段には共感しない。君がやろうとしているのはまさしくテロだ。テロで世の中がよくなった話は聞いたことがない」

「だったらどういう方法があるんですか。おれは世間からどう見られようとかまいません。人に褒められようとも思わない。この先人生に希望があるわけでもありません。何度も死のうと思いました。そこで考えたんです。だったらこんなつまらない人間の命も使い道がないわけじゃない。けっきょくなにも変わらないかもしれないけど、少なくとも真実の一端を世間に知ってもらうことはできるんじゃないかと」

「真実の一端とは?」

意味していることは想像できるが、もうしばらくとぼけておくことにした。西村はほのめかすように言う。

「おれの口から言ったんじゃ、始まらないんですよ」

「この国の警察のトップにそれを言わせたいと?」

「そのことも含めてです。世の中に対して明らかにしてもらいたいことはほかにもあります。しかしショーはまだ幕さえ開いていない。そのオープニングが、お願いしている記者会見なんですよ」

「君が言う真実というのを、上の人間は知っているんだね」

「もちろん知っているでしょう。彼ら自身が関わったことですから」

「それがなんなのか、教えてくれないのかね」

「もうしばらく待ってください。こちらにも段取りがあるんです」

「あくまで君のペースでことを進めたいわけか。話はこれから取り次ぐが、上が応じるかどうかはわからないよ」

「それなら交渉は決裂です。待っているのは警察にとって最悪の結末です。意味はおわかりですね」

「人質を巻き添えにして自爆するつもりなのか」

「この計画を立てたとき、十中八九そうなるだろうと覚悟は決めていました。しかし窓から葛木さんの姿が見えたとき、少しだけ希望が持てたんです」

「君にとって都合のいい人間とみてもらっちゃ困るな」

「そんなふうには思っていません。ただこうやって葛木さんと話せることが嬉しいんです。もうじきこの世とおさらばするかもしれない。そんな人生の最後の時間に、葛木さんと腹を割った話ができるなら、多少は死に甲斐があるというもんです」

「死ぬと決めてしまうことはないんじゃないのかね」

「さっきも言いました。人生というのは一度崩壊し始めるととめどがなくなる。葛木さんは人を殺した人間の気持ちがわかりますか」

「職務上の理由があってなら、自分を責めることはないだろう」

「それだけじゃないんです」

「じゃあ、いったいなにがあったんだ」

期待を隠さず問いかけた。自分が聞いた噂と無関係だとは思えない。西村が自らそのことに触れてくれれば、対話の歯車がそこで嚙み合う。

「まだ言えません」

「おれにだけは聞かせてくれてもいいだろう」

「人間としての葛木さんは信じています。しかしいまは警察官という立場との板挟みになっている。優秀で職業倫理に忠実な警察官なら、もちろんそれが当然です」

「けっきょく信じてはくれないわけだ。だったら交渉役として不適任ということになるが」

「板挟みになってくれる人じゃなきゃ、そもそも話し相手にすらなりませんよ」

「私を困らせて楽しもうというようにしか聞こえないがね」

「そう言わずに、葛木さんもこの際、楽しんでみたらどうですか。きょうまでさんざん甘い汁を吸ってきた連中のうろたえぶりを」

西村は不敵に言い放つ。葛木もさすがに憤りを覚えた。

「人の命をかたにとったゲームを楽しめというのか。それならこれまで聞かされたご高説も、ただ世間を騒がせるための戯言《ざれごと》だったことになる。そういう話に私は付き合えない」

「どうしてですか。葛木さんも、欲得と保身しか頭にない連中と同レベルだったわけですか」

「そう思いたいなら勝手に思えばいい。しかしこれだけは言っておくよ。君のやり方は間違っている。そんなことで世の中は変わらない。それに君だってわかっているはずだ。警察官のすべてが腐っているわけではないことを」

「どんな不祥事も一部の警官のせいにして片付けるのは連中の常套《じょうとう》手段じゃないですか。おれが告発したいのはそういうことじゃないんです。はっきり言って、下っ端の警官が働く悪事なんて、そいつらのやっていることと比べたら可愛いもんです」

「ずいぶん寛大な見解だな」

「事務職を含めれば全国には三十万人近い警察職員がいる。そこにけちな悪事を働くのがいくらか混じっているのはとくべつ異常なことじゃない。ほかの官公庁だって民間企業だって、そういう小悪党は同じような比率でいるでしょう」

「要するに、警察官も並みの人間だと言いたいわけだ」

葛木は穏やかに相槌《あいづち》を打った。その理屈はともかく、少なくとも西村が葛木と話すことに喜びを感じている気配は伝わってくる。まだ先行きは見えないが、相手に喋りたい気持ちがあるのなら、どこかで打開の糸口が摑めないとも限らない。

「問題は並みじゃない連中です。警察という馬鹿でかい組織を、意のままに動かす権力を握っている連中です」

「言いたいことはわからないでもないが、君がやろうとしていることで、その連中が本当に変わると思うのか。犬死にして終わるのは愚の骨頂だとは思わないか」

「たとえ犬死にでも、なにもしないよりはましでしょう」

「そうは思わない。それに私は君に死んで欲しくない。もちろん人質にもだ」

「生き続けることに希望が見いだせるんなら、おれだって――」

西村は言葉を呑み込んだ。葛木はそこにチャンスを見いだした。

「希望はある。必ずある。絶望が深ければ深いほど、その先にある希望の鉱脈は大きいものなんだ」

「それを信じろと言うんですか。口で言うのは容易いです。しかしこれから先何十年生きようと、おそらくなにも変わらない。だったら花火のように爆発して燃え尽きるのが、自分がいちばん納得できる人生の始末のつけ方に思えるんです」

そんな言葉に共鳴できると言えば嘘になる。かといってはったりや出任せだとは思えない。ここは微妙な駆け引きが必要だ。いま西村が崖っぷちに立っているのは間違いない。彼にとって世界と自らを繋ぐ唯一の絆が葛木だとしたら、ここでその期待を裏切れば、その崖っぷちから引き戻すことはたぶんできない。

爆薬を準備していることが明らかになった以上、ＳＩＴの強襲作戦はあらかじめ封じられている。本庁で鳩首会議しているお偉方が、まさか人質と突入隊員の生命を危険にさらす作戦を指示するとは思えない。失敗すれば世論の大反発を招きかねないその手の決断は、保身を旨とする彼らにとっていちばん避けたい選択肢のはずだ。

それなら西村の要求をどこまで聞き入れるか。これも保身という点からみれば難題中の難題だろう。

だとしたら最悪の結果を避けるには、自分ができる限り西村を説得し、一方で上の連中からも可能な限りの譲歩を引き出すしかない。

突然降って湧いたそんな役回りが、いかにも理不尽に葛木には思えた。そんな立場に自分を立たせた西村への憤りは人として自然なはずだ。

だからといっていまそれをぶつけたらすべては最悪の方向に向かうだろう。西村が自分に好意を持っているだけに、事態は厄介このうえない。

「人生の選択は人それぞれ自由だが、人質を巻き添えにするというのはどうなんだ。職務上の理由で被疑者を死亡させたことが今回の行動と関係あるのなら、それほど人の命の尊さに敏感な君に、どうしてそんなことができるんだ」

「人を殺したから――。ただそれだけで人生に躓《つまず》いたわけじゃないんです」

溜め息を一つ吐いて西村は続けた。

「自分という人間のクズさ加減に愛想が尽きたんです」

「射殺したのは正当防衛だったんだろう。検察も問題にしなかったと聞いているが」

喉から出かかる言葉を抑え、葛木はとぼけて問いかけた。振り切るような調子で西村は言った。

「爆薬の件はいずれわかると思っていましたが、ここまで早かったのは計算違いでした。じっくり時間を掛けて交渉し、連中の本音を引き出したいと思っていたんですが、こうなると向こうも間抜けな駆け引きはしにくいでしょう。例の記者会見の話、早く進めていただけませんか。それが済まないとこちらも先に進めませんから」

「もう一度聞いておくよ。もし警察の上層部が、君が納得できるところまで要求を受け入れたら、人質は解放してくれるんだね」

「当然それは約束します。そうじゃなきゃ交渉自体が成立しませんから」

「君自身はどうするんだね。投降する気はあるか？」

「いまは考えていません」

「投降しないということか。それはつまり――」

「それ以上生き延びたってしょうがないでしょう。そこから先の人生なんて、おれにとっては抜け殻みたいなもんですから」

「もし君が望むことを成し遂げたとしたら、その結果を見届けるべきじゃないのかね。君がいなくなれば、どんな約束も反故《ほご》になるかもしれない。私ならそう考える」

「それができないところまで追い詰めます。あとは世の中の人が考えるべきことでしょう。ふざけたことがまかり通っているのは警察だけじゃない。検察から裁判所から官公庁まで、税金を食い物にしている有象無象《うぞうむぞう》を一掃するのは残された人たちの仕事です」

返す言葉に葛木は窮した。投げやりな調子で西村は続ける。

「おれは導火線に火を点ける。それで爆発しないとしたら国民も腐っているわけで、そんな国に生まれたことを後悔するしかない。そんな絶望をもう味わいたくないんです」

「私は君に生きて欲しいんだ。それなら君は法廷で自分の考えを訴えられる。警察を、この世の中を変えていこうと思うなら、そのほうが有利だとは思わないかね」

「誰がおれの言うことなんか信じるんですか。全国の警察には裏金問題を内部告発した警官が何人もいます。全員が懲罰的な処遇を受けて、あげくは組織から追い出された。そんな事実を知りながらマスコミは一行も報道しなかった。一部の警察官の不祥事に矮小化《わいしょうか》した警察の発表を鵜《う》呑《の》みにしてなんの追及もしなかった。なぜかといえば警察が怖いからですよ。警察に嫌われるとニュースネタをもらえない、それじゃ新聞社は商売にならない。役所もマスコミも政治家もすべて嘘と情実で繋がっている。葛木さんだってそんなことは百も承知なんじゃないですか」

西村の言葉が心に突き刺さる。百も承知で慣らされてしまっている悪弊がこの世間には掃いて捨てるほどある。手段はともあれ、西村のように己を捨ててそれと闘おうという意思を欠いていた点で、自分もそんな体制の擁護者だったのだ。

それは自分に限らない。ある種の狂気を秘めた西村のような人間だからできることで、見て見ぬふりをして生きるのがこの国の人間の普通の感覚なのだ。だからといって不作為という責めからは逃れられない。予想もしない成り行きで西村との交渉役の立場に置かれ、ここまで交わしたやりとりのなかで、すでに自分も追い詰められている。

市民生活の安全を守るのが本分の警察官として西村の行動は許容の埒外《らちがい》だ。その要求に屈することは、テロという手段の正当性にお墨付きを与えることになる。一方で彼の行動を阻止しようとすれば、まさに不作為どころではない。より大きな悪に積極的に荷担することになる。

「君が突きつけているのは、私にとっても逃れようのない問題だ。どうだろう。お互いに知恵を絞ればいい着地点が見つかるんじゃないのかね。どれだけのことができるかわからないが、警察の不正を少しでも正すために、やるべきことはやるつもりだよ。たとえ職を賭することになったとしてもね」

「本気でそんなことを言ってるんですか」

西村の声が明るんだ。期待を込めて葛木は言った。

「もちろんだよ。方法論は別として、君の言うことには共感できるところもある。すでに踏み出した一歩は元に戻せなくても、これ以上事態を悪化させないようにならまだできる。

逆に私はこれまで避けていた一歩を踏み出そうと思う。それでなにかが変わるなら、思わぬ成り行きでこんな立場に置かれてしまったことにも意味がある」

3

通話を終えて振り向くと、大原も川北も池田も一様に深刻な表情だ。会話はスピーカーホンで全員が聞いていた。

「とぼけていましたが、自信ありそうでしたね、その爆薬の話」

池田が不安げに口を開く。川北が頷く。

「発破の現場で働いた話が本当なら、はったりだとは言い切れないね。ダイナマイトをそこで入手した話もあり得ないことじゃない。その従兄弟というのに事情を聞いてみるべきかもしれない。ただし時間があればの話だけどね」

「もちろんそうだ。戸籍から当たっていけば、発破関係の仕事をしている従兄弟を突き止めるのはそう難しくはない。しかし役所はきょうが仕事納めで、あす休日返上で動いてくれるかどうかわからない」

渋い表情で大原が言う。川北も頷いた。

「問題はこの状況をいつまで続けられるかですよ。写真で見る限り人質は憔悴しています。

そうのんびり時間はかけられない。本庁に急いで決断させないと」

視線を向けてくる川北に、葛木は促した。

「川北さんから報告していただけますか。もし必要なら私が代わりますので」

直接話すほうが微妙なところを伝えられるが、頭越しでは川北も立場がないだろう。そんな思いを察したように、川北はさっそく携帯のボタンをプッシュした。今度はスピーカーホンに切り替える。二度目の呼び出し音で相手は出た。

「落合《おちあい》だ。どうしたんだ。なぜ連絡を寄越さない。そっちはいったいどういう状況なんだ」

落合というその管理官はかつて捜査一課殺人班の係長だったことがあり、葛木も面識はある。短気で優柔不断で上へのゴマすりに熱心という、この局面ではもっとも不適任と言っていい評判の持ち主だ。

「そちらからの電話に西村は応じないんですね」

川北は足下を見透かすように切り出した。ここまでは堅物の印象があったが、どうしてなかなか狸も演じられるようだ。

「いくら呼び出しても応じない。ついさっきまでは通話中だった。まさかそっちと話をしてるんじゃないだろうな」

落合は苛立ちを隠さない。いかにも困惑したように川北は応じる。

「葛木警部補が交渉に当たるのはまかりならんというご指示でしたので、こちらからは接触しなかったんですが、向こうからかかってくるものですから」

「話をしたのか？」

叱責が飛んでくるかと思ったら、落合はむしろ期待を覗かせた。手を拱いていた状況がありありだ。川北は深刻そうに声を落とす。

「ええ。こちらも緊急で確認すべきことがありまして——」

「なにか起きたのか？」

「まだなにも起きていません。しかし今後の作戦には大きく影響しそうです。じつは——」

川北がアンホ爆薬の件を報告すると、落合は慌てふためいた。

「なんだって。どうしてもっと早く報告しない。自分たちの立場がわかっているのか。指揮権はあくまでこちらにあるんだぞ」

周囲から複数の人間のどよめきが聞こえる。向こうもスピーカーホンでこのやりとりを聞いているらしい。川北はあくまで冷静だ。

「事実かどうか確認するのが先決だと思いまして」

「はったりじゃないというんだな」

「葛木警部補の感触はそうです。やりとりは私もモニターしていましたが、まず間違いないと思います」

「西村は素人だ。爆発しない可能性もあるんだろう」

「それを期待するのはあまりに危険です」

「強襲して、爆発させる前にとり押さえることはできないのか」

落合は想像どおりの無茶を言ってくる。川北はきっぱりと応じる。

「いまは室内の状況がまったくわかりません。爆薬がどこにあるのかも、どういう種類の雷管を使っているのかも——。自爆するつもりなら電気雷管で瞬間的に起爆できます。そのときは人質も突入した隊員も木っ端みじんです。運を天に任せてというわけにはいきません」

「だったら我々は西村の意のままじゃないか」

「さすがに元ＳＩＴです。われわれの手の内を知り尽くしたうえで、鉄壁の作戦を講じてきました」

「感心している場合じゃないだろう。その防御を破る方法を見つけるのが君たちの仕事じゃないのか」

落合は自ら考えるでもなしに丸投げだ。葛木に軽く目配せしながら、川北はしごく当然の言葉を返す。

「拙速に動いて犠牲者が出た場合のことを考えませんと。なにより優先すべきは人質の救出です。それに現場の指揮官として、隊員から殉職者を出したくはありません」

「それは確かにそうなんだが――」

落合は口ごもる。川北はさらに続ける。

「西村が要求した記者会見はどうなっていますか。とりあえず応じて困る要求ではないと思いますが」

「いま相談しているところだよ。はなから妥協してしまったら、相手のペースにはまってしまうだろう」

「敢えてはまるのも一つのやりかたです。向こうの要求はすべて拒否して、こちらの要求だけを受け入れさせるのは無理がある。管理官もそのあたりの呼吸は重々ご承知と思いますが」

「しかし、会見をすれば西村に手の内を教えるようなもんじゃないか。その家にはテレビがあるんだろう」

「あります。ニュースはチェックしていて、自分が起こした事件の情報が少なすぎるのが不満なようです」

「報道協定を結んでいるからな」

「だからといって名前や経歴まで伏せることはない。いつまでも曖昧にしておくと、警察側になにか不都合な事実があると、かえって世間が勘ぐりますよ」

すでに腹を括ったところがあるようで、川北はすれすれのところで探りを入れている。

「勘ぐられるようなことはなにもない。西村はどうして、自分の身元の公表にそんなにこだわるんだ」

「葛木警部補もそれを探ろうとしたんですが、はっきりした答えは得られませんでした。SIT時代の誤射事件が関係しているのかもしれません」

落合は唐突に声を荒らげた。

「誤射？　あれは正当防衛が認められた事件だ。撃たなければこちらの人員がやられていた。どこでそういうくだらない噂を耳にしたんだ」

「済みません。単なる言い間違いです」

川北はそつなく矛を納める。落合の口ぶりからすると、その噂が存在することは知っているらしいが、真実かどうかはまだわからない。しかし西村の犯行の動機という観点からも、ここまでのやりとりの感触でも、それが真実だという確信は強まる一方だ。

西村に問い質《ただ》せば答えが得られるかもしれない。しかし拙速なアプローチはしたくない。まずこちらで事実を把握したうえで、知らないふりをして交渉を続けるほうがたぶん利口なやりかただ。それなら先の展開が読みやすい。しかしこちらがそれを知っているとなれば、逆に西村は予想を超えた動きに走る惧れがある。

こういう道のプロではないが、犯罪者の心理はある程度わかる。自分が主導権を握っていると思っているとき犯人はぼろを出しやすい。逆に自分が監視やコントロールの対象になっていると知ったとき、振り切ろうとして予期せぬ行動に出るものだ。尾行や監視が発覚したとき、捜査がひどく厄介なものになることを現場の刑事は知っている。犯人との交渉役という立場でもそれは共通するように思われる。

こちらはなにも知らないと装うことが相手に隙をつくらせる。しかし噂が真実だとしても、桜田門の上層部が、葛木たちにそれを明かしてくれるかといえば心許ない。

「葛木警部補は、西村とどういう話をしてるんだ」

落合は苛立ちも露わに訊いてくる。川北は要領よく説明する。

「爆薬の所持について本人に確認しました。そのあと犯行を思いとどまるように説得しています。先ほど報告したとおり、西村は葛木警部補を警察側で唯一信頼できる人間とみています。私の考えでも、現状で交渉役として最適任なのが葛木さんです」

「しかし彼はそういうことに関しては素人だ。君たちのようにプロファイリングやら説得術やらの講習を受けているわけじゃない」

「こう言っちゃなんですが、そういう類いの理屈は現場では役に立ちません。大事なのは犯人の気持ちを動かす魂の力です」

川北は大胆に言ってのける。そんな力が自分にあるなどとは思いもしないが、それでもなんらかの手立てによって西村が人質を解放し、自らも投降することを願わずにいられない。

　情実という点で言えば、自分ほどこの任務に不適当な者はいないだろう。西村は心情においで、すでに葛木を味方につけている。だからこそという思いも湧いてくる。強行策が封じられてしまった現状で、可能な方策はいまやただ一つ。川北が言うように、西村に届く魂の力に賭けることだけだ。

　それが起きればまさしく奇跡だ。そしてその奇跡を起こす以外に打つ手がない。絶望とはこういう状態を意味する言葉のはずだ。しかしたとえ蜘蛛《くも》の糸のようにか細い希望でも、なんとか見いださない限り自分がここにいる意味はない。

「ずいぶん減らず口を叩くもんだな、川北。まあいい。おまえの言うとおり、西村と意思疎通が図れるのは葛木警部補だけのようだから、いやでも任せるしかないだろう。当人のやる気はどうなんだ」

「最初は戸惑っていたようですが、いまは意欲満々です。コミュニケーションもうまくとれています。葛木さんの人柄の賜《たまもの》でしょう。西村の気持ちが微妙に揺れているのが感じとれます」

　そんな話を横で聞かされるのは面映ゆいが、川北としてはここで葛木を外されるのは困るのだ。責任逃れでは決してなく、この状況でそれがベストの選択だとわかっているからだ。いよいよこれで逃げられない。しかしいまは逃げたいとも思わない。

「わかった。これから上の人たちと相談して、早急に返事をする。状況に変化があったら遅滞なく連絡するように」

高飛車に言って通話を切ろうとする落合に、川北はすかさず問いかける。

「管理官。こちらへの臨場は？」

「今回の事件は特殊だ。脅迫されているのが我々なんだ。内部で対策を立てる必要がある。従って捜査本部は当面本庁内に置くことになる」

「管理官や一課長は臨場しないと？」

川北は驚いたという調子で問い返す。落合は具合悪そうに言い訳をする。

「もちろん、もう少し状況が見えたらそちらへ出向く。警備の前線は、いまどのあたりなんだ」

「まだ指示をいただいていませんので、当初のままです。アパートの一〇メートル手前が最前線です」

「危険はないのか」

「所轄の人員を含めて全員防弾チョッキを着用しています。防弾用の楯も用意しています。いまのところ西村が発砲するような状況ではありませんし、そうなったとしても猟銃弾なら防御できます」

「爆発が起きたらどうなんだ」

「そこまでの防御能力はありません。それを惧れるなら半径五〇メートル以内には立ち入れないことになるでしょう。しかしそれでは事態の急変に対応できませんので」

「わかった。そういう状況も含めて、これから対策を話し合うから」

「ぜひ臨場して現場を見た上でご判断いただきたいんです。まだSITの隊員にも警備の人員にも爆薬のことは言っていません。そちらでしっかり方針を立てていただかないうちは、ただ恐怖を煽《あお》るだけですので」

川北は抜け目なく下駄を預ける。自分がよほど間抜けな対応をしない限り、西村が自爆することはないという確信が葛木にはあるが、本庁に籠もるお偉方はさぞや肝を冷やしていることだろう。船頭が大挙して押しかけてきて現場を混乱させられるよりは、むしろ怖じ気づいて本庁に籠もっていてくれるほうが葛木としては好ましい。

「いまのところ西村が危険な行動に出る惧れはないんだな」

落合は訊いてくる。落ち着き払って川北は応じる。

「その心配はないと思います。ただしこちらの決断が遅れた場合は、保証の限りではありませんので」

西村に成り代わっての恫喝《どうかつ》のようにも聞こえるが、言っていることに嘘はない。西村が死を覚悟していることは、さきほどのやりとりからもはっきり伝わった。彼が言う自爆という言葉が譬えでもなんでもないということも――。

「わかったよ。早急に結論を出す。そのあいだ、くれぐれも西村を刺激しないようにな。人間、腹が減ると気が立つから、食事や飲み物の注文も聞いてやったらどうだ。人質の体調も心配だから」

落合は不安を滲ませる。安心させるように川北は言った。

「そうします。西村はクスリをやったり自暴自棄になっての立て籠もり犯とはタイプが違うようで、話しぶりはいまのところ理性的です」

4

「こういう事件の場合、城東署に帳場が立つのが普通なんじゃないですか。どうして連中は桜田門に籠もったままなんですか」

池田は不信感を隠さない。殺人事件や誘拐や立て籠もりのような凶悪犯罪のすべてに特別捜査本部が立つという決まりがあるわけではない。決裁するのは刑事部長で、早期解決の見通しがあるケースや高い秘匿性が求められるようなケースでは、見送られることも珍しくはない。

事件発生からまだ三時間ほどしか経っていないことを考えれば必ずしも動きが鈍いとも言えないが、本庁から出張っているのが川北配下のＳＩＴの部隊だけで、担当管理官の落合はもちろん、先陣を切るはずの庶務担当管理官も捜査一課長も臨場していない。これだけの事件にしてはあまりにも異例だ。

その理由については先ほどの電話で落合が言い訳していたが、納得できる説明だとはとても言えない。

例の噂が本当だとしても、そんな彼らの動きには、こちらの理解を超えたなにかがあると考えたくなる。

いまや不祥事のバーゲン会場と化した感のある日本の警察にとって、誤射を正当防衛と偽って処理をした程度の話なら、もし発覚したとしても、そのときの隊長や担当管理官の処分で幕を引くのは簡単な話だろう。

西村が暴露しようとしているそれ以外の事実にしても、組織をあげての裏金づくりや関係業界や団体への天下りの話なら、マスコミが積極的に報道しないだけで、ことさら新しいネタだとも思えない。西村が今回の行動に出た背景にあるのは、果たしてそんな程度のことなのか。それだけでは説明できないなにかがありそうな気がしてならない。

葛木が交渉役として説得に鋭意努めたとしても、本庁上層部がこのまま雲隠れを続け、当事者として責任を果たそうとしないなら、西村とのあらゆる約束が無に帰して、最悪の決断に追い込んでしまうことになりかねない。

「城東署と大島じゃ地理的に離れているから、そこに本部を設けてもあまり意味はないし、落合管理官が言うように、この事件に関しては本庁上層部との連絡を密にすることが重要だから、本庁に指揮の中枢を置くという点は理に適っていないわけじゃない。だからといって本庁の幹部連中が一人として出張ってこないのは、やはり異常な気がするな」

大原は一唸《ひとうな》りして腕を組む。川北は本庁サイドの返事を待ってはいられないと、SITの隊員を専用車両に呼び寄せて、ここまでの状況を説明しているところだ。あれからすでに三十分経過したが、本庁からはいまも具体的な指示は出ていない。

現状では最悪の事態に至った場合の態勢がまったくとれていない。まず所轄の人員だけでは現場が混乱した場合に対処できない。消防車や救急車を待機させるにしても、本庁サイドが現在の状況を公表するまでは所轄レベルでは要請できない。

「判断はたしかに難しいでしょう。事実を公けにすれば、いま公民館に退避してもらっている近隣住民がパニックを起こすことも考えられる。置いてきた家財をとりに戻る住民も出てくるかもしれない」

葛木は言った。西村を最悪の決断に走らせないようにするために最大限の努力を傾ける意思は変わらないが、安全を担保できる材料がそれだけというのは心許ない。そんな状況だとはわかっているはずなのに、迅速な指示が出てこないことに苛立ちは募る。

「近隣の所轄から人を集めるだけでも、けっこうな時間がかかりますよ。いますぐ機動隊を動員する手もあるんじゃないですか」

池田が言う。普段の刑事捜査の場面では剛毅なところをみせるが、こういう事件は不慣れなようで、威勢のいい言葉がなかなか出てこない。

慣れていないという点では葛木も大原も同様で、プロと言えるのは川北と配下のＳＩＴの隊員だけだが、彼らにしても独断での行動は許されない。

だからといって安閑《あんかん》としてはいられない。ここは城東署の管轄で、その住民の生命と財産を守ることは所轄としての重大な責務だ。葛木は大原に問いかけた。

「うちの署長はどういう対応を考えているんですか。城東署独自で打てる対策もあると思いますが」

「地域課や交通課からも人員を集めてくれてはいるが、せいぜい動員できて五十名足らずだ。日常業務もあるからな」

言いながら大原は窓の外に目をやった。アパートの周囲にたたずむ警官たちにはすでに疲労の色が濃い。事件発生が夕方だったため、晩飯をとり損ねている者も大勢いるだろう。

「いまの人員じゃ、交代で休憩するのも難しい。このままだとこちらが疲労困憊《こんぱい》して、いざというときまともに動けなくなりますよ」

池田はますます不安を募らせる。そもそも葛木たちも含めて、全員がこれほどアパートの近くにいることがどれほど危険かということだ。

西村にその気がなくても、なにかの弾みで雷管が作動して一瞬にしてアパートごと吹き飛ぶことも考えられる。そのとき周囲を固めている警官たちにも死傷者が出る惧れは拭えない。池田もそこを心配しているようだ。

「爆薬の件は、うちの連中に対しては明らかにしたほうがいいんじゃないですか」

葛木が訊くと、大原は首を捻る。

「しかし署長も本庁の指示を口を開けて待っている状況だからな」

アンホ爆薬の件は先ほど大原が報告したが、署長は慌てふためくばかりのようだった。それまではまもなく乗り込んでくると威勢がよかったのに、報告を入れたとたんに、本庁と連絡を取り合う必要ができたといって、署長も副署長も桜田門のお偉方同様、署内で待機するという話になった。

「上が腰砕けじゃ、現場の人間にしゃきっとしろと言ってもね」

池田は皮肉な口ぶりだ。そのとき大原のポケットで携帯が鳴り出した。大原は取り出してディスプレイを覗き、黙って葛木に手渡した。俊史《としふみ》からだった。

「どうなの、その後の状況は？」

「ああ、連絡するのを忘れてた。かなりまずい事態になっている——」

アンホ爆薬の件を聞かせると、俊史は驚きを隠さない。

「そんな情報はまだこちらに入っていないよ。西村に関して、ようやくSIT時代の犯人射殺やその後の覚醒剤常用の件が流れてきたけどね。しかしそこまで周到な計画だったとは——」

「そちらの動きはどうなんだ」

訊くと、不快感を滲ませて俊史は言う。

「どうも、おれたちのような平は相変わらず蚊帳の外に置かれているみたいだね。捜査第一課から上がってくる情報をレポートにして長官官房に流しているだけで、それも警視庁が小出しにしてくる情報をそのまま横流ししているようなもんだよ。庁内は妙に静まりかえっていて、かえってそれが不気味だね」

「長官官房は対応に追われているんだろう」

「そうだと思うけど、とにかく小さな事件に見せかけようと必死になっているような気がするよ」

「西村のご指名に与《あずか》った長官は庁内にいるのか？」

「いるとは思うけど、姿は見ていない。というより、大物連中がほとんど姿を見せていない。おれたち下々には内緒で、上層部だけで秘密会議でも開いているとしか思えないんだよ」

「そうなのか。こっちも上からの指示待ちで、状況は少しも動かない」

「西村とは、そのあとなにか話をしたの」

「向こうからも連絡は来ないし、こちらから伝えることもないんで、とくに話はしていない。痺れを切らして無茶な行動に出られたらと冷や冷やしているところだよ」

「おれのほうでなにかいい情報があればと思うんだけど、なんだか機密のベールが張り巡らされているようで、とにかく薄気味悪いんだよ」

「やはり事件の背景には、なにか根深いものが隠れていそうだな」

「おれもそんな気がしてきたよ。警視庁内部だけでとどまる問題じゃないのかもしれないね」

「ああ。とんでもない舞台に引きずり出されちまったよ」

「いまや親父だけが、最悪の事態を防ぐ歯止めなわけだね」

「名誉なことだと喜んでもいられない。絶対に失敗が許されない役回りだからな」

「親父ならやれるよ。こうなったら西村が死んで幕引きというかたちは絶対にとりたくない。ここは親父に期待するしかないよ。おれのほうでなにもできないのがもどかしいんだけどね」

俊史はいかにも悔しげだ。葛木はそれでも期待を込めた。

「なに、警察庁だって、そういつまでも蓋をしてはいられないだろう。事態が流動化すれば、いろいろ情報も漏れ出すはずだ。おれのほうには入ってこない情報も、そっちから出てくる可能性がある」

「そうだね。これからせいぜいスパイ活動に励むことにするよ」

「よろしく頼む。西村の気持ちを動かすうえでも、こちらが手にする情報は多いほどいい。ところがいまはおれが聞きかじった噂話だけで、その裏さえとれていない。情報面で後手に回っているのが、なんと言っても致命的だ」

「警視庁の幹部連中も、そのあたりの情報は知っていても隠しそうだからね。しかしそれはなんとしてでも明らかにすべきことだ」

強い調子で俊史は言う。事件の背後に葛木が嗅ぎとっているのと同じ臭いを、俊史もしっかりと嗅いでいるようだ。

「ああ。そのためには西村を死なせるわけにはいかない。難しいとは思うが、全力でやってみるよ。いい情報が耳に入ったら教えてくれ」

「緊張を強いられる局面が続くと思うけど、体調に気をつけてね。夕飯はちゃんととったの？」

そう訊かれたとたんに腹の虫が鳴き出した。葛木は言った。

「忘れていたよ。長期戦にはしたくないが、かといって拙速は禁物だ。飯もきちっと食っておかないと肝心なときにパワーが出なくなる。これからコンビニ弁当でも仕入れることにするよ」

「そうしたほうがいいよ。緊張してばかりじゃ思考も硬直するからね。シナリオなしの出たとこ勝負がしばらく続くと思うけど、親父なら必ず西村の心を動かせるよ」

明るい調子で俊史は言った。

5

携帯を返し、俊史から聞いた話を伝えると、渋い表情で大原は応じた。

「上層部がなにか画策しているのは間違いないな。ふざけた方向にことを進めなきゃいいんだが」

「油断はできませんが、現状で打つ手はないでしょう。記者会見は開かざるを得ないと思います。その様子を我々もしっかり拝見するしかないですよ。記者からもいろいろ質問が飛ぶでしょうから、思わぬボロを出すかもしれない。それを要求しているということは、西村にもなにか思惑があるんだと思います」

「そういうことだな。上の連中にすれば、いろいろ厄介な事情があるんだろうが、おれたちにとっては話は単純で、要は人質の命を救い、西村を検挙することだ。その結果、偉いさんたちにどういう火の粉が降りかかろうと、頓着する必要はなにもない」

大原はすっぱり割り切ってみせる。そうなのだ。こちらは警察官としての使命を果たすことだけ考えればいい。ややこしい事情は上の連中にとっての問題だ。その結果、彼らが隠したい事実が白日の下に曝《さら》されれば、西村の願いも生きることになる。場合によっては警察そのものが生まれ変わる。

「そういや、腹が減りましたよ。出前を頼むわけにもいきませんから、誰かにコンビニ弁当を買ってきてもらいましょうよ」

池田がポケットから財布を取り出して、パトカーの脇にいる若い警官を手招きする。大原も慌てて財布を取り出した。

「いいよ、いいよ。金はおれが出すから。ついでにビールも頼みたいところだが、この状況ではそうもいかん。ウーロン茶かなにか飲み物も頼んでくれ」

そのとき葛木の携帯が鳴り出した。俊史なら大原の携帯に掛けてくる。見ると西村からの着信だ。返事が遅いので業を煮やしたらしい。一つ深呼吸して緊張をほぐし、リラックスした調子で応答した。

「ああ、済まん。まだ上から返事が来ないんだ。焦らしているわけじゃない。君も警察に籍を置いたことがあるんだから、お役所仕事がどういうものかわかるだろう」

「だったら催促してもらえませんか。本気で人質を救おうと思っているなら、もっとスピーディーにことを進めてもらわないと。こちらだって、そういつまでも理性的には対応できませんから」

苛ついているのが言葉の端々から伝わってくる。さきほどまでの親密な調子に気を許しすぎたのかもしれないと、葛木は気持ちを引き締めた。

「そう言わずに、もう少し待ってくれ。そうだ、腹は空いていないか。飲み物はどうだ。必要なものがあればすぐに買って届けるから」

「けっこうです。買い置きした食料がたっぷりありますから」

「それならいいんだが。私だって苛ついているんだよ。お互い、いつまでもこんな状態を続けたくはないもんだな。もっと落ち着いた状況で、君とはじっくり話したい。きっと意見が合うところがあるだろう。なんにしても短気は起こさないでくれ。生きてよかったと思うときは必ずやってくる。私もこの年まで生きてみて、人生というのはそう捨てたもんじゃないと思うようになった」

「そういう話で煙に巻こうとしないでください。小手先の手管は葛木さんには似合いませんよ。誠意を感じられなくなったら交渉は打ち切ります。そのときは取り返しようのない結末を迎えることになりますよ」

西村は不快感を露わにする。スピーカーホンの音声に耳を傾けている大原と池田の顔に不安が走る。この手の交渉ごとはつくづく難しい。川北が言ったように、必要なのはまさに魂の力かもしれないと思い直し、妥協のない口調で葛木は言った。

「そうやって脅すのも小手先の手管じゃないのかね。私は親身に君のことを考えている。こんな付き合いをすることになったのもなにかの縁だ。大きなお世話だと言われようが、おれは本気で君に生きてもらおうと思っている」

「わかりました。おれの言い過ぎでした。いま信じられるのは葛木さんだけです」

そう素直に詫びる西村に、葛木は逆に勇気を与えられた。心の絆はいまも繋がっている。これからそれをさらに太くしていけばいい。

きょうまで殺人事件を追うばかりの人生を送ってきた。しかしここでやろうとしていることは、いま生きている二つの命を救うことなのだ。それは刑事になって初めて経験する仕事だった。

「わかってくれたかね。記者会見は必ずやらせる。それは約束する。だから決して捨て鉢にならないように」

「ええ。おれも、もう少し葛木さんとお付き合いしたい。そんな気分になってます。それじゃ連絡を待ってます」

西村はそう言って通話を切った。喜色を浮かべて大原が言う。

「これでなんとかいけそうだな。大したもんだよ。あんたの言葉には人を動かす力があるようだ」

「無我夢中なだけですよ。西村とはたまたま相性がいいのかもしれません。いずれにせよ、希望が少しは見えてきました」

そう応じたところへ、川北が戻ってきて、憮然《ぶぜん》とした表情で後部席に乗り込んだ。ただならぬ気配に動揺しながら葛木は問いかけた。

「本庁から返事が？」

「ええ、とんでもないことになりました――」

大原と池田が不安げな目を向ける。暗い表情で頷いて、川北は続けた。

「我々はお払い箱にされました。まもなくＳＡＴが出張ってきます」

「ＳＡＴが？　いったいどうして？」

「来るのは狙撃班です。庁内トップクラスのスナイパーを起用して、西村一人を狙撃するという作戦だそうです」

「そんな強引な作戦をいったい誰が思いついたんです？」

「わかりません。上からの指令のようです」

「失敗したら取り返しがつかない。誰がその責任をとると言うんだね」

大原が問いかける。川北は肩を落とした。

「絶対に失敗はないと言うだけで、あとは有無を言わさずです」

第四章

1

「連中には頭がついているのか。狙撃すると言ったって、どうやってアパートのなかにいる西村を狙うというんだ」

　大原はやれやれという顔だ。困惑を隠さず川北が言う。

「アパートから一〇〇メートル以内の建物の屋上を借りて、そこに狙撃手を配置するんだそうです。言葉巧みに西村を窓辺に引きつけて、一発必中で射殺するという考えだそうで」

「言葉巧みにと簡単に言われても、いったい誰がそれを?」

　葛木は怪訝な思いで問いかけた。苦い口調で川北は言う。

「おそらく葛木さんにやらせるつもりなんでしょう。そもそもいまの状況では、ほかに西村とコンタクトできる人間がいないわけですから」

「冗談じゃない。そんな無茶な作戦に、私は荷担できませんよ」

葛木はきっぱりと首を振った。それではまさしく騙《だま》し討ちだ。凶悪なテロリストに対しては手段を選ばない——。そんな考えもときには必要かもしれないが、交渉はいま始まったばかりで、状況がまだそこまで切迫しているとは思えない。

「ええ、じつに無茶な作戦です——」

川北は深刻な顔で応じる。

「狙撃用ライフルの有効射程は四〇〇メートル程度とされていますが、いわゆる有効射程というのは、命中率が五〇パーセント以上のことを言います。それでお偉方は、一〇〇メートル以内なら百発百中だと勘違いしたのかもしれません」

「勘違いというと？」

「そういうデータはあくまで動かない標的を狙った場合の理論値なんです。実際の狙撃の場合、標的が動くうえに風や湿度の影響もあります」

狙撃についてはＳＩＴもそれなりの訓練は受けているのだろう。川北の説明は明快だ。

大原が問いかける。

「外した場合は？」

「狙撃用ライフルでは、命中精度を高めるために一般にボルトアクション式が用いられます。SATが使っている狙撃用ライフルもそうです。しかしボルトアクションでは、次弾の射出準備に時間がかかる。そこが致命的なんです」

「やり損ねた場合、二の矢が撃てないということか」

「そう言ってしまっていいでしょう。外したり致命傷を与えられなかった場合、標的は警戒して、身を隠すなり反撃するなりの対応をとりますから、状況はすこぶる危険なものになります」

「初弾を外して自爆されたら、目も当てられないな」

大原は天を仰ぐ。葛木は不穏な思いで問いかけた。

「お偉いさんたちは、ひょっとしてそれも計算に入れているんじゃ？」

大原があっさりと頷く。

「大いにあり得るな。西村がほのめかしている警察の悪事というのが上の人間にとって致命的なものだとしたら、彼らが望むのは西村が死んでくれることだよ。人質や警官が犠牲になることがあっても、現場レベルのミスにして、おれやあんたのような下っ端に詰め腹を切らせれば済むからな」

「ふざけた話ですよ。だったらそんな作戦、おれたちの手で潰してやるしかないじゃないですか」

池田は憤懣《ふんまん》やるかたない口ぶりだ。葛木は覚えず溜め息を吐いた。

「だからといって、西村が仕掛けている作戦を我々が幇助《ほうじょ》するわけにもいかない。そんな馬鹿げた考えを、捜査一課長まで認めているんですか」

最初から人質の犠牲を顧みないような作戦は明らかに刑事警察の本旨を逸脱している。警視庁捜査一課長はノンキャリアの叩き上げが就くポジションと決まっていて、現在の一課長もかつては葛木たちと同じ現場の刑事だった。

その程度のプライドは持ち合わせていると、できることなら信じたかった。いかにも口惜しそうに川北が言う。

「本庁の鳩首会議がどう進行しているかわかりませんが、SATが出張るような話が飛び出したということは、すでにこの事案は刑事部の手を離れたと考えていいんじゃないんですか」

警視庁のSATは警備部長の指揮下にある。警備部は公安部門と密接な関係にある部署で、警視庁だけが公安部を独立して持つが、他の道府県では、公安は警備部の一部署という位置づけだ。

そのため警備部長は公安キャリアの定席で、すなわち刑事警察の元締めの刑事部長とその直下の捜査一課長はセットで外されたものと想像できる。

「そういう対応はハイジャックのようなSITの手に余るケースに限られるはずです。しかしこの事件はまだそのレベルには達していません。葛木さんと西村のあいだにはいまもしっかりしたコンタクトがある。我々の常識から言えば、SATを動員してまでの強行策をとる段階じゃないんですがね」

川北はいかにも皮肉な口ぶりだ。大原は困惑を隠さない。

「それであんたたちは引き下がるのかね。このままじゃ、おれたちは警備部の使い走りをやらされて、へたすりゃ爆死しかねない。そんな割の合わない仕事はできればご免こうむりたいが、地元で起きた事件で、所轄のおれたちが一抜けたというわけにもいかないからね」

「もちろん大人しく引っ込むつもりはありません。SATにあるのは強行突入や狙撃のノウハウだけで、犯人との交渉や説得に関しては素人です。彼ら単独ではなにも出来ません。けっきょく我々に頼らざるを得ないでしょう。その弱みを突いて、こちらが主導権を握るつもりです」

「本庁から撤退の指令が出てるんじゃないのかね」

「まだそこまでは言ってきていません。極力説得を試みたという言い訳をつくるためにも、もうしばらく我々をここに置いておく必要があるんでしょう」

「そいつらに手出しをさせずに事件を解決するということかね」

「ええ。もちろん葛木さんをはじめ、所轄の皆さんのご協力がなければとても無理ですが、人質の救出を二の次と考えるような作戦は、我々刑事警察の人間にとっては論外だと思うんです」

いかにも沽券《こけん》に関わるというように、川北は言葉に力を込める。そこは葛木もむろん同感だ。

「おっしゃるとおり、それじゃ本末転倒も甚だしい。上からどんな指示が出ようと、私は人質の救出を最優先に交渉するつもりです」

「そう言ってくれるんなら、おれも心強いよ。あんたと西村のやりとりを聞いていて、これはなんとかなるんじゃないかと思っていたんだよ——」

身を乗り出して大原が言う。

「肝心なのは川北さんが言った魂の力ってやつだよ。おれも昔は取り調べで、手のつけられない凶悪犯をずいぶん相手にしたもんだ。しかしおれも人間、相手も人間。そう思って本気で付き合っていくうちに、魂がふれあう瞬間というのが必ずあるんだよ。そんなときだよ。難攻不落だった被疑者が思いがけず落ちるのは」

「そのとおりです。こういう交渉の場合、勝った負けたは二の次です。最善の結果に導くためには、大原さんが言うように、本気で犯人と付き合うことが必要です。どんなケースにも当てはまるわけじゃありませんが、西村の場合は、そういう努力で解決できる公算が高いんです」

「なんの努力もしないで、ただ射殺して一件落着。人質は巻き添えになってもやむを得ないというんなら、もはや警察なんて必要ない。それならやくざにでも下請けに出せばいいんですよ」

池田は拳を振り回す。だからといって、上がそう決めたのだとしたら、撤回させるのは難しい。よしんば西村一人の射殺に成功するにせよ、それは葛木にとって一生背負い続ける悔いになるだろう。

「その作戦を封じるには、どういう方法がありますか、川北さん？」

葛木は問いかけた。腹を括ったように川北は言う。

「カーテンを閉めて、窓際には近づかないようにと、さりげなく忠告するしかないでしょう。そこは葛木さんにお願いするしかありませんが、上に発覚した場合は私が責任をとります。あくまで私の指示でそうしたことにしてください」

「そこまで考えているんですか」

葛木は驚きを隠せない。

「爆発物の話を聞いていなければ、狙撃作戦もあり得たでしょう。しかしこの状況ではあまりに無謀です——」

川北はさらに踏み込んだ説明をする。

一発必中ということなら、せめてアパートから二〇、三〇メートルの距離に狙撃手を配置しなければならない、狙撃というのは狙撃手一人で出来るものではなく、本部との連絡要員や標的の動きを監視する偵察要員、銃にトラブルがあった場合や初弾を外した場合のバックアップ要員と、かなりの数の人員を現場に配置しておく必要がある。

川北も現場に到着してすぐ周囲の建物を確認したが、ほとんどが一般の民家で、二〇、三〇メートル以内の距離にあり、西村が立てこもるアパートが見通せて、しかもそれだけの人員を西村に気づかれないように配置できそうな建物は一つも見つからなかったという。

そもそも西村はかつてＳＩＴの隊員で、狙撃作戦の訓練も受けている。そこが一般の立て籠もり犯とは違うところで、ＳＡＴやＳＩＴの戦術は熟知しているから、下手な偽装をしても見抜かれる。

それらの点を総合的に判断して、今回のケースで狙撃という選択肢は普通に考えればあり得ない——。それが川北が下した結論のようだった。

「そのくらいのことは、ＳＡＴだってわかっているんじゃないのかね」

大原が首を捻《ひね》る。川北は言う。

「わかってはいても、おそらく拒否はしないでしょう。彼らは捜査畑の人間とは発想の異なる、対テロ作戦のいわば職人です。その点で我々ＳＩＴを見下しているようなところがあるんです」

「警備・公安というのが、そもそも刑事部門を見下しているからな」

大原の言葉は外れていない。警備・公安は予算も人員も刑事や交通など他の部門をはるかに上回る。

自分たちは天下国家に与《あずか》る治安の元締めで、人殺しや空き巣のようなけちな犯罪を取り締まる刑事警察などとは格が違うというようなご託を公安の刑事から聞かされたことが一度ならずある。

「人質どころじゃないですよ。おれたちが巻き添えになってもかまわないというんですか」

池田は不快感を露わにする。葛木も同じ思いだ。うまく当たれば儲けもの、外れれば勝手に爆死してくれるだろうという無責任な作戦によって所轄の人員に死傷者が出るのは堪らない。川北も不安を隠さない。

「爆発が起きても被害が出ない距離までこちらが退避すれば、西村はなにか画策していると察知するでしょう。その作戦で行くとしたら、我々はこの場を離れるわけにはいかないと思います」

「お偉いさんたちは、はるか離れた桜田門で、ただ安穏と模様眺めを決め込んでいられるわけだ」

大原が吐き捨てる。葛木は言った。

「たとえ上層部の仰せであろうと、爆発物についての情報を与えずにうちやSITの人員を命の危険が伴う職務に就かせるわけにはいかない。桜田門は、そのあたりをどう考えているんですか？」

川北は苦衷《くちゅう》を滲ませる。

「私からも確認しました。現場が混乱するから、まだ隠しておくようにという指示でした」

「あきれたもんだな。人の上に立つ人間の考えることじゃない」

大原は嘆く。川北は続けた。

「それから、西村の目につかない場所に救急車と消防車を準備するようにとの指示が出ています」

「西村が自爆する可能性を想定しているんですか。それじゃあまりに無責任だ」

葛木は覚えず声を上げた。苦々しげに川北は言う。

「西村はよほど痛いところを握っているのかもしれません。やっていることはたしかにテロです。しかし彼を抹殺するためなら手段を選ばない。そういう上層部の考えもテロに匹敵する発想です」

「ああ。とばっちりを食うのは人質とおれたちだ。どうしてもやれと言うんなら、いますぐ辞表を書きたいところだが、それじゃ敵前逃亡になっちまう。なんとか上と談判する方法はないのかね。これほどの強行策を実行に移そうというのに、現地に本部一つつくらないわけか」

溜め息を吐く大原に、川北は困惑げに応じる。

「現地本部は、早急に立ち上げるようなことを言っていますがね」

「どこに？」

「城東署です」

「出張ってくるのは？」

「警備部と刑事部の混成チームでしょう。現場を仕切るのはどちらかの管理官クラスのようです」

「捜査一課長は桜田門に人質に取られるようなもんだな」

「そんなところでしょうね」

「突然うちの署に帳場を立てられても、こっちは現場を離れられんしな。適当に言うことを聞くふりをして、臨機応変に対応するしかなさそうだな。ＳＡＴの皆さんはいつごろご到着になるんだね」

大原は腕時計を見た。葛木も自分の時計を覗くと午後十時を少し回ったところ。事件発生からすでに五時間経っている。

立て籠もり事件の際に取り得る戦略は対照的な二つがあると聞いている。一つは持久戦で、もう一つは一気呵成《いっきかせい》の電撃作戦だ。しかし実際にはそのミックスが現実性が高い。粘り強く交渉しながら相手の疲れを待ち、隙を見せたところで強行策に打って出る。

そのためには現地に密着した指揮官の存在が不可欠だ。城東署内にかたちばかりの現地本部を設置して、管理官クラスが現場をリモートコントロールする。その現地本部にしても本庁に陣どるお偉方がリモートコントロールするのでは、臨機応変の対応など望むべくもない。

「こちらの裁量で動けるのはいましかないでしょう」

川北は葛木の顔を覗き込む。言いたいことはわかっている。

「西村に警告するということですね」

川北は大きく頷いた。

「先ほども言ったように、責任はすべて私がとります。西村が窓辺へ姿を見せさえしなければ、SATもなすすべがない。そうなればこちらが主導権をとり戻せます。我々はいつでも強行突入できる準備を整えます。ハイジャックのような事案ならともかく、あの手のアパートへの強襲なら、SATより我々のほうが場数を踏んでいますから」

2

葛木はまた携帯をスピーカーホンに切り替えて、西村の携帯を呼び出した。西村はすぐに応答した。

「なにをやってるんですか。早く記者会見をお願いします。これ以上対応が遅れたら交渉決裂と見なしますよ」

　動じることなく葛木は応じた。

「済まん。こちらも桜田門のお偉方を説得しているところで、事情は察してもらえると思うが、これがなかなか難渋《なんじゅう》しているんだよ。ところで一つ頼みがあるんだが」

「なんですか。こちらの要求にはなにも応えないで、そっちはただ要求するばかりじゃないですか」

「要求というわけじゃないんだよ。アドバイスというか注意というか――」

「なにか企んでるんじゃないでしょうね」

「そんなことはない。君ほどは悪知恵に長《た》けていないもんでね」

　冗談めかして葛木が言うと、西村は磊落《らいらく》に笑った。

「おれは至って正直な人間ですよ。葛木さんを責めるわけじゃないけど、警察と違って嘘は吐かないし、約束は守るし」

「その点は認めるよ。そこで相談だ。私がこんな話をしたことは、警察関係者には黙っていて欲しいんだが」

「おれが話をする警察関係者は葛木さんだけですよ」

「それなら安心だ。頼みたいのは、これから先、窓際には決して立たないようにということだ。カーテンも閉めておいたほうがいい」

「どういうことなんです？」

西村は当惑を隠さない。さりげない調子で葛木は言った。

「これ以上言わなくても、君ならわかると思うんだが――」

西村は声を落とした。

「狙撃班が待機してるんですね」

「まだだが、もうじき到着する」

「どうして、わざわざ教えてくれるんですか」

西村は訝《いぶか》しそうに訊いてくる。率直な調子で葛木は言った。

「我々としては君の身柄を生きて確保したい。もちろん人質もそうだ。そして現場にいる仲間からも死傷者を出したくない」

「いいんですか、そんなことをして。職務に対する背任になりますよ」

「いいんだ。肝心なのはその職務が人の道として正しいかどうかだよ。私は組織の論理に魂を売るより、警察官としての誇りに殉じたい」

「そうだとしたら馬鹿ですよ」

「たぶんな。君とあまり変わらない」

「葛木さんにそう言ってもらえるのは光栄ですよ」

改まった口調で西村は言う。葛木は笑って応じた。

「せっかく君と知り合えたんだから、もうしばらくお付き合いしたいんだ」

「じゃあ、お言葉に甘えてそうさせてもらいます。記者会見のほうはよろしくお願いします。起爆装置は肌身離さず携行していると、頭の固い上の皆さんに伝えてください。爆薬は近隣一帯が吹き飛ぶくらい用意してありますから」

不敵な調子で言い放ち、西村は通話を切った。葛木は大原たちを振り向いた。

「こちらの考えは伝わったようです」

「素直に忠告に従ったところをみると、まだそれほど自棄《やけ》にはなっていないとみて良さそうだな」

大原は期待を覗かせる。

「そうだと思います。忍耐強くコンタクトを続けていけば、必ず突破口が見つかるはずです」

葛木は確信した。最悪の結果を回避するための手はとりあえず打てた。あとは川北が言う魂の力で、自分がどれだけ状況を動かせるかだ。

そのとき大原の携帯が鳴った。俊史からかと思ったが、大原はそのまま携帯を耳に当て、どこか緊張した面持ちで応じた。

「はい。そうです。この事案については当初から桜田門が仕切っているようです。現場に出張っているSITもそちらの判断で動かざるを得ないんです。なにぶん機密性の高い情報ですから、署長のほうには本庁からじかに連絡が行くと思っていたもので――」

城東署長からのようだ。現地本部開設の連絡が入ったのだろう。話向きから察するに、狙撃作戦の件も耳に入っているらしい。

「承知しました。現場は葛木係長とSITの隊長に任せて、これからそちらに向かいます。私のほうからもいろいろご報告すべきことがありますので」

そう言って通話を終えて、大原は葛木を振り向いた。

「署長からだよ。正式に帳場開設の指示があったそうだ。狙撃の件もな。狙撃班が待機できる場所の確保や消防車や救急車の手配を指示されているらしい。署長にとっても困った話だろう。署員に死傷者が出たり周辺の家屋に被害が及ぶこともある。自分が責任を負わされたら立つ瀬がないと戦々恐々だが、かといって上に逆らう度胸もないというわけだ」

大原は鼻を鳴らす。かたちだけでも城東署に現地本部が出来るとすれば、署長が副本部長に指名されるのが通例だ。

もう一人の副本部長は本庁にいる捜査一課長か警備一課長のどちらかだろうが、彼らはたぶんこちらには常駐しない。本部長は警備部長で、そちらはおそらく現地へは顔すら見せないだろう。

いまの流れだと出張ってくる管理官は警備・公安の人間のはずで、下手をすれば所轄は犠牲だけ強いられて、今後は一切主導権を握れなくなる。

「しっかり言い含めておかないとな。言いなりになって人質やうちの署員が犠牲になったら、署長が詰め腹を切らされますよってね。定年間際に署長の椅子に這い上がって、いまじゃそのあとの天下り先しか頭にない人だから、経歴に疵《きず》がつくことは御免被りたいのが本音のはずだよ」

大原は池田を伴って近くに停めてあったパトカーに乗り込んだ。パトカーが走り去ったところで、川北が声を掛けてくる。

「ここは狭いですから、SITの指令車に移りませんか――」

さきほど乗り込んだワンボックスカーとは別の車両で、形状は普通のマイクロバスだが、車体は防弾仕様で、緊急時には突入車両としても使えるとのことだった。

さっそく移動すると、カーゴスペースは小さなオフィスのようなつくりになっていて、警察無線のほかパソコンや衛星電話、ファックスなどの装置がコンパクトにラックに収納されている。

中央にテーブルがあり、その周りがベンチになっていて、十人前後の人員が集まって会議も開けるようなつくりだ。なかには川北と同様、私服の隊員が一人いた。

ロゴ入りのSITのユニフォームでは元隊員の西村にはすぐに見破られる。隊員の配置がばれてしまっては作戦上問題なので、背広やコートの下には防弾チョッキを着込んでいるが、遠目には私服警官にしか見えない。

そんな手の内を西村はお見通しだろうが、ＳＩＴの配置状況を把握させないという点では意味がある。

「こちらは箕田《みのだ》巡査部長です。うちのチームの大黒柱で、ＳＩＴのキャリア十年のベテランです。こちらは城東署刑事・組織犯罪対策課の葛木警部補——」

川北は信頼に満ちた調子で紹介する。西村の誤射事件について、隊員たちは知らぬ存ぜぬを決め込んだらしい。川北がどこまで箕田を信頼しているかは推し量れないが、ここで頼れる手足は彼らだけだ。人質救出と犯人検挙というＳＩＴの使命を忠実に果たしてくれるなら、いまそれにこだわっている暇はない。

「箕田です。よろしくお願いします」

如才なく挨拶すると、箕田は川北に耳打ちした。川北は顔を歪める。なにやら具合の悪いことが起きたようだ。

「現地本部へ乗り込んで来る管理官が誰かわかりましたよ」

川北は眉をひそめて切り出した。

「誰なんですか」

「中里《なかざと》という警備部の警視です。前職は公安機動隊の管理官でした。横滑り人事と言っても現職は警備一課の庶務担当管理官で、内実は大抜擢です」

捜査一課でも庶務担当管理官といえば、一課が取り扱う殺人事件の初動捜査に関わり、捜査本部設置が必要かどうかを一課長に具申する重要なポジションで、就任すれば近い将来の捜査一課長は約束されたようなものだと言われている。

「あんまり評判のいい人物じゃないようです。公安の人事の話は私も疎いんですが、公安二課の係長だったときに、捜査費用の不正流用が発覚して監察の取り調べを受けたと聞いています。もっとも公安の場合、捜査費用の大半が使途不明だから、氷山の一角にすぎなかったとも言えるわけですが」

「SATを指揮した経験は？」

「皆無だと思います。SITとSATは合同訓練を行うことがよくあるんで、向こうに多少は顔なじみの人間もいます。彼らは公安ほど秘密主義でもないんで、打ち上げの席なんかで上の人間の噂が出るんです。庶務担当管理官としての能力に疑問符をつける隊長もいましたよ」

「先乗りしてきたというだけで、そのあと現場経験のある指揮官がやってくるんじゃないんですか」

「こういう事件の場合、そんな悠長なことはできないんです。いかに迅速に即戦力を投入するかが重要です。タイミングを逃せば致命的な結果を招きかねません」

「だとしたら、上層部の意向を徹底せよとの特命を帯びてということですか」

「そうでしょうね。SATだって、たぶん現場の人間は今回の作戦の強引さがわかっているはずですよ。君はどう見るね」

川北は箕田を振り向いた。箕田は大きく首を振る。

「私が狙撃を命じられたら、その場で辞表を書きますね。当たれば儲けものという作戦で、失敗したらあとがない。人質や現場にいる警察官を道連れにするかもしれないと考えたら、どんな冷静な狙撃手でもびびります。上の人たちはゴルゴ13の読み過ぎじゃないですか」

頷いて川北は葛木に言う。

「彼はSITきっての狙撃の名手です。何年か前に短銃を持って立て籠もった犯人を無力化して、人質の救出に成功しています」

無力化とはすなわち殺害のことだろう。敢えてSATの手を煩わせなくても、SITだけでそのくらいは出来るというアピールでもあるようだ。生真面目な顔で箕田が続ける。

「距離はわずか三〇メートルでした。絶対に失敗できないなら、それが保証されるのはせいぜいそのくらいの距離です。しかも相手は爆発物を用意していたわけじゃない。初弾を外しても、次のチャンスがありました」

「今回はそれがないことをSATの狙撃班もわかっていると？」

葛木は慄く思いで問いかけた。箕田は頷く。

「もちろんです。一〇〇メートルの距離からの狙撃で、しかも瞬時に致命傷を与える必要がある。多少の時間でも意識が残っていたら、西村は起爆装置を押すでしょうから」

箕田は大きな溜め息を吐いた。聞くまでもなく葛木の不穏な想像は当たっていたようだ。

「管理官がこっちに出張ってくれるんなら、私のほうから説明してもいいですよ。ただし聞く耳を持っていればの話ですが」

箕田は力なく肩を落とす。

「じつはさっき葛木さんが――」

川北がさきほどの西村とのやりとりを説明すると、箕田は頷いて言った。

「この際、それはありだと思います。しかし完璧というわけじゃない。警備部門はトップダウンが徹底していますから、上からやれと言われたら従うしかないでしょう」

「西村が窓際に立たない限り、狙撃のチャンスはないと思うんだが」

当惑しながら葛木が問い返すと、箕田は首を振った。

「遠赤外線を検知する高性能の暗視スコープを彼らは持っています。完璧な遮光カーテンならともかく、普通のものだったらその向こうにいる人影も捉えられます。見たところ、使っているカーテンはそれほど高級品じゃないようです」

「そんなことが可能なのかね」

「どんな物体も遠赤外線を発してるんですよ。それを感知して増幅すればいい。遠赤外線は普通の光より透過性が高いんです。我々は持っていませんが、ＳＡＴなら軍用の高性能なタイプを装備しているはずです」

「精度は？」

「カーテン越しだと、ぼんやりしたシルエットしか映らないと思いますが、頭部や胸部の識別はつくでしょう。やってやれないことはないでしょうね」

「だったら私の忠告も無意味だったわけだ」

「現場の隊員がどう考えるかですがね。私も周辺を見て回りましたが、確実に命中させられる二〇、三〇メートルの範囲には狙撃チームが身を隠せるような場所はありません。一〇〇メートルほど離れたところに三階建てのマンションがあって、そこの屋上ならなんとか使えそうですが、私なら断りたいところです」

「成功の確率は？」

「無風で標的が静止していても、よくて五分五分。そのうえ初弾で起爆装置に指一本触れさせずに即死させるのが条件なら、成功の確率は一割以下でしょう」

箕田の言葉に川北は困惑を隠さない。

「本当にその程度なのか？」

箕田は頷いた。

「ＳＩＴやＳＡＴの隊員でも、実際に犯人を狙撃した経験のある者はわずかしかいません。訓練のときの成績は、本番じゃまったくあてにならないんです。私もそのときは冷や汗は出るわ指が震えるわで、ほとんどパニック寸前でした。それに、たとえ相手が凶悪犯でも、人を殺すということの精神的な負荷は想像以上です。私も任務をやり遂げたあと、何ヵ月かひどい鬱《うつ》状態に悩まされて、病院にも行きました。PTSD（心的外傷後ストレス障害）だと診断されましたよ」

おそらくそれが普通の人間の反応だろう。長い警察官人生を送ってはきたが、自分は幸いにして人を殺すような状況には遭遇しなかった。

それはほとんどの警察官に当てはまる。だからそういう局面に置かれる可能性の高いSITやSATの隊員の心中にはなかなか想像が及ばなかった。

たとえ職務上の理由でも、人を殺したということが若い西村にとってどれだけ重い経験だったかは、いまの箕田の言葉からもよくわかる。そのうえそれが自らの過失であり、さらに組織の論理によって隠蔽されたとするなら、そのあとの蹉跌《さてつ》が彼の人生を破壊したとしても納得できる。

そうだとしたら、なおさら西村を殺害して事件を終わらせることが、自分にとって堪えがたい罪のような気がしてくる。西村がなにを訴えようとしているのか、いまの自分にわかると言えば嘘になる。というよりおそらくそこには越えがたい断層のようなものがある。

しかし自分はそんな人生の選択を彼に強いた組織の側にいる。たとえ本人が死を望んでいるのだとしても、それを遂げさせるわけにはいかないという思いが打ち消せない。葛木は言った。

「今回の事案に関しては、誰一人そんな過酷な経験をする必要はないんじゃないのかな。しくじれば奪うことになる命は西村一人じゃない。そんな強行手段に打って出なくても、解決する道はいくらでもあると思うんだが」

箕田は穏やかに微笑んだ。

「そこまでおわかりいただけると我々もやりがいがあります。SITは軍隊でもなきゃ殺し屋でもない。人を救うのが商売です。犯人がいくら凶悪でも、殺さず逮捕したいというのが願いなんです」

「私もそう思うよ。なんとか上の連中に馬鹿な作戦を撤回させないと、重い荷物を死ぬまで背負い続けることになる」

川北がしみじみ言うと、箕田が意味ありげなことを口にした。

「それは西村が背負い込んだのと同じものですよ」

覚えず葛木は問い返した。

「西村が背負い込んだもの？」

「深い意味はありません。職務とはいえ、人を殺した人間の心境が私はわかるということです」

箕田は慌てて言葉を濁した。川北が怪訝な表情でその顔を覗き込む。

箕田はなにかを知っている。葛木が聞いた西村の誤射とその隠蔽に関わる事実を川北が配下の隊員に確認したとき、全員が知らないと答えたという。

しかし箕田が語ろうとしたのはそれに関係したことのように思われた。そしてその事実について、口をつぐませようとするなにかがある。そのこといま警視庁上層部が仕掛けようとしている強引な作戦が、どこかで繋がっているという確信が葛木のなかで強まった。

3

箕田の携帯が鳴った。

この事案に関しては警察無線は封止しているようで、車載通信系の音声は喧しく鳴り続けているが、こちらに関係した情報はほとんど流れない。

警察無線はいまはデジタル化され、かつてのようにアマチュア無線による傍受は難しくなったと言われるが、過激派政治集団のアジトで傍受記録が発見されたという話も聞いている。デジタル技術は日進月歩で、警察無線のシステムが完璧であるという保証はどこにもない。

箕田は相槌も打たずに話を聞いて、了解したと言って通話を切った。

「周辺をパトロールしている隊員からです。ＳＡＴのチームが到着したようです。現場の状況を聞きたいので、隊長に顔を出して欲しいと言っているそうなんですが」

　川北はとっさに不快感を滲ませた。

「その連中は、いまどこにいるんだ」

「アパートから五〇メートルほどの公園に車両を停めているそうです」

「先乗りしたのは我々だ。いまは現場に張り付いていなきゃならん。出向くのは向こうだろう」

「使っているのがSATの車両で、全員ユニフォームで来ているとのことで、西村に見られてはまずいので、こちらから出向いて欲しいという話のようです」

「冗談じゃないと言ってくれ。現場を押さえているのはおれたちだ。一瞬でも気の抜けない状況にいるときに、持ち場を離れて挨拶に来いとはどういうことだ。向こうの隊長は誰なんだ」

「沢木《さわき》さんですよ」

「あの人ならよく知っている。こういう現場のこともわかっているはずだ。どうしてそんな無理難題を？」

「そう言っているのは沢木さんじゃないんです。中里管理官が一緒に来ているようなんです」

「城東署の現地本部に入ると聞いていたが」

「私もそうだと思っていたんですよ。どうやら抜き打ちでご見参のようで」

「だったら直接電話を寄越すように言ってくれ。位が上だからといって部署は別だ。おれたちは警備部の指揮下にあるわけじゃない」

川北は憤りを露わにする。中里が城東署に籠もっていてくれればせめてもの幸いだと思っていたが、現場で指揮を執るつもりだとしたら状況はすこぶる厄介だ。

殺人事件ならすべてが事後捜査で、上が判断を誤ったとしても説得して修正させる時間はあるが、こうした現在進行形の事件の場合、現場レベルの遅滞のない判断で帰趨《きすう》が決まる。

その点から言えば、中里が自ら現場にやってきた点は一概に悪いことだとは言えないが、その当人が上層部の意向を一身に背負う立場の人間で、しかもこうした事案に疎いとなると、おそらく現場は引っかき回されるだけだろう。

葛木が想像するように、上層部の本音が西村の抹殺なら、答えはすでに出たも同然だ。SATは言われるままに狙撃を試みるだろう。その結果がどうなるか、上は本当にわかっているのか。わかっていないならむろん問題だが、わかっているとしたらなおさらたちが悪い。

それでも敢えて強行するとしたら、背後にいったいどんな秘密が隠されているというのだ。もしそんな重大な事実を西村が握っているとしたら、事態が最悪の方向に進む前に、なんとかそれを明らかにする必要がある。

しかしいま葛木にできるのは、西村にそれを語らせることだけだ。しかしいくら葛木を信頼しているといっても、西村がおいそれと口にするはずがない。

「じゃあ、そう伝えさせます。隊長の携帯番号を先方に教えていいですか」

箕田が問いかける。川北は頷いた。

「そうしてくれ。こっちは現場を離れられる状況じゃない。そこのところをよく説明するように言ってくれ」

箕田は携帯を手にして、連絡を寄越した隊員を呼び出し、その旨を説明した。話を終えてものの五分もたたないうちに、川北の携帯が鳴り出した。

「はい、川北です」

そう応じて川北は耳を傾ける。相手は一方的にまくし立てているようで、こちらは相槌一つ打つ暇がないようだ。しばらく話を聞いてから、川北はようやく口を開いた。

「そうは仰いますが、管理官。いまは一瞬たりとも気の抜けない状況なんです。現場の実情を把握するためにもこちらへお越しいただくのがベストかと思いますが。防弾仕様の車両がありますので、そこでお話しができれば、万一の際にも身の危険は避けられるはずですので」

川北は嫌みたっぷりだ。また向こうがなにやらまくし立てる声が漏れてくる。内容は聞き取れないが、お冠なのは想像がつく。川北は宥めるように応じる。

「なんならパトカーを向かわせます。それに乗っておいでいただけば、西村に感づかれずにこちらの車に移乗できると思います」

川北は退こうとしない。最初の印象ではここまで一徹だとは感じなかったが、なかなかどうして強気な男だ。あるいは上層部が唐突に打ち出した強引な作戦に堪忍袋の緒が切れたというところか。

どうやら向こうが応じたらしく、川北は機嫌よく言った。

「それではすぐに所轄のパトカーを向かわせます」

4

葛木が手配した地域課のパトカーで、管理官の中里とＳＡＴ狙撃班隊長の沢木がやってきた。

五十がらみで小太りの中里はゴルフ焼けらしい浅黒い顔を強ばらせ、挨拶もそこそこに切り出した。

「この事案は極力迅速に処理しろというのが上層部の考えだ。君たちにもぜひ協力してもらわなきゃならん。いま署長に近隣のマンションの屋上を借りるよう手配してもらっている。そこから一撃で仕留《しと》めるのが最善の策だと思うがね」

「沢木さんも同じ考えですか」

川北の問いに、渋い調子で沢木は答える。

「難しいけど、やってやれないことはない」

「失敗した場合、手がつけられない事態になりませんか」

「いまは、失敗しないようにやるとしか言えないね」

沢木はいかにも歯切れが悪い。苛立ちを滲ませて中里が割って入る。

「やると決めたら断固やる。そのためにＳＡＴには金のかかる装備を与え、日ごろから訓練に励んでもらっている。絶対に失敗はないとどうして言えんのかね」

沢木は苦虫を嚙み潰したような顔で押し黙る。だめだというように川北は天を仰ぐ。葛木は言った。

「もう少し時間をいただけませんか。いまのところ西村とのコンタクトは良好です。辛抱強く交渉すれば最悪の事態は避けられます。なんとか西村を投降させ、人質を無事に救出したいんです」

「葛木君と言ったね。向こうが指名したんならやむを得ないが、ここは本来なら素人が出る幕じゃない。君の責任だとは敢えて言わんが、西村のほうに君へのある種の信頼があるということは、そこに情実が生じる余地もあるということだ。君のほうから交渉担当者を変更するように説得するのが、警察官としてのあるべき姿だと思うがね」

中里の言い草は理にかなってはいる。こんな難しい役回りを代われる人間がいるならぜひそうして欲しいが、それでは誰が適任なのか。

そもそも今回打ち出した作戦で行くのなら、交渉役さえ不要になる。箕田が言う高性能の赤外線スコープが有効なら、狙撃そのものは窓際に誘き出すこともなく可能なはずだ。自分を外そうという上層部の意思が明白なら、いま西村に電話を入れて交渉役を下りると通告すればいい。そのあと彼らがどんな失態をやらかそうと、もはや葛木の責任ではない。

しかし道義的にはどうなのだと自問する。その結果に対する責任を、果たして自分は逃れられるのかと――。

「いいかね。我々は人質を見殺しにしようなどとはまったく考えていない。その作戦が最善だと確信しているんだよ。事件の解決が遅れれば精神的にも体力的にも負担が大きい。避難してもらっている近隣の住民にしても、長期にわたればストレスも疲労も溜まる。高齢者や病気持ちの人にとっては深刻だ。そういうあらゆる状況を勘案《かんあん》しての決断だ。君一人の反論で揺らぐ話じゃない」

中里は高飛車に言いつのる。そんな身勝手な屁理屈を聞かされるうちに、じわじわと怒りがこみ上げてきた。それを腹の底に押し込んで、努めて穏やかに葛木は言った。

「西村は本気で自爆しようとしています。しかしその前に人質を解放させることは出来そうな感触があります。場合によっては自爆を断念させ、投降させることも可能かもしれません。この事案に関して言えば、それがベストの着地点だとはお考えにならないんですか」

「刑事犯を追いかけるのが本業の君たちだからそういう悠長なことが言えるんだ。君たちと我々はそもそも発想が違う。こういう事案にベストの着地などないんだよ。一にスピード、二にスピード。遅れれば遅れるほど警察は世間の非難を浴びる。犯罪の抑止に欠かせないのは警察の威信だよ」

「無用な死傷者を出してでもですか」

「どうして最初から決めつける？　こんなときのためにSATという強力な武器がある」

「西村が爆発物を準備していなかったら可能な作戦でしょう。しかしそういうケースでも、のっけから射殺というのは聞いたことがない。人質救出と犯人検挙を優先するのが刑事警察の鉄則です」

「君たちの立場はそうだろう。しかし我々の見方は違う。今回の事件は国家機関としての警察を標的にしたテロだ。すなわち刑事警察ではなく警備・公安警察が取り扱うべき事案だ。そういう場合、我々には我々のやり方があるんだよ」

中里は一段上から見下すように言う。葛木は抵抗した。

「そこが解《げ》せないんです。西村が要求しているのは、いま起きている事件について早急に記者会見を開けというものです。警察を標的にしたテロとまで断言できるレベルじゃないでしょう。西村に言われるまでもなく、いまだに記者会見を開いていないこと自体が不自然じゃないですか」

「それはこの手の事件では常道だよ。捜査には迅速性と機密性が要求される。だから報道協定というものがある。事件が解決したら記者会見は開く。そのとき隠し事は一切しない。しかしいまそんなことをすれば犯人にこちらの手の内を教えるだけだし、そんなことにかかずらっている暇もない」

「しかし西村が要求している以上、それに応えるのは問題ないでしょう。こちらが考えている作戦まで明らかにする必要はない。いまのところ彼が公表を求めているのは、自分の身元に関する正確な情報だけです。それともその点を含めて秘匿しなければならない事情が警察側にあるんですか」

覚えず一歩踏み込んだが、後悔する気はさらさらない。案の定、中里は気色《けしき》ばんだ。

「君は犯人に同情して警察組織に楯突くのか。それでも警察官なのか」

「人の命をないがしろにしてまで守らなければならない組織の論理とは、いったいなんですか」

「君たちはすぐそういう減らず口を叩く。言っちゃなんだが、痴情殺人や空巣事件の犯人を、大勢の捜査員を投入して、何ヵ月も、ときには何年も追いかける。刑事警察はそれが正義の遂行だと思い上がっているようだが、我々が対象としているのは、国家に背き、国家を転覆させようとする危険極まりない連中なんだ。要は価値観が違うんだ」

「西村がやっていることで、この国が転覆するとでも言うんですか」

「そこまでは言っていない。しかし問題の根っこは一緒だ」

「警察組織にとって不都合な事実を西村が握っているんじゃないんですか」

葛木は大胆に言った。こんな連中の言いなりになって組織の論理にかしずいて、人の心を失うよりも所轄刑事の矜持に殉じたい。川北と箕田が目を見張る。中里は身構える。

「なにを言いたい。我々にやましいことでもあるというのか」

「そうも考えたくなりますよ。その作戦だと、なによりも西村の殺害が最優先で、人質や現場の警察官に犠牲が出る可能性については目をつぶっている。私に言わせれば本末転倒です」

「だから言ってるじゃないか。この作戦で失敗はあり得ない。警視庁SATはその道のプロ集団だ」

そう言う中里の傍らで、沢木が困惑したように首を振る。葛木は訊いた。

「どうお考えですか、沢木さん。一〇〇メートル離れた場所から一発必中で標的を倒せますか。肌身離さず持っているという起爆装置に指一本触れさせずに」

沢木は重い溜め息を吐いた。

「出来ないということはない。ただし――」

「ただし？」

「あらゆる条件が整えばの話だがね」

「あらゆる条件とは？」

「狙撃手の技量はもちろんだが、射撃の瞬間に突発的に風が吹いたり、標的が予期せぬ動きをしたりということが起きなければということだ」

箕田は距離が三〇メートルでも至難だという。それが一〇〇メートルなら成功がむしろ奇跡だというのが真実だろう。中里が慌てて口を挟む。

「そりゃもちろん、なにごとも一〇〇パーセントということはあり得ない。それについても我々は徹底的に議論した。しかしリスクがあるからといって逃げちゃいけない場合もある。警察が断固たる姿勢を見せなければ、こうしたテロがいくらでもはびこる」

「それでは、現場の警察官は安全な距離まで後退させてかまいませんか。自爆の巻き添えで同僚に死傷者を出したくはありませんので」

葛木はきっぱりと言った。中里は不快感を滲ませる。

「それじゃ西村に、こちらがなにか画策していると教えるようなもんだ。まさしく敵前逃亡だな」

「桜田門が立てた危険極まりない作戦のために、私は同僚を犠牲にする気にはなれません。どうしても強行するというのなら、前線を大幅に後退させざるを得ないんです」

「たかが所轄の警部補の分際で大きな口を叩くじゃないか。たしか息子さんが警察庁のキャリアだと聞いている。その威光で大口が叩けると思っているのなら大きな勘違いだよ、葛木君」

中里は肩をそびやかす。葛木自身がそれを吹聴しているわけではないから、知る人ぞ知るという程度のはずだが、中里はもともと知っていたのか、あるいは今度のことで葛木の身元を洗っているのか――。

「勘違いはしていません。息子は息子、私は私です」

「しかし上の人間はそうは考えないだろう。私のようなノンキャリアが努力で這い上がるしかない出世の階段を、彼らはエスカレーターで駆け上がる。しかしなにかの理由でそこから転げ落ちる者もいる。息子さんがそういう目に遭わないことを祈るがね」

「恫喝しているつもりですか」

葛木は鼻で笑った。もし自分がそんな脅しに屈したら、俊史は出世の階段など自ら駆け下りることだろう。警察の不正を糺《ただ》すために、自分は権力を追求するのだと俊史は言う。その不正に荷担することで得られる出世なら返上するのを潔しとするだろう。

西村と俊史――。その方法はまったく異質でも、葛木は魂の根底に同質なものを感じて仕方がない。

だから俊史には自らの心に問うて恥ずかしくない人生を送って欲しい。西村に対しても思いは同様だ。情実と言わば言え。すでに犯してしまった罪は罪として、それを償ったのちに自らの志を全うして欲しいのだ。

「どう受けとろうと勝手だが、この任務に君が不適任なことはよくわかったよ。私には直接命令をする権利はないが、おたくの署長なら鶴の一声でラインから外せる。そのようにこれから働きかける」

中里は凄みを利かせる。川北が慌てた。

「冗談じゃありません。葛木さんは、いま警察側で唯一西村と交渉できる人間です。それを失ったら、こちらは状況を一切コントロールできなくなりますよ」

「心配は要らないよ。あとはSATに任せればいい。君たちは所轄の面々とともにここに張り付いて、西村にプレッシャーをかけてくれるだけでいいんだよ」

「そんなやり方は聞いたことがない。犯人とのコンタクトは事件解決の命綱です」

「この場合の事件の解決とは、犯人を無力化することでしかない。それが我々の考えだ。方法についてとやかく言っている限り、あらゆることが後手に回る。要するに大事なのは結果だよ」

中里はふてぶてしく言い放った。

第五章

1

「予想どおり、退く気配はないですね」

これから城東署に向かうという中里を見送って、川北は苦り切った表情だ。苛立ちを隠さず葛木は言った。

「しかし、なんとか止めないと大変なことになりますよ。上層部は本気で成功すると思っているんでしょうか」

「というより、ほかに方法を思いつかないんですよ。彼らにとって不都合な事実が表に出ないようにするためには——」

「それがどういう事実なのかわかりませんが、要は西村が死ねば済むということですね。狙撃に失敗したとしても西村は勝手に自爆する。もちろん人質は道連れになる。現場の警察官にも死傷者が出るかもしれない。周辺の家屋にも被害が及ぶ。それでも連中の目的は達せられる――」

「そう考えるしかないですね」

「最悪の事態になったとしても、最善を尽くした結果だと言い逃れはできる。場合によっては現場にいるSATや我々の失態にさえしかねませんよ。しかしそこまでして隠したい事実というのは、やはり例の事件ですかね」

葛木は首を傾げて箕田にちらりと視線を向けた。箕田は気まずそうに俯いた。嘘をつくのが下手な性格のようで、その様子から察するに、なにか知っているのは間違いない。

「噂はしょせん噂に過ぎないのかもしれないが――」

葛木は鎌をかけるように箕田に問いかけた。

「私が聞いた誤射の話が事実なら、ここまで接した限りでの西村の言動と辻褄が合うんですよ。当時、同じSITに所属していて、なにか感じたことはありませんか、箕田さん？」

「そう言われても、あのときは正当防衛で決着がついたと聞いていましたので――」

箕田はすこぶる歯切れが悪い。葛木はさりげなく踏み込んだ。

「そのときの状況についてはどう思いますか」

「どうというと？」

「つまり同じＳＩＴの隊員として、射殺という行為が妥当だったかということです」

「相手が銃を持っていたとしたら、もちろん妥当です」

「しかし私が耳にした噂では、被疑者がテーブルの上の鋳物の灰皿でもう一人の隊員に殴りかかろうとした。それを拳銃と見誤り、至近距離から発砲したという話でしたが」

「さあ。私は現場にいたわけじゃないですから」

箕田は首を振るが、その表情にも口ぶりにも、さきほどまで見せていた落ち着きがない。

「そういう噂すら聞いていないんですね」

葛木は畳みかけるように問いかけた。箕田は曖昧に頷いた。

「たしかな話としては聞いていません。もちろんああいうことがあれば、いろいろ憶測は飛び交うものです。葛木さんもおっしゃったようにあくまで噂は噂であって、それを裏付ける根拠がなければ、正当防衛を認めた司法手続きに疑義は差し挟めません」

箕田の応答はいかにも役人的だ。警察官は身内同士だとかなりざっくばらんな物言いをするものだが、この一件については別らしく、なんらかの圧力が働いているという気がしてならない。

「あなたの感触という程度の話でいいんだが、率直なところを聞かせてくれませんかね。西村が覚醒剤に走るようになったのは、その事件以後だったと聞いている。精神的にも変調を来したようだった。あなたも犯人を射殺した経験があり、そのあとＰＴＳＤの症状に悩まされたと言っていた。西村の場合もそういう可能性があると？」

「もちろんあると思いますよ。私より若いし、経験も浅かった。ショックは大きかったはずですよ」

「しかし職務上の理由による射殺で、法的な問題もクリアしているなら、今回の行動の動機としては弱いような気がするんだが」

「そうかもしれません。ただ私のほうからはなんとも――」

　箕田は相変わらず歯切れが悪い。傍らで川北は匙を投げたような顔つきだ。彼はすでに箕田をはじめ、隊員の全員からそのあたりの事情を聞いている。返ってきたのはおおむね似たような答えだったのだろう。

　しかし答えが得られないこともまた一つの答えだとも言える。絶対にあり得ないと確信をもって言えるのなら、いまの箕田のような煮え切らない返答にはならないはずだ。しかしいまその口を無理にこじ開けようとすれば、かえって固く閉じてしまうだろう。

　先ほどまでのＳＡＴによる狙撃計画への批判的な言動を見る限り、この時点で警視庁上層部からなんらかの圧力を受けているとは考えにくい。むしろ西村に対する冷酷な仕打ちに憤りを感じているようにさえ受けとれた。そんなベテランＳＩＴ隊員の箕田が、ここでは貴重な味方であることに間違いはない。

　西村からの記者会見の要求にしても、上層部にはいまのところ応じる意思がなさそうで、あるいは西村が癇癪《かんしゃく》を起こして勝手に自爆してくれることを期待しているとさえ勘ぐりたくなる。

西村と葛木のやりとりは差し障りのありそうなところを除いて川北から逐次報告が上がっているはずだが、それに対する上からの具体的なリアクションが、専門家の目から見ればお粗末極まりない射殺作戦だけというのがなんとも寂しい。

現場を知らない桜田門のお偉方の頭の出来はせいぜいそれくらいだったのか、それとも西村に握られている秘密がそれほど彼らにとって恐るべきものなのか。

時刻はまもなく午後十一時。事件が起きてからそろそろ六時間になる。西村は鳴りを潜めている。そこはクレバーなところかもしれない。

あれやこれや要求を突きつけ、あるいは人質の殺害をほのめかし、揺さぶりをかけてくるならつけ入る隙も出てくるが、西村は警察側が対応に困るやり方を知っている。自らの命を楯にした自爆作戦こそ、元ＳＩＴ隊員のノウハウを傾注した究極のプランとも言えるだろう。

その計算し尽くされたプランが、逆に問答無用の狙撃という警察側の粗略な作戦を引き出した。そこまでは西村も予測しなかっただろうし、実行に移されたら西村は死を免れない。

しかし彼自身はそれを覚悟していたとしても、人質の殺害や現場にいる警察官に人的被害を与えることを本音では望んでいないような気がする。葛木はそこに希望を託したい。

彼が真に目指していることがなんであれ、それを狙撃という強硬手段で阻止しなければならない理由は葛木にはない。おそらく葛木に限らず、この現場にいるほとんどの警察官も同様のはずだ。

そう考えたとき、望むべき最善の結末は人質を解放しての西村の投降だ。彼が目指していることが、手段は別として正しいことのように思えてならない。西村がほのめかしているように、もしそれが警察内部にはびこる権力の腐敗を暴き出すことなら、それは全うされるべきだと思う。

そんな腐敗を見て見ぬふりをして自分はきょうまで生きてきた。いまにして思うと耐えがたい慚愧《ざんき》に襲われる。

だからこそ西村には生きていてもらいたい。もし桜田門の狙撃作戦を止めようがないのなら、その前に西村を説得する以外に打つ手はない。しかしその時間が果たしてあるか。

2

三十分ほどして、本署に出向いていた大原と池田が戻ってきた。

「署長は慌ててるよ。所轄の警察官に死人やけが人が出たり、近隣の民家が吹っ飛んだりすれば警察署長としての評判はがた落ちだ。下手すりゃ責任をすべて押しつけられる。なんとか穏便な作戦に切り替えられないかと、中里とかいう警備部の管理官に直談判したんだが、上からの仰せだと言ってまったく耳を貸そうとしない」

「中里管理官とはさっきこちらで話をしましたよ。食わせ者のようです」

「ああ、おれも聞いてるよ。本署へ来る前に、現場を見てきたようなことを言ってたな」

中里とのやり取りをかいつまんで説明してから、葛木は問いかけた。

「それで狙撃ポイントの選定やら人員の配置やらは話し合ったんですか」

「近隣をざっと回って目星をつけてきたそうだ。一〇〇メートルくらい離れた三階建ての賃貸マンションの屋上がいいということになったらしい。というより使えそうな場所はそこしかなかったようだ」

「SITの隊員が見て回った限りでも、やはりそこくらいのようですね」

「しかしいくらSATでも、そんなところから一発必中で仕留められるのか」

大原は首を傾げる。葛木が促すと、箕田がさきほど聞かせてくれた狙撃用ライフルの射撃精度の話を繰り返した。大原は苦々しげに吐き捨てる。

「致命傷を与えられなくてもかまわない。多少外れても西村が自爆してくれれば大成功というわけだ」

葛木は訊いた。

「マンションの屋上は使わせてもらえるんですか」

「いま本署の連中が頼みに行ってるよ。先に大家に電話を入れたんだが、先方は渋っているらしい。一〇〇メートル離れているといっても、そこから撃った弾で人が殺されるのは寝覚めがいいもんじゃない。幽霊が出るなんて噂が立ったら入居する人間がいなくなると心配しているようなんだ」

「拒否されたら？」

「諦めるしかないだろう。強制できる話じゃないからな」

「そうなれば好都合ですよ」

遠慮なしに葛木が言うと、川北も池田も頷いた。池田が身を乗り出す。

「おれが大家のところへ出向いて言ってやりましょうか。狙撃ポイントに使われた建物にはよく出るって話ですよって」

「そりゃいい考えだな」

大原が膝を打つ。葛木は首を捻った。

「そんなことが発覚したら、中里さんや上層部がどう暴れ出すかわからない。西村も十分警戒しているでしょうから、窓の近くでぼーっとしたりはしないと思います。狙撃ポイントを確保できたとしても、そう簡単に実行はできませんよ」

「そうだといいんだが、やると決まったときはアパート周辺から警官を退避させるから、事前に知らせるようにと署長は強硬に主張したよ。あの人が本庁の人間にあれだけ楯突いたのは初めて見たな」

大原は感心したような口ぶりだ。署長の頭にあるのはあくまで保身だろうが、それでも現状でそれは有用だ。

「それで中里さんは？」

「渋々納得したよ。けっきょく署長と似た者同士で、自分が無理押しして死傷者が出たときに問われる責任は回避したいわけだろう。その場合、本庁の現地指揮官の責任についてはマスコミにも明らかにせざるを得ないと、署長がたっぷり脅しをかけてやったから」

「やるじゃないですか。署長の言い分のほうが筋が通っていますよ」

葛木は言った。所轄の署長といえば階級では本庁の管理官より格が上だが、本庁上層部の意向を受けて出張ってくる今回の中里のような管理官にはなかなか逆らえない。一般企業で言えば、子会社の社長が本社から出向してくる部長クラスに頭が上がらないようなものだろう。

「消防車や救急車の手配は？」

川北が確認する。大原は頷いて言う。

「城東消防署の大島出張所が近いから、そこで待機してもらうことにした。いざとなったら五分以内に駆けつけられるそうだ」

葛木は勢い込んだ。

「だったらこれからやるべきは西村の説得です。投降させられればいちばんいいんですが、それが無理なら、最悪でも人質を解放させないと」

「たしかにそうなんだが、あんたが交渉役を務めるのはまかりならんと本庁からお達しが来ているらしい」

大原は苦々しげに言う。やはり署長を通じて手を回したようだ。葛木は慌てた。

「まかりならんと言われても、西村はほかの人間とは一切交渉しませんよ。私が電話に出るのをやめたら意思疎通のパイプがなくなりますよ」

「要するに、交渉の必要なしという含みだろうな。ＳＩＴにはすでにそういう指令は出ているのかね」

大原が訊くと、川北は首を振る。

「まだ明確なかたちでは来ていません。しかし中里管理官の口ぶりにはそういう意向がありありでした」

「中里にはおれたち所轄の人間に対する直接の指揮権はないからな。それで上層部はトップの署長を介して、ぴしゃりと釘を刺してきたわけだろう」

「しかし、そういう強引なやり方は前例がありませんよ。ＳＩＴのポリシーに反します。あくまで人命の安全が優先で、強行策は最後の手段というのが我々の考えです」

川北は不快感を隠さない。池田が投げやりに言う。

「それならあとは連中に任せて、おれたちは手を引きましょうよ。現場の疲労はピークに達しています。このままじゃ緊張の糸が途切れます。家に帰って風呂にでも入って、ビールでも飲《や》りながらお手並み拝見といくしかないじゃないですか」

その言い分もあながち外れではない気がしてくるが、ここで職務を放棄すれば、死ぬまで背負い込む重い心の借金になりかねない。

「そうしたいのは山々だが、ここで連中に思いどおりやらせたら所轄刑事の名が泣くぞ。この地域の安全が守れないようなら、おれたちも上の連中に負けず劣らずの穀潰《ごくつぶ》しになっちまう」

そう嘆いて天を仰ぐ大原のポケットで携帯が鳴り出した。大原は取り出して相手を確認し、そのまま葛木に携帯を手渡した。

「息子さんからだよ」

受けとって耳に当てると、心配そうな俊史の声が流れてきた。

「警視庁上層部が犯人射殺の方針を固めたという情報が入ってるんだけど、本当なの？」

「そっちにはもう流れてるのか」

「正規のルートからじゃないんだけど、警備局には同期入庁組が大勢いるから、それとなく当たってみたんだよ。そうしたら漏らしてくれたのがいたんだ。その情報は間違いないんだね」

「間違いない。すでにSATの狙撃チームが現地に出張っている」

「ずいぶん強引な作戦だね。成功の見通しはあるの？」

「そこなんだ、問題は――」

箕田の話を聞かせると、俊史はきっぱりと言った。

「それは止めさせなくちゃいけないね」

「そうは言っても、こちらとしては打つ手がない。そもそもおれを交渉役から外しにかかってきたんだから――」

中里の話や大原の話を教えると、納得したように俊史は言った。

「要するに彼らは西村を抹殺したい。つまり、そうしないと困る理由があるんだね」

「そうとしか考えられないんだよ。西村に握られている連中の尻尾というのはそれほど太いとみるしかなさそうだな。心当たりはなにかないか？」

「ないと言えば嘘になるくらいこの国の警察には問題があるけど、それが西村を殺害してまで隠し通さないといけないほどのものなのか――」

俊史は思いあぐねる様子だ。葛木は言った。

「裏金はいまもはびこっているが、そんなことはすでにマスコミを通じて国民にも知れ渡っている。所管業界への天下りにしても、なにをいまさらという程度の話に過ぎない。おれたちも含め、国民のレベルで気に掛けているほどの話でもない」

「そのくらいの不祥事ならいつものようにトカゲの尻尾切りで逃げられる。そういう悪事を見逃しているマスコミにも国民にも責任はあるけどね」

「それ以上におれたち警察官にな」

「もちろんそうだよ。しかし今度の強襲作戦だって、人質が死んだり現場の警官に人的被害が出たり、周辺の家屋が焼失したりしたら、上の人間だって詰め腹を切らされる。そのリスクを負ってでもというのなら、裏金どころの話じゃないということになるね」

「裏金どころじゃない――。だとしたらいったいなんなんだ」

「おれも見当がつかないよ。しかしなんとか探ってみるよ」

俊史はどこか自信があるふうだ。期待を隠さず問いかけた。

「手蔓《てづる》はあるのか」

「ないことはない。まず長官官房の人事課に、西村の射殺事件について問い合わせてみるよ。そこには監察の部署があって、それが全国警察の監察業務のいわば元締めになっている。万引きやら破廉恥《はれんち》犯程度の事案は各都道府県警察本部のレベル止まりだけど、職務上の理由であれ被疑者を殺害したような事案は、そこに報告されてきちっとファイルされているはずなんだ」

「まず西村の身辺から洗ってみようというわけか」

「そうなんだ。上層部がそこまで躍起になっているということは、その事件の背後にはなにか別の事情が隠されているような気がしてね」

「誤射の件はいまのところ噂に過ぎないが、それがもし真実だとしても、そこまで強硬な手段で隠蔽するような話じゃない。業務上過失致死相当の事案で、執行猶予がつくケースも多い」

「まず、そのとき誤射を隠蔽した事実があるかを確認しないとね」

「そうだな。そこがすべての出発点だ」

「おれはそこに単なる誤射以上の秘密があるような気がするんだよ」

「ああ。いずれにしてもその事件と今回の西村の犯行が無関係だとは思えない。それについては本人も強くほのめかしているわけだから。しかしそういうファイルを簡単に見せてもらえるのか」

「たまたま今回の事案に関する情報を長官官房に上げるのがおれの仕事だから、見せてくれと言うこと自体は不自然じゃない」

「関係者が加工した資料が保管されている可能性もあるだろう」

「それはまずないよ。世間一般に公開されるものじゃないし、警察官による射殺事案を警察庁は重点監察項目に指定している。親父も知っているように、監察というのは警察官の不祥事や犯罪を取り締まるというより、警察組織にダメージを与えないように処理するのが本来の仕事だから、世間には出せないような裏事情も記録として残しておく必要があるんだよ」

「今回の事案がらみで警察にとってやばい話が書かれていたら、素直には見せてくれないだろう」

「それはもちろんあり得るね。しかし理由もなく拒否されたら、まさに怪しいということになるからね」

「当たってみる価値はあるな。見せてくれないようなら噂の信憑性が増すわけだ」

葛木は期待を覗かせた。俊史は確信ありげだが、いま上層部が考えている射殺という手段を思えば、内部資料とはいえ、そう簡単に真相が目に触れるようになっているとは考えにくい。

しかしなんらかの細工があれば違和を覚える。それは刑事捜査でもよくあることだ。あまりに完璧なアリバイや目撃証言はむしろ不自然さを感じさせ、それが事件の真相に至る糸口になることがある。捏造を示す明らかな矛盾があれば、それは別の意味で宝の山なのだ。

「時間が時間だから、いずれにしてもあすの仕事になるな。それにそっちもきょうは仕事納めなんだろう」

「ああ。でもとりあえず監察に出向いてみるよ。どんな部署にも仕事の虫はいるからね。

おれも今夜は泊まり込みだし」

「仕事に入れ込むのはいいが、家族サービスはちゃんとやってるか？」

俊史の妻の由梨子《ゆりこ》は三年の育児休暇をとって子育てに専念している。俊史のことはすべて亡き妻任せだった葛木に忠告をする資格はないかもしれないが、自分と同じ轍《てつ》は踏ませたくないという思いからついそんな言葉が口に出る。気を悪くするでもなく俊史は答える。

「休めるときはちゃんと休暇を取って、ドライブや食事に出かけてるよ。悠人《ひさと》はドライブが大好きでね」

「やんちゃが始まるころだから、由梨子さんも手がかかるだろう」

「それも楽しいって言ってくれてるよ」

「いい嫁さんを持ったな」

「ああ。親父の二の舞にならないように、おれも心して生きないとね」

「言ってくれるじゃないか」

「気に病んでいるのは親父だけだよ。おれも母さんも十分幸せだった。それはわかって欲しいんだ」

いまもときおり疼《うず》く葛木の心の傷にそっとガーゼを当てるように、俊史はときどきこういう言葉を掛けてくる。これでは親父として立つ瀬がないと思いながらも、そんなとき不思議に心が和んでくるのだ。

俊史とのやりとりを伝えると、大原たちも期待を覗かせた。

「ことと次第によっちゃ、おれたちも腹を括るしかないようだな」

大原が言う。腹を括るという言い方に、必ずしも穏当ではない意味が含まれていることが、その口ぶりから察せられる。

だからといって、こちらでとれる手段はほとんどない。出来ることと言えば、けっきょく西村に投降を促すくらいなのだ。葛木は大原に訊いた。

「私を交渉役から外せという指示に署長は応じたわけですか」

「思っていたよりしたたかでね。その場では受けたが、おれにそういう指令は出さなかった」

「つまり、どういうことですか」

「ずるいと言えばずるいんだが、要はこっちで判断しろという意味だろう。内心はあんたの説得で事態が穏便に済めば幸いというのが本音のようだ。上にばれた場合、責任をとってくれるかどうかは保証の限りじゃないんだが」

大原は葛木の腹を試すように言う。躊躇《ちゅうちょ》なく葛木は答えた。

「いいじゃないですか。それなら私もやれるだけのことはやってみますよ」

3

午前二時を過ぎても状況に変化はない。

アパートの周囲を固める警官たちは半数ずつ交代で本署に戻り、仮眠することにした。葛木たちは現場を離れるわけにはいかず、空いているパトカーのなかで一眠りするしかない。

師走の夜はさすがに冷え込む。エンジンを切っている車内は、風がない点を除けば外にいるのとほとんど変わらない。本署から運んできた毛布に包《くる》まって、使い捨てカイロで暖をとるしかないが、それでも体は芯からは温まらない。

後部シートでは池田がすでに鼾《いびき》をかいている。西村からいつ電話が来るかわからないので、まず池田に二、三時間寝てもらって、そのあと自分が眠ることにした。大原は別のパトカーで仮眠している。川北たちはＳＩＴの車両で、やはり交代で体を休めるとのことだった。

西村はあれからまったく動きを見せない。持久戦は覚悟のうえだろうし、ぼろアパートとはいえ室内にいれば、快適さではこちらは足元にも及ばない。

衝動的な犯行ではない、極めて計画的なものであることが窺われる。食料や煙草の差し入れ要求があれば、それが突破口になるケースもあるのだが、西村からはなんの要求もない。窓のカーテンは閉め切ったままで、隙間から明かりは漏れているが、なかでなにをしているのかはまったくわからない。

長期戦になるほど警察側が有利だろうと当初は葛木も高を括っていたが、こうなると関係はむしろ逆で、体力面で消耗するのはこちらが先になりそうだ。

いかに西村でも眠らずにはいられないはずで、そのタイミングを突いて踏み込めば拘束が可能ではないかという考えもあったが、向こうがボタン一つですべてが吹き飛ぶ仕掛けを用意しているとしたら、やはりあまりに危険すぎる。

マンションの屋上を借りる交渉は中断しているようだ。俊史からもあれから連絡はなく、さすがに仕事納めの日の深夜に居残って働いている担当職員はいないようだった。

西村に電話を入れようかとも思ったが、いまは時間が遅すぎる。向こうからかかって来たならともかく、こちらからでは焦っていると足元を見られ、気持ちのうえで相手を有利にさせるとの川北の意見もあって、今夜はとりあえず静観することにした。

ウィンドウの外では防寒コート着用の警官たちが寒風に堪えて立ち番を続けている。そのなかには葛木が率いる強行犯捜査係の面々もいる。

定時になるとデカ長の池田の携帯に連絡が入るが、話の内容は進展のない状況への苛立ちと愚痴ばかりのようで、そのたびに池田にどやしつけられているが、そんなやりとりも、この状況では一種の気晴らしといったところだろう。

爆発物の件はすでに現場の全員に伝えられている。つい先ほどはテレビの臨時ニュースでも流れたらしい。しかしそれでも動揺している気配はない。

そのことに葛木は感銘を禁じ得ない。自己保身のためには彼らを危険にさらすことさえ辞さない桜田門の高級官僚たちと比べれば、人間の値打ちは役職や階級で決まるものではないことがよくわかる。地域の安全を護るのが所轄の警官の本務だということを、ここにいる警官たちはまさに身をもって示している。

その労苦が組織の上層にいる官僚たちの既得権益を守るために費やされるならなにをか言わんやだ。西村が突こうとしているのがそんな既得権益そのものなら、なにが正義でなにが悪かの判断は、葛木にとってひどく難しいものになる。

法を執行する者が正義で、その対象になる者が悪だという単純な図式はここでは当てはまらない。問われているのは魂のレベルの価値観なのだ。

少なくともいま言えるのは、西村の殺害に荷担することが、正義とはほど遠い権力の濫用者に与《くみ》することにほかならないということだ。

かといって西村の企てに手を貸すようなことがあれば、暴力的手段によって社会を恣意的に変えようとするテロ行為を容認することになる。きょうまでの長い警察官人生で、こんな難題を突きつけられたことは一度もなかった。

池田が言ったように、現場はすべて中里やSATに預けて、高みの見物を決め込むほうが気は楽だ。しかしそれは職場放棄というもので、現場の考え一つでそんなことが許されるなら、組織としての警察に存在理由はない。

そんなせめぎ合う思いを乗り越える唯一の答えが西村を投降させることなのだ。ここまでのやりとりで感じたのは、その心に巣くう深い絶望だった。目的を達したのちに死を選ぶ。彼の胸中にあるのはそんな思いのような気がしてならない。

そもそも刑事という商売は、被疑者と捜査担当者の魂のぶつかり合いでもある。そんな相克《そうこく》のなかで、覚えず被疑者の心に引き寄せられる。そんなケースは少なくない。

こちらの魂が呑み込まれそうなリスクを冒してこそ被疑者の心の闇に踏み込める。ミイラ取りがミイラになる恐怖は取り調べを担当する刑事にとって避けて通れない鬼門とも言える。

被疑者の取り調べとはケースがやや違うが、こんなかたちで西村と向き合うことになって、問われているのは警察官としてというより、一個の人間としての立ち位置だ。

刑事である前に一人の人間であれと、これまで自らに言い聞かせ、若い刑事たちにもそんな思いを伝えてきた。しかしここまで徹底してその命題が目の前に立ちはだかるとは思いもよらないことだった。

外からサイドウィンドウをノックする音がして、振り向くと強行犯捜査係の山井だった。

その顔に困惑の色が滲んでいる。

「なにかあったのか？」

ウィンドウを下ろして問いかけると、切迫した口調で山井は応じた。

「困ったことになりました。アパートの裏手の民家なんですが――」

「なにか異状が？」

「人がいるんです。明かりがついていて、付近を巡回していた警官が気づいたんです」

「どうして？　周辺の家屋の住民には、全員公民館へ退避してもらったんだろう」

「そのはずでした。退避を要請して各戸を回ったとき、そこは留守だったんです」

「知らない間に帰ってきていたわけか。しかしこの一帯への進入路はすべて封鎖しているんだろう」

「それが完全じゃなかったようです。地域課の警官の話だと、このあたりは民家が建て込んでいて、獣道のような路地がいくつもあるそうで、そこを近道に使っている地元の住民が多いらしいんです」

寒風にさらされている山井を空いている助手席に招き入れ、葛木は問いかけた。

「退避勧告はしたのか」

「ええ。その警官がインターホンで話をしたんですが、動く気はない、自分の家にいるのは勝手だろうと言い張って聞かないとのことです」

「そうか。あくまで勧告であって、こちらに強制力はないからな。どういう人物なんだ」

「一人暮らしの老人です。家族はいません。奥さんが亡くなってからは近所付き合いも疎遠になっていたそうです。本人の話では、退避勧告が出たときは群馬の親戚の家に出かけていたとのことです」

「事件のことはニュースで知っていたんじゃないのか。爆発物のこともすでに公表されているはずだが」

「それで慌てて戻ってきたと言っています。奥さんとの思い出が詰まった家なんだそうで、それが事件のとばっちりで焼失するようなことがあったら、思い出のよすががなくなってしまう。消防がすぐ来るかどうか当てにならないから、火災になったら自分で消火するんだと言い張ってまして」

「すぐ裏手じゃ、火災どころかアパートと一緒に吹き飛びかねない。爆発物の威力については説明したんだな」

「ええ。それならそれで本望だと言っているようです。地域課長も直々に説得に当たったらしいんですが、頑として受け付けないようでして」

「よほど偏屈な人だな。こういう現場には一人か二人必ずいるもんだが、今回は全員退避したと聞いてその点は安心していたのに。本部へは連絡が行ってるんだろう。だったらそろそろおれのほうにも指示が来たっていいはずだが」

「うちの課長には、いま報告してきたところです。本部には地域課から連絡が行っていると思います」

深刻な顔で山井は頷く。話が聞こえたようで、後部シートで池田が起き上がる。

「その爺さん、知ってますよ。何年か前に空き巣事件の捜査に駆り出されて、聞き込みをしたことがあるんです。どうも警察にいい感情を持っていないようでしてね」

「警察となにかあったのか」

「十年くらい前に、奥さんが区内での轢《ひ》き逃げ事件で亡くなったそうなんです。私はそのころ別の署にいたんで詳しい事情は知らなかったんですが、けっきょく未解決のまま時効が完成したようです」

「当時の警察の捜査に落ち度があったと言いたいわけだ」

「ひき逃げ事件は検挙率が高いといっても、一割が迷宮入りですから、警察がことさら手を抜いたとは思えませんが」

「そういう思いに駆られるのもわかるよ」

妻を亡くして以来、江戸川区の自宅で一人暮らしをする葛木にすれば、老人の家への執着が理解できる。そこに警察への不信感が加われば、退避させるのはおそらく至難の業だ。

「だったら中里管理官にもプレッシャーがかかるでしょう。失敗したときに出る死人が三人になるわけだから」

池田が鼻を鳴らす。不謹慎な話かもしれないが、たしかにそれは言えるだろう。報告はすでに届いているだろうから、いま桜田門の上司にご注進に及んでいるはずだ。

「いずれにしても、まだマンションの屋上が確保できていないから、当面、狙撃の実施ということにはならないだろう」

「その話を聞けば西村も自爆作戦を思いとどまるかもしれませんよ。奥さんにはなにやら恨みを持っているようですが、赤の他人まで巻き込むことになれば、地獄に落ちるのは間違いないですから」

楽観論かもしれないが、葛木もそう願いたい。ほどなく大原がやってきて、池田の隣に座り込んだ。

「話はもう聞いただろう。本署の中里から電話があって、その老人をなんとしてでも立ち退かせろと厳命されたよ」

「そうは言われても、我々にはなんの強制力もないですからね」

池田は素っ気なく言うが、大原は複雑な表情だ。

「だから訊いてやったんだよ、事情が変わったんだから狙撃計画は見直すんでしょってね。それでもやるって言って聞かない。だからまた訊いてやった。失敗する惧れがあるから老人を退避させろって言うんでしょ。それならまず人質を解放させるのが筋で、そのあとで西村を煮るなり焼くなり好きにしたらいいじゃないですかってね」

「向こうはどう答えたんですか」

「人質を解放するはずがない。それじゃ西村は自分を護る楯を捨てるようなもんだといっぱしの口を利きやがる。それで本音が見えてきた。人質を解放させれば次は西村の投降というシナリオが描ける。敢えて射殺という強硬手段をとる理由が希薄になる。人質や居残り老人の安全が確保されれば、あとはじっくり交渉できるわけで、西村が気が変わる可能性だって十分あるからな」

「彼らがいちばん惧れているのはそういう展開のようですね」

葛木は舌打ちした。立て籠もり事件解決のベストのシナリオが上層部にとって最悪の結末だとすれば、こちらはとことんそこを突いていくだけだ。

「向こうは西村とのコンタクトは試みているんですか？」

訊くと大原はあっさり首を振る。

「なにもしちゃいないようだな。もっとも連中が電話を入れても西村は応じないだろう。立て籠もり事件で犯人とのコンタクトを失って平然としている捜査本部は前代未聞だよ」

「それも彼らにすれば思うつぼなんでしょう。へたにコンタクトをとって投降を申し出られでもしたらお手上げでしょうから」

「だったらどうして西村はそれをしないんだ。まだ人を殺したわけじゃない。せいぜい適用されるのは住居侵入罪に火薬類取締法違反、人質強要罪。死刑や無期を食らうほどの罪じゃない」

首を捻る大原の傍らで、池田が吐き捨てるように言う。

「そうですよ。そいつらがびびるような事実を知っているんなら、法廷でぶちまけてやりゃいいんです。そんな連中のために命を捨てることはない」

慎重な口ぶりで葛木は言った。

「そういう計算をする男なら、そもそもこんなことは企てちゃいないよ。これはおれの感触だが、西村の目的は死ぬことなんじゃないのか。その道連れに選んだのが古巣の警察なんじゃないかという気がしてならない」

「だったら一人で勝手に死ねばいいものを。そういうやっかいなことを考えるからこんなややこしい事態になるんですよ。上の連中の薄汚さには辟易《へきえき》してますけど、だからといっておれたちのような小者がいくら騒いでも、ごまめの歯ぎしりにしかなりませんからね」

池田は大きな溜め息を吐く。宥めるように葛木は言った。

「西村をそこまで追い詰めたのが警察なら、責任の一端はおれたちにもある。桜田門の連中からどんな横槍が入ろうと、おれたちは刑事としての本分をまっとうするだけだ。このまま怪我人も死人も出さずに解決することに全力を尽くそう。それが出来なきゃ所轄刑事の名折れだよ。上の連中の悪徳は、その結果としてきっと世の中が裁いてくれる」

4

交代で仮眠しているうちに夜が明けた。

朝一番で捜査会議を開くとの連絡があり、現場のことは池田に任せ、大原と葛木は、本部が設置されている城東署に向かった。

会議中に西村から連絡が入れば、トイレにでも行くふりをして出ればいい。向こうも長期戦になるのを厭《いと》わないようで、けさまで電話はかかってこない。

こちらには報告がなかったが、西村が要求していた記者会見は昨夜のうちにこっそり済ませていたようで、けさの朝刊では西村の経歴や薬物使用の前科といった事実関係が詳細にわたって報道されていた。

テレビの取材は入れなかったらしく、朝のニュースでも会見の模様は映らなかったと聞いている。被疑者射殺の件も公表されてはいたが、もちろん誤射ではなく正当防衛という扱いだった。

在職時代から覚醒剤を常習していた不良警官というイメージを打ち出しておけば、射殺という強行策に対する風当たりも弱まるとの判断もそこにはありそうだ。

狙撃ポイントの借り受け交渉は会議後に本格的に行うとのことで、狙撃計画の始動にもまだ時間がかかりそうだから、中里たちの腹を探るには好都合だ。

裏手の民家に居残っている老人の説得もこれから本腰を入れることになるだろう。少なくともそれが済むまでは中里も強行策に打って出るのはむずかしいはずで、そのあたりの読みが葛木たちにとっても微妙なところだ。

SITの川北と箕田も出席するとのことで、事件が起きてから初めて現地の主だったメンバーが一堂に会することになる。

城東署に向かうパトカーのなかで、大原は渋い口調で語りかける。

「中里は一気呵成に勝負をつけたいんだろうが、それをやらせたら取り返しのつかないことになる。これじゃ地域の住民にとってどっちが敵かわからんよ」

「公民館に避難している住民から不満の声は聞こえていないんですか」

「爆発物の件は報告してあるが、狙撃計画のことはまだだから、警察に対するおおっぴらな非難は出ていないらしい。といって解決が長引けば堪忍袋の緒も切れるだろう」

「マンションの大家の口から、狙撃計画の話が漏れるかもしれません」

「その可能性はあるが、結果はどっちに転ぶかわからんな。むしろ中里たちへの応援団になっちまうかもしれん」

「失敗した場合のリスクをちゃんと説明しないとまずいでしょう」

「その方面の対応は署長に任せるしかない。だてに防犯協会の寄り合いに出席しているわけじゃないだろうから。責任の所在ははっきりさせとかないと、家屋の被害の賠償請求がうちの署に来かねない」

「想定される被害の規模も説明しておかないと――」

「しかし中里は、狙撃に関しては極秘作戦だと言って最後まで隠し通すつもりだろう。マンションの屋上を借りる件にしても、あくまで万一に備えるためのもので、実施の可能性はほとんどないような説明をしているらしい」

「なにをか言わんやですね」

葛木は覚えず溜め息を吐いた。おそらく大原の言うとおりで、住民に正確な情報が提供されれば反対の声が上がるのは間違いない。中里もそこは読めているはずなのだ。大原は頷いた。

「住民の家屋が被害を受けても、火災保険が支払われるとみて高を括っているんじゃないのか」

そんな話をしているうちに、粗雑だと思っていた狙撃作戦が、意外に周到な読みに立っているような気がしてきた。一発必中などということが当初から頭にないとしたら、それはそれで緻密な作戦と言っていい。

「そういう話で丸め込まれるんじゃ、地域の住民は堪りませんね」

「一つ間違えると本当に命中しちまうこともある。そうなりゃ中里の大手柄だよ。そう見れば連中にとって必ずしも悪い選択じゃないわけだ」

うんざりしたように大原は言う。さすがにゆうべは安眠できなかったのか、その目が赤い。

5

城東署の講堂には電話やファックスやパソコンの類いが設置され、とりあえず捜査本部の道具立ては整っていたが、一般事件の本部と違ってほぼ全員が現場に張り付いたままなので、広い講堂は閑散としている。

中里をはじめ本庁から出張ってきたのは十名の捜査員で、そこに城東署長と副署長が加わり、一角にしつらえられた大テーブルに居並んでいた。

「ゆうべはご苦労さん。まもなく捜査一課長も来るそうだよ」

署長の竹田《たけだ》が声を掛けてくる。一課長が来るというのは初耳だ。捜査本部の立ち上げの際には刑事部長とともに顔を出すのが通例だが、今回の件は標的が警視庁そのもののため、本庁内部で検討すべきことが多々あって、現地本部へは出てこないと聞いていた。

どのみち刑事部長は挨拶して帰って行くだけで、捜査一課長も他本部と掛け持ちのため、常時こちらに張りつくわけにはいかないだろう。

とはいえ中里たち警備畑にほぼ完全に牛耳られていると思っていた桜田門サイドで、刑事部がまだ主導権を失ってはいないことに安堵した。

「警備部長や警備一課長はお見えにならないんで？」

嫌みな調子で大原が訊く。張り合うように中里が口を開く。

「現場に出張るだけが仕事じゃない。今回の件ではここは出張所のようなもんで、事実上の本部は警視庁にあるわけでね。うちのトップはそっちに詰めているから、ここまでは手が回らないいんだよ」

「そうですか。こういう事件の際に危険な現場で陣頭指揮をするのが、警備部の部長や課長の仕事だと思っていましたがね」

「現場は私がきっちり仕切るから、おたくに心配してもらわなくてもいいんだよ」

中里は不愉快そうに口をひん曲げる。大原はそれでも押していく。

「でも、そちらはまだ西村とコンタクトがとれていないいんでしょう」

「そっちはどうなんだね。まさか本庁からの指示に逆らって、西村と連絡をとりあっているんじゃないだろうね」

中里は疑心を覗かせる。大原は足元を見るように言う。

「完全にコンタクトを失うと、相手の状況を一切把握できなくなるでしょう。今回のケースは普通の立て籠もり事件とは違う。西村は近隣一帯を吹き飛ばしかねない爆発物を準備してるんですよ」

「まあまあ、とりあえず二人ともテーブルについて。まずは自己紹介から始めようじゃないか。中里管理官とはすでに面識があるはずだが――」

署長は盛んに座の雰囲気を和らげようとするが、全体にぴりぴりした気配が拭えない。それは出張ってきた捜査員たちの関係に起因するもののように葛木には思えた。

名前と所属を名乗り合ううち、その感触が外れていないことがわかった。

中里とともに出張ってきた捜査員九名のうち、捜査一課からは三人で、残りは警備一課から四人、公安一課から二人となっている。呉越同舟《ごえつどうしゅう》もいいところで、警備と公安はものの考えが似通っており、刑事畑を上から目線で見たがる点で共通する。

昨晩会ったSATの隊長は、いま現場にいて、こちらには出てこられないという。

この人員配置を見る限り、桜田門サイドは警備・公安に牛耳られているという気がしてくるが、たとえ顔見せ程度でも捜査一課長が来るという点では、刑事部門もそれなりの存在感を示していることになる。

自己紹介が終わったところで、ふたたび大原が切り出した。

「西村がわざわざうちの葛木を交渉役に指名したのに、どうして止めろと言うんですか。おたくたちから電話を入れても西村は応じないんでしょう」

捜査一課からも人が出張っていることで、大原もいくらか気をよくしているようだ。普通の捜査本部ならエリート臭ふんぷんの本庁刑事への反感が先に立つが、今回ばかりは話が違う。

「コンタクトなんかとってどうするんだね。すでに上層部の方針は決まっている。あんたたちは警視庁ＳＡＴの実力を見くびっているようだが、彼らは決して失敗しない。この果敢な作戦こそ最高の安全策だということを我々が証明するよ」

「要するに犯人とコンタクト一つとれないわけだ。言っときますが、西村はかつてＳＩＴに在籍したその道のプロですよ。狙撃という作戦があることは重々承知のはずです。もし失敗したら大変なことになる」

「大変なこととはどういうことかね」

「起爆装置を一押しすれば、人質もろとも吹き飛びます。周辺の家屋も甚大な被害を受けるでしょう。すぐ裏手の民家には老人が一人居残っています」

「爆発物の話はこけ威しかもしれんだろう」

中里は鼻で笑うが、その言い分に自己矛盾があるのには気がつかないらしい。大原に代わって葛木が言った。

「こけ威しなら、そもそも狙撃の必要はないでしょう。それならＳＩＴの強襲で西村を検挙し、人質を解放することも困難じゃないことになる」

「こけ脅しというのは可能性として言ったまでだよ。もちろんそうじゃないケースもあるだろう」

「だったら博打じゃないですか。賭け銭は人質を含む一般市民の命と財貨です。それじゃ本末転倒でしょう」

「葛木君と言ったね。いいかね。この事件はある意味で非常に特殊だ。標的は警視庁なんだ。いや警察庁を頂点とする警察組織そのものだ。そういうことを仕掛ける不埒《ふらち》な人間は、この国の警察の威信に懸けても到底許せない」

「どんな犯罪にも背景があり動機がある。我々刑事畑の人間が犯人の逮捕にこだわるのは、それを知ることなくして犯罪の撲滅という大目標には至り得ないからです」

「犯罪の撲滅？　君たちは本気でそういう脳天気なことを考えているのかね。それで世間の犯罪というのは、君たちの努力で多少は減ったのか。市民は安全に暮らせるようになったのか」

中里は痛いところを突いてくる。たしかに刑事捜査にはある意味で虚しいところがある。すべて事件が起きてから始まる仕事で、とくに殺人を扱う刑事の場合、どんなに捜査の手を尽くしても、被害者は決して生きては帰らない。

「あなたがおっしゃる警察の威信だけで市民の安全が護られるなら、我々刑事はいますぐ辞表を書くしかない。しかし市民の犠牲も顧みないそういうやりかたで、警察の威信が果たして保てますか」

「いいかね。君たちが追い回している殺人犯や窃盗犯は、たしかにたちの悪い犯罪者かもしれないが、彼らには国家を転覆するような力はない。我々が相手にしているのは、そういうことを目論む危険極まりない連中だ。犯行が行われてしまったら手遅れなんだ。だから小事のうちに潰してしまう。それが我々のやり方だ。西村が企てているのはそういう類いの犯罪なんだよ」

「西村を検挙して、動機や背景を解明したいとは思わないんですか」

「そういう悠長なことを言っている場合じゃないと思うがね」

「つまり犯行の目的を喋られては困ると？」

覚えず言葉が走ったが、いまさら曖昧にしていても相手のペースで追い込まれるだけだ。腹を括って反応を見ると、中里の額に汗が滲んでいる。

「言うにこと欠いて。あんたはテロリストの肩を持つのか」

「テロリストだろうがなんだろうが、法によって裁かれるのが法治国家の原則でしょう。あなたの言っていることはその原則の否定で、言い換えればこの国の根幹を揺るがせることに繋がるんじゃないですか」

「あんた、なかなか弁が立つね。学業優秀な息子さんから吹き込まれたのかね」

「息子はこの際、関係ありません。一人の日本人として護りたい大事なものがあるんです。あなたたちが護りたいと思っているものがそれとはずいぶん違うようなので、ひたすら当惑しています」

「なあ、葛木君——」

中里は睨め回すような視線を向けてくる。

「多少腐りかけてはいるにせよ、警察は国家の大黒柱だ。いまそれを切り倒すようなことをしたらこの国はどうなる。子供じみた正義感だけでは、国家という巨大で複雑な組織は立ちゆかない」

いかにも開き直った言い草だ。署長の竹田が割って入る。

「二人とも熱くなるなよ。状況はまだ流動的だ。SATを待機させるというのも、いざというとき即応できるようにという準備だよ。桜田門だっていきなり無茶はやらないよ」

その無茶をやるために中里が乗り込んできたのは百も承知のはずだが、空とぼけて牽制しているのだとしたらなかなかの狸親爺だ。

「いずれにしても、裏の民家の住人が問題ですよ。退避させないと中里さんも身動きがとれないでしょう」

今度は大原がやんわり押していく。中里は強気に言い返す。

「そこをなんとかするのが所轄の仕事じゃないのかね。そもそも現場の封鎖が完璧じゃなかった。やっかいなことになったら、あんたたちに責任をとってもらうことになるぞ」

「そうは言っても、こちらに強制権はありませんからね。時間をかけて意を尽くして説得しないと」

大原は泰然と応じる。中里は苛立ちを募らせる。

「あんた、この状況がわかっているのか。ほかの住民はすべて公民館に退避している。そんな状態がいつまでも続けば、警察への不信は高まるばかりだ」

「ああ、それから、もし狙撃という強行策に打って出るとしたら、それに伴うリスクも含めて、そちらの住民にも事前に周知しておかないとまずいんじゃないですか。一つ間違えば家を失うことになるわけですから」

大原は難題を突きつける。中里は気色ばむ。

「だったら住民投票でもやれって言うのか。万一家が吹っ飛んだって、火災保険で建て替えれば済む。それよりこういう事案に甘い態度をとっていると、次々模倣犯が出てくるんだよ。いま世の中には不満のマグマが鬱積している。西村の犯行はそのはけ口を教えるようなもんだ。そういうことをするとどうなるかということをここできっちり教えてやらないと、この事件がそのままテロリスト予備軍の養成講座になっちまう」

中里の言い草に理がないわけではないが、しょせんは問題のすり替えだ。業を煮やして葛木は言った。

「いま考えるべきはそういう天下国家の話じゃないでしょう。あのアパートの一室に死の恐怖にさらされている人質の女性がいる。その部屋には近隣一帯を吹き飛ばせるほどの爆薬がある。犯人は目的が達せられないときは自爆すると言っている。この状況をどう切り抜けるか、ベストの答えを探すべきときじゃないですか。狙撃という考えも排除はしませんが、選択肢はほかにもあるはずです。この場はそのための集まりじゃないんですか」

その通りだというように、捜査一課の三人の刑事が頷いた。

第六章

1

葛木と中里ののっけからの鞘当てで座の雰囲気がぴりぴりしているところへ、川北と箕田がやってきた。

これで刑事部門と警備・公安部門のメンバーが同数になった。このあと捜査一課長が加われば頭数では若干優ることになるが、かといって会議の結論は多数決で決まるわけではない。

そもそも捜査本部というものは担当管理官が上意下達で取り仕切る場であって、普通の刑事捜査の場合でも、捜査一課長が陣頭指揮する局面はほとんどない。

その意味からすれば、形式上のトップを捜査一課長に譲り、現場指揮官として中里を送り込んできたのは相手有利の布陣と言える。桜田門のお偉方はなかなか目端が利くようだ。

捜査一課長の出席は単なる儀式だとでも言いたげに、中里は余裕綽々だ。

「遅いな、なにやってんだろうね、一課長は。刑事部門は事件が起きてからの後追い捜査ばっかりやっているから、一事が万事これなんだよ」

定刻の午前八時まではだいぶ間があるというのに、葛木たちからみれば泣く子も黙る捜査一課長も、中里にかかれば形なしだ。

「この時間帯は道路が混んでるからね。一課長も忙しい身だし」

署長の竹田がとりなすように言うが、中里はそれでも容赦ない。

「そもそも一課長がどうしても来たいと言うから、一刻一秒を争う現場でこんな益体《やくたい》もない会議をやるわけでね。みなさんは勘違いしているようだが、この事件は本来が警備部の事案で、物事の進め方が根本的に違うんですよ」

先ほどやりこめられたことへの腹いせか、中里は、威嚇するように葛木と大原を睨《ね》めつける。一課長が来る前に乱闘騒ぎになってもまずいので、葛木は素知らぬ顔で受け流したが、大原は喧嘩を買うにやぶさかではないようだ。

「そういうくだらない縄張り意識こそ、捜査の邪魔というもんですよ。あんたたちはどれだけ場数を踏んできたのか知らないが、おれたちは地元住民にいつも視線を向けている。そういうお上意識丸出しの警備・公安のやり方こそ、こちらにすればはた迷惑なんですよ」

階級は中里が一等級上だが、歳ではまだ若造と見ているのか、大原の言葉遣いに遠慮がなくなった。相手がキャリアなら話が違うが、ノンキャリア同士では一等級程度の違いならむしろ年功がものを言う。大原はこの場の力関係を逆転させようと目論んでいるらしい。中里は不快感を丸出しにする。

「現場の責任者は私だよ、大原さん。組織には秩序ってものがある。ここは酒が入った無礼講の席じゃない」

「そういう席ならとっくの昔に張り倒してるよ。おれたち所轄の協力がなくて、あんたたちになにができる。老婆心で言ってやるけど、地元の住民を敵に回して総崩れした帳場をおれはいくつも知っている。刑事がどうの警備がどうのという前に、所轄には所轄のやり方があるわけでね」

「あんたたちこそなにもわかっちゃいない。警察が市民の使い走りになったら、世の中の秩序はめちゃくちゃだ。治安というのは公権力の行使からしか生まれない。この事案は、地元の御用聞きをするしか能がない所轄の刑事課長ごときが、本来口を出すべきことじゃないんだよ」

「言うにこと欠いて地元の御用聞きとはね。本庁のお偉いさんの御用聞きをするしか能がないあんたに言われちゃ立つ瀬がないが、そのこと自体はあながち外れちゃいない。おれたちが地元住民の御用聞きに徹しているからこそ、市民は警察を税金で養ってくれる。あんたみたいな言い草を世間の人に聞かせたら、みんな税金を返せって言い出すよ」

「そういう低い次元でものを考えるから、少しも犯罪を減らせない。たしかにそんな役割も必要だという点は認めるよ。しかしそれが警察の存在理由だと考えているなら大間違いだ」

あくまで上から目線の中里を、大原は執拗に挑発する。

「だったら警察本来の存在理由とやらを聞かせてもらおうじゃないか」

「公権力の存在感によって、一国の治安を維持することだ」

「あんたが言う治安とはどういうものだ」

「国家や社会の秩序を維持し、国民の生命財産を護ることだよ。そのくらいのことも知らずによく警部まで昇進したね」

「いま人質になっている女性も、裏の家にいる老人もあんたが言う国民だ。アパートの家主も周辺の家屋の住民もそうだ。その生命財産を危機にさらすことと、あんたの言う警察本来の存在理由は矛盾しないのか」

中里はやれやれという顔で首を振る。

「そういうのを屁理屈と言うんだよ。敢えて危険に晒そうとしているわけじゃない。最善の結果を得ようと努力しているだけだ。ただしこういう事案では、リスクを惧れてなにもしないことがむしろ最悪の結果を招く。西村が所持している大量の爆発物を君たちは過小評価しているきらいがある。ただ指を咥えて見ているだけじゃ、勝手に自爆される惧れさえある」

「だからこそ交渉が重要だと言っている」

「交渉を拒否しているのは向こうじゃないか」

「拒否はしていないよ。うちの葛木を窓口に指名してるだろう」

「冗談じゃない。それじゃ犯人の言いなりだ。交渉の窓口は我々が決めるべきことで、葛木君が指名に応じること自体が、すでに犯人に対する譲歩じゃないか」

「そういう理屈でせっかく繋がっているパイプを閉じるんなら、最初から交渉する気はないと言えばいい。人質が殺されようと西村が自爆しようと警察は関知しないと言うべきだ。きのうの記者会見もそうだが、最善の解決を模索しているなんて話をする裏側で、人命尊重なんて二の次の作戦を進めている。それこそ国民に対する裏切りじゃないか」

「なにごとも交渉で解決するんなら、そもそもテロなんて発生しない。テロリストなんてどいつもこいつも交渉では埒があかない凶悪犯だ。そういう輩に対処するには強行策も必要だ。国内でも国外でも、交渉だけで犯人を投降させた事例を私はほとんど知らないね」

「あんたが知らないだけでしょう。犯人の投降で決着がついたような話はニュースとしては地味だからね」

「だったら葛木君が窓口になって事態が少しでも好転したのか」

黙って話の推移を見守っていた川北が、意を決したように割って入った。

「管理官。こういう事態は一朝一夕に打開できるもんじゃないですよ。この事案に関しては葛木さんに優る適任者はいません。具体的な進展はまだないものの、交渉の経緯を見ている限り葛木さんは確実に西村の心に踏み込んでいます。そもそも西村本人が信頼して指名したんです。葛木さんは向こうにとっても命綱なんです」

「我々を蚊帳の外に置きたいわけか。葛木君と西村が好きなように密談して、勝手に状況を動かそうというわけか。君たちは正当な公権力の行使に異を唱えるが、本庁上層部の指揮権を無視して末端の刑事が勝手に動くことこそ公権力の私物化だ。組織としての警察を否定する行為じゃないのか」

大上段から反論する中里に、むろん川北も負けてはいない。

「交渉の推移は逐一報告しているじゃないですか。ところがそちらからは具体的な指示がなにもない。それはまさしく指揮権の放棄じゃないですか。中里さんたちが進めようとしている強行策を全否定するわけじゃない。しかし物事は段取りを踏むべきで、その前に、成功の可能性をより高めるための事前の努力が必要です」

「なにを寝ぼけたことを。方針はとうにきっちり出ているじゃないか。狙撃作戦は本庁サイドがとことん熟慮した結果だよ」

「その前にやるべきことがあるでしょう。最後は強行策に出るにせよ、いま必要なのは総合力です。対テロ作戦でいちばん重要なのが情報戦で、そこで判断を誤って多大な犠牲者が出た事例は枚挙にいとまがありません」

「利いたふうなことを言うじゃないか。我々の作戦のどこに欠陥があると言うんだ。警視庁SATは世界レベルのテロ制圧能力を持っている。万が一の失敗も許されない局面でなんども重要な仕事をやってきた。言っちゃ悪いが、君たちSITとは装備も能力も格段に違う。そのSATがやれると判断した作戦だ。成功するのは間違いない」

「ただし失敗した場合の二の手がない」

「失敗を前提に考えたんじゃ、なにごとも前へは進まない」

「失敗した場合に失われるかもしれない被害者の生命や財産に対しては、いったい誰が責任をとるんです？」

「仕掛けたのは西村であって我々じゃない。逆にこちらがなにもしないでいるうちに、なにかの弾みで西村が自爆したら、批判されるのは我々警察だ。そうはさせない絶対的な自信があるのかね、葛木君？」

中里は葛木に話を振ってくる。じつに嫌らしい質問だ。たしかに絶対にとは答えられない。それは中里たちの作戦が絶対に成功すると言えないのと同様だ。しかしそういう議論そのものが、ある意味子供じみている。

「やってみる価値はあります。手応えも感じています。そもそも爆発物の所持自体、交渉のパイプがなかったら引き出せなかった情報です」

「まあな。そこは認めざるを得ないだろう。問題はそこから先だ。大量の爆発物所持を前提とした場合、いったいどういう交渉の余地がある？　自爆されたら最悪の事態だ。それを避けるために要求を呑み続けるしかない。それじゃ警察の敗北以外のなにものでもないだろう」

その言い分には理があるように聞こえるが、しょせんは言いがかりに過ぎない。交渉なら多少の失敗があっても挽回のチャンスは巡ってくるが、狙撃の場合はそこですべてが終わりになる。

「勝った負けたの話じゃないでしょう。大事なのはいかに人命と財産を護るかです。はなからその気がない作戦では、我々は地域の住民に申し開きができません」

「そんなことはどうにでもなる。すべては結果オーライだ。狙撃に成功すれば、それがベストの作戦だったと誰もが認めざるを得ないだろう」

中里は居丈高に言ってのける。どう口を挟もうかと思案している様子の署長の目の前で警電（警察電話）が鳴り出した。ただならぬ事態でも起きたかと、葛木は署長の様子を見守った。受話器をとって相手の話に耳を傾け、浮かない顔で署長は言った。

「わかった。会長さんにはあとで私から連絡すると伝えてくれ」

困惑を隠せない顔で、署長は中里を振り向いた。

「地元の町会の会長さんからなんだがね。いまのところは小康状態のようだから、着替えや身の回り品をとりに住民をいったん帰宅させたいと言うんだよ」

「まさかそんなこと、できるわけがないでしょう」

中里は血相を変えた。署長は事情を説明する。

「会長さんは日ごろから警察の活動に協力的でね。いろいろ面倒な頼みごとも聞いてくれるんだよ。衣類だけじゃなく、持病の薬を家に置いてきた人もいるらしくてね」

「そんなことを言ったって、裏の家の爺さんの例だってある。一度帰したらそのまま居着いてしまう住民が出て来ますよ。そうなったらお手上げじゃないですか」

中里は渋い顔だが、葛木の本音としてはむしろそういう動きに期待したい。ここまでの西村との接触で、自分が説得を続ければ自爆を思いとどまらせる自信がそれなりにある。ただしそれには時間がかかる。狙撃作戦の強行に待ったがかかれば、落ち着いて説得に臨めるだろう。西村はまだ人の心を失っていない。近隣住民を犠牲にしての自爆には、必ずためらいがあるはずだ。

「住民をもう少し信じるべきじゃないのかね。退避が長引けば長引くほど、そういう生活上の要請が出てくるわけだから、いまのうちに一時帰宅を認めたほうが、あとあとやりやすいと思うんだが」

署長はなお説得に努めるが、中里に聞く耳はないようだ。

「だめですよ。西村がいつなんどきおかしな気を起こさないとも限らない。狙撃のチャンスが訪れたときに住民がいたんじゃ、我々だってやりにくい」

狙撃失敗の可能性を自ら認めたような理屈だが、そこを承知で押し通そうとしているのはわかっているから、葛木は敢えて突っ込もうという気にもならない。川北が身を乗り出す。

「そういう状況だからこそ、西村と話をするチャンネルが必要なんです。時間を限っての帰宅なら、そのあいだは危険な選択をしないよう葛木さんのルートで説得できると思います」

中里はせせら笑う。

「お目出度いことを言うんじゃないよ。西村が殺人狂のテロリストじゃないとどうしてわかる。住民が帰宅することを教えたら、逆にその時間を狙って自爆に走らないとも限らないだろう」

性格の悪さは天性のもののようで、テロリストの西村のほうがはるかに話が通じるが、中里の言うことも一〇〇パーセント否定はできない。そういう意味では想像以上に手強い相手だ。中里は圧力をかけるようにさらに続ける。

「署長さんのほうで、なんとか町内会長を説得してくださいよ。ここでしくじると本庁の覚えも悪くなる。将来に差し障りがないとも限らないじゃないですか。私にしても署長さんにしてもね」

「そりゃどういう意味だね、中里さん。この一件とあんたや私の将来と、いったいどういう関係があると言うんだね」

中里の恫喝《どうかつ》めいた言い草に、温厚な署長もさすがに気色ばんだ。

2

ほどなくSIT担当の落合管理官を伴って、捜査一課長の渋井和夫《しぶいかずお》が到着した。

「済まん済まん。道路が予想以上に込んでてね」

渋井は強行犯捜査一筋の叩き上げで、捜査指揮では定評がある。これまでもいくつかの事件で葛木たちとは直接付き合いがあり、身分の隔たりを超えて気心の通じる仲でもある。

全員立ち上がって会釈をするが、中里は一言皮肉を忘れない。

「公用車も警察車両なんですから、サイレンを鳴らしてくればいいじゃないですか」

傍らの落合が口を慎めとばかりに不快感を滲ませる。

「べつに遅刻したわけじゃないだろう。一般車両に迷惑をかけるほどの緊急事態じゃないという一課長のご判断だ」

「まあまあ、中里君の言うこともっともだ。とりあえず現状を聞かせてくれないか。現場の事情については、所轄の皆さんが詳しいだろう」

渋井は着席すると、中里を無視して大原に目を向ける。本庁での会議の席で、中里の性格はすでに把握しているのだろう。仏頂面の中里に余裕の笑みを投げ、大原はさっそく切り出した。

「きのうまでの状況はすでに報告が行っていると思いますが――」

裏手の家の住民が退避に応じないこと、狙撃ポイントのマンションのオーナーから使用許可が出ていないこと、西村があれから鳴りを潜めて、まだ新たな動きがないことなど全般の事情を説明した。

黙って話を聞いていた中里が、大原が話し終えるや否や切り出した。

「所轄の動きが鈍いもんで、こちらの準備が進まないんです。一課長から発破をかけてくださいよ。本庁からはスピード決着が最優先だという方針がすでに出ているんですから」

「そうは言っても中里君。こういう事案では、死傷者を出したらこちらの負けだよ。拙速は好ましくないと会議で私は言ったはずだが」

渋井は穏やかに反論する。本庁は警備・公安の一派に牛耳られていると思っていたが、必ずしもそうではないようだ。その点に安堵しながら葛木は言った。

「西村は私とだけ連絡をとりたがっています。本庁からは一切交渉はまかりならんという指示が出ているそうですが、そこはなんとか再検討いただけませんか」

「葛木警部補。本庁時代の君の仕事ぶりは捜査一課の語り草だ。西村が信頼しているというのもよくわかる。西村のなかには、警察官の魂がまだいくらかは残っているような気がするね。私としてはあんたにすべてを託したいんだが、じつは反対する意見も多くてね」

渋井は中里にちらりと視線を向ける。中里から聞いていた話とはニュアンスが違う。葛木は確認した。

「本庁サイドの考えとしては、狙撃作戦が唯一の選択肢なんですか」

「そういう意見が優勢なのはたしかだが、いまはまだオプションの一つに過ぎないと私は理解しているんだがね」

渋井は慎重な口ぶりだ。中里の話を鵜呑みにして、本庁サイドは一枚岩だと考えていたが、実情は必ずしもそうではないらしい。

「まず狙撃ありきじゃないんですね」

「あくまで可能な作戦の一つとしてシミュレーションしただけだ。その話だけが一人歩きしているようで、私も困っているんだよ」

渋井の率直な話しぶりに葛木は好感を抱いたが、中里のほうは逆のようだった。

「そうはおっしゃいますが一課長、ほかに具体的な作戦は出なかったじゃないですか。上層部の人たちはほとんど賛成していたでしょう」

「だからといってまだ決定じゃない。こういう事案は流動的で、ちょっとしたきっかけで流れが変わる。どんな事態にも即応できるよう、あらゆるオプションを検討するというのがあの場の結論だったはずだがね」

そう言って渋井は葛木に向き直る。

「本庁サイドで西村とじかに連絡をとろうと努力しているのはたしかだが、なかなか見通しが立たない。上の人間の面子もあるから、あんたから積極的に電話を入れるのは好ましくないが、かかってきた電話に応答するのは社会人としてのマナーだからな。無視して自棄になられたら、より危険な方向に転がりかねない」

渋井のその言葉を、葛木は消極的な容認と受けとった。警備・公安のお歴々を向こうに回して、捜査一課長としては微妙な舵取りを余儀なくされているらしい。だとしたら、まずは頑張ってくれていると言えそうだ。

川北は胸をなで下ろしたという表情だ。箕田が無表情なのが気になるが、きのうは狙撃作戦にはっきり反対していたから、とくに気にすることでもないだろう。大原は勝ち誇ったように中里を横目で見やり、渋井に向かって相好を崩す。

「それを伺って安心しましたよ。警察が妙な突っ走り方をして町内丸ごと吹き飛ばされでもしたら、城東署は夜逃げでもしなきゃいけないところでしたから」

中里は口を尖らせる。

「だからといって手を拱いてはいられませんよ。狙撃も重要なオプションの一つです。一課長から直々に所轄に指示をして、早急にマンションの家主を説得してもらわないと」

「それも大事だが、優先すべきは裏手の家の老人の退避だろう」

　渋井はさらりと話題をそらす。こんどは署長が問いかける。

「いったん帰宅したいという近隣住民の要請はどうするね」

「それも考えなくちゃいけないね。帰ったら上と相談してみるが、退避要請にしても、我々に強制力があるわけじゃない。無理に抑え込んだら反発されて、勝手に帰宅する住民が出てきかねん。そうなると収拾がつかない事態になる」

「住民はみんな素人だから、事態を甘く見ているんです。もし爆発したら、家どころか命まで失う羽目になると脅してやればいいんですよ」

　中里は権柄《けんぺい》ずくな姿勢を変えようとしない。うんざりした表情で渋井は切り返す。

「そうはならないように努力していると説明するのが警察としての本筋だろう。それじゃ警察なんて役にも立たない穀潰しだと世間に宣伝するようなもんじゃないのか」

　署長は我が意を得たりと身を乗り出す。

「そのとおりだよ。警備や公安と違って、所轄は地域住民あってのものだからね。恫喝で言うことを聞かせたりしたら、手痛いしっぺ返しが待っている」

「しかし一課長。さんざん討議を重ねた結果、せっかく方向が見えてきたのに、ここへ来て独断でひっくり返すようなことをしていいんですか。偉い人たちの顔に泥を塗ることになりませんか」

「そこはしょうがないだろう。状況が変わったんだから。裏手の家の老人の件も住民の帰宅要請も、きのうの会議ではまったく考慮していなかった」

「そんな悠長なことをやってたら西村の思うつぼですよ。SATがしくじりさえしなければ狙撃こそが最高の作戦です」

「ただし、しくじったら最悪の作戦だな。もちろん選択肢としては排除できない。だから万一の際に被害を最小限に食い止められるよう周到な準備が必要だ。まずは住民対策が先決で、そこの収まりがつくまでは決行は見合わせざるを得ない」

「それじゃ桜田門の本部が納得しませんよ」

「事情はおれが帰って説明するよ。とりあえず現場の責任者としての裁量でそういうことにさせてもらう。もちろんマンションの家主との交渉は進めてもらいたい。SATのほうも準備を進めておいてくれ。それから――」

渋井は署長を振り向いた。

「自宅に居残っている老人の説得は所轄にお願いするしかない。あと退避している住民との話し合いだね。たとえば三十分とか一時間とか時間を決めて帰宅してもらうという手でどうかね。そのあいだSATは作戦行動を控える――」

渋井はこんどは葛木を振り向いた。

「あなたには西村との交渉を頼みたい。住民の一時帰宅と裏の老人の退避が完了するまでは決して危険な行為には走らないという確約をとって欲しい」

「ちょっと待ってくださいよ、一課長――」

　中里が血相を変える。

「それじゃこちらの弱みを教えるだけだ。そのタイミングを狙って仕掛けられたら、とんでもない事態になりますよ」

「そこは葛木君を信じるしかないだろう。西村が彼を交渉役に選んだ経緯については、川北君から報告を受けている。あくまで私の感触だが、彼はその要請を受け入れると思う」

「見返りにとんでもないことを要求されるかもしれませんよ」

「西村は周到に計画を練っている。そういう予定外の行動には走らない。いずれにしても、そのうち警察がいちばん困る要求をしてくるのは間違いない。そこは覚悟していたほうがよさそうだな」

　渋井は意味深なことを言う。葛木は覚えず問いかけた。

「その要求とは？」

　渋井は慌てた様子で言葉を濁した。

「あ、いや、私の想像だよ。警察を相手にテロ行為に及ぶとなると、そういう惧れがあるんじゃないかとね」

渋井がなにか知っているのは間違いない、だとしたら、いま彼はどちらの側に立つ人間なのか——。

ここまでの捜査指揮は周到で、刑事警察の本筋を逸脱してはいないが、かといって狙撃というオプションを除外はしていない。

警備・公安畑の中里とは発想も手法も違うだけで、狙っているところは重なるのではないか。少なくとも生かして逮捕することへの執念が感じとれない。

桜田門の奥の院で渋井を含むお歴々がどんな密議をしていたのか。ここは渋井を信じるしかないが、それでも湧き起こる疑念は抑えがたい。

「動機や目的がわかれば、西村の動きを予測できます。なにかお気づきの点があれば教えていただけると助かります」

そんな思いを腹に隠して葛木は言った。どこか落ち着かない様子で渋井は応じた。

「それがわかれば我々も苦労はしないんだがね」

とぼけているのか奥の院の会議で蚊帳の外に置かれているのか。これ以上追及しても答えは出て来そうもない。苛立ちを隠さず中里が割って入る。

「勘ぐられるようなことはなにもないんだよ、葛木さん。我々が心配しているのは、あんたが西村からあることないこと吹き込まれて、組織としての一体性を損ねるような動きをすることだ。いま一課長がおっしゃった件についてはやってもらうしかないが、それ以上の立ち入った話は差し控えてもらいたい」

「一課長のご意向と理解していいですか」

中里には見向きもせずに問いかけると、苦い表情で渋井は頷いた。

「さっき言ったとおりだ。この件だけは例外として、向こうからの電話にだけ応じて欲しい。もちろん会話の内容は逐一連絡してもらいたい」

それは苦渋の決断なのかもしれないと葛木は想像した。渋井としては葛木と西村のパイプを断ちたくない。しかしその一方には、どうしてもそれを断ち切りたい勢力が存在するらしい。

電話は受けるだけだと制約されても、それで立ち入った話ができないわけではない。通話内容を録音して提出せよとの指示でもない。つまり桜田門の本部へは報告したいことだけ報告すればいい。ただし葛木が重要だと思ったことは、随時渋井の耳にだけは入れて欲しい——。

あくまで想像に過ぎないが、いまはそれに賭けるしかなさそうだ。

「なに、大丈夫ですよ。葛木は職務に忠実な男です。母屋の皆さんの期待を裏切るようなことはいたしません」

大原は馬鹿に調子よく請け合った。阿吽《あうん》の呼吸というところか。桜田門の本部で起きているらしい刑事と警備・公安のデリケートな鞘当てに葛木同様気づいているようだ。署長が横から口を挟む。

「これは中里さんにも頼んだんだが、もし狙撃作戦実施ということになったら、うちの人員は現場から退避させないと危険だ。それは構わないかね」

「当然だね。人質や住民の安全はもちろんだが、警察側にしたって死傷者は一人も出したくない」

「技術的には難しくなるんですがね。アパートの前から人がいなくなれば、西村はなにかあると気づいて警戒するでしょうから」

その件についてはいったんは納得したと聞いていたが、中里はなお不満を口にする。渋井はそれをさらりと受け流す。

「所轄と連携して案配よくやるんだな。退避と狙撃のあいだの時間差をなるべく少なくすれば、西村が気づいたときはもう遅いというかたちがとれるんじゃないのか」

「口ではそう言えますがね、一課長——」

言いつのる中里に、決めつけるように渋井は応じる。

「さっきも言ったはずだが、狙撃は最優先のオプションじゃない。その前に事件解決に結びつくことはすべてやるべきだ。あなたには現場を指揮する管理官として、ぎりぎりまで知恵を絞って欲しいんだよ」

「わかりましたよ。こういうことは餅は餅屋で、すべて我々に任せてくれれば万事うまくいくんですが、お互い商売のやり方が違うからしょうがない」

不承不承頷きながらも、中里は嫌みたらしく愚痴るのを忘れない。渋井は全員を見渡した。

「これで当面の方向は固まったな。所轄と本庁の連携はもちろんだが、SITもSATと協調して、お互い足りないノウハウを補い合って、最善の結果を追求してくれ。私はこれから本庁に戻って現状を報告する。現場を一度眺めたいところだが、いまは一刻を争う状況だし、私が出向けば現場に気を遣わせることになる。すぐに仕事に取りかかってくれ」

渋井はそう言って、落合を引き連れて慌ただしく立ち去った。

3

とりあえず城東署に帳場は設置されたものの、実態は事件が長引いた場合の仮眠所ということで、日中は全員が現場に張りつくことになる。

葛木たちは通信設備が充実したSITの隊長車を事実上の前線本部とし、現場でのミーティングはそこで行うことにした。

本庁から来た連中の現場の案内はSITの隊員に任せることにして、葛木と大原はアパート裏手の民家に住む片岡という老人の説得に出向くことにした。

まず老人が居残っていることを西村に知らせ、そのあいだは危険な行為には走らない保証を取りつけるべきだと当初は考えていたが、川北の意見では、西村にその気がないとしても、それを教えれば交渉の梃子《てこ》に使ってくる惧れがあるとのことだった。いまのところ西村に大きな動きを見せる気配はなく、それならとりあえず老人のほうの感触を探っておいても損はないという判断に至った。

署長は退避している近隣住民と話し合うために公民館へ出かけて行った。中里は所轄に任せていても埒があかないと、マンションのオーナーのもとへ自ら交渉に出かけたらしいが、あの権柄ずくの態度がかえって相手の反発を買うのではないかと心配になる。

その交渉自体は不調に終わってくれるほうが好ましいが、それで地元での警察の評判が悪くなるのは困りものだ。

ゆうべ要求されていた記者会見が行われたので、次の段階の準備にでも入っているのか、西村から連絡はない。

西村が立てこもるアパートの一室は陽が昇ってもカーテンが引かれたままで、室内の様子はわからない。

夜間には気づかなかったが、けさになって子細に確認したところ、外廊下に面した玄関ドアの上と裏手のベランダの壁面に監視カメラ様のものが取り付けられていた。一一〇番通報を行う前に自分で設置したものと思われた。

ウェブカメラと呼ばれる小型のもので、それならカーテンを引いたままでも外部の映像を室内のパソコンでモニターできる。

狙撃作戦に関しては昨夜葛木がほのめかしておいたが、西村は言われるまでもなくそれを想定していたわけだろう。

ＳＡＴが使う予定だという遠赤外線方式のスコープならカーテン越しでも人の動きが捕捉できるが、アパートには窓のない四畳半の和室が一つあり、浴室にも窓はない。そこに身を隠されれば捕捉は不可能だ。

その精度も川北と箕田は使ったことがないのでわからないと言うが、映像はおおむねぼやけたシルエットで、人質の元妻と西村を区別することは難しいだろうという。

西村が送ってきた拘束された女性の写真はこちらにプレッシャーを与えるためのもので、女性は猟銃で脅されているものの、食事その他の作業をさせるためにある程度自由にしているとも考えられる。

あるいはそもそも西村と女性はぐるで、示し合わせて一芝居打っているのではという疑念もないわけではないが、それはあくまで想像に過ぎず、それを念頭に置いた作戦は現段階ではあり得ない。

そうなると西村と女性は身長や体格で区別するしかないが、西村は警察官としては小柄なほうで、近隣住民の話だと女性は逆に身長が高く、並んでみればほとんど身長差はないだろうという。

そうした点を考えても、中里が自信を示す狙撃作戦が成功する確率は極めて低い。SATの意見も聞いているだろうから、それを知らないと言うことはあり得ない。

渋井一課長の話からは、狙撃作戦が桜田門の本部の総意ではないらしいことが感じとれたが、一方にそれを強く主張する勢力がいることもたしかなようで、葛木の読みも混沌《こんとん》としてきた。

地元の地理に詳しい地域課の警官の案内で、いったんアパートの裏の通りに回り、そこから迷路のような路地を通って老人の家に着いた。

その家の玄関はアパートとは逆側にあるため、西村が設置したカメラに映る心配はない。

大原がインターフォンのボタンを押すと、しっかりした男の声がかえってきた。

「どなた?」

「城東警察署の大原と申します。少しお話をさせていただきたいんですが」

大原はインターフォン越しに語りかける。

「きのうの用件なら返事は同じだよ」

素っ気ない言葉が返ってくるが、もちろんそれは想定済みだ。大原は丁寧な調子でさらに続けた。

「そうおっしゃらずに、片岡さん。警察としては、近隣住民のお一人にでも死傷者を出したくないんです」

「だったら早く犯人を逮捕すればいい」

「鋭意努力はしているんですが、現実は厳しいものがありまして、お聞き及びとは思いますが、犯人は大量の爆発物を所持しており、それで自爆する惧れがあります」

「標的は警察なんだろう。ニュースでやってたな」

「はい、真の意図はまだ明らかじゃないんですが」

「おおかた自業自得ってところだろうがね」

老人はずばりと急所を突いてきた。

「はい。警察もなにごとにつけて完璧というわけにはいきませんので」

大原はあくまで低姿勢だ。それでも老人は頑なな態度を変えない。

「要するに警察が信用できないから、我が身は自分で護るしかないんだよ。心配してくれなくていい。もうこの歳だから、とばっちりを受けて死ぬんならそれもいい」

「そんなことをおっしゃらずに。地域住民の生命財産を護るのが地元警察の重要な職務です。今回の事件は一人の死傷者も出さずに解決したいんです」

「そういうお為ごかしは聞き飽きたよ。女房が死んだときにね」

池田が言った話は事実のようだ。そうだとしたらなかなか手強い。渋い顔をする大原に代わって、今度は葛木が声をかける。

「城東署の葛木と申します。奥さんが死亡された轢き逃げ事故では、ご心痛をおかけしたと聞いております。それについては我々も力及ばなかったことを認めざるを得ません。今回また片岡さんの身に万一のことでもあれば、償いきれないものを背負うことになりますので」

「女房が死んだとき以来、おれはなにがあっても、思い出が詰まったこの家で死ぬことに決めてるんだよ。避難しているあいだに家が焼けちゃったりしたら、おれは死に場所を失うんだよ」

「お気持ちはわかります。私も数年前に家内を亡くしました。いまは二人で暮らした家で一人暮らしをしております。息子が独立したとき、手狭なマンションに引っ越そうかと家内と話していたんですが、いなくなってみるとその家がかけがえのない思い出のよすがになりました」

老人はしばし沈黙した。葛木は続けた。

「しかしそれほどまでに愛していた奥さんが、ご自宅とともに片岡さんが亡くなられることを本当に望むでしょうか」

「どう考えようとおれの勝手だろう。どうせ先行き短い身なんだから、死に場所くらいは自分で選びたいんだよ」

老人の声がわずかに穏やかになった。

「犯人が自爆行為に走らないよう、我々も最善を尽くします。退避をお願いしているのはあくまで万一のケースを想定してのことなんです」

「おれがいたんじゃなにかとやりにくいから、警察に協力しろと言うんだろ。女房が轢き逃げされたとき、必ず犯人を捕まえてくれっておれは必死に頼んだんだよ。ところがろくな捜査もしないで迷宮入りにしちまった。以来おれは、なにがあろうと警察には協力しないことに決めたんだ」

警察に対する市民の不信感が刑事捜査において最大の障害になることもある。今回のケースはまさにその典型だろう。率直な思いで葛木は言った。

「おっしゃるとおり、片岡さんがここにおられれば犯人を利することになります。自爆を決行されれば人質の女性も巻き添えになります。周辺警備をしている警察官にも死傷者が出かねません。近隣の皆さんも家や財産を失います。それを防ぐには我々が主導権を握り、強い交渉力で犯人を投降させるのが最善です。なんとかそういう事情を考慮して、今回ばかりは我々を助けていただけませんか」

撥ねつけるような調子で老人は応じた。

「いくら言われても気は変わらないよ。これ以上話しても無駄だから、もう帰ってくれ。そして二度と来ないでくれ」

老人はインターフォンの通話を切った。もう一度呼び出してもまた同じやりとりになるだろう。しつこいと思ってますます態度を硬化させかねない。大原も同じ考えのようで、いったん退こうというように顎を振る。裏の通りに出たところで大原が言う。

「ああは言っていたが、爺さん、ずいぶん気持ちが動いたはずだ。少し考える時間を与えてからもう一度出向いてみよう。あんたの話にはおれもほろっときた。爺さんが被疑者だったら、落ちる直前というところだよ」

葛木はまだそこまで楽観はしていないが、誠意を持って話せば通じる相手だとは思えた。

「狙撃作戦への歯止めという意味では爺さんに頑張ってもらったほうがいいくらいなんだが、中里のおつむの具合を考えると、ＳＡＴが絶対失敗しないと決め込んで狙撃を強行しないとも限らない。やはり退避させるのが常道だな」

皮肉たっぷりに大原は言う。葛木は頷いた。

「そう思います。一課長の話を聞いていると、本庁サイドの力のバランスはどうも微妙なようですから」

「ああ。おれも感じたよ。さっきの指示は裁量の範囲でのぎりぎりの判断だったような気がするな。まだ一課長は魂までは売っていないということだろう。しかし中里の一派に押されているのはたしかなようだ」

「警備・公安対刑事という構図のようですね。出張ってきた本庁サイドの人員の人数比が力関係を表しているような気がします」

「そうだとしたら刑事部門はかなり不利だな。捜査一課長となると、官僚の世界に半歩以上踏み込んだような立場だからな。おれたち現場とは別の世渡りの才覚が必要だ。上層部には海千山千の官僚が束になっているわけだから」

「なんとか刑事警察の意地を貫いて欲しいですね」

「そうだよ。警視庁の捜査一課長は刑事捜査に携わる警察官の希望の星だ。ただでさえ刑事部門の旗色が悪い警察組織が、国策捜査に血道を上げて税金を無駄遣いするだけの連中に牛耳られている。そんな状況を許していたらこの国はお先真っ暗だよ」

大原は嘆息する。葛木は期待を口にした。

「警備・公安の暴走に対して、一課長が歯止めになってくれているのは間違いありません。それを信じて、こちらは西村に投降を促していく以外にないでしょう」

「ああ。そういう解決がいちばん望ましいが、西村自身がまだ完全に手の内を見せていない。一課長はなにか知っていそうな気配だったが、問題は西村が連中の急所を突くような要求をしたときだ。いまはまだ余裕があるようだが、本当に追い詰められたとき、恥も外聞もなく攻勢に出る惧れがある」

「そうなると、我々にできることは？」

「一課長という砦が崩れた場合、悲しいかな、なにもないな」

大原はお手上げだというように肩をすくめた。

4

アパート近くまで戻ると、SITの車両から川北が顔を覗かせた。

「どうでした、ご老人のほうは?」

「極力説得しましたが、まだ応じてくれません。少し間を置いてもう一度出向いてみるつもりです」

葛木が答えると、川北は困惑げに言った。

「中里さん、マンションの屋上を借りる話をまとめてきたようです」

「またずいぶん動きが速い」

「使用料として、そこそこの額の金銭を呈示したらしいです」

「要は金の力ですか」

葛木は舌打ちした。刑事捜査でも行動監視の際は対象者の家の近くにホテルやアパートを借りることがあるが、予算が限られるから簡単に決裁は下りず、泣く泣く自腹を切るようなこともある。

しかし公安の場合はそのあたりの金銭感覚が違い、スパイの勧誘や継続的な監視用アジトの運営など、使途を問われない機密経費が潤沢に使えると聞いている。公安出身の中里は、そういう金の使い方を心得ているのだろう。川北は憂い顔で続ける。

「SATの連中はさっそくそちらへ移動しました。これで歯止めが一つ外れましたよ。SATに対する指揮命令権は警備部にありますから、そっちのお偉方が緊急性があると判断すれば、現場裁量で中里さんが自由に動かせます」

「そのときは捜査一課長は蚊帳の外ですね」

「向こうはもともと我々と連携する気がないですから、鶴の一声がかかれば一課長の判断を無視して勝手に動くと思います。現に我々にサポートの要請は来ていませんから」

「呉越同舟《ごえつどうしゅう》の弊害がこれからどんどん出て来そうですね」

「我々はしっかり連携していかないと。どうでしょう。このあたりで作戦を練り直しませんか」

川北はそう言って葛木たちを後部スペースの会議室に招き入れる。もちろんそれは望むところで、警備・公安対刑事という構図が次第に鮮明になってきた以上、こちらとしては内部の結束を強化していくしかない。

テーブルに着くと箕田もそこにいた。西村の被疑者射殺事件のことでなにか隠しているようなところが不安ではあるが、SITでの経歴が川北より長く、現場経験も豊富な箕田はやはり貴重な存在だ。

「SATに連携する気がない以上、我々のほうも独自に制圧プランを策定しておかないとまずいかもしれません」

川北は大胆な話を切り出した。葛木は問いかけた。

「可能なんですか？」

「箕田と作戦を検討していたところです」

「なにかいい方法が？」

葛木は身を乗り出した。川北は箕田を振り向いた。箕田は慎重な口ぶりで切りだした。

「リスクがないわけじゃないんですが、西村を生かして拘束し、人質の命を救える方法が一つだけあります」

「それはどういう？」

「スタングレネード、いわゆる音響閃光弾《おんきょうせんこうだん》を使います。光と音で相手の視覚と聴覚を一時的に麻痺させるわけです」

「そういうものがあるのは聞いています。しかし至近距離じゃないと投入できないでしょう。もし西村に起爆スイッチを押されてしまったら、突入部隊は粉みじんになる」

「私はスタングレネードの効果を体験したことがあります。個人による耐性の差が多少はあるでしょうが、私の場合、数分間はほとんど失神状態でした。同じ体験をした同僚たちもほぼ同様でした」

「西村は起爆装置を肌身離さず持っていると言っていましたが、その状態でスイッチを押せますか？」

「市販されている起爆スイッチは、誤爆を防ぐために複数のボタンを同時に押すとか、キーを差し込んで回すとか、手順をわざと面倒にしてあります。スタングレネードで失神もしくは失神に近い状態にあるときに操作するのは困難だと思います。ただし起爆スイッチを自作している場合は別で、それならワンタッチで起爆できるようにするでしょう」

「ダイナマイトや電気雷管は以前働いていた職場から盗んだようなことを言っていましたが、起爆装置についてはなにも聞いていない。自作の可能性はありますか」

「知識があれば、電池やらコンデンサーやらどこでも買えるパーツでつくれると思います。しかしそうだとしても、スタングレネードを食らった瞬間に押すことは難しいでしょう」

「しかし致命傷を与えられるわけではない。失神から回復すれば押せるのでは？」

なお危惧を覚えながら問い返すと、箕田は自信を覗かせた。

「数分、いや数十秒の時間が稼げればいいんです。電気雷管の場合、雷管と起爆装置は電線で繋がっていなければならない。肌身離さず持っているという話が本当なら、西村は長い電線を引きずっている。それを切断すれば起爆できなくなります」

「無線とかリモコンで起爆することもできるのでは？」

「私のほうで確認したところ、発破作業の現場では、誤爆を避けるためにそういうものは使わないそうです。それも自作すれば可能でしょうが、西村は商業高校の出身で、そちらの方面の知識はないと思います」

「しかし技術的に不可能ではない」

「たしかにそうです。突入を決行する前に、なんらかの方法で確認しておく必要はあるでしょう」

「だとしたら、狙撃作戦でもあまり変わりないんじゃないのかね」

大原が問いかけると、箕田は大きく首を振る。

「決定的に違うのは、狙撃の場合、一撃で無力化できない限り西村には起爆が可能だという点です。それはおそらく至難の業《わざ》です。しかしスタングレネードなら、一時的にではあれ確実に無力化できます。さらに大事なことは、西村も人質も死なせずに済むということです」

「しかし、西村に突入の気配を察知されたら大変なことになるな」

大原は首を傾げた。川北も思案げに口を挟む。

「隣戸からベランダ経由で近づき、窓を破ってスタングレネードを投入するというのが当面考えられる作戦ですが、問題は西村が取り付けた監視カメラです」

西村がカーテンを引いたまま顔を覗かせないのは、外の様子がそれでチェックできるからだろう。

「室外にある配電盤のブレーカーを落とすという手もありますが、あの手のカメラは電池式が大半だし、モニターに使っているのがノート型のパソコンなら、やはり停電になっても機能しますから」

「妨害電波を出して画像を乱すという手が使えるかもしれません」

ふと思いついたように箕田が言う。

「妨害電波？」

「設置されているカメラにはケーブルがついていないので、無線方式だと思います。だとしたらメーカーと型番を特定して周波数を調べ、同じ周波数で強い電波を出せば画像が乱れるはずです」

「そんなことをして警戒されないかね」

興味深げに身を乗り出す大原に、余裕を覗かせて箕田は言う。

「無線機器というのは普通に使っていても雷や家電製品からのノイズで受信が乱れます。突入直前に妨害電波を流すだけなら、それほど怪しまれないと思います。機器を特定してから、現物を購入して実験してみればいいでしょう」

「しかしやはり危険が伴うでしょう。ＳＩＴにそこまでのリスクを負わせるのは――」

葛木は躊躇《ちゅうちょ》した。理屈にかなった作戦なのは間違いない。中里が主張する狙撃作戦では、成功しようが失敗しようが西村は死ぬだろう。

西村が死ねば、彼が明らかにしようとしていた事実は闇に葬られる。そしてそれこそが桜田門の上層部が望むことなのだ。

葛木の説得で西村が自爆を思いとどまり、投降してくれることがもちろんベストの解決だ。彼が追及しようという真実は、裁判の過程で明らかにすればいいことだ。

しかし西村が翻意するかどうか。むろん努力は続けるが、必ずしも成功する確証が持てない以上、次善の策として、いまの話は考慮しなければならない。

しかし準備されている大量の爆発物のことを考えれば、容易く決断できる問題ではない。失敗した場合の被害の大きさは狙撃作戦以上のものになる。突入したSITの隊員は全員命を失うだろう。

「あくまでやむを得ない場合を想定してのシミュレーションです。我々は日常的に強行突入の訓練は受けていますが、それが最後の手段だということもつねに肝に銘じています――」

静かな自負を湛えて川北が言う。

「ただし必要ならそういう作戦を実行できることが我々の存在理由であり、その覚悟はいつも持っています。どうしても強行策が必要だというのなら、警備・公安が主張する狙撃作戦への対案として桜田門の上層部に提案します。向こうの本音がなんであれ、狙撃よりも成功の確率が高く、しかも洗練された作戦であることは、誰の目にも明らかだと思います」

葛木は心が奮い立つ思いだった。まだまだこの国の警察は腐っていない。西村が抱いているであろう絶望を癒やす力が残っている。それならなおさら、彼らを死地に向かわせることがあってはならない。

とりあえずいま全力を尽くすべきなのは自分だ。警察にはいまも信頼できる人々がいることを、西村に伝えられる立場に自分がいる。それを生かせばこの厄介な状況も、たぶんなんとか乗り切れる。

5

それからほどなく、大原に連絡が入った。

地元住民との話し合いのため、公民館に出向いていた署長からだった。

話を聞き終え、大原は喜色を浮かべて葛木を振り向いた。

「例の爺さん、自分から公民館へ退避したそうだよ。あんたの説得が効いたようだな」

「本当ですか」

「ああ。警察が好きになったわけじゃないが、自分のわがままで近隣の人に迷惑をかけるのは忍びない。警察にも少しくらいはまともなのがいるというようなことを言っていたそうだ」

「それは嬉しい限りですが、そんな警察官がほかにも大勢いることを、これからの我々の仕事で知って欲しいですね」

言いながら葛木は川北と箕田に目を向けた。川北は誇らしげに頷いた。箕田は面映ゆそうな笑みを浮かべる。大原が続ける。

「それから住民の一時帰宅の件なんだが、やはりやらないわけにはいかないようだ。改めて爆発物のことを説明しても、ゆうべから小康状態が続いているもんだから、住民は事態を楽観視しているらしい」

「狙撃計画のことを言えば話は変わってくるでしょうがね。まだそこは大っぴらにはできないということでしょう」

「ああ。流れを変えるにはそれがいちばんいいんだが、上の連中がお冠になればさらに暴走しかねないからな。なんとか西村と交渉して、そのあいだだけは危険な行動に走らない確約をとってくれということだ」

「時間はいつですか」

「午後一時から二時の一時間ということで話がついたらしい」

「わかりました。いま電話を入れてみます」

葛木は携帯を手にとった。数回の呼び出し音で西村が電話口に出た。葛木は携帯をスピーカーホンに切り替える。川北はICレコーダーのスイッチを押す。

「おはようございます。ゆうべはようやく記者会見をやってくれたようで、とりあえずはありがとうございます。テレビの取材を外したのが気に入りませんが、誠意が見られたと解釈します」

「ああ。ところでその見返りというわけじゃないんだが――」

葛木は事情を説明した。西村はとくに抵抗もしなかった。

「わかりました。おれもいたずらに死人の数は増やしたくないですから。そもそもそちらが挑発的なことをしなければ、いまの時点で自棄を起こすようなことはしませんよ。ただしそのあいだによからぬことを画策した場合は遠慮はしませんから」

「ああ。我々も、そのあいだは一切の行動を控えると約束するよ。ところで少しは考えてくれたか。君が現在の行為を通じて訴えたいことがなんだか知らないが、それはほかの方法でも実現できるはずだ。警察だって一枚岩じゃない。君の考えに共感する人々もおそらくいるだろう」

「ええ。わかっていてもなにもしない人たちは、たしかに大勢いるでしょう」

西村の皮肉な物言いが胸に突き刺さる。葛木はそれでも続けた。

「私もその一人だったことは認めるよ。しかし一度にすべてをひっくり返すのは到底無理だ。こういうやり方では、君自身に対する世間の反発も大きいと思うんだが」

「ほかのやり方でなにかが変わるんなら、とっくの昔に変わっています。柱が腐ってたんじゃ家は保ちません。シロアリの住処になっている大黒柱をシロアリごと切り倒さなきゃ、この国そのものがクズ国家に成り下がるんです」

「いったい君はなにをしようとしてるんだ」

不穏なものを感じながら葛木は問いかけた。余裕を滲ませた声で西村は言った。

「それはあとあとのお楽しみです。ゆうべの記者会見はせいぜいプロローグで、いよいよこれから次のステージが始まります」

第七章

1

これから始まる次のステージ――。

西村の言葉が葛木には不気味だった。それがなにを意味するのか、西村は語ることなく一方的に通話を切った。

「なにを要求するでもない。しかしなにかをほのめかしている。弄ばれているのはこっちだな」

大原が舌打ちする。一時間の休戦協定をあっさり呑んだのは、西村にはまだまだ余裕があるからだろう。

準備している爆発物は舞台道具にすぎず、本当の弾頭は彼の頭のなかにある。自分たちはまだそれを覗くことができないが、西村の狙撃にこだわる桜田門の上層部はおそらくそれを知っている。

「あの言い方から考えて、たぶん物理的な脅威を意味するものではないでしょう。問題なのはむしろ桜田門の出方ですよ」

川北が疑心を滲ませる。たしかに現状で西村が自爆に走る気配はないし、人質に危害を加える様子もない。

しかし西村が予告した次のステージが中里たちの急所を突くものだとしたら、それは彼らをより危険な行動に駆り立てることに繋がる。

狙撃の可能性については葛木が忠告しておいた。それを承知でなにを仕掛けようとしているのか。

リスクを避けるという意味で重大な鍵となるのは、川北が言うように、西村よりもむしろ桜田門の対応だろう。慎重な口ぶりで川北は続ける。

「こういう事件での交渉は、絶対に受け入れられないこと以外は相手の要求に柔軟に応じて、いわばガスを抜いていくやり方が有効なんです。そういう懐の深さが桜田門サイドにあればいいんですが」

「これまでの対応を見れば、いちばん望み薄なのがそこだろうね。考えなきゃいけないのは、いまの西村の話を本部に報告すべきかどうかだよ」

大原は悩ましげだ。一時間の休戦協定を受諾した件は早急に報告する必要があるが、次のステージの予告はまだ具体的とはいえない。

「桜田門を刺激することにしかならないでしょう。この状況で取り返しのつかない事態を避けるには、我々が情報をコントロールするしかないと思います」

腹を括って葛木は言った。組織に所属する人間として、現場からの情報を上にあげ、指示を仰ぐのは鉄則であり、普段の捜査活動では葛木自身も部下たちがそうすることを望む。いま心に決めたのは、警察官としてのそんな職務の基本に逆らうことだ。しかし悲しいかな、それ以外に人質や住民の財産を危険に晒すことを避ける方法を思いつかない。組織の上層部が明らかに警察の本分にもとる行動に向かおうとしているとき、忠誠を尽くすべきは彼らにではなく、自らの心に宿る本来の警察の姿にではないのか。

極力死傷者を出さず、犯人を生きて拘束する。ここではそれが警察が果たすべき当然の任務であって、その逆を行く中里たちの画策こそ警察の本務に背くものではないか。

「そうだな。連中はおそらく必死だ。追い詰められたら一気に強硬手段に走りかねない」

「あるいはそうさせるのが西村の狙いかもしれませんよ――」

川北が物騒なことを言う。

「西村の目的がなんらかの遺恨による警察への復讐なら、その警察の手で自分が狙撃されることを怖れはしないでしょう。自爆によって人質や警備の警察官が巻き添えになれば、その責任をすべて警察に負わせられる」

「だとしたら警察上層部が敢えてそうせざるを得ないほど、西村が握っている材料はインパクトが大きいと見ているんですね」

葛木は確認した。川北は頷く。

「西村が死を覚悟しているとしたら、どう転んでも桜田門の特定の勢力にとっては分が悪い。西村の要求どおりにことが進めば、これまで隠蔽してきた重大な秘密を表に出さざるを得なくなる。しかし狙撃を強行すれば、いま言ったとおりの結果になる可能性が極めて高いでしょう」

「そのくらいのことは、彼らもわかっているのでは？」

「わかっていてもほかに選択肢がないんです。一か八かで考えたのが狙撃作戦です。蜘蛛の糸よりも細い希望でも、ギブアップするよりはましということでしょう」

「自爆の巻き添えで犠牲者を出し、その結果、警察への信頼を失墜させても護りたいものが彼らにはある。だとしたらそれは？」

葛木は自問するように問いかけた。大原は困惑を隠さない。

「知りたいのは山々だが、西村から聞き出せるとは思えないし、もしなんらかの方法で我々が知ったとしたら――」

「西村同様、連中は我々を排除しようとするかもしれません」

慄きを覚えながら葛木は言った。大原は頷いた。

「まさか狙撃されることはないと思うが、口を塞ぐための圧力のかけ方はいろいろあるからな。検察の裏金を内部告発しようとした検事が、逆に冤罪をでっち上げられて逮捕された事件もあった」

「そこまで行かなくても、内部告発した結果閑職に追いやられたり、嫌がらせ同然の監視をつけられて精神疾患に陥ったという話はあるようです」

忸怩たる思いで葛木は言った。西村も言っていたが、地方の警察本部でそんなことが起き、裁判にまでなったという記事を葛木も週刊誌で読んだことがある。

それ以上に警察内部のそんな不正を知りながら、ほとんどの警察官が見て見ぬふりをしてきた。自分もその一人だ。西村の告発を自らもまた受けるべき立場にいる。

「気持ちとしては西村の犯行を幇助したいくらいだよ」

大原は深々と溜め息を吐く。葛木は促した。

「とりあえず休戦協定のほうは話がついたと報告しないと。課長から署長に直接連絡したほうがいいと思います」

「そうだな。中里なんかとは口も利きたくないし、話をねじ曲げて上に報告されても困るからな」

大原は頷いて携帯を取り出す。打ち合わせどおりこちらの要請に西村が応じたことを報告し、余計なことは言わずに通話を終えようとすると、向こうからもなにか話があったらしい。相槌を打ちながら聞くうちに大原の表情が強ばった。通話を終えて振り向いた大原の顔にはただならぬ緊張の色がある。

「困ったことになった。中里がとんでもないことを言い出しているらしい」

「いったいなにを？」

弾かれたように葛木は問いかけた。

「もし休戦協定を西村が受け入れたら、その一時間のあいだに狙撃作戦を決行するという案だよ」

「なんですって？」

「西村とは休戦協定を締結するが、こちらはその時間に住民を帰宅させないようにする。近隣住民を巻き添えにしてまで警察が強硬手段に出るとは西村も考えないだろうから、そのあいだは西村も油断する。そのとき狙撃すれば成功の確率が高いというのが中里の理屈らしい」

「本気で言っているとしたら、気でも狂ったとしか思えない」

よくもそこまで汚い手を思いつくものだと、葛木は呆れ果てた。川北と箕田も開いた口がふさがらないという表情だ。

「もちろん署長は反対したんでしょう」

聞くと大原は苦い表情で頷いた。

「もちろん反対はしたが、まずは桜田門の親玉に提案してみるから、向こうから指示があるまで一時帰宅は保留にしろと言って聞かないそうなんだ。専門家の目から見てどうだろうね、その作戦は？」

「専門家である前に人間としてやりきれないほど恥ずかしい話ですがね——」

川北は怒り心頭という口ぶりだ。

「たしかに西村も多少は油断はするでしょう。だからといって成功の確率が飛躍的に高まるようなことはない。狙いは読めますよ。連中はとにかく狙撃を決行したい。だからたまたま出て来た一時帰宅の話をその口実として利用することにしたんでしょう」

「しかし、ばれたらとんでもない方向に転がりかねない」

「そのとおりです。西村はカーテンは閉めていても監視カメラで外の様子は見ている。住民が本当に帰宅したかどうかはわかるでしょう」

「欺《だま》されたと知ってすぐに自爆という行動に出るかどうか」

「それを期待してということもあり得るんじゃないですか」

川北は猜疑《さいぎ》を募らせる。大原は舌打ちする。

「人質は巻き添えにしても構わないと考えているわけか」

「そういうことになりますね。いずれにせよ、表向きは狙撃作戦に期待をかけているようにみせて、本音は挑発の手段としてしか考えていないような気がします」

「西村が死んでくれることが連中にとっては唯一の落としどころで、そのためなら人質が死のうが近隣の民家が吹き飛ぼうが構わない──。そう考えると、ここまでの狙撃作戦のごり押しぶりも納得がいくな」

「そういう作戦に出る可能性があると西村に伝えて、用心するように警告すべきじゃないですか」

焦燥を覚えながら葛木は言った。大原は首を傾げる。

「そんなことを教えたら西村がどんな対抗手段に出てくるかわからない。せっかく落ち着いている状況をもう一度不安定にすることにしかならないだろう」

たしかにその考えももっともだ。川北も頷いた。

「なんとか署長に頑張ってもらって、一時帰宅を実行してもらう必要があります。それは警察サイドが西村の約束を信じるという証《あか》しでもあります」

「一時帰宅を実施するかどうかは所轄のほうに裁量権があるはずだから、署長が決断してくれさえすればやれないわけじゃないんだが──」

大原は憂い顔で応じる。

「桜田門と話をつけずにそれをやれば、結果的に住民を楯にすることにもなりかねない。中里の入れ込みようは普通じゃないらしい。なにかの連絡ミスで狙撃を実行されてしまった場合、取り返しがつかなくなると心配しているんだよ」

「たしかにその不安はあります。だからといって中里さんの思惑どおりことが進めば、警察が事実上殺人を犯すのに等しいことになる。それを許すくらいなら、いますぐ警察手帳を返納するしかない」

川北が吐き捨てる。葛木にしてもそれが率直な気持ちだが、中里たちの策謀をいまここで食い止めなければ、手帳の返納くらいでは人としての責任は免れられない。

「いや、我々で手を尽くしましょう。なんなら一課長とじかに話してみる手もあります」

「それがいいかもしれないな。下手をすると、一課長は蚊帳の外に置かれかねない。あんたがじかに連絡をとってみるか」

切迫した調子で大原が言う。本来なら所轄の係長ふぜいがじかに電話をする相手ではないが、この状況で遠慮はしていられない。ここまでの西村の心理状態についても、機微にわたる印象を伝えられるのは自分をおいてないだろう。

2

葛木は大原に問いかけた。

「携帯の番号はわかりますか」

「ああ、緊急時に直接連絡をとる必要があるかもしれないと言って、さっき署長から聞いておいた」

大原は手帳を取り出して番号を読み上げる。葛木はそれをいったん携帯に登録した。今後、たびたび使うことになるかもしれない番号だ。電話帳を開いてそこからコールすると、間を置かず渋井一課長が応じた。挨拶もそこそこに葛木は切り出した。

「じつはこんな話が耳に入っておりまして――」

中里が画策しているという強行策について説明すると、渋井は不快感を隠さない。

「そんな話は初耳だ。別件の殺人事件が起きていま車両で移動中なんだ。さっきまで出ていた会議では、住民の一時帰宅については警備や公安のお偉方も了承していたんだが」

「中里管理官の思いつきに過ぎないかもしれませんが、これからその話を上げるつもりのようです。そんな無謀な話に乗らないだけの良識が上の皆さんにはあると思うんですが」

思わず皮肉が口を突いたが、渋井はそれをまともに受けた。

「そこが心配だよ。おれとしてはSATの投入はまだ早すぎるという判断だったが、警備部長がごり押ししてね、SITは手を引けとまで言われたが、それじゃ刑事部門の沽券に関わる。最初から狙撃を前提にしたSAT投入には刑事部長も難色を示したんだが、今回の事案ではどうも刑事のほうが旗色が悪い」

「どうしてでしょうか。西村の行動に政治的な背景があるとは思えません。オウムのようなカルトに染まっているとも考えにくい。警備や公安より刑事の領分に属する事件だと私はみているんですが」

「おれもちろん同様の考えなんだが、こちらに相談もなく、副総監が音頭をとって早々と本庁内に合同捜査本部を立ち上げちまったんだよ」

「そのあたりは異例の動きですね」

「ああ。標的が警視庁らしいという判断で、機密保持の観点からもすべてを本庁サイドでコントロールする必要があるという理屈なんだが」

「本気で事件を解決したいんなら、現地に本部を立ち上げるのが筋でしょう」

「そのとおりだ。今回の本庁上層部の対応は普通じゃない。初めからテロリスト扱いしている」

「我々が不安視しているのは、手段を選ばず西村を射殺することで事件を解決しようとしている現在の本部の姿勢です。ＳＡＴによる狙撃で西村一人を無力化できるというのは詭《き》弁《べん》だとしか考えられません」

「そのとおりだな。爆発物の件を明らかにしたのは君たちの手柄だが、西村に対する異例の態勢はその前からとられていた。この事件には最初からなにか理不尽な力が働いているようだ」

重い口調で渋井は言う。葛木は単刀直入に訊いてみた。

「彼らが西村をそれほどまで怖れる理由はなんでしょうか」

「そこがいまひとつはっきりしないんだよ。警視庁を標的にしているのは間違いないが、そうだとしても今回の上の動きは普通じゃない」

「じつはこんな噂を耳にしたことがあるんです――」

SIT時代の西村の犯人誤射疑惑について語ると、渋井は唸った。

「だったら隠してもしようがないな。それは本当の話らしい。責任逃れをするわけじゃないが、おれはそのとき殺人犯捜査担当の管理官で、SITの関係する事案にはタッチしていなかった。しかしそういう噂は耳に入っていたよ」

「現場レベルの判断で行われたとしたら明らかな不祥事ですが、それを隠蔽するために人質の女性や周辺の家屋、場合によっては現在動員されている警察官の生命にまで危険が及ぶような作戦を敢えて行わなければならないほどのことでしょうか」

「情けない話だが、一般市民は警察がそれほどクリーンな組織だとは思っちゃいない。そしてその感覚は決して外れてはいない。誤射を正当防衛と偽ったというのが真実で、西村がそれを告発しようとしているのなら、正直に受けて立つのが正しいやり方だ。当時の現場の人間が画策したんならその連中を処分すればいいことで、それで警察の屋台骨がへし折れるほどの話じゃないだろう」

渋井は大胆に言う。葛木もそこは同感だ。いかに警察の隠蔽体質が拭いがたいとしても、一方で発覚した場合にトカゲの尻尾よろしく下っ端を切り捨てて組織の安泰をはかるのも常套手段だ。

「少なくとも西村に自爆を敢行されて、人質を巻き添えにしたり周囲の家屋に甚大な被害を与えるのと比べれば、痛くもかゆくもないほどのものだと思います」

葛木は遠慮なく指摘した。渋井も同意する。

「たしかにな。しかし警備部長はそんな話をおくびにも出さない。国家の治安への挑戦だ、テロの撲滅は国際社会共通の課題だと大言壮語をまき散らすだけで、西村の犯行の動機や事件の背景に言及することがほとんどない。それが連中のやり方なのかもしれないが、どうもおれたち刑事部門は最初から分が悪くてね」

電話の向こうで渋井は嘆息する。葛木は踏み込んで問いかけた。

「一課長には心当たりはありませんか。いずれにしても彼らの不穏な反応には、なんらかのかたちで西村との繋がりがあると思うんですが」

「見当がつかんよ。最初はおれも誤射の件かと思っていたんだが、君の言うとおり、いま連中がやろうとしていることがそれを隠蔽するためだとしたら間尺に合わない」

けさの会議で渋井は、事件の背後にあるなにかを知っているようなことを口にしかけてすぐに誤魔化した。けっきょくそれは葛木が知っている程度の話だったかと力が抜けた。

「しかし無謀な強行策はなんとか止めないとまずいです。ＳＩＴの隊長やベテランの隊員の話では、狙撃が成功する確率はきわめて低いようですから」

「おれもSIT担当の管理官から聞いてるよ。それでも決行するとしたら、人質の命が失われるのも想定内ということだ。もっとも連中は口が裂けてもそんなことは言わないだろうがね。西村はなにか仕掛けがあるようなことを匂わせたそうだが」

「ええ。これから次のステージが始まると」

「そのことはまだ中里には言っていないわけだな」

「ええ。ここで刺激するのは得策だとは思えませんでしたので」

渋井にしてもまだ本当に味方か敵かはわからない。この状況でそこまで内情を明かしていいものかと不安も感じるが、桜田門サイドの人間でいま頼れそうなのは渋井しかいない。信じて賭けてみる以外に道はない。

「その判断はよかったよ。いまの状況で、連中に必要以上に情報を与える必要はない。そもそも向こうには積極的に情報を得ようという気さえないようだ」

「同感です。まるで西村が仕掛けようとしていることがあらかじめわかってでもいるように――」

「ああ、奇妙な話だが、そういうふうにしか理解できないところがある」

渋井は不審感を滲ませる。葛木たちが抱いていた危惧は単なる勘ぐりではなかったようだ。

「いくらなんでも中里さんの提案に警備部長が乗ってくるとは思えませんが、一課長のほうから釘を刺していただければと」

「もちろんそうするよ。事件が大過なく落着する見通しがあるなら、犯人を欺すのも一つのやり方だが、このケースでそういう汚いやり方をすると、ばれた場合に取り返しがつかなくなる」

「西村は一時休戦の申し入れを受諾しました。そこには嘘はないというのが私の心証です」

「それは君を信用してのことだろう。大事なのはその点だよ」

「ええ。なんの因果かわかりませんが、向こうから交渉役に指名されて、私だけは信じてくれているという感触があります」

「だったらそれが我々にとっては最大の武器になる。ＳＡＴ自慢の狙撃銃やら遠赤外線スコープやらよりもずっと強力だと思うがね」

「そうだといいんですが」

肩にのしかかるものを感じながら葛木は言った。言い換えればそれは西村を含め、死者を一人も出さずにこの事件を落着させるために、先頭に立てるのは自分しかいないという意味でもある。

しかし一方で、それが自分一人ではできない仕事だということもわかっている。むしろこれからますます圧力をかけてくるであろう大きな権力をかいくぐり撥ねのける上で、渋井や大原のような人々が不可欠な存在となるだろう。

場合によっては川北率いるＳＩＴが突破口を開くことになる。しかしそこまでの道筋をつけるのはあくまで自分なのだと、葛木は肝に銘じた。

「いずれにしても中里の言っていることは危険すぎる。おれはこのヤマで将来に禍根を残したくない。一時帰宅の時間は？」

「午後一時から二時までということで西村とは話がついています」

「だったらあと二時間ほどだな。のんびりしてはいられんな――」

渋井は切迫した調子で続けた。

「おれはこれから本庁へ戻って、本部の連中に釘を刺しておく。馬鹿なことをやらないと確約がとれたら、おれのほうから署長に連絡を入れるよ」

「別の事件の現場へ向かっているんじゃなかったんですか」

慌てて問いかけると、意に介すこともなく渋井は応じた。

「なに、被疑者はすでに特定され、いま逮捕状を請求しているところだ。帳場が立つ前に事件は解決してしまいそうだ。それより一時帰宅は住民との約束でもある。ゆうべから不便な思いをしながら我々に協力してくれている。それに感謝こそすれ、中里たちの汚い手口の片棒を担がせるなんてもってのほかだ」

意を強くして葛木は言った。

「そうして頂ければ、安心して西村と交渉できます」

「ああ。中里ごときにこのヤマを壊されたら警視庁捜査一課の名折れだよ。場合によってはおれがそっちに常駐してもいい。本庁にいたって、会議の進行は警備や公安の連中に牛耳られて、おれたちは蚊帳の外に置かれているようなもんだからね」

3

「とりあえず一課長は味方と考えてよさそうだな」

話の内容を聞かせると、大原は満足げに言う。葛木は頷いた。

「ええ。桜田門の本部では数で押されていても、現場は我々が掌握しています。西村とのパイプもある。一課長もいよいよ本気のようですから、これから先はこちらが主導権を握れるかもしれません」

「しかし一課長はちょっとくらいは知っていると思っていたんだがな」

大原は首を捻る。電話でのやりとりのなかで、一課長が嘘を吐いている気配は感じなかった。彼を信じていいとなると、こんどは新たな疑問が湧いてくる。

SITはいうまでもなく刑事部の所管で、捜査一課長の指揮下にある。SIT時代の誤射事件が今回の事件の発端だとしたら、そのとき隠蔽工作に関与したのは刑事部のはずなのだ。そうだとしたら、当時担当部署が違っていたとしても、管理官という立場なら多少の真相は把握していたはずだとどうしても考えたくなる。

そして今回、西村を殺害してその口を封じようとしている勢力が刑事部門ではなく警備・公安だという事実をどう解釈したらいいのか。

「事件の背後関係は想像以上にややこしいようですね」

葛木は言った。渋井の話からわかったのは、西村の標的になっているのが、やはり彼がかつて所属した刑事警察ではなく、警備・公安警察らしいことだった。

しかし警備・公安と西村の接点となると皆目わからない。本庁に捜査本部を設け、所轄の城東署には現地本部という変則的な態勢を直々に指示したのが副総監だというのも意味ありげだ。

そもそも副総監クラスが個別の事案に口を挟むこと自体が異例だ。副総監の職務は警視総監の補佐で、総監の意向と無関係に動くことは考えにくい。

現警視総監は刑事部門のキャリアも多少はあるものの、おおむね警備・公安の部署を歴任している。副総監の前職は警察庁警備局長で、それまでも一貫して警備・公安畑を歩いてきた。

そのあたりにヒントがありそうだ。普通の刑事捜査なら西村の敷鑑（被疑者や被害者の人の繋がり）を聞き込んで回るところだが、現状では所轄の刑事たちも現場周辺の警備に手一杯で、到底そちらに人手は割けない。

　西村の思惑どおりことが進めば自ずから解明されるかもしれないが、その前に西村が死んでしまえば謎のままで終わることになる。その意味でも西村にはぜひ生き延びてもらいたい。

　そんな話をしているところへ、俊史から電話が入った。

「親父。そっちの状況は？」

「情報は上がっていないのか」

「ああ、箝口令《かんこうれい》が厳しくなったのか、警視庁サイドの動きがおれの部署にはほとんど入らない。どの部局も当直の人間がわずかにいるだけで、えらく閑散としているよ」

「年末年始はだいたいそうなのか」

「おおむねそうだけど、今回は事情が違うからね。こちらの職員が現場に出るということはないけど、全国警察の元締めとして、しくじったら警察の評判に関わるような事案に関しては人を動員して情報収集を怠らないのが鉄則になっている」

「今回のはそういう事件だとみていないわけか」

「そんなはずはないよ。西村が挑戦しているのは警視庁で、普通の市民にとっては警察の代名詞みたいなもんだから」

「だとしたら、むしろ薄気味悪いな」

「きのうもおれのところには必要な情報がほとんど上がってこなかった。きょうは完全に休業パターンで、うちの部署にも臨時出庁の指示は出ていないんだよ」

「おまえも本来なら家族サービスをしていていいわけだ」

「そうなんだよ。残務を抱えている同僚は出て来ているけど、この事案に絡んでのことじゃない。おれもきょうは仕事があるふりをして出庁しているんだけど、平穏すぎてかえって怪しいね。年末年始の休暇を隠れ蓑にして、上がなにか重要な事実を隠そうとしているような気がするんだよ」

俊史は疑心を隠さない。警視庁側の動きも異例尽くしで、通常の刑事捜査の手順をパスして超法規的とも言える落着を目指している気配が窺える。

「きのうの記者会見でも、警視庁は警察側の態勢については曖昧に誤魔化していた。もちろんこういう事件で報道協定を結ぶのはとくに珍しくもないわけだけど、それを口実にすべてを秘密裏に運ぼうとしているらしいのが、こっちのビルにいるおれにもはっきりわかるんだよ」

俊史は声を落とす。

「現場では朝からいろいろ動きがあってな——」

葛木は現在までの状況をかいつまんで説明した。俊史は驚きを隠さない。

「それじゃ警察はやくざやマフィアとまったく変わらないじゃない。一課長が歯止めになってくれなかったら、きっと大変なことになっていたよ」

「ああ。そこまでしないと困る理由が警察側にあるんだとしたら、そっちのほうも闇に葬るわけにはいかない。西村がなにか真相を摑んでいるのだとしたら、なんとしてでも殺させるわけにはいかないな。それじゃとんでもない大きな闇を温存したまま事件に幕が引かれてしまうような気がするよ」

「おれももちろんそう思う。このまま見て見ぬふりはできないよ。ただ西村には、べつの方法で告発する方法もあったはずで、今回のやり方はあまりに無茶だった。警察がテロと認識して射殺という行為に出ることを、マスコミや社会が容認してしまう可能性があるんじゃないか」

「そうだな。おれにできることは、なんとか説得を試みて、西村に投降させるくらいなんだが」

「それがこういう事件のいちばん正常な解決策だけど、どうも気に入らない勢力がいるようだね」

「ここまで関わってしまった以上、そういう連中の正体も明らかにしないとおれとしても気が済まん。それでそっちの監察の記録は覗けたのか」

　葛木が問いかけると、俊史は声を落とした。

「さっき長官官房の人事課に顔を出したら、顔なじみの監察の担当者が出庁していてね。

今回の事案に関わる話だと警戒されるかもしれないから、適当に同じ時期に起きた別件を見繕って資料を覗かせて欲しいと頼んだら、あっさりOKしたんだよ」

「機密の壁は案外薄いんだな」

「もちろん部外秘の情報だから、パスワードで管理されているし、うかつに外に漏らせば守秘義務違反で懲戒免職ものだけどね」

俊史はどこか楽しげだ。葛木は不安を覚えた。

「大丈夫なのか、そういう情報をおれに漏らして？」

「この際、そういうことは気にしちゃいられないよ。それでデータベースの画面を開いてもらって、担当者が席を外した隙に西村のほうの資料も覗いてみたんだ。いわゆる横目捜査ってやつだね」

「税務署や捜査二課が企業関係の帳簿を調べるようなとき、よく使う手だとは聞いているが」

「そのあたりはおれたちのあいだでは阿吽の呼吸でもあるんだよ。どの部署も部外秘の情報をため込んでいて、機密指定のない情報を見つけるほうが大変なくらいだからね。かといってお互い仕事の上で覗きたい資料もある。いちいち許可をとるのは面倒だから、そういうやりかたで互いに融通を利かせるのは珍しいことじゃない」

「それで、なにかわかったのか」

「西村の事件の記録はあったけど、公式の発表以上のことは書いてなかった」

「だったら誤射というのは単なる噂だったわけか」

「そこはなんとも言えないね。警視庁の監察から上がってきた情報がそれだけで、警察庁は隠蔽の事実を把握していなかったのかもしれないし」

「そういうこともあるのか」

「もちろんあるよ。現におれだって、本来はいま起きている事件の詳細を把握して長官官房に上げる立場なのに、ほとんど蚊帳の外に置かれてるんだから。それより気になったのは、そのとき射殺された川島哲也《かわしまてつや》という男なんだけど」

「暴力団員だったんだろう」

「そうなんだけど、変わった経歴の持ち主でね」

「というと？」

「元警察官だった」

「西村と共通するな。どうしてわかったんだ」

「そこは監察だから、ぬかりなく調べていたようだね。事件の十年ほど前に警視庁を依願退職している。理由は一身上の都合ということになっているけど、真相は暴力団幹部との癒着だった」

「不祥事が表に出る前に、因果を含めて切り捨てたわけだ」

「監察がよく使う手らしいね」

俊史はため息を吐く。穏やかではないものを感じて葛木は問いかけた。

「その男の警視庁での所属は？」

「組織犯罪対策部第五課の薬物捜査担当刑事だった」

「ミイラ取りがミイラになったパターンか。よく聞く話ではあるな」

「気になるのはそれだけじゃないんだよ。うちのほうの監察が書き加えたメモがあって
――」

「警察庁の監察がどうして警視庁の刑事の身辺まで調べるんだ」

葛木は問いかけた。同じ監察という部署でも、警察庁と警視庁を含む都道府県警察本部では職務範囲が違う。

警察庁の監察が扱うのは警察庁所属の国家公務員である警視正以上の警察官で、警視以下のノンキャリアの警察官は各警察本部の監察の扱いとなる。

「その理由がなくもないんだよ。川島は当時の警備局長の甥だった」

「当時の局長というと？」

「三田村和彦《みたむらかずひこ》。退官後は政界に進出して、いまは与党の参議院議員だね」

「現内閣の官房副長官じゃなかったか」

「ああ。とんとん拍子の出世で、警察庁内部でも期待の星とみられているようなんだ。こ

うだしね」
「政界への転身やら官庁の外郭団体への天下りやら、ほかにもいろいろいいことがあるよ
「大臣クラスを輩出すれば、予算獲得の面でも有利だからな」
こんとこ警察官僚出身の大臣が出ていないからね」

「しかしそんな話は事件当時、まったく表には出なかったな」

「よほど入念に箝口令を敷いたんだろうね。マスコミだって暴力団員の射殺くらいのネタじゃ、それほど食指が動かなかったのかもしれないし」

「たしかにニュースとしての扱いは小さかったよ。だとしたら、それが発覚するのを惧れて西村を？」

「そう考えたいところだけど、どうも無理があるよ。甥が犯罪者だったことが発覚したって、いまさら政治家として致命的な瑕《きず》になるわけじゃない。少なくともいま桜田門の上層部が画策しているような無茶なことをするだけの意味はない」

「西村にしたって、ああいう手段で告発するほどの話でもないな」

「だからといって、それが今回の事件と無関係だとも考えにくい。桜田門のお偉方がそこまでしゃかりきになっているということは、その背後でよほど大きな力が働いているとしか考えられない」

「政界からの圧力とみれば、納得がいく部分もある」

「政治家になびくのは官僚の本能みたいなもんだからね」

「国民じゃなく政治家に養ってもらっていると勘違いしているような連中が大半なんだよ」

「おれもその点はしっかり肝に銘じておかないとね」

俊史は謙虚に言い添える。それはもちろん自分にも言える。税金で養ってもらっているという感覚を失えば、役人はやがて市民の敵に成り下がる。そんな大いなる錯覚が、この事件の現場でもまかり通ろうとしている。人質の女性をはじめ、市民の生命財産を犠牲にしてでも組織の体面を保とうとする連中の感覚がいかに倒錯したものか、考えるほどに怖気だつ。

「今回の事件とその事実が関係あるかどうかはまだなんとも言えないが、心に留めておく必要はあるな。いまは小さな糸口でも、今後の流れのなかで大きな意味を持ってくるかもしれん。ただしあんまり無茶はするなよ。うっかり地雷を踏むようなことになれば、きょうまでの努力が無駄になる」

「そうは言ってもこの事件、やはり臭いよ。こうなったら西村のお手並み拝見といきたいところだけど、警察官としてはそうもいかないしね」

「ああ。しかし肝心なのは西村を絶対に死なせないことだよ。中里管理官たちの思惑どおりにさせてしまったら、この国の警察はおしまいだ」

「おれに出来ることは微々たるもので、そこは親父たちに任せるしかない。大変な仕事になりそうだけど、きっとやってくれると信じているよ」

「がんばるよ。所轄魂に懸けてもな」

背負い込もうとしている責任の重さを痛感しながら、自らを叱咤するように葛木は言った。

4

「やはりな。中里たちの動きはどう考えても強引すぎる。裏になにかあるとおれはにらんでいたんだよ。聞くところによると三田村和彦ってのはいかがわしい人物で、新潟県警の副本部長時代に収賄疑惑が持ち上がったことがあるらしい」

俊史から聞いた話を伝えると、大原は勢い込んで切り出した。

「警備用資材の入札で、少なからぬ金品の見返りに特定の業者に便宜を図ったとライバルの業者から告発されてね。ところがそれを受理したのも警察で、捜査したのも警察だから、証拠不十分で即刻捜査は打ち切り。告発した業者は以後、指定業者から外された。そういう噂はほかにもいろいろあって、警備局長を最後に政界へ転身したのも、黒い噂が絶えなくて、さすがに警察にはいたたまれなくなってのことだと聞いているがね」

「問題はその人物の甥の殺害と今回の事件が、どこでどう繋がっているのかですよ」

極力慎重に葛木は応じた。憶測だけで突き進んで、結果が俊史の勇み足に終わるようでも困る。

「甥を殺された恨みで西村を射殺しろと圧力をかけているとは思えんが、なにもないとはどうしても考えられんよ。そこを西村に聞いてみるわけにはいかんかね」

大原は興味を隠そうとしない。だからといっていまはデリケートな状況だ。下手に西村を刺激して、予測不能な方向に走られてもまずい。辛うじて多少の意思の疎通が出来ているだけで、まだこちらがコントロールしているというにはほど遠い。川北も同じ考えのようだ。

「いま西村は、葛木さんがなにも知らないという前提で行動しています。もしそれが図星だとしたら、逆に葛木さんに疑心を抱くことになりかねません。もうしばらく自由に泳がせるほうがいいと思います。答えは追い追い明らかになるでしょうから」

「だったら中里にずばり聞いてやる手もある。もちろん素直に吐くとは思えないが、こっちも伊達に刑事をやってきたわけじゃない。そのときの態度で当たりか外れかの見当は付けられる」

大原はまだ未練があるように言うが、そちらも刺激をすればなにを仕掛けてくるかわからない。いまは自分たちが微妙な均衡を保つシーソーの支点になっているような気がしてくる。

「あの、いいですか――」

そんな話に割って入るように、箕田がおずおずと切り出した。

「本当はもっと早く言うべきでした。あの事件のことなんですが」

「あの事件？」

箕田が言う「あの事件」となると、西村の犯人射殺事件しかない。全員の視線が集まるのを意識したように、箕田は伏し目がちに語り出す。

「あれは誤射ではなかったんです」

「じゃあ、私が聞いた話は単なる噂に過ぎなかったのか」

落胆を覚えながら葛木は問い返した。箕田は首を左右に振った。

「真相はいまも藪の中ですが、我々ＳＩＴの人間のあいだでは、故意の射殺という見方が有力でした」

「故意の射殺？」

「それも憶測です。しかし我々はその道のプロですから、事件発生時の状況についてはある程度は正確に理解できます。そもそも疑問だったのが、ＳＩＴによる突入作戦が果たして妥当だったかどうかです」

「というと？」

葛木は覚えず身を乗り出した。大原も川北も真剣な顔で聞き入っている。

「銃を所持しているという情報が曖昧だったんです。あくまで又聞きですが、出動命令を受けた班は、その情報を詳しく確認したそうなんです。SITはSATと違って単なる突入部隊じゃない。基本はあくまで捜査チームで、極力安全に、できるだけ犯人を傷つけず検挙するのが眼目です。だから相手が銃器を所持している場合、銃の種類から使用経験、技量などまでわかる限り確認します」

「その答えが曖昧だったと？」

「ええ。出動する前日、その班の隊員の一人が納得できないという様子でぼやいていました。所持しているのは何丁か、回転式かオートマチックか、口径はいくつか、予備の銃弾は持っているかといった基本的な情報が皆目入らない。相手はやくざだから銃を持っている可能性があるという程度のことだったようです。その程度の話ならわざわざSITが臨場する必要はないと、隊長はいったん断ったらしいんですが、翌朝になって、担当管理官から有無を言わさぬ出動命令が出たらしいんです」

「そのあと誤射だという話は聞かなかったのかね」

「突入した班の隊員からは、そのときの状況についてほとんど話が聞けませんでした。一般に刑事部門は同じ部署に所属していても班が違えば口も利かないという傾向がありますが、我々のほうは別なんです」

「というと?」

葛木が問いかけると、代わって川北が答える。

「我々の仕事にはつねに命が懸かっています。そこでは経験の蓄積が非常に重要で、現場で経験したことを互いに教え合うことを重視しているんです」

「ところが、その事件に関しては違っていたわけだね」

葛木が問いかけると、箕田は頷いた。

「まるで箝口令が敷かれたように口をつぐむんです。我々がある程度事情を知ったのは事件についての記者発表によってでした。正当防衛だったという説明はそのとき初めて耳にしたんです」

「そのときの感想は?」

「ああそうなのかという程度でしたが、それなら箝口令を敷く必要はないだろうと思いました」

「それを故意の射殺だと考えるようになったのは?」

「一緒に踏み込んだ組対部五課の捜査員から漏れ聞こえてきた話によると、その男が銃を所持しているというのは、彼らも初耳だったというんです」

「いったいどういうことなんだ」

大原が声を上げる。初めて聞いた話なのだろう。川北も驚きの色を隠さない。

「そもそも家宅捜索の現場にSITが臨場するという話は、当日の朝、突然聞かされたそうなんです。誤射の噂が出て来たのはそのあたりからのようです」

「相手はおそらく銃を持っていなかった。だから誤って射殺した可能性が高いというわけか？」

「突入したのは西村と同僚の隊員の二人だけです。組対部の捜査員が部屋に駆け込んだのは銃声が聞こえたあとで、銃撃の際の状況は見ていない。さらに踏み込んだ現場でその男が所持していたとされる銃は見かけていないそうなんです」

箕田は身を乗り出して続ける。

「我々の仕事に詳しくない組対部の連中は、その状況を見て誤射の可能性を疑った。室内の床には黒い鋳物の灰皿が落ちているだけだった。噂はそこから想像をたくましくして生まれたものだと思います。そんな話が漏れて、葛木さんたちの耳にも届いたんでしょう。しかし我々の見方は違いました」

「と言うと？」

「いくら経験の浅い西村でも、灰皿を銃と見間違うことはありません。突入の際に至近距離で銃を向けられた際の対処についても十分訓練を受けています、そういう話を総合すると、どうしても故意に射殺したとしか考えられないんです」

「組対部は、殺害された川島哲也という男が三田村警備局長の甥だということは知っていたのかね」

「もちろん知っていたでしょう、かつての同僚ですから。しかしそんな話は当時は聞こえてこなかった。私自身、いま葛木さんから聞いた話で初めて知ったんです。その点は組対部の連中もしっかり口止めされていたんだと思います」

「どうしてもっと早く言ってくれなかったんだ」

川北が問い質すと、箕田は慚愧の思いを滲ませる。

「しばらくして、管理官からその件については一切喋るな、憶測もまかりならんというお達しが出たんです。理由は説明されませんでした。そのときから部署内の空気が変わったんです」

「どういうことなんだ」

「それを聞いてほとんどの者が故意の射殺だったと確信したんです。だから怖くてものが言えなくなった。なにか普通じゃない力が働いているんじゃないかという不気味なものを私も感じました」

「だとしたら、西村は上からの命令に従って川島を射殺したことになる」

葛木は痛切なものを感じながら問いかけた。箕田は慎重に応じる。

「そうかもしれませんし、単に実行者に仕立て上げられただけかもしれません。しかしその後の覚醒剤の乱用やいま起きている立て籠もり事件の動機と、そのことが密接に繋がっているのは間違いないと思います」

「いまになって話してくれる気になったのはどうして？」

葛木は穏やかに問いかけた。箕田は居住まいを正す。

「上からの大きな圧力に抗して筋を通そうとする葛木さんたちに、これでは合わせる顔がないと思うようになったんです。我々の想像が当たっているとしたら、ある意味で西村も犠牲者の一人だったのかもしれません。組織を動かしているそういう理不尽な力と闘う勇気を我々が持たない限り、警察は役立たずどころか、市民にとって有害な組織になり果てるでしょう」

「ありがとう。これから西村を説得していく上で貴重な材料になると思うよ。あなたの言うとおり、我々がそういう力に屈したら、警察は犯罪組織と変わらなくなる」

思いを込めて葛木は言った。大原も傍らで大きく頷く。

「どうやら負けられない勝負になってきたな。あんたの言ったこと、単なる憶測とは言えない。現にそのときと同じというより、もっと卑劣なやり方で、連中は西村を抹殺しようとしているんだから」

5

正午を過ぎても署長からは連絡がない。一課長はあれからすぐに警視庁に戻り、本部のお偉方と直談判しているはずだが、向こうは中里の汚い作戦に魅力を感じているということか。

SATの狙撃チームはすでにマンションの屋上で待機していて、ついさきほど、中里がそこに合流したという連絡が池田から入ってきた。

独断で狙撃の指令を出されたら目も当てられないので、池田は彼らの動向を監視するために、山井《やまい》と若宮《わかみや》の二名の若手刑事とともに周辺に張り込んでいる。

本来は味方であるはずのSATの監視に人手を割《さ》かなければならないというのは皮肉な話だが、いまはまさに彼らの存在こそが、事件解決の最大の障害になろうとしている。

署長も辛い立場に立たされているようだ。午後一時から二時までの帰宅をすでに住民と約束してしまった。それを撤回すれば不信を招く。

中里が思惑どおりその時間内に狙撃を決行したら、その結果の如何《いかん》を問わず、住民は自分たちがおとりとして利用されたことに気づくだろう。そのとき一身に責めを負うのは自分であって桜田門ではないと署長は戦々恐々のようだ。

俊史からは先ほど連絡があって、休暇に入っているはずの長官と審議官たちが急遽、出庁してきたという。そちらはそちらで長官官房の一室で秘密会議に入っているらしい。

事件の性質から考えればそうした対応が不自然ではないが、妙にこそこそ動いているのが逆に怪しいと俊史は言う。

マスコミに感づかれないように全員が裏口から入ってきたとのことで、俊史もお付き合いで出庁させられた長官官房の同輩のぼやきを聞いて初めて知ったらしい。

もし狙撃決行なら、アパート周辺を警備している警官たちはもとより、葛木たちも待避しなければ危険だ。そのタイミングを誤れば死傷者さえ出かねないから、池田たちによるSATの監視は重要だ。

予定していた時刻が迫るにしたがって苛立ちが募る。捜査一課長といえども桜田門の本部では多勢に無勢で、中里の無謀なアイデアを支持する連中に押し切られているのではないかと不安が募る。

その場合、葛木は西村に警告を与えようと腹を固めている。いかにハイテクの遠赤外線スコープでも、風呂場のように捕捉できない場所はあるはずで、そこに退避させれば狙撃を免れることは可能だろう。

むろん署長にも一課長にも言っていない。狙撃プランが実行に移されれば、それは職務命令に背く行為になる。そのこと自体は怖れないが、問題はそれに対する西村の反応だ。

そんなプランを考えた警察への不信は拭いがたいものになるだろう。それは葛木に対しても同様で、ここまでなんとか繋いできた西村からの信頼が一気に崩れる惧れがある。西村が葛木との連絡を絶てば、根気よく説得して投降を促すというこちらの作戦は不可能になる。

これまでの交渉における言動から、西村はなにごとにおいても筋を曲げない人間だと川北は分析する。こちらが約束を守る限り信義を通すが、ひとたび破られればそれを許しはしないだろうと言う。

そのとき西村がよりエスカレートしたかたちで挑戦してくるのか、あるいは予告どおり人質を巻き添えにして自爆をはかるのか、自分のプロファイリングの知識を総動員しても読めないと川北は言う。

そんな事態を招くことは葛木たちにとって致命的な敗北でしかないが、桜田門の連中にとっては、それによって引き起こされるあらゆるマイナス面を考慮してもメリットがあるということだ。

「こちらとしては、一課長がその馬鹿げた作戦をなんとか止めてくれることを願うしかないですよ」

川北は天を仰ぐ。それさえ食い止められれば、彼らはＳＩＴによる突入作戦の準備に入るという。

室内の間取りや突入ルートに想定している窓の強度の確認、西村が設置したウェブカメラの機種の特定。ベランダに達するルートとして隣戸の室内を通過する許可も住人から得なければならない。それには最短でも丸一日は要するだろう。

そのあいだ葛木は極力西村との接触を試み、緊張を和らげ、考えを改めるように説得する。突入作戦はあくまで最後の切り札で、説得によって投降させられればそれに越したことはない。

むろん彼らにとっては命がけの仕事になる。しかしそれを怖れてSITが存在する価値はないと川北は言う。

「SITに所属してよかったと思える仕事をしたいんです。それは箕田をはじめ、うちの隊員全員の思いです」

川北は誇らしげに箕田を振り向いた。箕田もすっきりとした顔で頷く。胸にしまい込んでいたものを吐き出して、腹が据わった様子が窺える。

そのとき大原の携帯が鳴った。慌てて耳に当てて応答し、真剣な表情で話に聞き入るうちに、しだいに表情が和らいできた。

どうやら朗報らしい。葛木も緊張が解けるのを覚えた。通話を終え、大原は明るい表情で顔を上げた。

「渋井さんの説得が成功したようだ。住民が戻っているあいだは狙撃は行わないとの確約を取り付けた。一時帰宅は予定どおり実施する。これから署長が直接公民館に出向いて説明するそうだ。一時ちょうどに公民館を出て、警官の誘導で自宅に戻る」

「それはよかった。難関を一つ切り抜けましたよ」

葛木は覚えず声を上げた。川北も腕時計を覗いて笑みを浮かべる。

「予定の時間まで三十分でした。ぎりぎりセーフですよ。これで住民も落ち着いてくれるでしょう」

「そうだよ。地元の信頼を裏切るのはこういうケースでは最悪の選択だ。こちらが約束を守れば、住民も協力してくれる。これは警察を守るための闘いじゃない。人質も含め、地域住民の生命財産を守るための闘いなんだ」

大原の言うことが腑に落ちる。いまこそ所轄の心意気を見せるときだ。

こんどは葛木の携帯が鳴った。西村からかと思ってディスプレイを覗くと、狙撃ポイントのマンションを監視している池田からだった。

「SATの動きが慌ただしいんですよ。どうも狙撃の準備に入っているようです」

その声がただならぬ緊張を帯びている。葛木は署長からの連絡の内容を伝えたが、池田は手放しで喜ばない。

「信用していいんですかね。中里先生、ひょっとしてまた汚い手を思いついたんじゃないですか」

「どういうことだ」

「退避先の公民館から現場まで、近いといっても徒歩で七、八分はかかりますからね。その時間差を利用して狙撃を試みるんじゃないですか」

「まさか。桜田門の決定を無視してか？」

「やりかねない人ですよ。いまのうちに真意を確認して、その気なら上を動かして止めさせないと、大変なことになりますよ」

日ごろは剛胆な池田の声が震えを帯びていた。

第八章

1

「そういう指示は確かに聞いてるよ」

中里は悪びれる様子もない。

池田の報告を受けて、大原がじかに電話を入れたところだった。使っている携帯はスピーカーホンに切り替えてある。

「だったらどうして狙撃準備を進めているんです。それじゃ西村との約束も住民との約束も反故になる」

大原は構わず突っ込んだ。それでも中里は動じない。

「狙撃という選択肢そのものが消えたわけじゃない。状況はつねに流動的だ。突発的な事態に備えて絶えず準備をしておくのは、現場指揮官として当然の責務じゃないのかね」

「住民が帰宅するまでの何分間かの空白を突いて狙撃を実行されたらえらいことになるんでね」

大原はずばりと踏み込んでいく。中里は本音を隠さない。

「それも可能性としてなくはない。私が聞いているのは、住民が一時帰宅している最中に狙撃はするなということで、住民がいないときまで禁じられているわけじゃない」

「そりゃとんでもない屁理屈だ。こちらが西村と約束したのは午後一時から二時までのあいだだ。そのタイミングで狙撃して、もし失敗したらどういう惨事が引き起こされるかわからない」

「SATの隊長の話では、いまはほとんど風がなくて弾道が狂う惧れがないそうだ。最先端の遠赤外線スコープで窓越しの西村の動きも捉えている。ここでやらなきゃ警察の怠慢というもんだよ」

「だったら絶対に一発で仕留められると言えるのかね」

「なあ、大原さん。小学生じゃあるまいし、この世の中に絶対と言い切れることがあると思うのか。絶対の保証がないとなにも出来ないんなら、おれたちにやれる仕事はない。どんなテロ事件や人質事件でも、ただ指を咥えて見ているしかない」

中里は厳しいところを突いてくる。たしかにそういう理屈なら横断歩道だって安心して渡れない。しかしこの状況ではお説ごもっともと受けとれる話ではない。大原は反論する。

「揚げ足とりをするんじゃないよ。仕留められなかった場合のリスクを言ってるんだ。その場合、人質の命は守れるのか。自爆されたら人質どころか、警備に動員されている警官にだって死傷者が出る。周辺の家屋も吹き飛ぶだろう。それだけの犠牲を払ってまで西村を殺害したがっているおたくたちの真意を聞きたいんだよ」

「だったらあんたたちに対案があるのか」

「これまで言っているとおりだよ。まだまだ説得工作は序の口だ。人質を無事に救出し、西村も生きたまま身柄を拘束する。そのために努力する余地はいくらでもある」

「忘れてもらっちゃ困る。西村は警察という公の機関を標的にしたテロリストだ。国家の敵と交渉する余地はないというのが我々警備警察の考え方だ」

「犯行の背景をしっかり把握することが再発防止のうえでいちばん重要なんじゃないのか。西村の背後になんらかの組織的な勢力が存在するとしたら、それをみすみす取り逃がすことになる」

「その心配はないよ。本庁の公安の目は節穴じゃない。西村の背後に組織的なものはない。そういう情報収集力に関しては、おたくたち刑事警察とは雲泥の差があってね」

中里は得々とした調子だが、その点は葛木も同感だ。むしろ個人的な動機だからこそ、彼らは西村を怖れているとしか考えられない。大原もそこを突いていく。

「背後関係がないんなら、どうしてそこまで急いで強硬手段に出る？　狙撃という選択肢を必ずしも排除するわけじゃないが、それはあくまで最後の一手だろう」

「そうやって腰の退けたところを見せれば相手は図に乗ってくる。叩けるときに叩かなきゃ、あとで後悔することになる」

「そもそも西村はまだ具体的な要求を出していない。もうすこし出方を見てから判断してもこちらは困るわけじゃない。それとも我々とは情報収集力で雲泥の差があるという公安のみなさんが、おたくたちにとって表沙汰になるとまずいような材料を西村が握っているとみているわけか」

「そうやってあんたたちは痛くもない腹を探ろうとする。けちな犯罪を飯の種にしている刑事警察にとっては下種の勘ぐりも商売道具の一つかもしれないが、我々は国の存亡に関わる大事を扱っている。そもそもの視点が違うんだ。西村のような危険なごみは可及的速やかに取り除く。それが警備・公安警察の崇高な使命なんでね」

「だったら勝手にやれと言いたいところだが、我々地域警察の崇高な使命は、地元住民の生命財産を守ることだよ。それをなおざりにして国家の存亡がどうのこうのという御託に付き合わされたんじゃ堪らない。だいたいあんたたちのそういう上から見下す物言いがかねがね気に入らなかった。おれたち所轄の持ち場にしゃしゃり出てきて、あくまで無理を押し通そうというんなら、こっちにだって考えがある」

大原は啖呵《たんか》を切った。中里も退く気配は見せない。

「いくら偉そうに言っても、捜査本部が立ち上がっている以上、現場の指揮権は本庁サイドにある。あんたたちは上からの指令どおりに動けばいい。それがこういう場合の決まりごとだろう」

「だったらそっちも上が決めたことに従う義務があるだろう。午後一時から二時の間は西村との約束に従ってSATは手を出さない。そういう指示が出ていると聞いている。それを現場権限で無視していいというのがご高説のようだが」

「無視するわけじゃない。ものごとには解釈の幅がある。おれが言っているのはその許容範囲内での話だよ」

「拡大解釈もいいとこだ。西村がこちらの要求に応諾した以上、その一時間のあいだは差し迫った危険がない。それでも犯人射殺という暴挙に出るなら、あんたを特別公務員暴行陵虐致死罪で逮捕する。もちろん隊長を含むSATの隊員も同罪だ。それについては所轄の権限に属する事案だからな」

「なあ、大原さん。人質を取り、大量の爆発物を抱えたテロリストを狙撃するのは、いまや世界的にも常識的な対応だ。あんたごときがそんなお題目をいくら唱えても、検察はおろか世論も味方なんかしやしない。逆にここで甘い対応を見せたら真似をするやつがどんどん出てくる。気に入らないことがあったら爆弾を抱えて籠城すればいいという風潮が世間に蔓延したら、この国は暴力が幅を利かせる無法国家に成り下がる」

込み入った事情を知らない第三者が聞けば、中里の言い分に理があると思うかもしれない。大原はいきり立つ。

「ああ、特別公務員暴行陵虐致死罪なんて甘すぎるとおれも感じているよ。だったらこういうのはどうだ。あんたたちが狙撃に失敗し、その結果西村が自爆して巻き添えで人質が死ぬようなことがあったら、間違いなく未必の故意による殺人だ。その場合おれは辞表を書いたうえで検察に告発するからな」

「それは心配ないよ。SATの実力は折り紙付きだ。初弾で無力化するのはわけもないと隊長も言ってるよ」

中里は自信満々の口ぶりだ。川北と箕田が首を傾げる。中里のシナリオどおりことが進む可能性については二人とも懐疑的で、SAT狙撃班隊長の沢木も必ずしも自信がある口ぶりではなかった。いまの言葉は明らかに中里の三味線だ。大原の脅しを柳に風と受け流しているのは、そういうことに対しても上からの圧力で潰せる自信があるからだろう。

「あんたと話しても埒があかない。こっちのルートで本部に話を上げる。その前に勝手な行動に走ったらただじゃおかないよ」

大原は鋭く言って通話を切り、葛木たちを振り向いた。

「約束の一時まであと二十分だ。とにかく署長に事情を知らせよう。問題は一時帰宅を予定どおり実施するかどうかだ」

大原は忙しなくダイヤルボタンをプッシュする。署長はすぐに出たようで、簡潔に事情を説明し、相手の言葉に耳を傾け、よろしくお願いしますと応じて通話を切った。

「ついさっき公民館に着いて帰宅の段取りを住民に説明するところだったそうだ。急いで本庁と連絡をとって真意を確認してくれる」

「署長の考えは？」

葛木は問いかけた。大原は困惑を隠さない。

「頭が破裂しそうだろうよ。一時帰宅は見合わせざるを得ない。そうなると、中里がもしぎりぎりで思いとどまったとしても、住民が帰宅しないのを見て西村は自分が騙されたと解釈するだろう。それが新たな危険を誘発することにもなりかねない。かといって予定どおり住民を帰宅させれば、敢えて危険にさらすことにしかならない」

「現場にいるうちの署員だって退避させないわけにはいかないでしょう。もちろん我々も同様です」

「西村は当然それに気づくだろう。罠に嵌められたと解釈されてもこちらは弁解のしようがない」

大原は重いため息を吐く。事態はなんとも厄介だ。本庁サイドが中里の作戦にストップをかけてくれない場合、ほぼすべてを満たす解があるとすれば狙撃の成功だけだ。

西村が葛木を信頼しきって、午後一時を過ぎたころに隙をみせる可能性がなくはない。

そのとき狙撃に成功する可能性もゼロではない。汚いやり方なのは間違いないし、失敗した場合のリスクも甚大だが、もし成功すれば人的、物的被害を最小限に食い止めて事件を解決するもっともシンプルな答えとも言える。

「やるからには絶対に成功してもらうしかないでしょう。失敗したら取り返しのつかないことになる。まさしく退路を断つ作戦です。しかし中里さんにそういう自覚があるとはどうしても思えない」

不信感を露わに葛木は言った。川北は頷く。

「ロシアンルーレット以上に危険な賭けですよ。六連発の回転式拳銃に一発だけ実弾が込められているんじゃない。その逆で五発の弾が込められて、空の薬室は一つだけというくらい危険だとみるべきでしょう」

「やはり正気の沙汰じゃない？」

「確信犯だとしたら、テロリスト以上に危険な発想です」

川北は怖気をふるう。そのとき大原の携帯が鳴った。大原は慌てて耳に当て、ややかしこまった調子で応答する。署長からのようだ。深刻な顔でしばらく話を続け、いくらか安心した様子で大原は振り向いた。

「警備部長に確認してもらったそうだ。そういう話は中里のほうから上がっていないし、この件に関しては当初の方針どおりで、時間差を利用しての狙撃など言語道断だと言っている」

「だったらそっちのラインから中里さんに釘を刺してもらえるんですね」

「すぐ連絡を入れるとのことだ。住民の一時帰宅は予定どおり進めるようにという指示だそうだ」

「それなら一安心です。どうやら中里さんの勇み足だったようですね」

葛木もようやく緊張が解けた。しかし川北はまだ不安げだ。

「そもそも上に話を上げもしないで現場判断でやろうとしていたんだとしたら、まだまだ油断は出来ませんよ」

「独断でそれが出来るほど、あの人に度胸があるかね」

大原が訝しげに問いかけると、深刻な顔つきで川北は応じる。

「度胸というより異常な執念を感じます。警備・公安と刑事の考え方の違いだけじゃ割り切れない」

「例えばどういう？」

葛木は身を乗り出した。言葉を選ぶように川北は続ける。

「西村の標的が中里さん個人、もしくは中里さんにとってきわめて重要な意味を持つ人物なのかもしれません」

「そのことがわかっているから、中里さんに西村を殺害したい動機があるということですいんですか」

「ええ。単なる直感に過ぎませんが、そうでも考えないと、彼の一連の動きが納得いかないんです」

「警備・公安は上意下達が徹底していると聞いています。警備部長の意向に逆らってまで、個人的な動機で動けるでしょうか」

「そのさらに上にいる誰かと密接な関係があるとしたら――」

川北は声を落とす。言いたいことはおおむね読める。俊史が監察のデータベースで見つけたという、西村の犯人射殺事件と現参議院議員で官房副長官の三田村和彦との関係を示すメモ――。しかし俊史の話からは、中里と三田村の繋がりまでは明らかになっていない。

「そこを調べる手はないもんかな」

大原が水を向けてくる。この切羽詰まった状況で、葛木たちが中里の身辺を洗っている時間はない。頼りになるのは俊史ということになるが、まだ若輩で警察庁内での基盤はそれほど強いわけではない。迂闊《うかつ》に情報を漁って歩けば地雷を踏むこともあるだろう。とはいえ川北の危惧は当たっていそうで、そのあたりの見通しが立てば西村の説得も有利に運べるし、今後も予断を許さない中里の危険な動きも未然に封じられるかもしれない。

「息子に相談してみましょう」

そう言って葛木は携帯を手にとった。なんとか頼むというように大原は顔の前で手を合わせた。

2

「わかったよ。ＳＩＴの隊長さんの勘は当たっているかもしれない。三田村和彦官房副長官と中里富雄管理官の繋がりをチェックすればいいんだろう」

　中里の危険な企てにとりあえずストップをかけた話を伝え、川北の考えを説明すると、俊史は躊躇なく請け合った。

「そっちで調べはつくのか」

「全国の警察本部と警察庁の人事記録はデータベース化されていて、重要機密扱いでもないから、おれでもアクセス出来るんだよ。ただし調べがつくのは職務に関係した繋がりだけで、プライベートな交際までは無理だけどね」

「とりあえずそれだけでも上等だ。今回の事案に関しては警視庁が総掛かりで動いているという印象が強い。繋がりがあるとしたら警察組織内部での付き合いと考えたほうが落ち着きがいい」

「しかし油断も隙もないね、その中里という人は」

　俊史も呆れた様子だが、とりあえず警備部長の判断が一線を踏み越えないものだった点には安心したようだ。葛木は言った。

「ああ。単なる現場指揮官かと思っていたんだが、ひょっとすると想像を超える大狸かもしれないな」

「いずれにしても、その人の思いどおりにはさせられないね。背後に見逃しちゃいけない黒々したものがあるのはおそらく間違いないよ。場合によっては上の人とも接触してみようと思う」

「上の人というと、勝沼《かつぬま》さんか」

「ああ。どうもこの件にはタッチしていないようなんだけど」

警察庁刑事局長の勝沼巌《いわお》は、俊史の大学の先輩に当たり、ゼミの担当が同じ教授だったため、その縁で親しくしてもらっている。刑事畑一筋のキャリアとしては異例の出世で、いまや長官もしくは警視総監の椅子を窺う位置に付けていると噂されているらしい。

気さくで闊達《かったつ》な性格で、出身ゼミの親睦会で俊史と意気投合し、以来、年齢と階級の隔たりを超えた付き合いが続いているようだ。キャリアの出世に上との人脈は重要で、勝沼の引きで俊史の未来も明るくなると、そんな話を聞いたときは親馬鹿心理が働いたものだが、俊史はそういうことにさして興味があるふうでもなく、あくまで敬愛する先輩としての付き合いを大事にしている。

「長官官房で上層部が秘密会議を開いているという話だったが」

怪訝《けげん》な思いで問いかけると、俊史は当然だというように答えを返す。

「こちらも警視庁サイドと似たような流れになっているようでね、いま長官官房に集まっているのはほとんど警備・公安の関係者なんだよ。取り仕切っているのは警備局長で、そもそもが年末年始の休暇中の非常招集だから、露骨とも言っていいくらい刑事局外しに走っているよ」

「勝沼さんは自宅なのか」

「そうらしい。刑事局は待機番の職員がちらほらいるくらいで、ほとんど完全休業中だよ」

「これだけの事件が起きているのに？」

「というより、この事件はあくまで警視庁の所管で、警察庁には建前上、各都道府県警察レベルの事件への捜査指揮権はないから、刑事局の対応がとくに異常というわけじゃない。いまやっている会議にしても表向きは存在しないことになっているんだしね」

「年末年始の休暇をいい隠れ蓑にして、警備・公安関係者だけで秘密の会合をもっているというわけだ。いったいなんの相談をしているんだか」

「まだ西村からは、この国の警察の屋台骨を揺るがすような要求が出ているわけじゃない。爆発物の件にしても、とりあえず近隣住民の安全は確保されている。そういう意味ではいまのところ警視庁所管の一事件に過ぎない。対応を考えるにしても担当部局レベルで十分なはずで、長官自ら動くというのが異例と言えば異例だね」

「中里管理官とごく一部の勢力の独走というわけでもなさそうだな」

「いや、外れていないような気がするよ。ただしその場合のごく一部の勢力というのが、長官まで巻き込むほどの実力を持っているということじゃないのかな。そうなると、やはり三田村官房副長官の線が匂ってくるね」

俊史は興味を隠さない。葛木は確認した。

「勝沼さんは、そのあたりの事情には鼻が利きそうなのか」

「政治家との結びつきが強いのは公安で、刑事部門一筋の勝沼さんにはそっち方面の人脈はないと思うけど、逆にそれだから安心して話ができる。三田村さんくらいの大物政治家が絡んでいれば、いくら警備・公安の秘密主義が徹底していても匂いくらいは漂ってくるはずだから。警察トップの座を争うくらいの地位になると、ライバル同士は熾烈な情報戦を繰り広げているというからね」

「しかし上の役所の刑事局長が蚊帳の外に置かれているというのも不安なところだな。警視庁のほうでも渋井捜査一課長が一人で踏ん張ってくれている状況で、ちょっと気を緩めると警備・公安の連中に押し込まれそうな気配だよ」

「おれが表立って動けないのがつらいけどね。親父の話を聞くにつけ、現場が懐かしくなってくるよ」

俊史は無念そうに言う。現場と警察庁を交互に行き来しながら出世の階段を上っていくのがキャリアの宿命だ。そこはもちろんわかっているだろうが、昨年まで捜査一課の管理官として警視庁に出向し、捜査の現場に身を置いて、ひょんな成り行きで葛木と二つの事件を解決した。

以来、現場で仕事をするのが病みつきになってしまったようで、ときおり家に立ち寄っては、警視庁採用のノンキャリアの道を選んだほうがよかったかもしれないと愚痴をこぼす。

そんなとき贅沢な不満だと葛木は言ってやる。三十年余り奉職して親父はやっと警部補なのに、息子のほうはすでに警視。あと何年かすれば警視正で、大半のノンキャリアにとってはそこまでの出世だけでも見果てぬ夢だ。

もしノンキャリアで奉職していたら、俊史はせいぜい頑張ったところでまだ巡査部長。それも当分は下働きで、池田のように捜査の主力を担う刑事になるまで十数年の修業が必要なのだと――。

とはいえ現場担当の管理官として生き生き仕事をしていた俊史を見ながら、葛木自身もふと思ったことがある。刑事の親父に憧れてキャリア警察官になった俊史が、じつは意外に刑事に向いていたのではないのかと。そんな思いを胸にしまい込み、葛木は言った。

「歯痒《はがゆ》いかもしれないが、警察は現場だけで成り立つ組織じゃない。いまおまえがやっているような仕事があってこそ、現場も円滑に動くわけだから」

「そうだね。キャリアとしてやらなきゃいけない仕事はこれからいくらでも出てきそうだね。例えば今回のようなとんでもない方針を打ち出す組織の歪んだ体質をなんとかしなくちゃ。それをやっているのもキャリアなら、それを改めるのもキャリアにしか出来ない仕事だから」

納得したように俊史は言う。あるいは今回の事件の根っこは、警察庁の奥の院を経由して、さらに政界という葛木のような末端の刑事の手に負えない世界にまで伸びているかもしれない。そのとき頼りに出来るのはおそらく俊史だけだろう。人脈といっても勝沼局長との個人的な付き合いくらいだが、それでもいざという場合は大きな手蔓《てづる》になりそうだ。

「ああ。おれたちは現場で全力を尽くす。しかしそれだけじゃ手に負えない方向にことが進んでいった場合、いろいろ頼むことが出てきそうだよ」

「遠慮しないで言って欲しいね。いまの職場は退屈に耐える力を養うトレーニング場のようなところでね。キャリアにとってはそれも必須の能力かもしれないけど、税金の本来あるべき使い道を逸脱しているのは間違いないから」

「うまいことを言うな。ただし極力慎重にやってくれよ。税金の本来あるべき使い道を逸脱するのが役所というところの抜きがたい風潮でもあるからな」

「そこは抜かりなくやるよ。長官官房で怪しげな会議をやっている連中を除けば、庁内はほとんど完全休業だから、内緒の調べごとにはうってつけでね。勝沼さんには年末の挨拶を兼ねて電話を入れてみるよ。刑事局長という立場上、西村の事件が気にならないはずはないんだけど、いまは情報過疎の状態に置かれているのは間違いないから、話を持ち掛ければ乗ってくるのは間違いないよ」

俊史は確信ありげに請け合った。

3

俊史との通話中に大原の携帯に池田から連絡が入った。ＳＡＴはいったん狙撃態勢を解除したらしい。それでも信用はできないから、池田たちはマンションの近辺でしばらく監視を続けるという。

警察が警察を監視しなければならない状況はいかにも異常だが、中里の腹の底がいまも読めない以上、その判断は適切だろう。大原はすぐに署長に電話を入れて、一時帰宅の準備を始めてくれるように要請した。

署長は、少し早めに公民館を出て、住民が午後一時ちょうどにこちらに着くようにするという。それなら中里の奇襲作戦も封じられる。中里にはすでにその旨を通報してあるとのことだった。

「普段は気が利かない人だと思っていたが、こういう状況になると、どうしてなかなか抜け目がないよ」

感心したように大原が言う。葛木は確認した。

「じゃあ、こちらの状況を西村に伝えておいたほうがいいですね」

「そうしてくれるように署長も言っていた。念を押す意味もあるし、向こうの動向を探っておく必要もある」

大原は頷く。川北も賛意を示す。

「それがいいでしょう。今回の約束がお互いに守られれば、それは信頼醸成の意味でも貴重です。こういう場合、犯人がいちばん必要としているのがそこなんです。自分の味方とまでは言えないにしても、信じるに足る人物がこちらにいるかどうかで、交渉の流れは大きく変わります。いま西村がいちばん困るのは、葛木さんに裏切られることなんです」

「わかりました。これをいい材料として使うことが、今後の交渉に有利に働くということですね」

「そう思います。不審に思われない範囲で誠意を強調してください」

川北の言葉に背中を押されるように、葛木は西村の携帯を呼び出した。連絡があるのを予期していたように、西村はすぐに応答した。

「ああ、葛木さん。こちらから電話を入れようと思っていたところです。住民の皆さんの帰宅の手筈《てはず》は整っていますか」

葛木はスピーカーホンに切り替えた。西村の声に剣呑《けんのん》な気配はない。むしろ川北が言うところのこちらへの信頼のようなものを感じる。葛木も誠意のこもった調子で応じた。

「一時ちょうどに到着する予定になっている。あと五分ほどだな。住民のみなさんも喜んでいる。要望に応じてくれて感謝しているよ」

「罠かもしれないとも考えたんですがね。こちらが油断したところを狙撃するという手もありますから。でも葛木さんを信じることにしたんです」

その読みが間一髪で当たるところだったとは口が裂けても言えない。努めて平静に葛木は応じた。

「警察側もできる限り穏便な解決を望んでいる。そういう汚い手を使えば、どちらにとってもリスクが大きいからね。人質の女性は元気でいるのか」

「拘束はごく緩くしてあります。食事もちゃんとさせています。おれがつくる料理だから、美味いかどうかは保証の限りじゃありませんがね」

「それはけっこうなことだ。おれとしても、今回のことでは誰にも死んで欲しくない。もちろん君にもだよ」

「そこは今後のそちらの対応次第です。ＳＡＴの狙撃班が待機しているということは、おれを射殺して一件落着としたい連中もいるからでしょう」

「おれの面目にかけてもそうはさせない。それに君はすでにそれを知っているわけだし、かつてはSITに籍を置いた人間だ。対処する方法もわかっているだろう」

　鎌をかけるように言ってみると、西村はどこか乾いた笑いとともに応じた。

「二十四時間起きているわけにはいかないし、SATを舐めてもいませんよ。狙撃すること自体は簡単なはずです。運悪く急所に当たれば即死ということもあり得ます」

「おれたちはそれを惧れている。犯人を殺してしまうのは、刑事警察にとっては最悪の失態だからね」

「それだけじゃ済まないかもしれませんよ」

「というと？」

「おれの脈拍が十秒止まると、起爆する仕掛けになってます。もちろん手動でもできますがね」

　背筋をひやりとするものが走った。嘘か本当かわからないが、もし本当なら、中里の企てが成功したとしても結末は最悪のものになるはずだった。タイミングを一つ間違えば住民にも死傷者が出る可能性があった。

「本当なのか。いったいどういう仕掛けになっているんだ」

「市販の心拍計をちょっと改造したんです」

「君にはそういう知識があったのか？」

「そういうことに詳しい友人がいましてね。今回の計画のことは教えずに、親戚に心臓に疾患がある者がいるという話をして、心停止するとブザーが鳴るように改造してもらったんです。あとは簡単で、ブザーに繋がっている電線を起爆装置に繋ぎ替えただけです。手持ちの電気雷管を使って動作試験にも成功しています」

「その友達とは、どういう関係の人なんだ」

「それは言えません。幇助の容疑で逮捕されてもまずいので」

西村はしてやったりという口ぶりだ。しかしその話が真実かどうかは確認のしようがない。突然そんな話が出てきたところを見れば、思い付きのはったりという可能性もなくはない。

しかしもし本当だったら、中里の狙撃作戦に対しては強力な歯止めになるだろう。一方でその言葉を信じてこちらが萎縮すれば、川北が提案していたSITによる強襲作戦も難しくなる。どういう仕掛けになっているのか知らないが、突入のどさくさで心拍計が体から外れでもした場合、SITの隊員の命の保証はない。大原たちも複雑な表情で聞き入っている。

「さすがに元SITだ。やることにそつがないな」

率直な思いで葛木は言った。真相は闇のなかでも、西村が状況を支配するすべを知っているのは明らかだ。

「お褒めに与《あずか》って光栄です。べつに葛木さんを困らせようとしてのことじゃないんです。信じてもらえるかどうかは別として、警告は発したつもりです。葛木さんにはこれからいろいろお願いすることになりますので、これがお互いの信頼のベースになればと思っているんですが」

こちらの難しい立場を見透かしたような物言いだ。一途な思い込みで行動を起こす、良くも悪くも熱血派という印象が葛木のなかで大きく変わる。

こうなると、部屋に仕込んであるという爆薬にしても果たして本当かという疑問が生まれる。しかしもし嘘だとしても、いまの状況でそれを証明するすべはない。つまり西村の言葉だけでこちらは一種の金縛りに陥ることになる。そうだとしたら西村は並外れた策士だと言うしかない。

「信頼のベースになるかどうかはともかく、我々としては君の言葉を信じるしかない。警告してくれたことには感謝するよ」

穏やかな調子で葛木は言った。感謝するという言葉はある意味で真実だ。こちらがとり得る作戦の選択肢は狭まるが、西村を殺害してすべてを闇に葬ろうとする中里たちのシナリオはこれで破綻する。残る最悪のシナリオは今後の交渉が決裂して西村が自爆を敢行するケースだが、そこはまだ葛木の努力で回避する余地がある。

「それでは夕刻にこちらから電話を入れます。そろそろ次のステージに進まないと、みなさんを退屈させることになりますので」

　さりげない口調で西村は言って通話を切った。おそらくそこから先は自分がこの現場の最前線に立つことになる。肩にのしかかる重圧を感じながら葛木は大原たちを振り向いた。

「敵ながらあっぱれと言うしかないな」

　大原はお手上げだというように嘆息しながら、携帯を取り出してダイヤルボタンを押す。かけた先は署長のようだ。いちいちやり取りを報告するのが手間なのか、大原はそこでスピーカーホンに切り替えた。

「大原です。そちらはどんな塩梅ですか」

「ああ、警察車両に分乗してもらって、いまそちらに向かっている。あと五分ほどで着くよ。きっかり一時だな」

　署長は満足げな口ぶりだ。なにごとにつけ腰が重いと定評がある署長がわざわざこんな任務の陣頭指揮に乗り出したのが意外だが、捜査一課長と並ぶ現地本部の副本部長という立場からも、現場を牛耳る勢いの中里に対する対抗意識があるのだろう。

「じつは葛木君がその件をいま西村に伝えたところでして――」

　西村とのやり取りを大原が報告すると、一声唸って署長は応じた。

「だったら西村に絶対に手を出すなと、上からさらに念押ししてもらうしかないな。たとえ三味線を弾いているだけだとしても、西村という男、想像以上にクレバーだよ。なんとか真偽を確かめる方法はないもんかな」

「西村の敷鑑から、そういう分野に明るい知り合いがいるかどうか探るしかないでしょうが、いまは時間も人手も足りません」

「とにかくすぐに本庁の本部に連絡をしておこう。中里という男はどうにも信用できんから」

「そうして下さい。狙撃班の動きは池田たちが監視しています。もしおかしなことがあったら、あいつなら体を張ってでも止めるでしょう」

「ああ、この際だ。多少腕力を使うことになっても、おれのほうで握り潰すから。いますぐ本庁に連絡を入れるよ」

署長は腹を括った調子で言って通話を切った。

「どう思うね。西村の話？」

大原が問いかけると、川北は慎重に答える。

「この時点で唐突に出てきた話で、眉唾なところがなくもないですが、出まかせだと言って片づけるわけにはいかないでしょう。心拍計はスポーツ用品店でも薬局でも簡単に購入できるし、技術的には十分あり得る話です」

「そうなると、あんたが言っていた窓を破っての強襲作戦も難しくなるな」

「音響閃光弾《おんきょうせんこうだん》なら気絶することはあっても心停止に至ることはありません。そういう仕掛けになっているとしたら、誤爆の危険を避けるために体にしっかり固定していると思います。狙撃よりはるかに安全でしょう」

　川北は自信を示すが、一つ間違えば突入隊員全員が命を失う。それを思うと、やはり最後の手段と考えたい。

「来たようだね」

　窓の外に目をやって大原が言う。人員運搬用のマイクロバスが二台、アパート前の狭い道路に入ってきた。けさになって出動していた機動隊員が、バスから降りてきた住民たちを護るように防弾楯を構えて路上に列をつくる。

　住民たちも警察が貸与した防弾チョッキを身に着けている。人数は三十人ほどで、退避している全員ではなく、各家族から一、二名に絞り込んだようだった。

　地域課の警官たちが自宅に向かう住民たちに付き添っている。住民たちはやや憔悴した様子で、事件が長引けばまた不満が鬱積《うっせき》する惧れがある。

　そんな雰囲気を察した署長や地域課長からの指示だろう。現場の警官たちに横柄な態度は見られず、住民たちに精いっぱい気を遣っている様子が窺える。

　葛木たちは車を降りて、現場を指揮する署長の竹田と地域課長のところへ駆けつけた。署長は地域課長に現場の指揮を任せて、葛木たちを自分の公用車に誘った。他聞を憚《はばか》る話があるようだ。

車内に腰を落ち着けると、竹田はさっそく切り出した。

「桜田門の本部に連絡を入れたよ。出てきたのは警備部の理事官で、中里の直属の上司だ。事情はすぐに理解して、中里には厳重に釘を刺すとのことだった」

「それでとりあえず安心しました。これが西村とのやり取りです」

ＩＣレコーダーに録音していた西村と葛木の会話を大原が再生して聞かせると、竹田は唸った。

「母屋の連中にはとても聞かせられないな」

「ええ。すべてを聞かせたら、さぞかし頭に血が上るでしょう。もっとも葛木君が西村と交渉すること自体、表向きは禁じられていますんで、わざわざ報告する必要もないわけですが」

大原は投げやりな調子で言う。竹田は葛木に目を向けた。

「そうは言っても、けっきょくあんたに頼ることになりそうだな。なんとか穏便に着地させる算段はあるかね」

「努力はしてみますが、いまのところ情報戦では西村が上回っています。本人が言っている次のステージでどういう要求をしてくるのか。そこが読めないので、出たとこ勝負で行くしかありません。母屋の人たちは、西村の狙いについてなにか感づいているような気がしてならないんですが」

葛木はさりげなく探りを入れてみた。所轄と本庁を行ったり来たりして署長の地位まで上り詰めた竹田なら、それなりに勘が働くところもあるだろう。

「あんたが聞いたという誤射の噂は私も小耳に挟んだよ。真相は定かじゃないがね。大きな声じゃ言えないが、そういうことに蓋をする体質は警察には抜きがたくある。それに類することはほかにも何度か聞いてるよ。しかし今回のことはそれだけじゃ辻褄が合わん。もし本当なら西村は隠蔽工作のおかげで救われたわけだから」

竹田もそれ以上立ち入ったことは知らないようだ。箕田が言った故意の射殺という話はここでは出さないでおくことにした。いまの段階では憶測にすぎず、それが桜田門の上層部に伝わって、箕田に不利な力が働くことを惧れたこともあるが、今後予想される本庁の一部勢力と西村との二正面作戦を考えると、重要なところで決め球になりそうな気がしたからだ。代わりに別の角度から探りを入れてみた。

「私がわからないのは、中里管理官がどうしてあそこまで傍若無人に振る舞えるかなんです。背後に大きな力が控えてでもいるような気がするんですが」

「私も不思議に思ってたんだよ。警備や公安は序列意識が極めて強い。あんたたち刑事の現場では、階級よりも実力のある人間がリーダーシップをとることが珍しくないんだが、警備・公安であああいう横紙破りな男はあまりいない」

「署長はあの人と付き合ったことはおありですか」

「私は刑事と組対を行ったり来たりで、あっちの部署に籍を置いたことはないから、あの男のことはほとんど知らない。所轄で一緒になったこともない」

「そうですか。向こうとこっちのあいだは鉄のカーテンで仕切られていますからね」

葛木も頷くしかない。警察庁のキャリアの場合、警備・公安とその他の部署を行き来することが多少はあると聞いているが、各都道府県警レベルでは、彼らはほとんど別の組織だ。そもそも都道府県警の公安予算はほぼすべてが国費で賄われ、その他の部門はほとんどを地方予算に頼っている。自分たちを格上と見たがる彼らの思考パターンはそういうところにも由来するだろう。

「なんにせよ厄介な事件だよ。西村もほかの所轄でやってくれればよかったものを」

竹田は愚痴をこぼす。その気持ちはわからないでもないが、事件は注文どおりには起きてくれない。とはいえ今回の事件は特別だ。警視庁を標的にした立て籠もり事件というのはおそらく前代未聞だろう。

会社や個人がターゲットなら警察にも対応マニュアルがあり、それに則《のっと》った態勢で臨めるわけで、それを逸脱する作戦にはある意味でたががはめられている。

今回のようなケースに対するマニュアルがあるとは葛木も聞いたことがない。それをいいことにして、中里のように強引な作戦を主張する者も出てくるわけで、ここは西村の作戦勝ちで狙撃という選択肢は除外されたものの、別のかたちの横槍が入るだろうことは想像に難くない。

「西村が言う次のステージというのがお楽しみというところだな。母屋の偉い人たちにとって都合の悪い事実があるにしても、それが発覚して警察が倒産するわけじゃない。真面目にやっている警官が路頭に迷うようじゃ困るが、出世競争しか考えない上の役所の大物の首が二つ、三つ飛ぶくらい、我々にしてみりゃ痛くも痒くもない」

竹田は達観した口ぶりだ。ノンキャリアの彼にとっては警察署長まで上り詰めただけでも上等で、定年退職を控えた現在のいちばんの願望はうま味のある民間企業への天下り。そのためのパイプづくりには、母屋の人間に好かれるより、地元で味噌をつけないことのほうが大事なわけだろう。かといって交渉役の大任を一身に背負う葛木としては、母屋の動きのほうが気が重い。竹田は続ける。

「こうなったらじっくり交渉を進めることだよ。いまの録音を聞く限り、西村が危険な動きに走る気配は感じられない。こう言っちゃなんだが、心拍停止で爆発させる仕掛けというのは、三味線だろうがなんだろうが、こちらにとってはありがたい。死人も怪我人も出さずに落着させることが、所轄にとっては手柄だよ。母屋の連中にとっては痛手なのかもしれないが」

竹田は鷹揚に言ってのける。ある意味それはプレッシャーでもあるが、葛木たちが感じていたことが、あながち間違いではないというお墨付きでもあるだろう。

4

一時帰宅は無事に終えて、住民は公民館へ戻っていった。そのあいだも西村は窓とカーテンを閉ざしたままで、室内での動向はわからない。

夕刻には次のステージが始まるとの予告だったが、竹田とも相談した結果、そのことはやはり桜田門には通報しないことにした。今回の中里の動きもある。早手回しにまた怪しげな策謀を繰り出してこられたら、それが西村との円滑な交渉を防げるブレーキになるとの判断からだ。

どっちつかずかとみていた竹田が味方に加わってくれたことで、対本庁での劣勢が多少は挽回できた。渋井一課長も味方と考えていいだろう。さらに勝沼刑事局長がこちらについてくれれば、中里とその背後の黒幕を牽制するうえで大いに力になるはずだ。

時刻はいま午後一時半。西村が予告した夕刻というのが何時なのかは知らないが、いまは忙中閑ありといったところで、ふたたびＳＩＴの隊長車の会議室に戻り、コンビニ弁当で遅めの昼食を取り始めたところだった。

マスコミは連日事件の報道をしているようだが、こちらは忙しいのと混乱した情報が入るのを嫌ってテレビも新聞も見ていない。それは大方の刑事の習い性だ。マスコミが流す情報が、警察サイドによって操作されたものが大半で、そこに素人の評論家やコメンテーターの憶測が加わるから、現場のプロの目から見れば箸にも棒にもかからない代物だということをよく知っている。

しかし一般の読者や視聴者はそんな報道にしか接することができない。警視庁の上層部はたぶん報道協定を結んでいて、大手のマスコミからは事件の本質に関わるような情報は流れていないと思われるが、記者クラブに所属していない夕刊紙や週刊誌は、そうした協定に縛られない。

独自の取材で今回の事件の裏の部分を嗅ぎ付けられたら警察批判の急先鋒になることもあり得るわけで、そこをどう封じるか、桜田門の広報は頭を悩ませているところだろう。川北のこれまでの経験でも、西村ほど冷静な立て籠もり犯は初めてだという。普通は警察側の動きが気になって、あれやこれや要求をしてはこちらの反応を窺うものらしい。

西村の話からは、食糧や暖房用の灯油はかなりの量を備蓄していることが窺えるが、それ以上に、警察側が考えることはすべてお見通しだとでもいうように、こちらの動きに探りを入れるどころか、逆に情報操作を仕掛けているようにも受けとれる。

「伊達にSITにいたわけじゃないな。まともに警察官の道を歩んでいたら、優秀な刑事になれたかもしれないぞ」

大原が言う。似たような思いのようだ。そういうクレバーなところを含め、犯人である西村に妙にシンパシーが湧いてくるのが困ったところだ。

「練りに練られた計画のような気がします。どういう思惑があっての行動なのか、いまはまだわかりませんが、少なくとも彼が攻撃対象としている勢力に対しては、我々よりはるかに多くの情報を持っていそうです」

川北も感心したように言う。犯罪を取り締まるのが商売の警察内部に隠れ西村ファンが増えるのは困りものだが、そうさせているもう一つの理由が、桜田門に巣食っているらしい西村の標的と思しい人々の強引極まりない作戦だ。

「西村抹殺という作戦が封じられて連中も手を拱いているんじゃないの。ひょっとして、すべて西村の狂言《うが》ということは考えられないかね」

大原が穿ったことを言い出した。じつは葛木も内心でそんなことを考えていた。人質の女性はじつは協力者で、わざわざ拘束された写真を送ってきたのはこちらを欺くためだった。アンホ爆薬の材料を仕入れたことにしても、わざわざ現場近くの店で購入し、堂々と防犯カメラに映っている。

実際にはこれ見よがしに材料を購入しただけで、爆薬そのものはつくっていない可能性がある。しかしこちらにはそれを確認する手段がいまはない。心拍計の件にしてもなにやら話ができすぎている。

そうだとしたらとんでもないペテン師で、互いの信頼がどうのこうのと言っている裏で、見事に葛木を騙しおおせていることになる。だからといってそうした憶測のもとには行動できない。

ところがそういう可能性を疑ってみても不思議に怒りが湧いてこない。むしろ西村が人質や警備の警官に死者が出ることも辞さない冷酷な心の持ち主ではないことを願っている自分がいる。刑事として甘すぎると言われれば返す言葉はないが、そんな思いが打ち消しがたい。

先ほど竹田が言ったとおり、西村の計画が成功して、警察組織が抱えているなんらかの恥部が暴かれるなら、それは警察官という職業に誇りをもって日々努力している大半の警察官にとっても、血税で警察を養っている一般の市民にとっても結構なことで、都合の悪いことを隠している上の人間の首が飛んでも、大方の警察官にとっては痛くも痒くもない話なのだ。

「まさかとは思いますが、それもあり得ないことじゃないでしょう。そこが確認できれば、我々が強襲して、あっという間に西村を拘束できるんですがね」

川北もあらぬ願望を滲ませる。大原が葛木に話を振ってくる。

「そのあたり、あんたが探りを入れる手はないもんかな。ここまでのやり取りを聞く限り、あんたを信頼しているのは間違いない。うまく水を向ければ、ぽろりと本音を漏らすかもしれん」

「そうは甘くはないでしょう。本当にそこまでの策略家だとしたら、それを漏らせば計画が瓦解するくらい百も承知のはずですから」

葛木は慎重に応じた。ここから先の交渉はリスクの大きい綱渡りだ。一つ間違えれば対話の糸口を失いかねない。もしそんな方向に鎌をかけてみて、いま辛うじて繋がっている自分への信頼が断ち切れたとき、事件を安全に着地させる道筋はすべて失われる。

「葛木さんの意見に賛成です。西村はこれまで一度も葛木さんを疑うような言葉を口にしていない。先ほども言いましたが、私の観測だと、西村は信義というものをとことん重んじる性格です。自分に対して猜疑の目を向ける相手に対して、寛容だとはなかなか思えないんです」

「やつの言っていることが本当なら、手がつけられないことになりかねないわけだな」

大原も考え込む。いまこの状況で、希望的観測に基づく行動はやはり禁物だろう。歯痒い思いは禁じ得ないが、ここはじっくり腰を落ち着けて、西村との意思疎通を図っていくしか方法はなさそうだ。

西村がなにを明らかにしようとしているかはまだ定かではないが、そこに利己心や社会に対する憎悪のようなものを不思議に感じない。むしろ肩入れしたくなるような、ある意味で警察官にあるまじき感情をどうにも拭い去れない以上、それを事態打開の力に転ずるという発想もある。

ミイラ取りがミイラになるリスクを犯してでも相手の心情に敢えて寄り添っていくことで、逆に西村の心を動かせるかもしれない。母屋や上の役所の思惑がなんであれ、一人の死者も怪我人も出さず、西村を生かして投降させるのが現場の考え方として最良の結末だ。その過程で警察組織を陰で牛耳る一部の勢力にとって不都合な事実が暴露されたとしても、葛木たちが頓着することはなにもない。そう割り切ることこそが、まさに所轄魂の発露ではないか――。

そんな思いを裡《うち》に秘めながら、きっぱりとした口調で葛木は言った。

「西村が犯罪者なのは間違いないですが、だから殺せばいいという安易な考えには私は従えません。生きて逮捕して法の裁きを受けさせる。それが刑事捜査の本来の姿で、その原則を変える気はありません」

傍らで大原が大きく頷く。

「その通りだな。事件が突発的なところへ持ってきて、中里みたいな突拍子もないのがしゃしゃり出てきたもんだから、ついこっちも浮足立った。この事案に関して母屋の対応はいかにも変則的だが、おれたちがそれに引きずられる必要はない。一警察官としてやるべきことは、いま葛木君が言ったとおりだ。本来あるべき着地点に向かって信じる道を進むだけだな」

5

そんな話をしているところへ、俊史から電話が入った。

「親父。そっちの状況は？」

「ついさっき、一時帰宅が無事に済んでな――」

そこまでの経緯をざっと話して聞かせると、俊史は驚きを隠さない。

「なかなかやるじゃない、西村という男。嘘か本当かはともかく、クリーンヒットだよ、その心拍計の話」

「そういう言い方が適切かどうかは知らないが、白色テロまがいの強引な狙撃作戦を阻止できたという点では我々も助けられた。一つ間違えれば、ＳＡＴの銃弾一発で無辜《むこ》の死傷者を何人出すことになったかわからない」

「そうなっていたら、おれも親父も一生重荷を背負い込むことになっていたね」

「おれたちだけじゃない。まともな感覚を持っている警察官全員がだよ」

「竹田署長も頑張ってくれているじゃない。そんな思いを無駄にはしたくないよ」

「そうだな。中里管理官は別にして、現場に出ている全員が、生命の危険さえある状況で精いっぱいの努力を続けている。そういう真面目な警察官の顔に泥を塗るようなことは絶対にしたくないな」

　師走の寒空の下で不平ひとつもらさず任務に励む警官たちの姿を心に浮かべながら葛木は言った。思いを込めた調子で俊史も応じる。

「そのとおりだね。おれたちキャリアにできることなんてたかが知れている。地域で踏ん張ってくれている所轄の警官こそ、この国の警察の屋台骨だよ。ところで中里管理官の経歴なんだけど――」

「なにかわかったか」

　葛木は覚えず携帯を握り直した。俊史はわずかに声を弾ませた。

「三田村議員は警察庁在職中に麴町署の署長だった時期がある。いまから十五年くらい前だけど、その時期、中里氏は同じ麴町署の警備課に配属されていたんだよ。当時は巡査部長だった」

「そうか。しかし署長とそのクラスの捜査員じゃほとんど付き合いはなかっただろう。こっちの狙い目は外れたようだな」

　落胆気味に葛木が応じると、俊史は勢い込んだ。

「ところがそうでもないんだよ。そのときの警備課長が、三田村さんが本庁に戻ると同時に警視に昇進して、警察庁に配属されているんだよ」

「三田村さんの引きがあってか」

「おそらくそうだね。配属されたのが警備局の公安課で、そのときの公安課長が三田村さんだった」

「三田村氏と中里氏が直接繋がっているわけではないんだな」

「そこははっきりしたことは言えないんだけど、その翌年に、中里氏は警部補に昇任して、警視庁の公安課に異動している。さらにその二年後には警部に昇任した」

「キャリア並みのスピード出世だな」

「それもすべて選抜昇任だよ。一般昇任試験を受けてじゃない」

　警察官の昇任は原則的に一般昇任試験によることになっている。その試験は難関で、受験勉強にかなりの時間を費やさざるを得ない。それでは現場で実績を上げている優秀な人材が登用しにくいと新たに採用されたのが選抜昇任という方式で、所属長が優秀と認めた警察官をより負担の少ない試験のみで昇任させるものだ。

　しかしその建前とは裏腹に、じつは情実人事の温床になっているとも言われ、内輪ではゴマすり昇任の異名が定着している。

「警視への昇任はその三年後だね。こちらは試験じゃなく完全な抜擢人事だから、なんらかの引きがあったとしか考えられない」

「麴町署時代の警備課長の引きだと思うのか」

「谷岡元雄《たにおかもとお》という人だけど、やはりほかには考えにくい。その谷岡氏自身が警察庁に移動して二年後には警視正に昇任している。極めつけは、三田村さんが政界に転身した年だよ」

「なにがあったんだ」

「その谷岡氏も警察庁を辞めてね」

「どこかへ転職したのか」

「三田村議員の事務所に入った。いまは公設第一秘書をやっている」

「太い筋が一本見えてきたな」

ため息とともに葛木は言った。高揚した調子で俊史は応じる。

「決定的な材料とはまだ言えないけど、警視庁と警察上層部の不審な動きの意図を解明する上では大きなヒントになるかもしれないね。それで勝沼刑事局長なんだけど――」

「連絡が取れたのか」

「ああ。やはり今回の事件が相当気になっていたようで、警備局中心で秘密会議がもたれていることを教えてやったら不快感を隠さなかったよ」

「ここまでの現場の動きは教えたのか」

「報道されているのは表面的な事実だけだから、かなり驚いたようだった。あすは休暇を返上して出庁すると言うから、そのとき会って詳しい説明をすることにしたよ」

「そうか。味方がもう一人増えそうだな」

「そうなるといいね。親父はそっち方面と西村と、両方に神経を使わなくちゃいけないから大変だろうけど、おれのほうでやれることはすべてやるから」

俊史は意気軒昂に言って通話を終えた。話の内容を説明すると、大原は吐き捨てるように言った。

「中里があそこまででかい面ができる理由がいくらか読めてきたな。そういう連中が警察を私物化していると思うと堪らない。ますます西村に肩入れしたい気分になってくるよ」

そのときまた葛木の携帯が鳴った。ディスプレイを覗くと西村からの着信だ。次のステージの開始は夕刻のようなことを言っていたが、なにかの理由で早まったのか。スピーカーホンをセットして応答すると、どこか楽しげな西村の声が流れてきた。

「住民の皆さんの一時帰宅は無事に済みましたか」

「お陰さまでね。これからもお互いいいかたちで協力し合えればいいんだが」

「それはこちらも望むところです。それで少し時間が早まりましたが、いよいよ次のステージに入ろうと思いましてね」

どんな要求が飛び出すかと、内心緊張を覚えながら問い返す。

「なにをしてほしいというんだね」

落ち着き払った調子で西村は言った。

「具体的な要求はとくにありません。これから申し上げるＵＲＬにアクセスしていただければいいんです。おれが立ち上げたブログです。まずはその記事を読んでください。もちろん桜田門にいる偉い皆さんにもです。いまはアクセスが集中していて繋がりにくいかもしれません。今後もさらに増えそうなんで、ご連絡する時間を早めたんです。そのブログのURLは――」

第九章

1

川北は無線LANに接続したパソコンを立ち上げて、西村から聞いたURLを打ち込んだ。

西村が言っていたように、アクセスが集中しているのか接続にかなり時間がかかる。二度ほど接続不能のエラーが出てからようやく繋がった。

ブログのタイトルは「江東区立て籠もり事件の真実」、サブタイトルが「元SIT隊員の告白　第一弾」となっている。川北はそれをプリントアウトして葛木たちに手渡した。

本文は次のようなものだった。

世間をお騒がせしている西村です。

私の経歴については、警視庁が記者会見し、マスコミが報道した通りです。

ただし家宅捜索の際に被疑者の抵抗に遭い、正当防衛で射殺したという件については事実と違っています。

当時、警察が発表した内容とは異なり、死亡した被疑者の川島哲也は銃を所持していませんでした。

射殺したのは私です。報道されている事件の経緯のなかで、真実と言えるのはその一点だけです。あれは誤射で、警視庁上層部がＳＩＴの威信を保つためにその事実を隠蔽したという噂も一時警視庁内に流れました。しかしそれも事実とは異なります。

真相はこうです。私は命令を受けて川島を射殺したのです。

私がこう書いても、警視庁は当然否定するでしょう。それでは警察がやくざやマフィアと変わらない犯罪集団だと認めてしまうことになります。

白昼堂々、故意による殺人が行われたにも拘わらず、その事実を知るのはごく少数の現場警察官とそれを指示した警視庁および警察庁上層の一部の高官だけです。

今回こうした行動に出たのは、真実を明らかにするためにほかの手段が考えられなかったからです。私が真実を語ったとしてもたわごととして片づけられるでしょう。それなら警察自らに語らせるしかない。真実を語る以外に逃れようのない局面に追い込むしかない。

それが私の結論でした。

事件のあと、私は罪の呵責《かしゃく》に耐えられず、上司に自首を申し出ました。しかし一笑に付されました。存在しない犯罪に対する自首は警察としても受理のしようがないという理屈です。

自分がその証人だと主張しても、上司からは、だったら証拠を示せと言われたのです。しかし捜査機関そのものが関わった犯罪の証拠が、隠滅されずに残っているはずがありません。

私は警視庁および警察庁の誠実な対応を望んでいますが、もしその期待が裏切られるようなら、計画通り自爆します。そのとき人質の命はもちろんのこと、警備の警察官にも死傷者が出るし、周辺の家屋にも被害が及ぶでしょう。

そのことを警察はわかっています。わかったうえで私に自爆させるとしたら、彼らは二重の罪を犯すことになります。

もう一度繰り返します。私は上司の命令に従って人を射殺しました。いまは罪を償いたい気持ちでいっぱいです。しかしその手立てがほかにないのです。そして本来、罪を償うべきは警察組織そのものなのです。

この話の続きは、今後、警察がどんな対応をするか見極めるために第二弾としてとっておきます。一つだけヒントを申し上げるなら、私が射殺した川島哲也の縁故を洗えということです。

マスコミの皆さんがもし興味がおありなら調べる手立てはあるはずで、その結果、私が述べていることが根も葉もない話ではないことがわかるでしょう。

第一弾と称する告白文はそこで終わっていた。事件の真相に関して彼がどこまで把握しているのかは判然としない。

知っていて出し惜しみしているようにも受けとれるし、彼自身も知らない事実を警察自ら明らかにさせようという意図だとも受けとれる。

しかし上司の命令による故意の射殺という点に関しては箕田の考えと一致する。そして見逃せないのは川島哲也の縁故に言及している点だ。

事件当時、マスコミは正当防衛だという警察の発表を鵜呑みにしたのか、川島の縁戚関係や素性についてはほとんど取材しなかったようだし、そもそも事件そのものが世間の注目を集めなかった。

西村のブログに接続が困難なほどアクセスが集中している状況を考えれば、マスコミ関係者もすでに目を通している可能性が高いだろう。

さらにいまはツイッターやフェイスブックのような拡散性の高いツールがあるから、一般のネットユーザーも注目する。週刊誌や夕刊紙など、報道協定に縛られないメディアはこの機を逃さないだろう。そこで火が点けば警察は抑えようがない。

傍らで箕田がひとしきりスマホを操作して顔を上げる。

「すでにツイッターでこのブログのことが拡散しています。大変な勢いのようです」

「警視庁のウェブサイトの苦情受付窓口もパンクしているようです。市民からの投稿が殺到してるんでしょう」

川北も覗いていたパソコンの画面から振り向いた。

「ツイッターの反応はどんなふうなんだ」

大原の問いに、箕田は複雑な口ぶりで答える。

「西村を非難する声もないことはないですが、ごくわずかです。大半は警視庁自ら真相を明らかにしろというものです。西村を英雄視している意見すら見受けられます」

「予想もしない情報戦を仕掛けてきたな。ブログで意見を公表するのは犯罪じゃない。それに反応して世間が炎上しても警察はなにも出来ない。まさか騒乱罪を適用するわけにはいかないからな」

大原は天を仰ぐ。西村はほくそ笑んでいるだろう。これで西村を殺害するような強硬手段に出れば、世間はそれを彼が主張する故意の射殺という、かつての警察の犯罪行為と同列と見なすはずだ。

「本庁の連中はこういうことに疎いから、まだこの状況に気がついていないかもしれない。知らせてやったほうがいいだろう」

大原が言う。川北は頷いて携帯をとり、ダイヤルボタンを押した。かけた先はいまも本庁に張り付いたままのSIT担当管理官の落合だろう。

現地本部の管理官の座を中里に奪われて、本庁の本部では警備・公安の大物たちに押しまくられ、肩身の狭い思いをしているらしいと川北から聞いている。落合はすぐに応答したようだ。

「川北です。じつはいま大変な状況になっていまして――」

川北は事情を説明するが、相手はすぐに呑み込めないようだ。とにかくそのページを見て欲しいと苛立つように言ってから、URLを電子メールで送信した。五分も経たずに携帯が鳴った。通話を受けて、川北はスピーカーホンに切り替える。

「困ったことになったな。西村がこういう作戦に出ることを、あらかじめ察知できなかったのか」

こちらに責任転嫁したそうな口ぶりの落合に、川北は皮肉を滲ませる。

「西村と積極的に連絡をとることは禁じられていますので、情報把握の面ではどうしても後手に回りがちです」

「いずれにしても、これでますますSATの強行策はやりにくくなるな」

中里に牛耳られている現場の主導権を奪い返せるとでも思っているのか、落合の声音にはどこか嬉しそうな響きも混じる。

「かといってこの展開に対しては、我々にも対処のすべがありません。西村の言っていることは本当なんですか」

「まさか、本当なわけがないだろう。出まかせに決まっている」

「管理官は当時のことについてなにかお聞き及びで？」

「おれは殺人犯捜査のほうにいたから、なにも知らん」

「だったら、出まかせだと断定は出来ないんじゃないんですか」

川北は微妙なところを突いていく。落合は言い繕う。

「要するに常識のレベルで言ってるんだよ。人殺しを取り締まるのが商売の警察が、組織命令で人を殺すなんてことがあっていいはずがない」

真相を知って言っているのか本当に知らないのか、腹の内は読めないが、川北はけしかけるように話を進める。

「我々もそれを信じたい。そうなるとなおさら対応は慎重にしなくちゃいけません。万一西村に死なれたら、警視庁はこれからずっと払拭できない疑惑を引きずっていくことになりますから」

「ああ。生かして拘束して、あいつの話が出まかせだということを世間に納得させることが重要だ」

「もし本当なら、日本の警察にとって致命的な汚点です。そうじゃないことを信じたいんですが」

「なんにしても西村という男は侮りがたい。これから上の皆さんと相談する。それまで刺激的な動きはしないように」

「そうします。中里さんにもそこはしっかり言ってもらってください。勝手な判断で一線を踏み越えられたら取り返しのつかないことになりますから」

「もちろんだ。ことここに至ると、もうあいつのやりたい放題にはさせておけない。場合によっては上と談判して、現地本部の担当管理官をおれと交代させてもらうことも考えないと」

落合はいかにも強気な口を利く。優柔不断で上に靡《なび》きやすいという定評があるとはいえ、同じ管理官という立場で中里の下座に置かれている不満は鬱積していたのだろう。そこを抜け目なく煽っていく川北もなかなかしたたかだ。

追って連絡をするからと言って落合は通話を終えた。

「母屋のみなさん、さぞかし頭を悩ませていることだろうよ。西村が言っていることが嘘八百なら、そんなに悩むこともない。それを証明する証拠をすべて開示して、なんなら警視総監自ら記者会見に臨んで疑惑を払拭すればいい」

大原が言う。葛木は頷いて応じた。

「これで警視庁が思わぬ場外戦に巻き込まれるのは間違いないでしょう。状況は膠着しそうですが、当面、西村が主導権を握るのは間違いないと思います。例の心拍計を使った起爆装置の件が本当なら、西村射殺という選択肢には二重の歯止めがかかったわけですから」

「だからといって、おれたちも高みの見物というわけにはいかん。膠着状態が長引けば住民の不満は増すだろうしな」

大原の危惧も当たっている。ここまでの流れから考えて、本庁上層部が西村の仕掛けに対して早急に適切な対応ができるとは思えない。まごまごしていれば、西村は次の一手を打ってくるだろう。

そこでさらに新しい事実が暴露されるようなら、警視庁はいよいよ窮地に追い込まれる。そうなるとふたたび無謀な強行策が浮上しかねない。

事態を収拾する最良の選択肢は警視庁が西村が望む真実を開示することだが、そもそもそれがあり得ないから西村は立て籠もりという荒業に出ているわけなのだ。

「ここはやはり、我々が動くしかないと思います」

川北が身を乗り出す。葛木は慌てて問いかけた。

「落合管理官の許可がなければ動けないんじゃないですか」

「とりあえず準備は進めておきます。西村が設置したウェブカメラの機種は特定できました。これからメーカーに問い合わせて無線の周波数を確認します」

「妨害電波を出す手段は？」

「科捜研《かそうけん》にその分野の技術者がいるはずですから、その種の発信機ならすぐに用意してくれるでしょう。そのあたりの段取りが済んだら、落合管理官を説得します」

「上に弱いという噂ですが、動いてくれますかね」

「先ほど話した感触では、西村の射殺事件の真相はどうも知らないようです。だとしたら、我々の手で事態を収拾できれば、自分の手柄になると考えるでしょう」

「そうは言っても、西村の標的になっている連中は抵抗するんじゃないか。そいつらがいちばん困るのは、西村が逮捕されて、都合の悪いことを取り調べの場や法廷で喋られることだからね」

大原は悲観的な口ぶりだ。しかし川北はひるまない。

「もし上の許可が出ないようなら、我々も現場判断でやってしまうだけですよ。中里さんの狙撃プランの成功率は万に一つですが、こちらは失敗しない自信があります。西村が生きていると都合の悪い人たちを除けば、それが常識的にベストの解決で、非難される筋合いはありませんから」

川北の決断に葛木は胸を打たれた。西村の主張がもし真実だとしても、腐っているのは警察という組織のすべてではない。それを暴くのもまた警察官としての自分たちの仕事なのだ。

いま葛木たちにできる最良の決着の付け方が、川北が考えている強襲作戦かもしれない。西村の思惑とは異なる結果になるにせよ、桜田門や警察庁の一部の勢力が西村の死によって闇に葬ろうとしている真実は明らかにされなければならない。そのためには西村を生かして拘束しなければならず、その有力な選択肢として考慮する価値が大いにある。

葛木にできることがあるとしたら、自分への西村の信頼を逆手にとって隙をつくらせることかもしれない。たとえ西村を騙すかたちになるにせよ、それが自分にできる最善の仕事かもしれない――。

そんな考えを口にすると、大原は慎重な口ぶりで賛同した。

「そういう方策も考慮すべきだろうな。おれがみるに、警視庁のお偉方が西村の要求に応える可能性はまずあり得ない。一方の西村も、ここまで有利に駒を進めておいて、いまさら説得に応じて投降するとも思えない。ただし拙速は禁物だ」

葛木はもちろんだと応じた。

「私もそう思います。これから西村の情報発信が世論にどういう影響を及ぼすか、もうすこし事態を見極めてからでもいいかもしれません。川島哲也と三田村和彦官房副長官の関係にマスコミが気づいたとき、警視庁の上層部がどういう動きをするか。一縷《いちる》の望みを託す価値はあると思うんです」

「西村の第二弾というのも気になりますよ。警察官としてあるまじき態度かもしれませんが、我々にはできなかったことを、いま西村はやってのけようとしているのかもしれない。だったらもう少し推移を見極めてからでも遅くはないでしょう」

川北が慎重に言う。そこは葛木も興味深い。というより自分にとって本当の敵はどちらなのか、わからなくなりつつあるのが正直なところだ。

ブログでの西村の告白に対し、市民レベルから共感の声が上がっている。警察がそれを無視しようというのなら、西村の行動にも一定の道理があることになる。

2

夕刻になると、西村のブログの件はすでにネット社会だけのものではなくなり、マスコミも積極的に取り上げるようになった。

テレビのニュースでも大手新聞のウェブサイトでも大きなニュースとして扱われている。警察発表の情報がソースでなければ報道協定に縛られることもない。そこまで読んでの作戦なら、警察は西村に手玉にとられていると言っていい。

マスコミの取材に対して警視庁は、現在、情報の真偽を確認中と応じるだけで、内容についてはノーコメントを貫いているらしい。あのブログを開設したのが西村本人かどうかわからないという主張だが、それはいかにも胡散臭い。いまどきＩＰアドレスから運営者を特定するくらい警察にとってはわけもないはずだ。

西村が身元を特定されないように偽装している可能性も考えにくい。それではせっかくの告白に信憑性が与えられない。

警視庁が公序良俗に反するという理由でプロバイダーにブログの削除を求めることも考えられるが、そもそも現状ですでに大量のアクセスが殺到し、ブログはほとんどパンクしている状態だ。

一方でその内容はツイッターやフェイスブックで一気に拡散しており、ネット掲示板のまとめサイトには西村の告白の全文とそれに対する大量のコメントが掲載されていて、いまやネット社会全体が西村の件で炎上していると言っていい状態だ。

警視庁のウェブサイトもほとんど動かないが、それが一般市民からの大量アクセスによるものか、警視庁自らがアクセスを制限しているのかはわからない。

午後六時を過ぎたころ、俊史から電話が入った。

「なかなかやるじゃない、西村は」

「ああ。いまのところ、主導権を握っているのは向こうだ。警視庁のお偉方は、さぞかし対応に苦慮しているだろう。そっちの役所はどうなんだ」

「長官官房に集まっている人たちを除けば、どの部署も一見、平静なようだけど、ほとんどの連中がパソコンやスマホに釘づけだよ。かといっていまここで警察庁が本気で動き出せば、西村の主張にお墨付きを与えるようなことになりかねないからね」

「警視庁も沈静化を待つ作戦のようだが、例のヒントにはマスコミがすぐに反応するだろう」

「ああ、暴力団関係者に情報ルートを持っていれば、そこで答えを見つけられる可能性が高いね。マスコミは警察とは違うから、情報の信憑性にはそれほど拘らない。官房副長官は年末年始の休みもとれないことになりそうだね」

「というより、休暇を口実にどこかへ雲隠れでもするんじゃないのか」

「マスコミも休日返上で大変だろうけど、ここは頑張ってもらわなくちゃ」

俊史はほとんど西村サイドにいるような言い草だ。葛木は問いかけた。

「勝沼さんも気が気じゃないだろう」

「この騒ぎに気付いてすぐ、おれから電話を入れたよ。まだテレビのニュースでやる前だったからえらく驚いてたね」

「そりゃそうだろう。なんとか動いてもらえそうか」

「あすは刑事局のスタッフに非常呼集をかけるそうだ。警視庁の刑事部長も呼び出して事情説明をさせると意気込んでるよ」

「それは心強いが、そっちもすでに警備・公安が取り仕切っているんだろう。そこに割って入るのは難しいんじゃないのか」

「どっちみち、いま長官官房でやっている会議は公式のものじゃない。だったらそっちは無視して、刑事局長権限で事実の把握に乗り出すそうだ。本来刑事局扱いの事案を勝手に警備・公安の連中が牛耳っているわけだから、勝沼さんのほうで遠慮するいわれはないという考えだよ。自分だけが蚊帳の外に置かれて恨み骨髄といったところだね」

「まさしくそれが正論だが、上の役所の勝沼さんには、警視庁に対する指揮権はないわけだろう」

「指揮権はなくても監督や指導の権限はあるからね。警備・公安に押されっぱなしの警視庁の刑事部の尻を叩くことはできるし、もし西村の言っていることが本当なら、それは刑事部の所管で起きた事件で、その真相を解明するのはまさに刑事局長の仕事なわけだから」

「そこまで西村が計算に入れていたわけじゃないだろうが、そういう意味では、勝沼さんが前面に出て動ける理由をつくってくれたわけだ」

「そういうことになるね。川島哲也と三田村官房副長官の繋がりについても、警視庁の刑事部に特別チームをつくらせて早急に洗ってみるそうだ」

「そのあたりにも抵抗勢力が潜んでいそうな気がするがな。三田村は次は入閣が期待されている大物政治家だ。そっちを刺激することになったら、勝沼さんの出世にも響くかもしれないぞ」

「それを怖がっていたら、警察は政治家の御用聞きに成り下がると局長は言っている。それにもし三田村を摘発できたら、逆にその人脈の警備・公安系の派閥の力もそぐことができる。出世競争という点じゃそこが最大のライバルだから、勝沼さんにしてみれば一石二鳥という計算も成り立つわけだ」

俊史は穿った見方を披瀝《ひれき》する。官僚社会の裏と表に精通していくことをたくましくなったと喜ぶべきかどうか悩むところだが、いずれは親父の想像力の及ばない高みまで出世の階段を上がるはずで、そこでは必須の才覚と言うべきものだろう。

「勝沼さんがそういう方向で動いてくれるなら、西村射殺という動きには確実に歯止めがかかるだろう。それならおれたちは西村を爆死させずに拘束することに全力を注げばいい。そう考えると、先の見通しがいくらか立ってくるよ」

「まだ油断はできないけどね。今回の西村の仕掛けでこれからどんな具合に火の手が広がるか、そこもしっかり見極めて動かないと大きな落とし穴がありそうだ」

「こうなると極めて政治的な局面でもあるからな。先手を打って三田村が動き出す惧れもある」

「メディアに圧力をかけるとか？」

「それもあるかもしれん。いま与党は圧倒的な高支持率で、メディアも表立った政権批判をしなくなっている。しかしそうはいっても日本は独裁国家じゃないから、力ずくで圧殺するのは不可能だ。それより警察の動きそのものに、かつての人脈を生かして介入してくるのが怖い」

「そうだね。おれみたいな下っ端にはあまり関係ないけど、長官も警視総監も内閣総理大臣の承認人事だから、与党の政治家の顔色はどうしても気になるだろうし」

「怖いのは、桜田門のお歴々が下手な隠蔽工作に出て、西村を本気で怒らせてしまうことだよ」

「自爆というかたちで決着をつけようと西村に決意させてしまうかもしれないね」

「それだけは絶対に避けたい。だから場合によっては、ＳＩＴの力を借りた突入作戦で西村を拘束することも考慮に入れている。そのことを勝沼さんの耳にだけは入れておいてくれないか」

「ああ。重要なのはそのタイミングだね」

「せっかくの西村の仕掛けを、こちらの拙《まず》い動きで挫折させてしまうのは惜しいような気もしてな」

「同感だよ。そのお陰で明らかになる事実があるんなら、そこはきっちり引き出したいからね」

「桜田門のお偉方からはまだこちらにはなんの指示もない。いずれにしても、勝負はあすからだな」

「そうだね。一夜明ければ世論の動きももっとはっきりしてくるだろうしね。勝沼さんもそこを見極めて、警視庁や長官官房に圧力をかけていく腹積もりのようだし」

「西村もおそらく模様眺めを決め込むだろうから、今夜は大きな動きはないだろう。おまえも休んでおいたほうがいいぞ」

「ああ、家には帰れないけど、仮眠部屋はがら空きだから、体は十分休ませられるよ。それより親父のほうはどうなんだ。パトカーのなかじゃ体も伸ばせないだろう」

「西村がもっと署に近い場所を選んでくれたら交代で戻って仮眠もできたんだが、いまの距離だと突発的な事態に対処できないから仕方がない。まあ、おれたちは車のなかで会議している時間が大半だから、心配してもらうほどじゃない。大変なのは外で立ち番している警官や機動隊員だよ」

「その点じゃ、西村も人騒がせな男だね」

「まあ、現場の警官は年末年始の特別警戒でもともと忙しい時期だからな。ただ、できるだけ早く解決して、振替休暇でたっぷり休ませたいもんだよ」

西村に押しまくられているこの状況を、自分は心のどこかで歓迎している。このまま西村の思惑通りにことが進んで、望みどおりの事実が明らかになって、西村が自らの意思で投降する——。そんな楽観的な希望が自然に湧き起こるのを葛木は抑えられない。

3

俊史とのやりとりを報告すると、大原も川北も大いに興味を示した。

「勝沼さんが本腰を入れて調べてくれれば、射殺事件と三田村の繋がりも見えてくるだろう。SITの出動を命令したのは当時の管理官だという話だったが、それが誰だかわかるかね」

大原が訊くと、川北は首を振る。

「SITでは私は新参者で、五年前のしかも他班のこととなると——。箕田君ならわかるんじゃないかね」

川北に話を振られて、箕田はおもむろに口を開いた。

「丹羽隆敏《にわたかとし》さんでしたよ。いまは組対部四課の理事官をやっていると思いますが」

「マル暴担当か。SITとはずいぶん畑違いだな」

大原が言う。組対部四課はかつての刑事部捜査四課で、暴力団捜査では警視庁の伝統的な部署だ。

「組対部への異動は射殺事件の翌年なんですが、SITへの着任が事件の前年で、在任期間が異例に短かったのを覚えています」

　箕田はなにかをほのめかすような口ぶりだ。葛木は問いかけた。

「ＳＩＴの前の部署は？」

「麹町警察署の刑事・組織犯罪対策課です。そのときは係長でした。警部に昇任して最初の異動先が本庁のＳＩＴということで、異例の人事だと話題になった記憶があります」

「もともとマル暴畑だったわけだね」

「詳しい経歴までは知りませんが、おそらくそうだと思います」

「麹町署というのが引っかかるな」

　大原が首をひねる。三田村がかつて在任したのが麹町署で、その引きで警視正に昇任し、いまは三田村の公設第一秘書をやっているという谷岡という人物も、麹町署時代に三田村の知遇を得ている。

　中里もかつて麹町署の警備課に在任し、谷岡がそのときの警備課長だった。当時は巡査部長だった中里が警視にまで上り詰めた異例のスピード出世に、谷岡が関与していたのはおそらく間違いない。そこに丹羽という元ＳＩＴ担当管理官も加わると見てよさそうだ。

「どういう縁でその四人が結びついたのかはわからないが、中里と丹羽はその人脈の警視庁内における実働部隊と考えてよさそうだな」

　大原は唸る。怖気を振るう思いで葛木は言った。

「もし丹羽という人が西村に川島殺害を指示した張本人なら、そこに三田村氏の意思が働いていたのは間違いない。どういう事情があったのか知りませんが、自分にとって都合の悪い人間を抹殺する道具として警察が使われたのだとしたら、こんなおぞましいことはないですよ」

「ああ。この歳までおれは思いつきもしなかったが、三田村のような強い権力を握った人間にとって、警察というのは便利な飛び道具としても使えるようだな」

大原は苦々しげに吐き捨てる。川北も憤りを隠さない。

「それがSITだったというのが、私にとっては堪えられない。SATと並んでSITには、一般の部署とは別格の戦闘力が与えられている。しかしそれはあくまで人命を守るためであって、政治家や高級官僚の利害のために人を殺害するためではない。西村の話が事実なら、警視庁どころか、警察庁まで真っ二つに割れるような戦争になりそうだな。そうなったら西村の思うつぼだろうが、おれもここまで来たら、とことん行くところまで行って欲しいよ」

「警視庁どころか、一警察官としても一人の人間としても到底見過ごせることじゃない」

大原は突き放すように言う。そのとき葛木の携帯が鳴った。池田からの着信だ。耳に当てると怪訝そうな声が流れてくる。

「SATの狙撃チームがついいま引き揚げていきましたよ。中里管理官も含め全員です。なにかあったんですか」

「ああ、いま連絡しようと思っていたんだ。じつは――」

この間の経緯を説明すると、池田も感に堪えない口調で言う。

「やることが、おれたちよりずっと気が利いてるじゃないですか。世間が西村に肩入れしたくなる気持ちがよくわかりますよ。こうなると、西村を死なせるようなことになったら、末代までの恥ですよ。ここまでいろいろ迷いもありましたけど、やっと気分がすっきりしました」

「ああ。だからといって、おれたちが果たすべき任務は最初もいまも変わらない。西村に自爆させることなく身柄を拘束することだ。狙撃作戦はこれでほぼ封じられたが、警視庁のお偉方がどういう気の利かない対応をするか、まだまだ予断を許さない。あすになって事態が急変することも考えられる。君たちもいったんそこを離れて、晩飯がてら、本署で骨休めをしたほうがいい」

「そうですね、山井と若宮はいったん署に戻します、私はそちらに一度立ち寄ります。三田村の件を含め、詳しいところをしっかり頭に入れておきたいですから」

「そうしてもらえると助かるな。あすも朝から捜査会議があるはずだから、こっちの考えも整理しておかなくちゃならん。SITが突入するケースでのバックアップ体制も決めておく必要がある」

「その会議には私も出席させてください。警備・公安の連中の泣きっ面を見てやりたいですから」

池田は楽しそうに言う。捜査会議はそもそも帳場に所属する全員が参加するのが原則で、けさの会議が限られた幹部たちだけで持たれたのは、現場の警備で手いっぱいという事情があったせいだ。

いまのところ状況は落ち着いているし、現場要員のシフトも円滑になってきているようで、池田のみならず山井や若宮など、葛木配下のメンバー全員を参加させても問題はないだろう。中里はじめ母屋から出張った鼻持ちならない連中を数で圧倒してやれるのは所轄の強みだ。

「そうしてくれ。山井たちも同席させてかまわない。いま起きている事態の意味をお互いがしっかり共有するという意味でもけっこうな話だ」

そう応じて通話を終えた。川北と箕田はパソコンやモバイル端末を使ってツイッターやフェイスブックの動きをしきりにチェックしている。中里たちが本署に引き揚げた話を伝えてやると、大原はしてやったりという笑みを浮かべた。

「SATも中里もこれでもうお役御免なんだから、早々に桜田門へ帰ってくれればけっこうな話なんだがな。警備の連中の脳味噌なんて、力で制圧することしか思いつかないお粗末な代物だ。こういう高度に政治的な状況になると、馬鹿をさらけ出して終わるのが関の山だからね」

4

西村のブログの件を落合管理官に伝えてから二時間経ったが、桜田門からはなんの音沙汰もない。

こちらとしてはまたぞろ厄介な指令を出されて現場が混乱するよりはそのほうがありがたい。しかし単に無能をさらけ出しているだけならともかく、西村の言っていることが図星だとしたら、三田村の人脈に連なるお歴々はまさに絶体絶命のはずで、窮鼠《きゅうそ》猫を噛むの譬《たと》えのように、想像もしていない奇手を繰り出してくるかもしれない。

そちらへの対応に関してはあすの動きを眺めて判断するしかないが、とりあえず西村の腹の内は探っておく必要があるだろう。そんな考えを説明すると、大原も川北も異は唱えない。

それではと葛木は西村の携帯をコールした。西村はすぐに応答した。

「ネット社会からマスコミまで、いまや君の話題で持ち切りだよ。お陰で我々のほうは出る幕がなくなった。いったいこの事態をどう収拾するつもりなのかね」

「そこはとりあえず桜田門に下駄を預けたということです。なんとか収拾しないと困るのはそちらのお偉いさんたちで、おれのほうは、世の中がどう炎上しようが少しも困りませんから」

「本音を言えば、私も高みの見物を決め込みたいところなんだが、職業柄そうもいかないんでね。どうなんだ。君のほうは？　これで目的の大半は果たしたと言えるんじゃないのかね」

「そんなことありませんよ。まだまだ序盤戦です。せっかく世間が盛り上がってきたのに、ここで幕を下ろしたりしたら、関心を持ってくれている国民のみなさんに対して失礼じゃないですか」

「国民が望んでいるのはそういうことじゃないと思うね。いちばん大事なのは真実が明らかになることだ。もし警察内部で看過できない不正が行われているとしたら、それは白日の下にさらされ、公正に裁かれなければならない。そう考えている警察官は君が思っている以上に多い。たとえば私や私の上司の大原課長、ＳＩＴの川北隊長や箕田主任のようにね」

「狙撃を阻止してくれたことには感謝しています。おれ自身は死を覚悟していますが、あの時点で決行されていたら大変な惨事になるところでした」

「狙撃計画があることは予期していたのか」

「葛木さんがヒントをくれたし、少し離れたマンションの屋上でＳＡＴが狙撃準備に入るのがウェブカメラで確認できましたから。ついさっき撤収したようですね」

「我々もたしかに阻止に動いたが、決め手になったのは例の心拍計を使った起爆装置の話だよ。さすがに本庁の強硬派も引き下がるしかなかったようだ」

「本庁の内部は割れているんですか」

西村はさりげない調子で訊いてくる。内情をありのままに伝えるのは問題があるが、ほのめかす程度のことはむしろ有用な気がする。現に西村に狙撃の可能性を示唆したことが、中里の危険な試みに対する多少の抑制にはなったはずだ。

「さっきも言ったと思うが、狙撃という手段で真実を隠蔽することに危惧を抱いている人々はいる。警視庁上層部にも、警察庁内部にもね」

「しかし立場は弱いでしょう」

足元を見るように西村は探りを入れてくる。本庁がこれからどう動くかはいまも予断を許さない。ここで楽観的なメッセージを与えて、それを裏切る結果になったときの反応を考えれば、うかつな物言いは禁物だろう。

「ああ。必ずしも強くはないだろうね。とくに与党の大物政治家が背後にいるようなケースでは」

その言葉に西村は敏感に反応した。

「川島哲也の縁故を当たってみたんですね」

「ああ、我々なりに調べてみた。もちろん本庁のお偉方は、そんなことは先刻承知のはずなんだが」

「マスコミに公表するんですか」

「こちらからはしない。本庁の強硬派を刺激するのが怖いんでね。しかしマスコミはすぐに突き止めるだろう。君に川島殺害を指示したのは、三田村官房副長官のラインからだと解釈していいんだね」

「事件当時に受けたのは、ただ射殺しろという命令だけでした。暴力団員というだけで、川島がどういう素性の人間かも知りませんでした」

「君はそのとき、命令に疑問を持たなかったのかね」

「そのころはまだ新米で、出動の機会があってもほとんどバックアップ要員でしたから、有頂天になって突き詰めては考えなかったんです。短銃やライフルを複数所持している凶悪犯だから一撃必殺で仕留めるようにと。人質もいると聞かされました。手続き上の問題については適切に処理するとの確約を上層部から得ているから、訴追されるようなことは絶対にないと保証されました」

「そしてその約束は守られたわけだ」

「監察に呼び出されて調書をとられましたが、実際にはあらかじめ作文されていたものに署名捺印させられただけです。川島が所持していたとされる短銃も見ていません」

「そういう警視庁の対応に、君は疑問を抱いたわけだ」

「もし川島が秘密裏に射殺しなければならないほど危険な人間だとしたら、彼が所属した暴力団に対しても捜査の手が及んだはずです。しかしそんな形跡はまったくなかったんです」

「君はそのことを不審に思ったんだね」

「SITの隊員であれば、命令による射殺なら勲功《くんこう》とみなされます。しかし正当防衛の場合は意味が違います。人を射殺した警察官には、生涯ある種の汚点が付いて回ります」

西村が言うことは本当で、そういう傾向はたしかにある。犯罪の凶悪化に伴って、最近は危険な場合は躊躇せず発砲することを奨励するような流れもあるが、それはあくまで威嚇や急所を外す場合だ。射殺したとなると大量の調書や始末書をとられるのみならず、以後の出世はまず諦めるしかないというのが、いまも変わらぬ警察社会の常識なのだ。

「それでは不本意だと感じたわけだ」

「それもあります。しかしそれ以上に、自分の手で殺害した川島に申し訳ないという思いでいっぱいでした」

「それは人として当然の感情だろうな」

非難するようなトーンではなく、あくまで西村の心情に気持ちを寄せるように葛木は言った。

上司の命令による殺害を警視庁は正当防衛によるものと偽装した。言うまでもなくそれは西村に対する殺害命令に大義がないことを意味するものだろう。葛木は訊いた。

「川島と三田村氏の関係については、どうやって知ったのかね」

「覚醒剤使用の容疑で取り調べを受けたとき、組織犯罪対策部五課の捜査員が漏らしたんです」

「たしか川島も以前は組対部五課の刑事だったな」

「よくそこまで調べましたね。さすが葛木さんだ」

西村は率直な口ぶりで讃嘆する。彼が敵と目する警視庁内部の特定勢力と葛木がグルではないと決めてかかっているようで、そこはひとまず安心する。もっともグルだとしたら、そもそも三田村の話をこちらから出すわけもないのだが。

「二人の繋がりまではわかったんだが、君に殺害させた意図まではわからない。君はなにか知っているのかね」

「もちろん見当はついていますが、いまは話せません」

「どうして？　もし殺人教唆の事実があったとしたら、我々はそれを摘発する。たとえ警視庁や警察庁の高官であっても、あるいは政権与党の大物政治家であってもね」

「それは無理ですよ」

西村はあっさり言ってのける。葛木はさらに問いかけた。

「どうして無理だと言い切れる？」

「すべてが周到に仕組まれていたんです。川島が所持していたとされた短銃もあらかじめ警察が用意したものでした。残っていた指紋は遺体を搬出する際に付着させたものでしょう。殺害を命令したなどという話を当時の管理官が認めるはずがないし、人質がいるという話も嘘でしたが、言った覚えがないと言われればそれまでです。一緒に突入した同僚にしても口をつぐんでなにも語ろうとしなかった。思い悩んで自首を決意したとき、真実を証言して欲しいと頼んだんですが、断られました」

「その同僚は、いまなにをしてるんだ」

「事件の翌年に自己都合で退職し、その数ヵ月後に自殺したと聞いています」

西村の言葉に衝撃を受けた。その同僚も警察が行った理不尽な犯罪の犠牲者の一人と言えるだろう。西村は続ける。

「ブログにも書いたとおり、ほかに方法がないんです。警察自らが真実を語らなければならない局面に追い込む以外に」

「我々を信じてはもらえないだろうか。あの事件に関しては、君の告発をもとに必ず再捜査する。それなら君の目的は達せられるんじゃないのかね」

「葛木さんがいまも警察を信じたい気持ちはわかります、おれだってできたらそうしたい。しかしそれは無理ってもんですよ。おれを殺してすべてを闇に葬ろうとしている連中の背後には三田村がいる。警察ＯＢで現官房副長官ともなればその実力はとてつもない。警察庁長官も警視総監もその影響下にあると言っていいでしょう」

「投降すれば、検察や法廷という公の場で君は発言できる。それは真実を解明するうえで大きな力になるんじゃないのかね」

「葛木さんはわかって言ってるんですか。世の中のあらゆる冤罪事件が、警察と検察と裁判所の共同正犯です。存在しない犯罪を捏造するのも、存在する犯罪を消し去るのも、彼らが結託すれば自由自在です」

西村のその認識が的外れだと言い切る自信はない。現に中里が実行しようとした狙撃作戦を思えば、反論する言葉は思い浮かばない。

「投降する気はないわけか」

「警察が自らの手による犯罪を素直に認め、事件の黒幕を含め関与した人間を摘発するなら、こっちの仕事はそこで終わりです。いたずらに人の命を巻き添えにするようなことはないでしょう」

「それを信じていいのなら、おれたちも共同正犯ということにしたらどうだ」

葛木は大胆に踏み込んだ。スピーカーホンで会話を聞いていた大原や川北が目を丸くする。西村も驚きを隠さない。

「それはどういう意味ですか？」

「君が人質や警備の警察官を犠牲にする気がないのなら、我々と君の目的は合致する。警察が犯罪を犯したとしたら、それを摘発するのも警察の職務だ。おれたちはなにがなんでもそれを全うする」

「おれの好きなようにやらせてくれるという意味ですか」

「君がいまやっていることが犯罪なのは間違いない。当然、適切なタイミングで逮捕することになる。しかしいま君が仕掛けている作戦に関しては、こちらも可能な限り利用させてもらう。君が言っていることが本当なら、我々だけでそれを摘発するのは山を動かすのと同じくらい至難の業だ。しかし積極的に世論を巻き込んでいくことで動かない山も動かせる」

「その言葉を信じていいんですか」

「信じるもなにもないだろう。我々はこれから君が仕掛けようとしている作戦の全容を知らない。私が言えるのは、君を殺害してことを終わらせようというような試みには全力で抵抗するということだ。一方で君が示唆している犯罪の真相について、世論の援護も利用しながらとことん究明する。その点で我々と君の目的は一つだ」

「一つ伺いますが、葛木さんのおっしゃる我々というのは、どういう人たちなんですか」

「いまは名前を明かせないが、警察庁に所属する高位の警察官も含まれる」

「息子さんのことですか」

「よく知ってるね。彼ももちろん同じ考えだが、動いてくれるのはもっとずっと上の人だよ。君に愛想をつかせてしまったのは残念だが、警察というのはまだまだ捨てたもんじゃない。だからくれぐれも自爆だけはやめてくれ」

「そこは約束できません。おれにとって唯一の武器を放棄することになるわけですから」

「たしかにそうだろう。だったら私が勝手に信じることにしよう。君は自分の目的のために無辜《むこ》の命を犠牲にするようなことはしない人間だとね」

「ずるいじゃないですか、葛木さん。それじゃおれは牙を抜かれてしまう」

「心配ないよ。ここでの話は表沙汰にはしない。君は心置きなく桜田門を追い詰めてくればいい。君を信じている人間が少なくともここに一人いることを胸に刻んでね」

熱い思いで葛木は言った。一瞬、間をおいて西村は応じた。

「葛木さんのような人に出会えて、きょうまで生きてきた甲斐がありました。これからどんな答えが出るのかわかりませんが、目的は一つだという葛木さんの言葉を信じることにします」

5

「ずいぶん踏み込んだな。西村を油断させるという作戦があれなのか」

スピーカーホンで二人の会話に聞き入っていた大原がさっそく問いかける。葛木は曖昧に頷いた。

「そうとも言えるかもしれません。しかし西村と我々の目指すものが合致するのは事実です」

　傍らで川北が大きく頷く。

「同感です。西村がいまやっていることは犯罪ですが、それを杓子定規《しゃくしじょうぎ》に摘発するだけでは、もっと大きな犯罪を見逃すことになりかねません。それは我々警察官にとって致命的な敗北でしょう」

「どうもそういうことになりそうだな。なに、西村が自爆という結末に走りさえしなければなんの問題もないんだよ。危険な兆候が見えたらＳＩＴに一働きしてもらうことにして、いまおれたちがやるべきことは、現地本部の主導権をきっちり掌握することだ」

「あすの捜査会議はどういう段取りになってますか」

　訊くと大原は携帯を取り出した。

「朝いちばんでお呼びがかかるはずだが、いま署長に確認してみる」

　ダイヤルボタンを押して少し待つと、署長はすぐに応答したようで、ひとしきり相槌を打ったあと、通話を切って振り向いた。

「朝八時に始めるそうだ。一課長も来るとのことだ。おれたちも頭数を揃えてせいぜい盛り上げようじゃないか」

「池田も山井や若宮を連れて出席するそうですよ。桜田門からのお客さんはどんな様子なんですか」

「母屋からなんの指示もないので、ただパソコンやスマホに齧《かじ》り付いて、情報収拾にいそしんでいるらしい」

「中里管理官は？」

「勝手な動きはまかりならんというお達しがあって、えらくむくれているそうだ。母屋の上司に電話で癇癪《かんしゃく》玉をぶつけているようだが、はかばかしい反応はないらしい」

「そんなに気に入らないんなら、いっそ母屋へ帰ってくれれば有難いんですがね」

苦々しげに川北が言う。大原はどこか楽しげだ。

「西村を一発で仕留めて母屋へ凱旋するという目算が狂ったんだろう。三田村のお眼鏡にかなって行く行くは警視長くらいの夢を見ていたんだろうが、世の中そうは問屋が卸さない」

「三田村官房副長官の自宅に、いまマスコミが殺到しているそうですよ。ニュースでやっています」

蓑田が備え付けのテレビモニターを示す。画面には静養先から帰ってきた三田村が記者やカメラマンに揉みくちゃにされている映像が映し出されている。

「しかしマスコミはどうしてこんなに早く嗅ぎ付けたんだ」

大原が舌を巻く。現場のレポーターからの音声が流れる。どうやら野党の関係者から漏れた情報のようだ。同じ選挙区のライバルならそういう情報には耳がさといはずだし、政敵にダメージを与えられるならと、喜んでマスコミに情報を垂れ流すだろう。

ここでしらばくれてもいずれ発覚すると覚悟したのか、三田村は川島哲也が自分の甥であることは認めたものの、西村が言っている事件には自分は一切関知せず、ブログの告白文についても、あれはたちの悪いデマで、ブログを立ち上げたのが西村本人かどうかもわからないと主張する。

本庁がいまも具体的な方針を打ち出せないのは、本人によるものだと確認できたからだと葛木は見ており、マスコミの盛り上がりぶりを見てもその信憑性を疑っていない気配がありありだ。

いまは川島が三田村の甥だという事実が確認されただけで、西村の言う射殺命令と三田村の関係は一切明らかにはなっていない。しかし当の三田村が追い詰められているのは確かなはずだ。

「マスコミが三田村に着目するのが少し早すぎた気がするな。これじゃおれたちのアドバンテージがなくなっちまう。もう少し泳がせておいたほうが、捜査の面ではなにかとやりやすかったんだが」

大原が嘆く。それはたしかに言えるだろう。勝沼刑事局長がこれから動き出そうという矢先に三田村がマスコミに追い回される身になったことは、防御を固める機会を与えることに繋がる。そのうえで三田村がどんな逆襲に出てくるかは予断を許さない。

そのとき池田が戻ってきた。どこか不安げな様子で口を開く。

「どうも胡散臭いですよ。SATの連中、マンションの屋上から撤収はしたんですが、すぐ近場の路上に停めた専用車のなかで待機しています。あれならいつでも狙撃態勢を再構築できますよ」

「中里管理官は本署に戻っているようだが」

葛木が訊くと、池田は鼻を鳴らす。

「そっちの様子も気になってしようがないんじゃないですか。狙撃の指示なら携帯電話一本で出来ますから、やはり油断はできません。休ませてやりたいのは山々ですが、とりあえず山井と若宮には見張りを続けさせます」

「この期に及んで強行策に出ることはないと思うが、おかしな動きがあれば、おれのほうから西村に警告するよ。ところでいましがた西村と話をしたんだが——」

先ほどのやり取りをかいつまんで聞かせると、池田は声を弾ませた。

「やるじゃないですか、係長。おれもそこまで大胆には考えられなかった。共同正犯——。けっこうな話ですよ。これで気持ちが吹っ切れましたよ」

「ああ、まずはあす朝いちばんの捜査会議だ。あんたも山井も若宮もみんな出席してもらって、数で圧倒して主導権を握る作戦だ」

「戻ってくる途中、ラジオでニュースを聞きましたよ。三田村先生、早くも尻に火が点いているようじゃないですか」

「警察庁でも、蚊帳の外に置かれていた勝沼刑事局長が動き出したようだ。そうなると警視庁の刑事部だって警備・公安の言いなりにはなっていられない」

「おれたち、歴史的大事件に関わることになりそうじゃないですか。三田村のような悪党が政府の要職について、その子分がこの国の警察組織に芋蔓のように連なっている。それを摘発できないようなら、警察なんて百害あって一利なしの存在ですよ」

池田は意気軒昂《けんこう》に言い放つ。大原も身を乗り出す。

「おれもなんだかすっきりした気分だよ。これまで今回の西村の犯行と、あいつの言っていることの正しさの板挟みになって、なんとも落ち着きが悪かった。葛木さんがああ言ってくれたんで、ようやく踏ん切りがついた思いだ」

「私も本音を言えば、今回の任務には気持ちが乗らないところがあったんです。いまようやくやるべきことが見えてきました。我々が動くことなく事件が決着すればそれがいちばんで、もし動くとしたら、西村を決して死なせないためということです」

川北も高揚した調子で言う。傍らで箕田も大きく頷く。

「私もあの事件に蓋をしてきた一人です。それはいつでも心のどこかに重荷としてのしかかっていました。それをもし降ろせるとしたら、今回の西村の行動のおかげと言っていいのかもしれません」

そんな言葉を聞きながら、葛木は思った。いま自分たちがやろうとしていることは、場合によっては警察官としての規範に背くことかもしれない。

西村が受けた川島哲也殺害命令が、どういう意図でなされたのかはいまもわからない。しかし人質や警備の警官の犠牲さえいとわない今回の強引な西村狙撃作戦をみれば、そこには共通する病根が存在するとしか考えられない。

警察という巨大な権力機構を私物化し、それを自らにとって邪魔な存在を抹殺するための道具として使おうという勢力がもしあるとするのなら、彼らこそ警察組織に巣食う害獣そのものだ。それを排除するためなら、場合によっては西村の犯行を幇助する覚悟さえ葛木にはある。

そのとき葛木の携帯が鳴った。応答すると、俊史の声が耳に飛び込んだ。

「親父。あすからおれがそっちの本部に出張ることになったよ」

「こっちへ出張るって、要するにどういうことだ」

当惑して問い返すと、潑剌《はつらつ》とした声で俊史は説明する。

「ついさっき勝沼局長と電話で話してね。刑事局からオブザーバーとして職員を一人派遣することで、警視庁の刑事部長と話が付いたそうなんだ」

「オブザーバー？」

「捜査指揮権はないけど、刑事局としての意見くらいは言える。なにより現場の事情が把握できなきゃ勝沼さんも動きようがない。中里管理官やら桜田門の本部の連中に好きなように言いくるめられる惧れもあるからね。いわばお目付け役だよ」

「おまえに白羽の矢が立ったのか」

「親父が西村との唯一のパイプになっていることは伝えてあるからね。局長はとにかく生の情報が欲しいんだそうだ」

「だったら、朝いちばんの捜査会議にも出席できるな」

「ああ。渋井捜査一課長も出席するんだろう」

「そう聞いてるよ。いまは警視庁側で唯一信頼してよさそうな人だ」

「勝沼さんもそう見ている。おれがそちらに出張って勝沼さんとのパイプをつくれば、警備・公安が牛耳ってきたこれまでの流れを反転させられると思うんだよ」

「ああ、ぜひそうなって欲しいな。おまえも久しぶりの現場じゃないか」

「その点も楽しみだよ。いやこんな状況で楽しみだなんて言っちゃまずいか」

弾む心を隠せないように俊史は言った。

第十章

1

翌日開かれた現地本部の捜査会議は、前日と打って変わってなかなかの盛況だった。

所轄の担当部署の捜査員や、初動から現場に張り付いている機動捜査隊、現場警備に動員された機動隊の指揮官、さらにきのうは一日じゅうマンション屋上の狙撃ポイントに張り付いていたSAT狙撃班隊長の沢木も姿を見せた。

そこに警察庁からオブザーバーとして参加した俊史と、どういう手管で割り込んできたのかSIT担当管理官の落合も加わって、中里をはじめとする本庁の面々はどことなく影が薄い。

そんな成り行きを想定して中里が手を回したのか、この日は渋井捜査一課長のみならず、高木啓一《たかぎけいいち》という本庁警備一課長も急遽顔を出すことになった。

警備一課は機動隊を配下に擁する警備部の現場業務の元締めで、もちろんSATもそこに所属する。犬猿の仲の刑事と警備の実質的な現場トップが捜査本部で揃い踏みすることは珍しいことで、それが今回の事件の特異な性格を物語ってもいる。

高木にしても、これまで桜田門の奥の院で都合の悪い事実の隠蔽に悪知恵を絞っていた面々の一人なのは間違いないだろう。

ここまでは中里一人に現地本部を牛耳らせて、SATによる狙撃作戦で一気に決着をつけるつもりだったのが、西村の周到な作戦でその手を封じられ、世論はもとより現場の関心も西村の示唆する疑惑に傾きかねない。そんな状況に慌てふためいての登場としか思えない。

この状況を彼らなりに打開する方途が果たしてあるのかと思えば訝しい。せいぜい狙いは渋井捜査一課長が現場の主導権を握るのを嫌い、なんとか牽制しようという程度のことだろう。

渋井と高木が相次いで到着したところで会議が始まった。口火を切ったのは渋井だった。

「きのうときょうで状況は大きく変わった。我々もここで発想を切り替えないといけない。狙撃を含む強行策は極めて困難だ。一刻も早く西村の身柄を拘束し、この異常事態に終止符を打つのが我々の使命であることに変わりはないが、西村の挑発による世論の盛り上がりも一方で考慮せざるを得なくなった。西村の言っていることが根も葉もない虚言だというのが本庁の本部の公式な見解だが、ただそう主張するだけでここまで盛り上がった世論を鎮静化することは難しい。つまり正直を言えば、我々には当面打つ手がない」

渋井はそこまで一気に喋って、一同の反応を窺うように間を置いた。桜田門の捜査一課という大看板を背負う人間として、それは驚くほどに率直な発言で、ある意味、敗北宣言とすら言えそうな感触を含んでいるものだった。しかしその顔に慚愧の表情はかけらもない。傍らにいた高木が苛立つように口を開いた。

「捜査一課長が言っているのは、あくまで行動は慎重にという意味であって、西村が凶悪なテロリストで、あらゆる手段を講じて制圧すべき対象であることは言うまでもない。当然ながら射殺という選択肢にしても、困難だというだけで決して排除されているわけではない」

桜田門の本部でどんな議論が戦わされたのかは知る由もないが、必ずしも明確な方向が打ち出されたわけではないことが二人の言葉のニュアンスからは自ずと見えてくる。高木の言っていることも要約すればいまはお手上げだという意味で、率直な物言いという点で渋井のほうに好感が持てる。劣勢を繕うように中里が口を挟む。

「そこは本部の公式な見解で押し切るしかないでしょう。マスコミやネットは好きなように騒がせておけばいいんです。西村の言い分に耳を傾けるようなところを少しでも見せたら、それだけで警察の威信は地に落ちます。心拍計を使った起爆装置なんてどうせはったたりです」

　不快感を滲ませて渋井が応じる。

「しかし、ブログに書かれていたことがもし本当だとしたら由々しき事態だ。ＳＩＴは捜査一課に所属する。その手で殺人が行われたという話が真実なら、それを放置することは刑事警察の存亡に関わる大問題だ。我々の立場とすれば、その真相をぜひとも究明したい。そのためには西村という生き証人が必要だ」

「もちろんそれを否定しているわけじゃない――」

　今度は高木が割って入る。

「だからと言ってなす術もなく醜態をさらせば、それもまた警察の威信に関わる大問題だ。マスコミやネットは一過的で、熱くなったと思えばすぐ冷める。しかしその手の騒ぎに神経を使って国家の治安維持という警察のいちばん重要な役割をないがしろにしたら、禍根は将来にわたってついて回る」

　のっけから捜査会議というより討論会の様相だ。どうやら本庁での議論では折り合いがつかず、それがそのままこちらに持ち越されたものとみえる。

「そうは言っても、西村に投降を促す手立てがないわけじゃない。その点に関しては、これまで西村と交渉してきた葛木警部補の考えも聞いてみたいんだが」

　渋井は葛木に話を振ってきた。ここでその内容をどこまで明らかにすべきか、葛木としては迷うところだ。

向こうからの要求やこちらの要求への回答といった具体的な内容については、これまで署長経由や川北と落合のパイプを通じて報告しているが、互いの琴線に触れるような微妙なやり取りについてはほとんど伝えていない。

そもそも訊かれもしないから伝えなかったわけで、本庁サイドには当初から西村を説得によって投降させようという姿勢はかけらもなかった。

現状で唯一の交渉窓口になっている葛木から正式に事情を聞こうという意思がないばかりか、西村とは一切交渉するなというご下命まで下って、きのうの渋井の黙認を示唆する発言で辛うじてパイプが繋がっているだけなのだ。

西村の言い分には一切耳を貸さないというのが彼らのスタンスなら、それを敢えて聞かせてやることで、彼らの策謀に揺さぶりをかけるのも一手に思えた。

大原と川北が任せたというように頷いている。俊史は我関せずというふうを装っている。

葛木は慎重に切り出した。

「これはあくまで私の感触ですが、西村は自らの目的を達しさえすれば、人質を解放して投降するだろうと思います」

「その目的というのは？」

渋井が身を乗り出す。葛木はきっぱりと言い切った。

「彼があのブログで主張したことの真相を、警察自らの手で明らかにすることです」

「それが事実ではないとしたら、我々としては手の打ちようがないだろう。こちらが出す答えが気に入らなければ、西村はいくらでも恫喝してくる。それとも嘘でもいいから、あいつが気に入る答えを出してやれということかね」

　高木が予想どおりの横槍を入れる。葛木は落ち着いて応じた。

「しかし警視庁としても、いまさら知らぬ存ぜぬで済ますのは難しいでしょう。あのブログに書かれた内容は、いまや国民レベルの関心の的になっています。まさしくそこが西村の狙いで、少なくともその一点においては、彼は国民を味方にしてしまった。警視庁が口をつぐんで済まそうとしても、世論はおそらく納得しないでしょう」

「葛木警部補。君は西村の肩をもつのかね。警視庁が自らの手で殺人を犯す組織だという荒唐無稽な話を信じるのかね。それは一警察官として許されざる態度だ」

　高木は権柄ずくに言い募る。傍らで中里がしかつめらしい顔で頷いている。腹を括って葛木は応じた。

「警察が法の執行において不可侵の聖域だとしたら、それは司法機関としての自己破綻以外の何物でもないと思います。事件の端緒が認められれば、相手が警察そのものであろうとためらうことなく捜査を進める。その原則を刑事捜査を担う者としてないがしろにはできません」

「どこでそういう小賢《こざか》しい理屈を覚えたのか知らないが、犯罪者の尻馬に乗って警察の権威に牙を剝く。そういう人間を給料を払って養っているとしたら、それこそ国民の負託に対する裏切りだと思うがね」

嫌味たっぷりに高木が応じる。葛木は冷静に反論した。

「警察の権威に疵をつけようというつもりはありません。私だって西村が言うことが事実でなどあって欲しくない。しかしことがここまで大きくなれば、出てくる答えがどうであれ、誠実に真相を究明するのが警察としてのあるべき姿ではないでしょうか。西村が望んでいるのもそうした警察の対応であって、恨みや復讐の意図があっての行動ではないという心証を私は持っています」

大原たちとの会話ならともかく、この場でここまで踏み込んでものを言うことが、警察官としての自らにとって不利なのは承知の上だ。閑職に追い込まれるか、あらぬ罪でも着せられて依願退職を迫られるか――。

警察官としての正義を貫こうとして、そんな憂き目に遭った人々の噂はつとに聞く。しかし自分もその一人に加わることが、いまは名誉だとさえ葛木には思えた。

それまで黙って話を聞いていた渋井が割って入った。

「西村は刑事としての葛木君に心酔していると聞いている。その信頼関係があったからこそ住民の一時帰宅も無事に行えたし、いまも人質や警備の警察官に危害が加えられるような事態には立ち至っていない。ここはその絆を信じるのが賢明なやり方じゃないのかね」

「そういう甘い態度をとって犯人の御用聞きをするようじゃ、警察の面目が丸潰れだよ」

　高木が苦々しげに吐き捨てる。しかし渋井は怯まない。

「警察の面目がどうだこうだと言っている場合じゃない。いま重要なのは、死人や怪我人を一人も出さずに事態を収拾することだろう。人の命は我々の薄っぺらな面目よりはるかに重い」

「私が言いたいのはそういう次元の低い話じゃない。西村のような犯罪者に鼻面を引きずり回されるような醜態を演じたら、警察は国民の笑い者になるだけだ。この国の治安を預かる警察がそんな立場に追い込まれるのは、まさに国家の存亡に関わる一大事だよ」

　高木がひたすら天下国家の問題にすり替えようとするから、議論が少しも前へ進まない。大方本庁の本部でもそうした大仰な話で参集者を煙に巻き、その裏で西村抹殺を意図した強行策を進めようとしていたわけだろう。

　渋井がこの場でそれに反論を試みているのは、形勢不利な本庁から土俵を移して仕切り直そうという意図のようにも思えてくる。それなら自分も一肌脱いで、形勢をこちらに傾けるべき局面だ。臆することなく葛木は言った。

「西村は警察が誠実に真相を究明するなら、自爆という手段には走らないと私に約束しました。私も警察が故意に殺人を犯すような組織だとは信じたくない。高木さんを始め上層部の皆さんも、むろん潔白を信じているはずです。それなら公正なやり方で真実が解明されることを恐れる理由はない。それともそこに皆さんにとって不都合な事実が隠されているとでも？」

多少の脚色はしているが、西村の真意はそこにあると葛木はすでに信じている。大原と川北が顔を見合わせる。池田は拍手しかけた手を慌ててテーブルに下ろす。もっとやれとけしかけるように俊史はちらりと流し目を送ってくる。

「所轄の刑事の分際で、私に説教するとは大した度胸じゃないか」

高木は顔面を紅潮させたが、唇を震わせるばかりでその先が続かない。

「人の命が懸かった事件を解決するのに、所轄も本庁もないでしょう」

予期せぬ反撃に高木は目を剝いた。普通なら課長クラスの上級職とは口も利けない階級の隔たりがあるが、いまはなんの遠慮も感じない。そのとき渋井の横で議論の推移を窺っていた落合が唐突に切り出した。

「警備の皆さんは我々刑事部門を見くびっているようだが、こちらにはＳＩＴという特殊犯専門の精鋭部隊があるのを忘れてもらっちゃ困る。ただ西村の言いなりになるわけじゃない。葛木君を前面に立てて交渉をする一方で、隙を突いて強襲する作戦も視野に入れているんですがね」

きのうのうちに川北は、西村が使っているウェブカメラの周波数の特定に成功し、同じ周波数の妨害電波を発生する装置を科捜研でつくってもらう話がついたところで、SITによる強襲作戦の概要を落合には説明しておいた。いざというとき迅速に承認を得るために、根回しだけはしておく必要があると判断してのことだった。

ただし当面警備の連中に対しては隠し球にしておきたいと、そのときはしっかり口止めしておいたのだが、落合は自分の存在感を示す切り札とみて、つい辛抱しきれなくなったらしい。

言われてしまえばもう遅い。案の定、中里が弾かれたように問い返す。

「どういうことだね。例の怪しげな起爆装置の件が出てきて、強行策は当面封じようという話になったんじゃないのか」

川北がそれ以上喋るなと目くばせするが、気付きもしないで落合は、妨害電波を使う作戦を含め、自慢げに川北からレクチャーされた強襲作戦の概要を説明した。

参集した捜査員たちにどよめきが起きる。閉塞した状況を打開する決め手のように彼らには聞こえただろう。渋井も興味深げに問いかける。

「殺害せずに制圧することが可能なんだな」

「もちろん向こうを油断させ、その虚を突くことになりますから、しばらくは西村の要求に協力的なところを見せておく必要はあるでしょう」

落合は自分の発案でもあるかのように得々と応じる。感心したように渋井は頷いた。

られるな」

「それなら西村という生き証人が我々の手に残る。やつが言っている話の真相究明も進められるな」

「だったら、その任務はSATに任せてくださいよ」

すかさず中里が身を乗り出す。落合は血相を変えた。

「冗談じゃない。事件発生以来、ずっと前面に出ていたのがSITじゃないか。それにこっちに出張っているのは狙撃チームで、強襲作戦の担当じゃないだろう」

「そんなの、いつでも本庁から呼び寄せられる。SATの能力と比べたらSITなんて素人と変わりない。失敗の許されない作戦なら、最強の布陣で臨むのがこういうオペレーションの常道だろう」

「なに、SATは腕力だけが取柄で、捜査能力も交渉能力もない。単純なテロじゃないこういうデリケートな事件で重要なのは総合力で、その点ではSITに一日の長があるということだ」

落合は懸命に防戦を張るが、それは縄張り争いの発想からに過ぎない。しかし葛木たちにとってことはより深刻だ。中里たちの手駒のSATに突入作戦を任せたら、まさに西村のケースと同じ事態が起きかねない。

川北は万一の場合を考えて、西村の無力化に成功した場合でも、起爆装置と雷管を結ぶケーブルは切断する予定だった。

無線で接続されている可能性も考えられたが、科捜研の技術者の話によると、無線による起爆装置というのは一般的ではなく、対応する雷管もまず手に入らない。素人の西村の場合、ケーブルで接続しているのは間違いないという。

だとしたらケーブルを切断してしまえば、西村の心拍が止まったとしても起爆はできない。つまりその時点で西村を殺害することも可能になる。西村が息を吹き返し、猟銃で応戦しようとしたので射殺したとでもいえば、またしても正当防衛の理屈が成り立つことになる。

中里だってそのくらいのことには気づくはずで、だからこそ作戦そのものは秘匿しておきたいわけだった。案の定、中里は舌なめずりするような表情で押してくる。

「SITはバックアップに回ってくれればいい。事前の情報収集やら西村に油断をさせるための工作やらはそちらの得意分野だということは認めるよ。しかし突入のノウハウは明らかにSATが一枚上だ。だから共同作戦ということでどうだ」

高木もここぞと話を合わせる。

「西村を殺さずに拘束するという作戦なら、おたくたちの考えと一致する。それぞれ足りないところを補って最強の布陣で臨むことが事態収拾の早道だろう」

「それはもちろんそうなんですが――」

落合は言葉に窮する。こちらが心配している事態まで頭が回っているとは思えないのがなんとも不安だ。そこに付け入るように中里が言う。

「狙撃するか生かして拘束するかで、ここまでなかなか意見が合わなかったが、おたくたち、いい案を出してくれたよ。その作戦なら警視庁の総力を挙げて取り組める。西村が言っているふざけた話にしても、本人の身柄さえ押さえれば、真相の解明に支障はないと思うんだが」

西村を殺害するような気配を中里はみじんも覗かせないが、そこがかえって胡散臭い。落合は未練がましく言い返す。

「マンションの屋上で暇を潰していただけのおたくたちに、いいとこ取りをさせる気はないよ。爆発物の件にしてもアパートの構造や強度にしても、必要な情報はすべて我々が収集した。西村との唯一のパイプもこちらが握っている。SITの実力を舐めているようだが、この手の立て籠もり事件での実績じゃSITがはるかに上回る。それに一課長が仰るとおり、西村の言っていることも無視できない。それはまさに刑事部門の手で究明されなければならない大問題だ」

そう言う当人もきのうまで桜田門で無駄に時間を潰していたことは棚に上げ、葛木や所轄の捜査員の手柄まで自分のもののように言い立てる。しかしその言い分からして落合は、西村殺害を目論む勢力に取り込まれているわけではなさそうだ。

そうだとすれば、今回の事件にまつわる策謀は、やはり警視庁一丸となってのものというより、中里がその一角を占める一部勢力によるもので、高木もおそらくその仲間とみていいだろう。

そしてその人脈が現官房副長官の三田村和彦に繋がっている。落合と高木がきょうの会議に出席してくれたことは、そのあたりの見通しをつけるうえではプラスだったと言えるだろう。

落合に関しては、必ずしも警察官としての正義に立った言動かどうかは疑わしいが、渋井の覚えめでたく行動しようとしている様子は窺える。警察庁での勝沼刑事局長の動きも考え合わせれば、少なくとも警察組織全体が、三田村の影響力で真っ黒く染まっているわけではないことになる。仲裁するように渋井が言った。

「いまここで先陣争いをしている場合じゃない。その作戦はたしかに有効かもしれないが、リスクが伴わないわけじゃない。一つ間違えば人質はおろか突入部隊にも死傷者が出る。やるなら周到な準備が必要だ。あくまで最後の手段と考えて、もう少し状況を見極めるべきだ。実施するにしても、西村に隙をつくらせる下工作が必要だろう。そこでその案はいったんおれが預かることにしたい。考えたのはSITだから、警備の皆さんも異存はないと思うんだが」

中里はなお不服そうだが、高木が渋々頷いて、結論はとりあえず持ち越しということになった。鳶に油揚げを攫《さら》われるのをなんとか回避できて、落合はやっと体面が保てたという様子だった。

2

さしたる成果もなく捜査会議が終わり、参集者たちはそれぞれの部署に帰っていった。葛木たちもいまや現地作戦本部となった感のあるＳＩＴの指揮車に戻ってきたところで、俊史も現状の視察という口実で葛木たちに同行した。

事件発生から二日経ち、いい意味でも悪い意味でもアパート周辺を警備する警官たちの緊迫感は薄れている。

戦場にいる兵士にとって戦争状態が日常であるように、大量の爆薬を抱えた立て籠もり犯の間近にいても、その環境に人は嫌でも慣れてしまうものらしい。

それは葛木たちにも言える。西村の行動の大胆不敵さとここまでの交渉で見せた理性的で紳士的な態度のギャップが、本来あるべき危機感覚を狂わせる。

「とりあえず渋井さんが引き取って事なきを得たけど、落合さんはまずいことを言ってくれたね」

俊史は苦り切った表情だ。会議中に葛木が抱いた危惧については、大原も川北も、むろん俊史も同感のようだった。

渋井もそうならいいのだが、あのあと話は現場の警備態勢の確認や、公民館に避難している住民についての報告や、不測の事態が起きた場合の退避や救護態勢の検討といった実務的な話に移り、けっきょく腹の内は読み切れなかった。

もし渋井が同様の疑心を抱いたとしても、いまの状況で口にすることは憚られるだろう。それでは西村の主張が正しいと半ば認めるに等しく、本庁の一部の勢力をあまりに刺激しすぎるからだ。証拠もなしにそんな話を持ち出せないのは葛木たちも同様だ。

「作戦の指揮権が中里たちに渡ってしまったら、取り返しがつかないことになりそうな気がするよ。連中がそこまで狂ってはいないと信じたいところだが、あの強引な狙撃作戦を考えれば、ないとは決して言い切れないからな」

重苦しいものを感じながら葛木は応じた。川北が慚愧を滲ませる。

「私が落合さんにもう一歩踏み込んで口止めすべきだったんです。ああいう性格の人だとはよくわかっていたんですから」

「ホットラインを使って事情を説明しておいたほうがいいかもしれませんね」

葛木は大原に確認した。中里が一時帰宅のタイミングに合わせて狙撃を実行しようと画策したとき、葛木はじかに渋井に連絡をとってそれを阻止してもらっている。

いまのところあのときほどの緊急性はないが、念を押しておく必要はあるだろう。こちらが抱いている危惧に対して、渋井なら理解を示すはずだった。大原は迷う様子もなく頷いた。

先日大原から聞いていた携帯番号に電話を入れると、渋井はすぐに応答した。

「葛木です。ご多用のところ失礼します。じつは先ほどの会議で出た強襲作戦の件ですが——」

単刀直入に切り出すと、事情は察しているというように渋井は応じた。

「おれもまずいとは感じたんだよ。あの場では腹に仕舞っておいて、おれにだけ内密に相談して欲しかったんだが」

「ええ。落合さんには口止めしておいたんですが」

「中里に張り合っていいところを見せようとしたんだろう。きょうも夕方から本庁で会議があるんだが、連中がそこであの件を蒸し返すかもしれん。なんとかSITが担当するように話を持っていきたいが、強襲能力だけで言えばたしかにSATのほうが上だから、本庁のお偉いさんたちをうまく説得できるかどうか」

「せめて混成チームというかたちをとれればいいんですが」

「ああ。おれも昔は刑事だったから、西村の話があながち出まかせだとは思えない。もし本当なら、連中はまた同じことをやらかしかねない。人間というのは成功体験を忘れられないものだからな」

「一課長もやはりそうお感じで？」

「どうやらそこを突き止めるのもおれの仕事になったようだ。一筋縄ではいかないと思うがね――」

深いため息を吐いて、渋井は続けた。

「強襲作戦というのも一手だが、あんたが言ったように、おれたちが本気であの事件の真相を究明すれば、西村は納得して投降するような気がするんだよ」

「警察は我が身にメスを入れることになりますね」

「そうだな。今回の話は警官による万引きや破廉恥行為のような不祥事とは事情が違う。場合によってはとんでもない黒幕と刺し違えることになるかもしれん」

「中里さんは、三田村官房副長官の人脈に連なっているようですね」

「よく調べたな」

「あるルートで経歴をチェックしました」

「上の役所にいる息子さんか」

「ええ。麹町署にいた時代の縁のようですね」

「その人脈にはおれも当たりを付けていたんだよ。ただ今回のことで三田村の意を汲んで動いているのはその連中だけにはとどまらない。本庁に設置された捜査本部というのが副総監の肝いりで、刑事部長まであっちに傾いた発言をする始末でね」

桜田門の捜査一課長が所轄の係長にそこまでの内情を漏らす――。そこに葛木はただならぬものを感じた。本庁の本部で渋井は、こちらの想像以上に苦境に立たされているとみてよさそうだ。

「上の役所からも圧力が？」

「直接というわけじゃないが、気配としては感じるな」

「狙撃作戦の指示はそちらのほうから出ているんでしょうか」

「具体的に指示があったとは思えないが、それとなく伝わる意向のようなものを中里たちが受けた形跡がある」

「あちらでは勝沼刑事局長が独自に動いていると聞いています」

「ああ。きょう、刑事部長に詳しい状況報告をするようにという要請があったらしい。あんたの息子さんが現地本部に出張ってきたのも、勝沼さんの指示なんだろう」

「そのようです。あくまでオブザーバーという立場ですが」

「それでもけっこうな話だよ。勝沼さんもいいところに目を付けた。この事件の現場では、なんといってもあんたがキーマンだ。息子さんがこちらに出張っていれば、そのルートで正確かつ迅速に情報が上げられる。勝沼さんは三田村に連なる派閥には属していない。あの人が杉並署の署長だったとき、おれは刑事課長として仕えたことがある。所轄の立場をいつも考えてくれて、必要なら本庁の意向にも楯突く、キャリアとしては珍しいタイプの人だった」

「息子も勝沼さんには心酔しているようです。お役に立てればいいんですが」

「おれのほうこそ頼りにしているよ。警備・公安なんていう役立たずの金食い虫が、いまも母屋じゃでかい面をしている。そのうえ高木や中里のような有象無象に現場まで牛耳られたんじゃ堪ったもんじゃない」

渋井もまた鬱屈したものを抱えていたのだろう。愚痴とも聞こえる言葉のなかに、わずかな安堵感も混じっている。

「息子の立場では現場の活動に介入するわけには行かないでしょうが、勝沼さん経由で刑事部長にも影響力は及ぼせるでしょう。西村が言っている件については、是が非でも真相を究明したいと意気込んでおられるようですから」

「そういう人がいてくれなきゃ、この国の警察はやくざやマフィアの同類に成り下がる。ここからがおれたちの正念場だろうが、お互い、やれるところまでやってみようや」

「おれたち」という言葉に込められた渋井の信頼が嬉しかった。思いを込めて葛木は応じた。

「ええ。この事件で死者は一人も出したくありません。もし死ぬとしたら、誰であれそれは犬死というしかない」

「たとえそれが西村だとしてもな」

自らに念を押すように渋井は言った。

3

通話を終えて内容を伝えると、大原が身を乗り出す。

「渋井さんも、本庁じゃ苦戦を強いられていたわけだな」

「強襲作戦の件については、おれのほうから勝沼さんに伝えておくよ。こちらが惧れていることの意味は十分わかってくれるはずだから、刑事部長にはそれとなく釘を刺してくれると思うよ」

俊史が言う。渋井の話では、刑事部長もどちらの側にいるのか判断に迷うところがあるらしい。なんにせよ単に警備・公安と刑事の縄張り争いと単純に解釈するわけにはいかない様相で、そこに勝沼が一枚加わることで、風向きがこちらに傾くことは期待してよさそうだ。

「勝沼さんからなにか情報は入ってきているのか」

葛木が訊くと、俊史は覚束《おぼつか》なげに首を振る。

「さっき渋井さんが言っていたとおり、いま警視庁から刑事部長を呼びつけて事情を聴いている最中のはずだよ。そっちのルートからじゃ、たぶん大した情報は得られないと思うけどね」

「勝沼さんはどう動くつもりなんだ」

「現場のことはあくまで警視庁の事案で、直接介入するのは難しいけど、刑事部のどこかの部署を動かして、西村の言っている疑惑の捜査を進めるように圧力をかける腹のようだ」

「どこかの部署というと？」

「政治家が絡んだ話だから、とりあえず二課を想定しているようだけど、警察内部の犯罪という性格もあるから、監察にも働きかけると言っている」

刑事部捜査二課は選挙違反をはじめとする政治犯罪や経済犯罪、いわゆる知能犯罪を扱う部署で、三田村の身辺を洗うには適任かもしれないが、一方で捜査一課などと比べ、キャリアが多く配属される傾向がある。そこに三田村に繋がる人脈も配置されているかもしれず、葛木としては不安を禁じ得ない。

監察となるとなおさらだ。警察内部の犯罪や不祥事を取り締まるのが本来の職務だが、実際には臭いものに蓋をするのが本業で、末端の警察官の悪事はこまめに摘発するが、幹部クラスが相手となると、ひたすら隠蔽に奔走するというのが警察内部での評判だ。

「渋井さんはそちらの疑惑についても自分が解明したいと意気込んでいるんだが、二課や監察が果たしてどこまで本気で動くか」

そんな不安を漏らすと、余裕を覗かせて俊史は言う。

「警視庁の捜査二課を従える刑事部には、去年まで警察庁刑事局の捜査二課長をやっていた秋山《あきやま》という警視正が参事官として出向している。勝沼さんの腹心でノンキャリアの叩き上げなんだけど、政治家絡みの事案で実績を上げてそこまで出世したらしい。三田村議員関係の捜査なら適任だとみているようだ」

「監察には伝手があるのか」

「長官官房の首席監察官は勝沼さんの同期で、なかなか馬が合うらしい。西村の過去の事件は警視庁の監察の管轄だけど、警視正以上の警察官が関与していた場合は警察庁の監察対象になるから、そちらの押さえもしておいたほうがいいという考えのようだ。もちろん警視庁の監察に対しても、手加減はしないように圧力をかけてもらうつもりだよ」

「それなら納得のいく布陣だが、長官官房でなにやら画策している連中からの妨害はないのか」

「向こうは公式の会合じゃないし、最初から勝沼さんを外しにかかっているわけだから、こちらも気にする必要はないというのが勝沼さんの考えだよ。あくまで刑事局長の職務権限の行使であって、他部署に邪魔立てされる筋合いの話じゃない」

「それで果たして収まるだろうか。三田村議員がその気になれば、長官や警視総監にも影響を及ぼせるんじゃないのか」

「むしろそちらからの圧力を期待しているようだね。その出どころを手繰っていけば、真の黒幕にたどり着くのは間違いないからね」

「そうなると、おれたちの出番はなくなりそうだな」

「そんなことはない。勝沼さんは親父に期待しているよ。勝沼さんのほうでそうやって動いても、正面をしっかり固めておかないとすべてが無駄になるからね」

「つまり西村を決して死なせてはならないということだな」

「ああ。人質を道連れに自爆というのが最悪だけど、西村一人が死んで終わりというのもできれば避けたい結末だから」

真剣な顔で俊史は言う。黙って話を聞いていた大原が口を開く。

「いい考えだと思うね。まだまだ中里たちがなにをやらかすかわからないから、おれたちはここに張り付いているしかない。一課長にも本庁の本部がおかしな動きをしないように、睨みを利かせてもらわないと困る。となるとどう考えたって手が足りない」

川北も期待を滲ませる。

「そうですよ。全体としてはいい方向に動き出したんじゃないですか。我々は強襲作戦の準備を進めます。やらずに済むに越したことはありませんが」

葛木は頷いて俊史に言った。

「ここは勝沼さんを信じるしかなさそうだな。きょうの会議のことはいま勝沼さんに伝えてくれないか。刑事部長もどうも不安なところがあるから、勝沼さんから一本釘を刺しておいてもらったほうが渋井さんもやりやすいだろう」

「ああ。そろそろ刑事部長との話が終わるころだから、いま電話を入れてみるよ」

そう応じて俊史が携帯を取り出そうとしたとき、大原の携帯が鳴りだした。

「池田からだよ。また中里たちがなにかやらかそうとしているのか」

不安げな様子で大原は応答する。しばらくやり取りをしてから、苦虫を嚙み潰したような顔で大原は振り向いた。

「想像どおりだよ。中里が早手回しに動き出したらしい。いま近くの路上にSATの車両が一台到着したそうだ。たぶん正規部隊だろう。そこについ今しがた、例のマンションの付近で待機していた狙撃チームも合流したそうだ」

「中里さんは、あくまでこちらの作戦を乗っ取るつもりのようですね」

川北が吐き捨てるように言う。大原も苛立ちを隠さない。

「SATの介入を既成事実化しようという魂胆だろう。おれがいま中里に電話を入れてやる」

大原は躊躇なくダイヤルボタンを押した。中里が応答したところでスピーカーホンに切り替えて、大原はさっそく切り出した。

「いったいどういうつもりだよ、中里さん。まだSATに現場を譲ると決まったわけじゃないだろう。誰の許可を得て出張らせたんだよ」

木で鼻を括ったように中里は応じる。

「いちいち突っかかるなよ。あれからすぐ高木さんの了承を得た。べつにいますぐ作戦を実行しようというわけじゃない。なにごとも準備が大事だ。隊員にも現場を下見させておく必要があるだろう」

「見え透いているよ、中里さん。ＳＩＴのアイデアをパクってＳＡＴに突入させて、どさくさ紛れに西村を射殺する魂胆だろう」

「おやおや、言うにこと欠いて、おれを殺し屋に仕立てようというわけか。勘ぐるのもいい加減にしろよ。西村の戯言《ざれごと》に洗脳でもされたのか」

「強行突入の現場というのは一種の密室だからな。そこでなにが起きても突入した人間以外誰も知らない。西村のあの事件がいい例じゃないか」

「こりゃたまげた。犯罪者の言うことを鵜呑みにして、身内に人殺しの濡れ衣を着せようというのか。そういう人間と同じ屋根の下できょうまで仕事をしてきたことを、おれは恥じるしかないよ」

「それはこっちが言いたい台詞だよ。おたくたちの強引な狙撃作戦の意図は見え見えだった。人質や警備の警官の命や住民の財産を犠牲にしてでも西村を射殺しようとした。こんどはＳＩＴの強襲作戦を横取りして同じ目的を果たそうとしている。どうしてそこまで西村の殺害にこだわる？　よほど生きていてもらっちゃ困る理由があるようだな」

ここまで抑えていたものが一気に爆発したかのように大原はまくしたてる。中里はせせら笑う。

「あんた、頭の具合は大丈夫か。人格障害があるって医者に言われたことはないか」

「多少はおかしいところもあるが、あんたほどは狂っちゃいないよ。どんな理由であれ人殺しが許しがたい犯罪だってことくらい知っている。もちろん子供だってそのくらいわかるがね」

「どうしてそう勘ぐるんだよ。おれたちはこの事件を、最小限の被害で落着させようと知恵を絞っているだけだ。SITだって突入の訓練はしているだろうが、せいぜい扱ったことがあるのは覚醒剤で頭がぶっ飛んだ立て籠もり犯や居直り強盗の類だろう。周囲何十メートルもの家屋をぶっ飛ばせる爆薬を用意した立て籠もり犯となれば、常識で考えてもSITの手には負えない。SATは爆発物処理班との連携訓練もやっている。この事件にはまさに適任なんだよ」

「おれたちの考えはまず突入ありきじゃないんだよ。その前にやれることがいくらでもある。けさの捜査会議でもそこは確認したはずだ」

「勇ましく強襲作戦をぶち上げてはみたものの、早い話がもう腰が引けているわけだろう」

「びくついているのはそっちじゃないのか。あんたが三田村のラインに繋がっているのは知ってるぞ。これ以上西村に喋られると困るから、早いとこ片づけてしまいたいわけだろう。どういうご褒美が貰えるのか知らないが、警察を成り上がるための道具としか考えないあんたみたいな人間には虫唾が走る。この首を懸けても思いどおりにはさせないからな」

「そういうのをごまめの歯ぎしりというんだよ。所轄なんてしょせんは警察社会の掃き溜めで、そんなところでいくら吠えたって誰も耳なんか貸しゃしない」

見下すように中里が言う。携帯を握る大原の手が震え、頬が紅潮した。

「言ってくれたな、この身の程知らずが。いくら偉そうな口を利いても、おまえたちはしょせん所轄の海に浮かぶ泥舟だ。所轄がなかったら一ミリたりとも動けない。おれたちが汗水たらして働いているから桜田門で穀潰しをやっていられるんだ。所轄を敵に回したらどういう目に遭うか、その出来の悪い頭にこれからしっかり叩き込んでやるから覚悟しておけよ」

携帯を握り潰すように大原は通話を切った。固定電話なら力任せに受話器を叩きつけているところだろう。

「ちょっと興奮しすぎたな。ここには本庁の皆さんもいるのを忘れてた」

携帯を仕舞いながら大原は頭を掻いた。川北が首を振って言う。

「いやいや、仰るとおりです。所轄のサポートがなかったら我々はなにもできない。穀潰しはちょっと言い過ぎのような気がしますがね」

「まあ、所轄にも穀潰しはいますがね。あそこまで権柄ずくで厚顔無恥な屑野郎はいないけど」

「ああいう連中には、そのくらい言ってやってちょうどいいんです。警察庁にだって、いまの話を聞かせてやりたいのが大勢いますから」

俊史も楽しげに応じる。溜飲の下がる思いで葛木も言った。

「あの人の場合、穏やかに言ったところで糠《ぬか》に釘でしょう。いいタイミングの牽制球になったと思いますよ」

「ああ。渋井さんが頑張ってくれるだろうから、そう簡単にゴーサインは出ないだろう。狙撃だけならともかく、突入となれば所轄の人員がバックアップしない限りなにもできない。おれはSATには一切協力する気はないし、そこは署長にもよく言っとくよ」

意を強くしたように大原が言う。俊史が慌てて携帯を取り出した。

「おれもその件を局長に言っとかないと。刑事部長まで中里に丸め込まれたら大変だから――」

さっそく勝沼に電話を入れて要領よく事情を説明し、通話を終えて俊史は振り向いた。

「こちらの考えはわかってくれたよ。いずれにしてもリスクの大きな選択だし、西村のきょうまでの動きからみて、まだ危機的な状況には至っていないという考えのようだ。焦って状況を悪化させるより、この停滞を活用して必要な捜査を進めるべきだとみているらしい。二課に特別チームをつくる件については刑事部長も承諾した。秋山参事官も同席していたから、すぐに手配してくれるそうだ」

いかにも動きがいい。こと勝沼に関してはお役所仕事という言葉は似つかわしくないようだ。

「なんだかおれ一人、現場で油を売っているような気がしてきたな。かといって立場上、座敷童《ざしきわらし》みたいにここに張り付いている以外にやることがないわけなんだが」

恐縮する大原に葛木は言った。

「そんなことはないですよ。さっきの中里への恫喝なんか、並の腹の据え方でできることじゃありません」

「恫喝なんて人聞きの悪いことを言うなよ。売り言葉に買い言葉でああなっただけだ。しかし最初はただの立て籠もり事件かと思っていたら、ここへきて突然政治的な意味を帯びてきた。こういう方面の仕事はおれたち所轄のメニューにはないから、俊史君のパイプが非常に重要になってくるな」

「そこは任せてくださいよ。オブザーバーだから現場は動かせないけど、そのぶん自分の動きにも制約を受けない。二課や監察の捜査情報もどんどん入れますから、西村と交渉するうえでもいい材料になると思います」

俊史は自信ありげに請け合った。その通りだというように大原は目を細める。

「勝沼さんは最高の人選をしたよ。この事件の警察側のキーマンとその息子さんを組ませるなんて、並の官僚の発想とは一味違う。どうです。久しぶりの現場で気分も乗ってるんじゃ？」

「もちろんですよ。ちょうど役人病に罹りかけていたところだったんで、いい療養になるんじゃないかと思います」

俊史も張りきって応じる。葛木としてはどこか面映ゆい気分だが、この事件を最善の結果に導く上で好ましい方向に向かっているのは間違いない。中里たちの動きはまだ油断がならないが、本当の敵と闘う準備は整いつつあると言えそうだ。

4

池田は覆面パトカーをSATの車両の近くに移動して、山井と若宮とともに動きを監視しているという。

いまは装備の点検をしたりアパートを遠目から確認している程度で、さしたる動きは見られないが、池田たちも身を隠すでもなくあからさまに周囲をうろついて、監視というより嫌がらせをしているというほうが当たっているようだ。若い二人はともかく、強面の池田はそういう役回りには適任だ。

中里の姿はそこには見えず、現地本部のデスク番の話では、朝の会議が終えて間もなく公用車で本庁へ出かけたきり。連絡がないらしい。さきほどの電話は車のなかで受けたものだろう。

わざわざ出向いたということは、電話で済むような話ではなさそうだ。SAT本隊の登場もいかにも手配が早い。ここを先途と動き回っている様子がうかがえる。事件を取り巻く情勢は、いまや謀略戦の様相を呈しているようだ。そういう類の争いごとは現場の刑事には無縁だとこれまで葛木は考えていたが、この事件ではもはや逃れられないところに立たされている。

その謀略戦の最大のプレーヤーの西村はあれから鳴りを潜めている。ネット上には根拠のない憶測情報が氾濫しているが、こういうときにスクープ合戦に精を出す週刊誌はどれも年末年始の休みの時期だから、三田村の周辺にとっては不幸中の幸いではあるだろう。テレビ番組の編成も特番中心に切り替わり、普段なら賑やかに騒ぎ立てるワイドショー関係も休みということで、いまは全国紙が社会面で大きく扱っているだけだ。

警視庁があのブログについて記者会見を開かないことに批判的な論調も見られるが、全国紙の場合、記者クラブを通じて報道規制を受け入れやすい体質があるから、論調としては概して大人しい。

きのうの一時帰宅で多少の不満は解消したものの、このままでは年末年始を公民館で過ごす羽目になると、近隣住民の苛立ちはまた高まっている様子だ。

西村のブログでの告白はすでに住民も知っていて、真相を明らかにすべきだと詰め寄る住民もいる一方で、そのときと同じようにどうして犯人を射殺しないのかと言ってくる者もいるという。

午後になっても西村から連絡はない。渋井は葛木が交渉窓口になることをすでに黙認というより容認している。それならこちらから仕掛けない手はないだろう。そんな葛木の考えに大原も川北も賛成した。

ここまでの西村とのやり取りは川北がレコーダーに録音している。そこには桜田門の本部が聞いたら頭に血が昇りそうな内容も含まれる。いざとなればすべて公表する腹積もりだが、いまのところ桜田門の本部は西村との交渉を公式には禁止しているわけで、こちらが勝手にやる限り逆に干渉はできないというのが俊史の考えだ。勝沼もそうすることに期待を寄せているという。

電話を入れると、西村はほとんど間をおかず応答した。

「警視庁は反応が鈍いですね。なにか画策してるんじゃないですか」

さっそく探りを入れてくるが、苛立っている気配はない。むしろ計算どおりだという余裕さえ感じられる。

「画策どころか対応に窮しているというのが実情のようだ。このままじゃ警察への市民の不信が募るばかりだと私も心配してるんだが」

「真実は一つです。ヒントはすでに差し上げました。捜査に動こうという意思はあるんですか」

「もちろんあるが、なにぶんきのうのきょうで、これから態勢を組もうという段階だ。あの話が事実なら、我々としても看過するわけにはいかないからね」

「隠蔽しようという人たちもいるんでしょう。始めからおれを射殺してすべてを闇に葬ろうという動きがあったわけですから」

　それも織り込み済みだというように西村は冷静な調子を崩さない。ここで隠し立てをしてもいずれ中里たちがぼろを出すだろう。会話を聞いている大原たちに目顔で確認すると、任せるというように頷いた。

「もちろん真実が明るみに出ると困る人間はいる。これは私と君だけの話にして欲しいんだが、本庁の捜査本部にも確かにそういう勢力がいる」

「だったら叶わぬ望みということですね」

「いや、希望は捨てないで欲しい。きのう話したように、その逆の人たちもいるんだから。私と同様、彼らも君と変わらない考えを持っている。もしそういう事実が隠蔽されているのなら、自らの手で明るみに出すことこそ重要で、そういう自浄能力を失った警察は市民の敵以外のなにものでもないと考えている」

「しかし相手は一筋縄ではいきませんよ。彼らは警察組織に巣食う病根というより、警察組織の体質そのものなんですから」

それまで気味悪いほど冷静だった西村の声に、憤りと諦念が入り混じったような不思議な昂ぶりを感じた。それがいまの葛木の心境と響き合う。

「耳の痛い話だが、ある意味で同感だ。その体質は一朝一夕には変わらないが、変えなければと思っている人々もまた少なくない。この事件を通じて君が訴えたことは、そのための大きな一歩になる。いや我々がそうしなければならないと思っている」

「言葉だけならなんとでも言えます。しかし組織のしがらみに搦《から》めとられている人々にはけっきょくなにもできない。自浄作用なんてあり得ない。だから外から攻めるしかないんです」

「そんなことはない。我々を信じてくれないか。すべてがいい方向に向いている。あの射殺事件については、すでに警察庁の刑事局が動き出している。これから警視庁内にも特別チームが編成される」

「隠蔽のための特別チームじゃなければいいんですが」

皮肉を返す西村に、率直な思いで葛木は言った。

「君を射殺してすべてを隠蔽しようと画策した連中は確かにいたよ。しかし私を含め、それをやめさせるために努力した人々もいる。私も上からの命令に逆らって君と連絡をとっている。マスコミが知らない内部情報を君には積極的に提供している。その意味で私は則《のり》を越えてしまった警察官なんだよ」

「だからおれに投降しろと言うんですか。そうすれば警察が生まれ変わると？」

西村は鋭く突いてくる。約束するとまで言い切る自信はない。しかしたしかな一歩になるのは間違いない。

「君と話すようになってつくづく感じることだが、悲しいことに、君ほど警察を愛している人間は警察内部にほとんどいない。その意味では私も威張れたものじゃない。ただこれだけは言っておきたい。たとえ小さな力でも、それを糾合する以外に山は動かせない。私一人の力は微力だが、そんな力を集める核にはなれる」

「おれは警察を愛してなんかいませんよ。むしろ憎んでいるんです。いま仕掛けているやり方でどこまで警察を壊せるか実験していると言ってもいい。上手くいったら真似をする人間が次々出てくる。そうなればおれも命の捨て甲斐があるというもんです」

投げやりな調子で西村は応じた。それが本心だとしたらこれ以上交渉する意味はない。しかし西村の行動がきっかけで警察が少しでもまっとうな方向に変わってくれるという期待が、葛木の心にはすでにしっかり居ついてしまった。

「私は信じない。君のとった今回の手段については肯定できないが、動機については大いに心を動かされているからだ。だからこの前の電話で言った。私と君とは共同正犯だと。もし警察内部に君が指摘するような悪が存在するとしたら、それを除去するのが私の使命だ。そしていまは確信している。この事件の捜査本部にも君を抹殺することで決着をつけようという勢力がいるというそのことが、まさに君が言っていることを裏付けているとね」

「犯罪者であるおれに加担することになってもかまわないと言うんですか」

西村の声のトーンが微妙に変わった。戸惑い、逡巡し、あるいはすがるようなその声音に、葛木はかすかな手応えを覚えた。

「ああ。そうしないと、それよりはるかに悪質な犯罪を許すことになる。君が職務上の命令によって被疑者を射殺したことが立証されれば、たぶん罪にさえ問われない。罰せられるべきは合理性のない命令で部下に殺人を犯させた上司であり、さらにそれを教唆した上の人間だ。その事実が闇に葬られてこの事件が終わるようなことがあれば、私にとっては痛恨の極みだよ」

「理屈はたしかにそうでしょう。でもそれを立証出来ると思いますか」

「容易いとは言わない。しかし不可能じゃない。そのためには君の正確な証言も必要だ。だから考え直さないか。これ以上罪を重ねる前に、人質を解放して投降して欲しい」

「それはお断りします」

思いつめた調子で西村は言う。葛木は問いかけた。

「どうしてそう意固地になる。君が死んでも、その結果は君が憎んだ悪を利するだけだ。君が抵抗すればするほど、彼らは君を殺害する正当な理由を主張できるようになる」

「おれの人生はもう終わったんです。壊れてしまったものは元に戻せない。どんな理由であれ、人を殺した人間の気持ちが葛木さんにわかりますか。死んで罪を償いたいとかいう気持ちじゃない。自分がのうのうと生きていることに堪えられないんです。この世界からただひたすら消えてしまいたいんです」

「だからと言って人質を犠牲にしていい理由にはならない」

「犠牲になるかどうかはそちら次第です」

「解放することもあり得るのか」

「目的が達成されたと判断したときは——。それまではこの勝負になくてはならない切札ですから」

「そのときは君も投降するんだな」

「いいえ、一人で爆死します」

「それはやめてくれないか」

「アパートや近隣の家屋に迷惑がかかるからですか。だったら猟銃で頭を撃ち抜くことにします」

「どうしてそうやって私を困らせる？」

「困らせちゃいません。勝手にあの世へ行くと言ってるだけですよ」

「なあ、君とこんなふうに知り合えたのもなにかの縁だ。自棄にならずにロートル刑事の願いを聞いてくれ。君が娑婆へ出てきたとき、どこかの居酒屋で一杯やりたい」

「済みません。もう決めたことですから。ああ、それから――」

西村は振り切るように話題を切り替えた。

「さっきブログを更新しました。新しい材料が加わっていますから、ぜひご覧になってください」

「新しい材料？」

「ええ。ある人の手紙です。あるいは遺書と言ったほうが当たっているかもしれません」

「ある人とは？」

「見ていただければわかります。たぶん捜査のお役に立つはずです」

第十一章

1

あとでこちらからかけ直すと言って、葛木は西村との通話を終えた。

川北はすでに備え付けのパソコン上でブラウザーを立ち上げている。俊史も大原も箕田も、むろん葛木もその前に集まって、肩を寄せ合うようにして画面を覗き込む。

接続には相変わらず時間がかかる。いまも訪れている人々は大勢いるようだ。

ようやく表示されたブログのページには、西村が言ったとおり新しいトピックが書き加えられていた。

西村です。追加の情報です。

お見せするのは、四年前に亡くなったある人物からの手紙です。

受けとったのは死の二週間ほど前で、それが事実上の遺書だったことに気づいたのは、彼の自殺を知ったときでした。

手紙のなかで、私に生きろと彼は懸命に諭していました。なのに先に逝ってしまった。私は一人取り残された気分でした。敵前逃亡ではないかと、心のなかで恨みました。それでも、そこに綴られていた彼の言葉が、私をきょうまで生きさせたのだと思います。

手紙を書いたのは、五年前の事件の際に、一緒に現場に突入した同僚です。彼、M警部補は私にとって先輩に当たり、SITに所属して以来、親身に面倒を見てもらいました。過去にいくつもの大きな事件で目覚ましい活躍をし、当時の私にとっては憧れのヒーローでした。

私が語れるのはここまでです。五年前の事件の背後にどんな策謀が隠されていたのか、閲覧者の皆さんが原文を読んで判断してください。

西村の文章はそこで終わり、その後にスキャナーで読み込んだものらしい手紙の画像が張り付けてある。

几帳面な筆跡の手書きで、便箋五枚分はあろうか。それは次のような内容だった。

拝復　心配してもらってありがとう。

手紙は転送されてきのう手元に届きました。いまは故郷の実家で心の骨休めをしているところです。

君が苦しんでいることに、いちばん責任があるのは僕です。なぜあの命令に抵抗できなかったのか、悔やむより、いまは自分を責める気持ちしかありません。

僕が射殺すべきでした。というより、あの日起きたことの責はすべて僕に帰するべきで、君が自らを責めることは筋違いです。

射殺の命令があったのが家宅捜索当日の朝で、時間がなかったとはいえ、被疑者が銃を所持している、さらには覚醒剤の常習者であるうえ、室内には人質もいるという情報の信憑性を自ら確認しなかったのは痛恨の極みです。

事前に内偵していた組対部五課の担当班が、拳銃所持や覚醒剤常習についても人質の存在についても、そんな事実はまったく把握していなかったという話をのちに耳にして愕然としました。

君と一緒に現場に踏み込んだとき、僕はそうした情報をまったく疑っていなかったし、君がその任務に積極的だったため、僕は援護に回ることにしました。

君の意欲をないがしろにしたくないという思いと、君も知っているように、突入の際、先陣を切る隊員以上に、援護する者の役割が重要だからでした。

事前情報が正しいとすれば、まさしくそれは体を張った任務であり、一瞬でも躊躇すれば、人質はおろか自らの命をも落とすことになります。そのとき同僚を護るのが援護者の役割です。

しかし君は日頃の訓練の成果を遺憾なく発揮しました。被疑者が銃を所持していなかったことに私が気づいたとき、任務はすでに完了していました。

その後の処理については、君が知っているとおりです。僕たちは即刻現場を退去するように命令され、本庁へ戻るとそれぞれ別の部屋に呼び出されました。そのあいだ、他の隊員との会話も禁じられました。

そこで被疑者を射殺したのが、上司からの命令によるものではなく、正当防衛だったと証言するように説得された。君はおそらく動転していて、それに応じてしまった。当然でしょう。相手が銃を所持していなかったことは、射殺直後に君が自分の目で確認していたのですから。

そのうえ命令は僕を経由して伝えられていた。上司は君と話したとき、射殺しろという命令は出していないととぼけたとのことですが、僕にはそれは通じませんでした。それも当然です。僕に射殺命令を出したのは、ほかならぬその人物だったのですから。

それでも彼は自らの命令を否定しました。命じたのは通常の突入であって、それを射殺せよとの命令だと勝手に解釈したのは僕であると。

命令は口頭で行われましたから、反証するすべがありませんでした。要するに嵌められたのです。

なにかの理由で彼もしくはその背後に連なる人物が被疑者を殺害したかったのでしょう。その結果を正当防衛と言いくるめることで、射殺命令を出した事実は隠蔽し、我々二人には誤射を尻拭いしてやるのだから有難く思えという理屈です。

そんな隠された意図を疑いもせず任務を遂行し、そのうえ君を殺人者にしてしまった。その責任はすべて僕にあります。君はただ命令に従っただけで、その行動にはなんの咎《とが》もありません。あらゆる公務員にとって、職務命令に対する忠実義務はすべてに優先するものです。

もしあのときの射殺命令がなんらかの策謀によるものだとしたら、罰せられるべきはそれを行った人間であり、従った者にはいかなる罪もありません。

僕自身も、かつてやむを得ない状況で犯人を射殺したことがあります。そのときも職務命令に従ったのであり、人質の生命を護るために、それが唯一妥当と考えられるケースでした。

それでも自分の手で人を殺したという事実は、いまもトラウマとして消えることがありません。

君の場合はたぶんそれ以上でしょう。殺す必要のない被疑者を殺害してしまった苦しみは痛いほどわかります。生きていたくないとまで思い詰める気持ちもわかります。

ある意味で君をそんな状況に陥れてしまった片割れでもある僕にそんなことを言う資格がないことを十分承知のうえで、それでも生きて欲しいのです。

人の道を外れた組織の横暴に抗えなかった自分には慚愧以外のなにもありません。事件のすぐあと他部署への異動を願い出たことも、最近依願退職したことも、その後の住所を連絡しなかったことも、まさしく君に合わせる顔がないという思いからでした。

しかし卑怯な男とみられるのを承知でこう言うしかないのです。君には未来があると。希望を捨てることなく、立派な警察官になって欲しいと。

あの事件のことは、もう取り返しがつきません。まさしく周到に仕掛けられた罠で、刑事警察のプロが、その地位を利用して証拠の捏造や隠滅を図れば、内部にいる警察官にとっても手の施しようがありません。警察を取り締まる警察は存在しないのですから。

だからそのことはもう蒸し返さないほうがいい。そうしないと、これから君の前途を危うくするような災難に遭うことになるかもしれません。

しかし警察はまだ芯までは腐っていないはずです。僕のような臆病者ではない、志の高い仲間が必ずいます。彼らとともに、警察を少しでもいい方向に変えて欲しい。君が経験した理不尽極まりないあの事件を糧に、僕のような不甲斐ない人生ではなく、生きていることに誇りを持てるような人生を送って欲しいのです。

もういちど繰り返しますが、あの事件での君の行動にはなんの落ち度もありません。君は命じられた任務を申し分のない手際でこなしただけで、本来なら称賛されて然るべき仕事でした。

死なせずに済んだ被疑者の命を奪うことになったのはひとえに僕の責任です。そんなことで君の未来が潰えるようなことになるとしたら、僕は無念でなりません。

西村國夫《くにお》君

[redacted]拝

手紙はそこで終わっていた。西村からの手紙への返信だとわかる。

末尾の署名は黒く塗り潰されている。西村がそうしたのだろう。冒頭にあったコメントでも、西村はM警部補とイニシャルで呼んでいる。

警察やマスコミに勝手に調べろという意味か。あるいは名前が判明するとM警部補の遺族や親類に迷惑がかかると配慮してのことか。葛木は簑田に問いかけた。

「誰だかわかるかね」

蓑田はあっさり頷いた。

「松木《まつき》洋一《よういち》さんだと思います。突入したのは西村と松木さんで、事件の一ヵ月後に彼は都内の所轄に異動しています。そのあと依願退職されたというのは初めて知りました。自殺というのも初耳です」

　葛木は頷いて言った。

「その人で間違いないな。警察内部に手書きの書類でも残っていれば、筆跡を照合して手紙が本人のものかも確認できるだろう」

「しかし、証拠としては弱いな」

　傍らで大原が唸る。たしかにそれは言える。手紙の主が存命ならより踏み込んだ証言を引き出せるかもしれないが、いまとなってはもう遅い。

「西村と松木という人のやり取りが果たしてこれだけだったかどうか。この程度の材料だけで行動を起こしたとしたら、あまりにも無謀すぎる」

　俊史が首を傾げる。葛木は慎重に言った。

「逆にそうだったからこそ、こういう手段に打って出る必要があったとも言えるんじゃないか」

「なんにしても、この手紙が本物なら、西村がこれまで言ってきたことが別の人間の証言で裏付けられたわけで、その点では一歩前進ですよ」

　川北は勢い込む。一歩前進という言葉そのものがすでに西村サイドに立った物言いだが、そんな思いはたぶんここにいる全員に共通するものだろう。大原が川北に言う。

「母屋の皆さんにも知らせたほうがいいんじゃないか。いくら間抜けでも西村のブログはチェックしていると思うけど、どの程度慌てているか、確認する意味もあるから」

「そうですね。しらばくれて一報を入れてみます」

川北は頷いて携帯を取り出した。かけた先は担当管理官の落合のようだ。先ほどの葛木と西村のやり取りは伏せて、たまたま発見したふうを装って、いかにも困惑した口ぶりで報告する。相手の話にしばらく耳を傾け、それでは指示を待つと言って、川北は通話を終えた。

「さすがに向こうも気づいていたようです。M警部補が松木さんだということはもうわかっていて、お偉いさんたちはだいぶ慌てているようです。筆跡鑑定を含め、本人のものかどうかの確認を急ぐとのことです」

「どう言い逃れるか、うしろめたいものがある皆さんは、さぞかし頭を悩ませているところだろうね」

俊史は冷ややかな口ぶりだ。浮かない顔で大原が応じる。

「しかしその手紙にあるような理屈でこられたら、それ以上突っ込みようがない。射殺命令をじかに受けたのは松木警部補だけで、西村も直接は聞いていない。その松木が自殺しちまった以上、向こうは好き放題に嘘で塗り固められる」

「射殺命令は出していない、松木さんが勝手に誤解した——。そこは手紙のなかでも言っているように、録音でもしていない限り反証のしようがないですね」

俊史は考え込む。大原が箕田に確認する。

「手紙に出てくる上司というのは当時のSITの担当管理官だろうね。いま組対部四課の理事官をやっている丹羽という人だったな。そのうえ三田村や谷岡、中里と繋がる麴町署からの抜擢だった」

「それも、まるでその事件のためのワンポイントリリーフといった感じの短期間でした。組対部四課に異動した翌年に理事官になったというのも異例のスピード出世です」

「三田村人脈に連なるのが、警視庁でのスピード出世の秘訣のようだな。おれももっと早く知っていれば、いまごろは警視様くらいになっていたかもしれないよ」

大原は呆れたような口ぶりだ。気を取り直すように葛木は言った。

「そうは言っても、手紙はすでに世間に公表されてしまったわけで、下手な言い逃れは疑心を招くだけじゃないですか。彼らにとってダメージは大きいはずです」

「勝沼さんが動き出したところでこれが出てきたのは、たしかに悪いタイミングじゃない。どこまで追及できるかわからないが、監察だって見過ごすわけにはいかなくなる。勝沼さんのほうから発破をかけてくれれば、なにか新しい材料が出てくるかもしれないな」

大原も頷く。川北が身を乗り出す。

「手紙の内容が真実なら、丹羽さん一人でやれる仕事じゃないですよ。現場にはなかった拳銃をどこかから持ってきて、被疑者の指紋をつけて証拠とした。違法拳銃を一丁工面するくらい、組対部の四課や五課ならいとも簡単ですから、そっちのほうの手助けもあったはずです」

「それはよく聞く話だな。得意先の暴力団から摘発した銃器がそういう部署にはいくらでもあるそうだ」

大原が舌打ちする。葛木もそんな噂はよく耳にする。摘発するというより供出させておいて、銃器摘発キャンペーンなどのときの数合わせに使うという話さえ聞いている。

「だったら勝沼さんにも報告しておきますよ。ブログの件はもう知っているかもしれないけど、桜田門の本部から正確な報告が行くとは思えませんから」

俊史が携帯を手にして言う。葛木は頷いた。

「そのほうがいいな。桜田門の本部がこれでまともに動いてくれるとは思えない。逆に丹羽理事官を含む当時の関係者に対して口封じに走るかもしれない。勝沼さんに先手を打ってもらわないと」

「ああ、警察庁のほうでも三田村人脈に連なる連中がなにか画策しかねない。ここは勝沼さんにうまく立ち回ってもらいたいね」

俊史は忙しなく応じて、さっそくダイヤルボタンを押した。

2

俊史が勝沼と連絡をとったところによると、そちらへはまだ警視庁から報告が行っていなかったようで、刑事局のスタッフがすでに閲覧はしていたが、桜田門の本部へ事情を問い合わせても、現在調査中で正確な情報が摑めていないという返事らしい。

手紙の主の氏名についても確認中という返事のようで、俊史が松木警部補の名前を出すと、人事データベースでさっそく調べてくれるという。

退職後の自殺の経緯まではわからないだろうが、彼が引き籠もっていた実家の所在地くらいは把握できるかもしれない。場合によってはこちらからそこに赴いて、親族からじかに話を聞く手もある。

葛木が自ら動くのは難しいにしても、こちらの状況はしばらく膠着が続きそうで、池田や山井に動いてもらうくらいのゆとりはあるだろう。

放っておけばそのうちマスコミに察知され、大挙して押しかけられないとも限らない。そうなると親族の口は固くなるか、逆にあらぬことを喋られて、予期せぬ方向でマスコミが炎上する事態も考えられる。

それ以上に怖いのは中里の一派に早手回しに口封じに動かれることだ。その手の工作は公安警察にとってはお手の物だろう。協力者、つまりスパイを募るための予算を彼らは潤沢に持っている。そんな考えを漏らすと、俊史は即座に賛同した。

「それはいい考えだね。親族とはいろいろ話をしているだろうし、遺書も残っているかもしれない」

「池田たちもこの状況じゃ手持無沙汰だろう。こっちにはSITのみなさんがいることだし、機動隊やSATまで出張っているわけだから、人員に不足はない」

大原も異存はなさそうだ。それではと葛木はさっそく池田に電話を入れた。ここまでの状況とこちらの考えを伝えると、池田は一も二もなく乗ってきた。

「それなら任せてくださいよ。そんな手紙が出てきたんじゃ、桜田門のうしろ暗い連中はいよいよ身動きがとりにくくなるはずですから、おれたちが現場を離れてもとくに問題はないでしょう。じつは畑違いの仕事で少々退屈してたんですよ。そういう話なら本業ですから、気分も乗るってもんです」

「近隣での聞き込みも必要になるかもしれないから、山井と若宮も連れていっていいぞ」

「そうさせてもらいます。場所がわかったら知らせてください」

「SATの連中はどんな様子だ」

「いまのところ動きそうな気配はありません。連中も暇を持て余しているようで、ときどき愚痴る声が聞こえるくらいで、士気は決して高くないですよ」

「当初の狙撃計画にしてもそうだが、彼らも警察官だから、上の考えていることに不審な思いを抱いているとも考えられるな」

「そりゃそうでしょう。スマホがあれば西村のブログだって閲覧できるし、ツイッターやらニュースサイトを覗けば、世論の動向もわかるでしょうから」

「そうは言っても、監視は続けたほうがいい。こちらで代わりの要員を手配するから、そっちはいつでも出かけられるように準備していてくれ」

「わかりました。しかし西村ってのも大した野郎じゃないですか。天下の警視庁を相手に、たった一人でこれだけの大勝負を仕掛けるなんてね」

池田もいまや西村のファンといった様子を隠さない。通話を終えると、話の内容がありましわかっていたように俊史が言う。

「張りきってるようだね。ここからが所轄魂の本領発揮だよ」

我が意を得たりというように大原が身を乗り出す。

「そうですよ。三田村の息のかかった連中がどう画策しようと、こっちの目標はもうはっきりしています。五年前の事件の黒幕をなんとしてでも摘発することです。そうすりゃ西村は人質を解放して、自ら投降するはずですよ。それがこのヤマのいちばん正しい決着のつけ方です」

「その通りだと思います。松木さんも西村も、上の命令に忠実に従って罠に落ちた。結果において悪党の手先として利用されたんです。このまま桜田門の本部を牛耳っている連中の言いなりになれば、我々もその轍を踏むことになる。それなら葛木さんが言ったように、西村との共同正犯になるほうがずっと正しい道ですよ」

強い調子で川北が言う。箕田も傍らで生真面目な顔で頷いている。心強い思いで葛木は応じた。

「彼の思いを遂げさせることが、松木さんがあの手紙のなかで言っていたように、警察が芯まで腐っていないことの証しになる。方法はともあれ、そのチャンスを与えてくれた西村に、我々は感謝しなきゃいけないのかもしれません」

そのとき葛木の携帯が鳴りだした。西村からの着信だった。スピーカーホンに切り替えて応答すると、落ち着いた調子の西村の声が流れてくる。

「ご覧いただけましたか？」

「ああ、読ませてもらったよ。書かれていることが本当なら、同じ警察官として恥じ入るしかない。M警部補の本名を教えてもらえないかね」

とぼけて問いかけると、西村は手の内を見透かしたように応じた。

「もうわかってるんじゃないですか。そうじゃなくても調べはすぐにつくでしょう」

「そう言われると、しらばくれるわけにもいかなくなるね。それは松木洋一さんじゃないのかね」

「ご名答です。ただしマスコミには伏せておいていただけませんか。ご遺族に迷惑をかけたくないので」

「名前を出さなかったのは、そういう理由だったんだね」

「ええ。桜田門のほうはたぶん公表しないと踏んでいるんですが」

「おそらくそうだろうね。マスコミに根掘り葉掘り聞かれるとまずいことがいろいろありそうだから。手紙のやりとりはあれだけだったのかね」

「思い悩んだ末に、そのころの気持ちをぶちまけるような手紙を書いたんです。警察を辞められたことは知っていたんで、届くかどうかわからなかったけど、以前の住所宛に送ったらあの返事が来たんです」

「心を打たれる手紙だね。彼の無念さも伝わってくる。君に生きて欲しいという願いは彼の魂の叫びだったようだ」

「でもあれをもらったときは腹が立ちました。あまりにも身勝手じゃないかと。どうしておれと一緒に闘ってくれなかったのかと。勝手に逃げておいて、おれに生きろなんておこがましいと――」

「しかし彼にはどうすることもできなかったんだろう。もし事実が手紙に書かれていたとおりなら、私だってどうしたらいいかわからない」

「いま思えばそうでした。たぶん松木さんの苦しみはおれ以上だったでしょう。それなのに、さらに松木さんを責める手紙をおれは書いてしまったんです。ご親族から訃報が届いたのはそれから間もなくでした」

西村はかすかに声を震わせた。宥めるように葛木は言った。

「彼なりに考えた末の人生の決着のつけ方だったんだろう。なんとも悲しい結末ではあるがね」

「違います。おれが殺したようなもんです。けっきょくおれは二人の人間を死なせてしまった。それでものうのうといまこうして生きている。それはなぜだかわかりますか」

西村は声を詰まらせる。葛木にできるのはその先を沈黙で促すだけだ。

「松木さんの無念を晴らしてやれるのはおれだけだと思ったからです。そのためには、命を捨ててでもなにかをやってやろうと決心したからです」

「そう思い詰めた気持ちはわからないでもない。だからといって別れた奥さんまで巻き込むのは筋違いじゃないのか」

葛木は敢えて探りを入れてみた。ここまでの話の脈絡からすれば、人質の女性への憎悪は今回の立て籠もりの主要な動機とは言えなくなる。

そうだとしたら西村には、最初から人質を犠牲にする意図はないとも考えられる。あるいは当初抱いた、彼女が西村の協力者ではないかという疑念もふたたび持ち上がる。西村はそんな期待を一蹴した。

「それはまた別の話です。とことん精神的に追い詰められて、ある日、おれは心に仕舞い込んでいた真実を妻に告白したんです。そんな自分を支えてくれるのは妻しかいないと頭から信じて。しかし妻は容赦ない言葉でおれを打ちのめしたんです。あなたは人殺しだと。それをずっと黙っていたのは卑怯だと。人を殺した人間とはもう一緒に暮らせないと――」

「覚醒剤にのめり込んだのはそれからだったのか」

「自分を支えてくれると信じていた一本の糸がぷつりと切れた。あとは魂の地獄に真っ逆さまです。そのときです、今回の計画が頭に閃《ひらめ》いたのは――。最初はおぼろげだったのが、そのうちだんだん現実味を帯びてきた。それを成功させるために、この女は欠かせないパーツになったんです」

西村の口調に、いつもとは違うひやりとするものを感じた。威嚇のための強がりか、本気で元妻を道連れにしようと考えているのか、とっさに判断がつかない。

いずれにしても、これまで接してきた西村には見られなかった感触で、いまこれ以上刺激することが得策とは思えない。葛木は深追いせずにその話題を切り上げた。

「我々のほうで人を派遣して、松木さんのご親族から話を聞いてみようかと思うんだが」

「要するに、口封じに出かけようというわけですか」

西村は警戒心を隠さない。努めて穏やかに葛木は言った。

「その逆だよ。話を聞きに行くのは私の部下だ。桜田門の本部の連中よりも先に動くつもりだ」

「あの手紙の内容が信用できないということですか」

「そうじゃない。ただ松木さんも言っているように、あれだけじゃ敵はいくらでもしらばくれられる」

敵という言葉を葛木は敢えて使った。それは西村とのある種の共犯関係を暗に示唆するものだった。それに敏感に反応したように西村は声を落とした。

「親族がなにか知っていると考えているんですか」

「確実なことはもちろん言えないが、人は意外なところに意外なヒントを残しているもんでね。長年刑事をやってきた勘で言うと、あの手紙で、松木さんがすべてを語っているわけではないような気がするんだよ」

「だったら、どうして彼は？」

「それを語らずに命を絶ったのかということだね。そこを含めて知りたいことがいっぱいある。五年前の事件の直後に異動を願い出たという話にしても、その翌年に依願退職したという話にしても、果たして自分の意思によるものだったのか。あの文面だけじゃどうも説明不足だという気がするんだ」

「その点については、おれも確認したかったんです。ただ事件直後は、おれも自分が置かれた状況が呑み込めなかった。下手をすると正当防衛ではなく、特別公務員暴行陵虐致死罪に問われると脅されていた。部内もその事件に触れることがタブーのような雰囲気になっていた。そんなことで、松木さんと腹を割った話ができないうちに彼は異動してしまったんです」

「その後も接触はなかったのかね」

「何度か連絡はとったんです。しかし松木さんはどことなくよそよそしくて、先延ばしされているうちに黙って退職してしまった」

「そんな態度に、君も不審なものを感じていたんだね」

「ええ。あれはやむを得ないことだったと自分にいくら言い聞かせても、罪責感は増すばかりでした。あの命令さえ受けていなかったら被疑者を射殺せずに済んだんです。正当防衛という嘘によってつくられた免罪符なんて自分にとっては紙屑以下です。しかしそんな話ができる相手は松木さんしかいない。彼だって悩んでいたはずだったんです。それなのに、まるでおれと接触するのを避けるようにしていた――」

「文面から察すると、君を思ってのことのような気がするね。つまりそうしないとまずい事情があり、彼はそのことを知っていたようにも思える」

「そうだとしたら、松木さんは大きな勘違いをしていたことになりますよ。そんな気配りをしてもらってまで安穏と警察官を勤め上げるなんてことは、おれにはとても堪えられません」

「いずれにしても、君が把握している以上のことを、彼が知っていたかもしれないと考えているわけだね」

「おれが知っている以外のことをと言うほうが正確です。こっちもまだすべての材料を開示したわけじゃありませんから」

西村は強気なところをみせるが、こちらのやろうとしていることに関心がありそうな気配は感じとれる。

「君が摑んでいる事実をいま明かしてくれるわけにはいかんかね。そうすれば、こちらの捜査との相乗効果が期待できる。もちろん桜田門のお偉方には知らせずに、我々の腹の内に仕舞っておくよ」

さりげなく誘いをかけたが、さすがに西村は乗ってこない。

「まだそこまでの信頼関係はありませんよ。あくまで、おれはおれのやり方でことを進めるつもりです」

「そうか。それならこちらも勝手に動くことにするよ。ただし覚えておいてもらいたい。我々と君の目指すものはたぶん重なる。松木さんの関係者からの聴取以外にも、これからいろいろ動き始めることになる。その結果、君が望んでいる方向に事態が進展した場合、人質を解放して投降すると約束してくれないかね」

葛木は大胆に言った。まだ確信とまではいかないが、刑事捜査のプロとしての強い手応えがいまはある。

松木の親族との接触からなにか新しい事実が引き出せるかもしれないし、勝沼の肝煎りで二課を通じた三田村の身辺の洗い出しや、監察による事件当時の関係者の聴取も行われるだろう。それを妨害する圧力も当然かかってくるだろうが、勝沼にはそれを撥ね退ける気概があると信じたい。

「そんなことができると、本当に思っているんですか」

西村は舐めたような口ぶりだ。自信を覗かせて葛木は言った。

「松木さんが書いたように、警察はまだ芯まで腐っちゃいないよ」

「ではお手並みを拝見させてもらうことにします。ただし桜田門の出方次第では二の矢、三の矢があることをお忘れなく。これから三日以内に具体的な動きがないような場合は、より強硬な手段に出ざるを得ないと予告しておきます」

不快な慄きを覚えた。いよいよ期限を切ってきた。それは西村の焦りの表れとも窺える。しかし本気だとしたらこちらに時間的な猶予はない。いま手にしているだけの材料から真の黒幕の摘発に至るのは至難の業というしかない。

「どうしてそんなに急ぐんだ。とにかく自爆だけは避けてくれ。それじゃ真実がなに一つ明らかにされずに終わってしまう。君が行動を起こした意味もなくなる。松木さんの無念も晴らせない」

「それならそれでいいんです。そもそもの目的は警察にダメージを与えることで、真実が明らかになるなんて期待もしていませんでしたから」

自嘲するように西村は言う。葛木は問い返した。

「あくまで自爆が目的だと言いたいわけか」

「そうです。悪党たちをたっぷり苛め抜いたあとで――」

その不敵な口ぶりに愕然とした。事件発生からここまでのやり取りで、互いに琴線の触れるところがあったと確信していた。それは果たして甘い考えだったのか。あるいはいまの言葉は警察側の動きを加速させようという思惑によるはったりか。

「その話は、とりあえず私個人にだけ打ち明けたものと解釈していいかね」

葛木は慎重に確認した。そんな考えをブログで公表したり、警視庁に対する具体的な要求として突きつけた場合、中里たち強硬派を勢いづかせることになる。西村殺害の大義名分を与えることにもなりかねない。

「いまはそういうことにしておきましょう。だからといって、こちらの考えは変わりません。あくまで警察側の対応次第です」

西村は少しだけ退いてみせた。葛木は苦い思いを滲ませた。

「我々の誠意をいまも信じてもらえないのが寂しいよ。五年前の事件で君と松木さんを陥れた黒幕を摘発することは、いまや私の悲願でもある。君と協力し合えれば、困難な捜査ではあっても道筋はつけられる。そこに三日などという期限を切られて、私は裏切られたような気分だよ」

「そう言わないでください。おれは葛木さん個人は信頼しているけど、警視庁とか警察庁となるとそうはいきませんので。現に桜田門には、おれを殺してけりをつけたがっている連中がいるわけでしょう」

「それを阻止しようと動いてくれている人々もいる」

「だからといって保険をかけないわけにはいきませんから」

「とにかく早まった動きはしないでくれ。いまの話はまだ桜田門には報告しない。我々の内部だけで止めておく」

「とりあえずそれで結構です。こちらで必要だと判断したら、ブログを使って勝手に通告しますから」

「くれぐれも言っておく。自爆は最悪の結末だ。私を信じてそれだけは思いとどまってくれ。その結果、真の悪党を取り逃がすことになったら私がやりきれない」

「葛木さんに重い荷物を背負わせることになって申しわけないと思っています。だからといって無理はしないでください。この一件はあくまでおれが勝手に始めたことで、おれなりにどう決着をつけるべきかわかっているつもりです」

突き放すように言って、西村は通話を切った。

3

「どう思いますか、いまの話？」

携帯をたたみながら葛木は問いかけた。大原は重いため息を吐く。

「予断は許されないな。おれたちも含めて、警察というものへの西村の不信感は拭いがたいようだ。もっともあいつの言っていることが本当なら、信じろというほうが無理というものかもしれんがな」

切迫した調子で俊史が言う。

「だからといっていま勝手な動きをされたら、せっかくのこちらの画策も徒労に終わってしまいますよ」

「私のその場の判断で、三日うんぬんの話は桜田門には知らせないと言ってしまいましたが、それで構いませんか」

葛木が確認すると、大原は当然だというように頷いた。

「いま中里たちを刺激して、いいことはなにもない。西村がこれからなにをしようと目論んでいるのかはまだわからないが、自爆という選択に至るのはこちらにとっては最悪の結末だ。なんとかここまで連中の強行策を抑えられたのは、西村が思った以上に大人しくしてくれていたからだが、痺れを切らして無茶なことを要求しだしたら、逆に連中の思うつぼだよ」

川北も同感だというように身を乗り出す。

「そう思います。こうなったら腹を括るしかないでしょう。ただし捜査一課長と勝沼刑事局長の耳にだけは入れておいたほうがいいかもしれません」

「二人がこちらの考えをわかってくれるかどうかだな」

大原はやや不安げだ。俊史が力強く割って入る。

「そこは信じるしかないでしょう。僕らが疑心暗鬼で孤立していたら、けっきょく敵を利することにしかなりません。一課長には親父がじかに話したほうがいいと思う。勝沼さんには僕のほうから説明しておきます」

大原は参ったというように膝を叩く。

「ああ、そうだね。おれたちが警察という組織のすべてを疑い出したらお終いだ。おれたちのような考えの人間が特別変人なわけじゃない。ただごく一部の人間に過剰な権力が集まるようなふざけた慣行がまかり通っているだけだ。それをぶち壊すのに、いまほどいい機会はないんですよ」

「だったら善は急げだ。一課長に電話を入れてみるよ」

葛木は携帯を取り出して、渋井を呼び出した。渋井はすぐに応じた。

「おう、葛木君。なにかあったか」

「じつは――」

例のブログの話を聞かせると、渋井は驚いたようだった。

「いま別件の帳場から本庁に移動しているところだ。おれのほうにはまだ連絡が入っていない。なかなかやるじゃないか、西村は。立て籠もり事件の犯人で、こういう知能犯というのはそうはいない。本部にいるお偉方も、さぞや頭を痛めていることだろう」

自分もその本部の一員だというのを忘れてでもいるような口ぶりだ。その反応に意を強くして葛木は言った。

「先ほども西村と話をしまして――」

会話の内容をざっと説明すると、渋井は唸るように言った。

「あんたはそこまで腹を割った話をしているのか。いや、責めているわけじゃない。逆に感心してるんだ。松木警部補のことはおれのほうでも把握していた。しかし自殺したというのは知らなかった。親族に話を聞くというんなら早いほうがいいな。実家がどこかわかるのか」

「いま警察庁の勝沼刑事局長に確認してもらっています。じつは刑事局がすでに独自に動いているようでして――」

勝沼の動きを聞かせると、合点がいったというように渋井は応じた。

「いま本庁に向かっていると言ったが、行き先は事件の本部じゃないんだよ。捜査二課長から折り入って話したいと言われて、そっちへ出向くところなんだ。だとしたら勝沼さんの差し金で二課がさっそく動き出したということだな」

「勝沼さんは二課を使って、中里管理官から三田村官房副長官に繋がる人脈を洗う気のようです」

「そっちの捜査はたしかに二課が適任だな。しかし松木警部補の親族からの聞き込みならこっちが本業だ。いいタッグが組めそうじゃないか」

「それで、待つのは三日という西村の話なんですが――」

「おれは聞かなかったことにするよ。あんたたちが黙っていれば、中里たちの耳には入らない」

「そうしていただければ安心です。中里さんたちが静かにしていてくれさえすれば、こちらもなんとか西村を抑えておけると思いますので」

「ああ、そこはあんたに頼るしかないな。松木警部補の周辺の聞き込みには捜査一課から人を出したいところだが、それじゃことが大っぴらになってしまう。人手がないときに大変だろうが、なんとかそっちの人員でやってみてくれ。ここは一課の面目にかけても真相を究明しないとな。SITはうちの虎の子だ。それが警備・公安の人脈に属する三田村の飛び道具に使われていたなんて、とんでもない話だ」

渋井は力強く応じた。俊史も葛木が話しているあいだに勝沼と連絡をとっていたようで、こちらのやり取りを聞かせると、喜色を滲ませて報告した。

「松木警部補の実家の所在地がわかったよ。群馬県の館林《たてばやし》だ。近くてよかったよ。都心から一時間半ほどだね。池田さんたちにはあすにでも動いてもらえるんじゃないの」

「ああ。マスコミが突き止めるのもたぶん時間の問題だ。朝いちばんで出かけてもらいますよ」

大原は勢い込む。俊史は続けた。

「捜査二課に特別チームをつくる話も固まったようだ。警視庁の監察も、五年前の事件について精査するそうだよ」

「本気でやってくれればきな臭いものが出てくるかもしれないが、事件の隠蔽には監察も関与しているからな」

葛木としては手放しで期待はできないが、俊史は太鼓判を押す。

「当時の警視庁の首席監察官は警備・公安畑出身で、やはり三田村の人脈に繋がっていたようだ。いまの人は警務のキャリアが長くて、そういう色がついていない。前任者の粗探しに精を出すのは官僚の性癖の一つだから、いい仕事をしてくれるんじゃないかと勝沼さんは期待しているよ」

俊史はやや皮肉交じりに期待を覗かせる。大原が訳知り顔で口を挟む。

「そのとおりですよ。これまで警視庁の首席監察官は警備・公安畑のキャリアの定席だったんだが、いまの首席監察官は警視庁の生え抜きで、しかも警務畑を中心に歩いてきた。上の役所から来た連中に顎で使われた時期が長いから、三田村繋がりの話とくれば張りきるでしょうよ」

「なんだか我々の出番がなくなりそうですね。もちろんそれはそれでけっこうなことなんですが」

川北はやや不満げだが、その点はここにいる全員が同様で、いまのところ仕事といえば隊長車のなかでのこうした会議くらいのものなのだ。

警視庁の捜査一課にいたころは、靴の底を減らすのが刑事の甲斐性だと思っていたが、所轄の係長というポジションに置かれてみると、デスクにでんとしているのが逆に中間管理職の甲斐性だとも思えてきた。

自分は部下たちからの情報を受け取り、こちらからの情報や指示を送る基地局で、それがあちこち動き回れば捜査陣の混乱を招くだけだ。

そのうえ葛木には西村との対話の窓口という役割もある。現場のすぐ近くにいながらにして、集まってくる情報を共有できるという意味では、この引き籠もり状態がベストだとも言える。

「いやいや、西村もなかなか一筋縄じゃいかない。けっきょく最後はあんたたちの出番になるかもしれん。人質はもちろん、あいつ自身を死なせないためにもね」

気合を入れるように大原が言う。俊史も頷いた。

「そうですよ。中里管理官の動きもまだ油断できません。ＳＩＴの存在は、彼らの強行策に対する防波堤にもなりますから」

打って変わって川北は胸を張る。

「その点は心得ています。いまうちのほうは、対西村というより、ＳＡＴの動きに対する牽制的な配置にしてあります。連中が勝手に突入を試みるようなことがあれば、体を張ってでも阻止します」

「それは心強いね。そのときはうちの署の連中にも手伝わせるよ。なんだかいい方向で決着がつきそうな気がしてきたよ。さっきの西村との話だが、ありゃ強がってはいるが、内心ぐらついているような気もするね」

大原はいかにも楽観的な口ぶりだ。そう言われると葛木も心強いが、西村との会話の余韻はまだ頭に残っている。

執拗に繰り返す死を望んでいるという言葉が、単なる揺さぶりのための方便だとはやはり思えない。その心に秘められた絶望の深さが、葛木の胸の奥のなにかと響き合うような気がしてならない。

仕事にかまけて妻の死を看取ることもできず、その妻の存在があってこその仕事三昧の日々だったことに気づかされ、足元の大地が突然崩壊したような絶望に襲われた。

あのとき感じた死への誘惑がどれほど甘美で心安らぐものだったか。そこから身を振りほどくためにどれほどの苦しみを味わったか――。

西村をそんな絶望に追いやったのが警察という組織に内在する理不尽なら、なんとしてでもそこから救い出すことが、警察官としての、いや一人の人間としての自分の責務ではないか。

4

翌日の朝いちばんで、池田と山井と若宮の三人は館林へ向かった。

勝沼が調べてくれたところでは、警視庁在職当時は、実家には両親と妹が暮らしていたらしい。退職後の状況は記録には残っていないからその後なんらかの変化があったかもしれないが、戸籍や住民票から調べている時間はいまはない。

松木洋一本人は、警視庁を退職するしばらく前に離婚しているという。西村の例を考えても、それが五年前の事件と無関係だとは思えない。

西村や松木が言う策謀が事実なら、二人はそれによって癒しがたく人生を破壊されたとも言えよう。

マスコミはまだ松木の名前も実家の所在もわかっていないようで、そちらに先を越される惧れはなさそうだが、桜田門の本部がすでに把握しているのは間違いない。

三田村一派が公安関係に強い影響力を持っているとすれば、地元警察の公安が口封じに動き始めている可能性がある。競争になるとすれば、むしろそちらかも知れない。

勝沼の働きかけで動き出した捜査二課の特別チームは、五年前の事件で殺害された川島哲也と三田村の関係を洗い直すという。川島が三田村の甥だとしても、それだけでは決め手にはならない。その甥を殺害する動機が果たしてなんであったかが当面の焦点だ。

当時エリートコースをひた走っていた警察庁警備局長の甥で、暴力団の組員になる前は警視庁組対部五課の薬物捜査担当刑事だった――。川島のその経歴からはじつに複雑な匂いが立ち昇る。

警察官僚から政界へと華麗な転身に成功した三田村にとって、そういう甥の存在が、できれば表沙汰にしたくない事実なのは容易に想像がつくが、ただそれだけで殺害するという行為に出るものか。

三田村ほどの実力があれば、川島の存在や行状を表に出ないようにする手段がないわけではない。しかし殺害を示唆したことが発覚すれば、政治家としての生命は絶たれる。リスクを天秤にかければ、とても間尺に合わないだろう。

そのリスクを冒してでも川島を亡き者にしたいとしたら、単なる縁戚関係以上の問題が二人のあいだにあったのではないかと考えたくなる。

一方でいまも警察に対し隠然たる影響力があることを考慮して、二課は自宅や事務所などでの三田村の監視も始めるという。

重点は警察関係者との接触の有無で、世論に追い込まれている現在の状況を考えれば、そうしたことが行われる可能性が高く、それが警視庁もしくは警察庁にのびている人脈を解明する糸口になるのではないかと期待しているようだ。

捜査二課長と渋井の面談の場には勝沼の腹心の秋山参事官も同席し、この捜査にかける意気込みを示したという。

渋井はそのことを報告がてら、きのうわざわざ葛木に電話を寄越して、こちらの動きについても積極的に訊いてきた。松木の実家に聞き込みに行く話にも、渋井は大いに期待しているようだった。

俊史の話では、勝沼は刑事局の主立った職員に年末年始の休暇返上を命じ、閑散とした警察庁内で刑事局だけが異彩を放っているという。

警備局主体の秘密会議はいまも断続的に持たれているが、いま派手に動けば藪蛇になると踏んでいるのか、そちらの部署は閑散としていて、長官官房からも勝沼のほうに干渉してくる気配はないらしい。

そうは言っても官庁というのは基本的に上意下達の徹底した組織で、長官の意思で勝沼の動きを圧殺しようと思えば、決して難しいことではない。

勝沼としては捜査二課を通じた捜査を隠密裏に進め、たとえ長官官房の意向でも覆せない証拠を固めたい。刑事局を休暇中も臨戦態勢にしているのは、警備局が表立って主導権を握ろうとする動きを牽制する意味もあるようだ。

今回の事件をテロ事案と認識すればむしろ警備局が前面に出るのが筋だとも言えるが、それをすれば西村の主張に一定のお墨付きを与えることになり、彼らとしても痛し痒しというところらしい。

警視庁サイドでは中里たちがテロ事案との見立てをごり押しし、西村殺害で決着をつけようと虎視眈々だが、警察庁がまだそこまでの動きを見せていないということは、長官官房にしても、必ずしも三田村の影響力のもとで一枚岩になっているというわけでもないとも読める。

連日の車内泊では体がもたないので、葛木たちはゆうべは城東署の仮眠室で久々に体を伸ばした。

事件発生から三日たち、きょうは大晦日だ。世間はすでに正月を迎える準備に入り、テレビや新聞でもこの事件の露出度はだいぶ低くなっている。

連日続いたマスコミのヘリの飛来も間遠くなった。どんな事件であれ、時間の経過につれて世間の関心が急速に薄れていくのは、情報過多の時代の特徴ともいえる。

西村がそういうことを計算に入れていたのかどうかは知らないが、警視庁や警察庁の上層部にとっては不幸中の幸いと言えるかもしれない。

マスコミの動きが鈍ければ葛木たちも助かる。池田たちの動きにしても二課の動きにしても、彼らに察知されれば報道を通じて三田村サイドに警戒心を抱かせる。これから三が日にかけての報道の閑散期はこちらにとっては稼ぎどきでもある。

川北は定時に本庁へ報告を入れているが、こちらの状況にとくに変化はなく、本庁からもとくべつ指示があるわけではない。まさかこの事態のさなか、お偉いさんたちが正月休みに入ってしまったとは思えない。

中里もきのう本庁へ戻ってから、まだ一度もこちらへ顔を見せていない。そんな静けさがどうにも薄気味悪い。

俊史もゆうべは城東署に泊まり込み、けさは全員が朝七時からまたＳＩＴの隊長車に集まったものの、とりあえずやることはほとんどない。手持無沙汰も仕事のうちときのうは割り切ったつもりだったが、それでもこんな停滞状態は落ち着きが悪い。

5

館林へ向かった池田から連絡が入ったのは昼少し前だった。

「そっちはどんな具合だ」

期待を込めて問いかけると、渋い調子で池田は応じる。

「それがけんもほろろでして。玄関口で追い返されました。息子を殺したのは警察だとまくし立てられて、話すことはなに一つないと、とりつく島もないんです」

「応対したのは？」

「父親です。こちらが疑っている事実を息子から聞いていたのか、それとも西村のブログやマスコミの報道から得た情報なのか。こちらはその疑惑を解明するために話を聞きたいんで、息子さんをそういう状況に追い込んだ張本人を摘発することが目的だと何度も説明したんですが」

池田は困惑を隠さない。聞き込みの手腕に関しては折り紙つきで、これまでも池田が拾った貴重なネタが事件解決の重要な糸口になったことが何度もあった。その池田が音を上げているとなると、実家の両親の警察への恨みは並大抵ではないということだろう。

「その気持ちはわからなくもないが、なんとか口を開いてもらわないと、けっきょく息子さんの無念も晴らせない。そこをわかってはもらえないものかな」

「普通の市民の感覚からすれば、警察なんてのは一枚岩で、全員がグルだという話になるんでしょう。そうは言ってもこれで引き揚げちゃわざわざ足を運んだ甲斐がないんで、もう少し時間をおいてから、もう一度出向いてみますよ。そのあいだ、近隣の家でいろいろ話を聞いてみようと思います。両親の性格やら近所づきあいやらがわかれば、それが説得の糸口になるかもしれませんしね」

「暮らし向きはどんな感じだ」

「家は木造の一戸建てですが、築年数は三、四十年といった感じです。田舎にしては手狭で、失礼ながらあまり裕福そうには見えませんね」

「妹さんも両親と一緒に暮らしていると聞いているが」

「それらしい人の姿は見えませんでした」

「そちらと接触できれば、また対応が違うかもしれんがな。家族というのも必ずしも一枚岩じゃないから」

「そうなんですがね。じつは応対した親父さんの態度に、ちょっと怪しいところがありましてね」

池田が声を落とす。肝心の話をいちばん最後に持ってくる癖はいつもながらだ。興味を隠せず問いかけた。

「というと？」

「呼び鈴を押したら、誰かとも聞かずに愛想よく顔を出したんですが、こちらが名乗った途端に掌を返したようにつっけんどんになりましてね」

「誰かを待っていて当てが外れたというところか」

「そうなんですよ。えらい剣幕でしたが、それもおれたちを早く追い返したいというようにも受けとれる様子でしてね。あくまで勘ですがね」

「あんたの勘はよく当たるからな。まさか中里一派が先回りして口を封じているとか――。そこまで疑いたくはないが、なにかいい条件を付けて抱き込むようなことは、公安の得意の手口だからな」

「あ、ちょっと待ってください。誰か来ました。いったん切ります。すぐにかけ直しますので」

忙しなく言って池田は通話を切った。一般の家に人が訪れるくらい珍しくはない。池田が慌てているのは、それが特別な人間に見えたからだろう。

五分ほどして、池田は興奮した様子で電話を寄越した。

「いま家の前に豪勢な黒塗りの外車が停まりましてね。こんなこと言っちゃなんですが、あの家とはどうも似つかわしくない。男が降りてきて呼び鈴を押すと、また親父さんが出てきて、おれのときとは打って変わった愛想笑いを浮かべてなかに迎え入れましたよ。車番から所有者を調べてくれませんか」

「ああ、わかった。あんたの勘が当たりそうな気配だな――」

そう応じていったん通話を切り、事情を説明して、池田から聞いた車番を告げると、川北が車載の自動車ナンバー照会システムにそれを入力する。

傍らから画面を覗き込んでいた俊史が声を上げた。

「さっそく大変な大物が引っかかったじゃないですか。谷岡元雄――。麴町署の警備課長から三田村の引きで警察庁に異動し、いまは三田村の公設第一秘書をやっているという例の人物ですよ」

「中里の息のかかった連中がまず動くものと見ていたが、のっけからそっちのほうがしゃしゃり出てくるとはな」

大原がため息を吐く。怖気を震うように川北が言う。

「警察の大物官僚だけでも手に余るというのに、政界の人間まで首を突っ込んできたとなると、果たして我々の手に負えるかですよ」

「いや、むしろ手っ取り早いんじゃないですか。警察組織の人脈をたどって三田村にたどり着くのは大変だけど、三田村がじかに動いてくれたとしたら、面倒な官僚機構の垣根を飛び越えて、一気に核心に迫れるわけですから」

俊史は勢い込む。意を強くして葛木は言った。

「潔白ならじたばたせずにでんと構えていればいいのに、腹心を使って自ら動き出したということは、よほど三田村が追い詰められていることを意味する。西村の告発を信じたおれたちの見立ては間違っていなかったということだ。こうなったら政治家だろうが官僚だろうが、警察を私利私欲の道具だと勘違いしているような連中を一網打尽にしてやろうじゃないか」

第十二章

1

　松木の実家を訪れた黒塗りの車の人物の素性を葛木が伝えると、気合の入った声で池田は応じた。

「敵もやってくれるじゃないですか。動きが良すぎて、早くも馬脚を現したとも言えますがね」

「目的は、やはり口封じ以外には考えられないな」

「そういや、いかにも大事なものが入っていそうなアタッシェケースをぶら下げてましたよ。表に出しにくい金は現ナマでというのが、ああいう連中の得意のパターンらしいですからね」

「実家の両親がどれだけのことを知っているかはわからない。西村へのあの手紙から考えても、果たしてなにか決定的なことを本人が喋っていたかどうかだが」

　葛木が不安を覗かせても、池田は意に介さない。

「そこは気にするほどのことでもないでしょう。たぶん三田村だってわかっちゃいないと思います。要は保険を掛けに来たってことじゃないですか」

「万一、両親が三田村にとって不都合なことを知っていて、それを警察に喋られたら困るということだな」

「なにもなければそれで結構。なにか知っていたとしたら札束がものを言うというわけですよ」

「あんたがたっぷり剣突を食わされたように、息子への仕打ちを口実にしておけば、警察との接触を嫌うのもことさら不自然じゃないからな」

「谷岡とかいう男が知恵を付けたのかもしれませんがね」

　池田は苦々しい口ぶりだ。聞き込み上手で鳴らす池田でも、先ほどの父親の挨拶はよほど癇に障ったらしい。

「だからと言って、息子の口から多少なりとも当時の事情を聞いていたとすれば、本当の敵は三田村だと気がついてもよさそうなもんだが」

　自問するように葛木が問いかけると、同感だというように池田も応じる。

「そもそも三田村の秘書がこの状況でしゃしゃり出てくることに、普通なら不信感をもっていいはずですがね」

「上手いこと言いくるめられているとしたら厄介だな。ああいう連中の口にかかれば黒いカラスも白くなる。一方で理屈に合わない話でも、金次第でいくらでも融通を利かせる人間もいるわけだから」

「松木警部補は馬鹿正直な人間だったようですが、親もそうだとは限りませんからね。頃合いをみて、もう一度出向いてみますよ」

池田は舌なめずりするように言う。難敵に出会うほど気分が乗るたちで、こういう局面ではやはり得難い人材だ。よろしく頼むと言って通話を終え、振り向くと俊史も勝沼との通話を終えたところだった。三田村の腹心の谷岡元雄の登場に、勝沼は鋭く反応したらしい。

「二課は当面、三田村の身辺に人員を重点配置するそうだよ。政治家の身辺を嗅いで回ればば必ずなにか匂ってくる。政治資金規正法違反でも公職選挙法違反でも収賄でもなんでもいいから、それをネタに事情聴取すれば事件の核心に迫れるという読みらしい。そんな矢先の谷岡の登場で、半ば大魚を釣り上げた気分のようだ」

「しかし勝沼さんにしても少々持て余す大魚じゃないのか」

腹を探るように訊いてみたが、信頼し切っているように俊史は答える。

「単なる正義感だけの人じゃないからね。今回のことは勝沼さんにとって権力闘争でもある。三田村に繋がる人脈は、勝沼さんが頂点へ上り詰めるうえでの大きな障害なんだ。それを取り除きたいという思いは、勝沼さんにとって大きなモチベーションになっているはずなんだ」

「単純な正義感だけじゃひ弱だとでも言いたげだな」

　いかにも面白くないというように応じると、俊史は慌てて続けた。

「そんな意味じゃない。官僚が正義を実現するためには、権力も重要な手段だということだよ」

「逆の目的のためにも、大いに役に立つようだが」

「だからこそなんだよ。三田村一派のような勢力と互角に闘うにはそれが不可欠な武器になる」

　むきになって応じる俊史に、穏やかな調子で葛木は言った。

「言いたいことはわかるよ。よかれ悪しかれ、そういう場所がおまえが選んだ戦場なんだ。そこでなら、おれなんか逆立ちしてもできないような大勝負が打てる」

「つまり大事なのは、目的を見誤らないことだね」

　生真面目な調子で俊史は言う。葛木は大きく頷いた。

「そこは信じているよ。おまえにしても勝沼さんにしても」

「そうだよ。権力というものが一概に悪ということじゃない。刃物だって使う人間によって凶器にもなれば人の役に立つ道具にもなるわけだから」

大原が励ますように言う。思いを込めるように俊史は答える。

「あるいは必要悪というべきものかもしれません。でも本当に必要なら、それを行使する勇気がないと、世の中はなにも変わらないと思います」

「それを信じるしかないですよ。逃げるわけじゃないけど、そこまでいくと我々の手の届かない場所での闘いになります。三田村の一派みたいなのが警察上層部のすべてだとは思いたくないですから」

川北は祈るような調子だ。葛木もむろん同感で、三田村一派が警察組織をむしばむ病巣なら、それを摘出するメスはいまこちらの手にある。

2

昼過ぎに署長の竹田から連絡が入った。午後五時から急遽、本署で緊急捜査会議が開かれるという。

本庁から参集するのは前回の渋井捜査一課長と高木警備一課長に加え、現地本部長格で岡崎孝則《おかざきたかのり》という警備部の参事官もやってくるらしい。もちろんきのうから本庁に雲隠れしている中里もやってくるだろう。

気になるのは岡崎という人物で、警視庁で参事官といえば副部長格だ。部長の最側近であり、もちろん課長や所轄の署長よりも格が上。本来は現場の捜査本部に出張るような役職ではない。それがわざわざ登場という裏には、警備・公安主導で現場を抑え込もうという一段と強い意思が感じられる。

署長もそのあたりに警戒感を抱いているようで、こちらサイドからも主だったメンバーを全員参集させ、とりあえず頭数では相手を圧倒したいという。かといって現場を手薄にはできない。それは西村の行動に対する警戒というより、いまも現場近くで待機するSATの動きに対するものだ。

きのうまでSATの動きを見張っていた池田や山井たちに代わって、いまは箕田とその配下のSIT隊員が牽制を兼ねた監視を行っている。当面そちらのほうは彼らに任せることにして、こちらからは葛木と大原、そこに夕刻には帰ってくるという池田と山井と若宮も加わる。もちろんオブザーバーとして俊史も出席する。

わざわざ参事官がご登場遊ばすということは、それなりの目算があってのことだろう。西村のネットを通じた挑発で彼らが窮地に立たされているのは間違いない。警視庁はマスコミに対し、いまも詳細については調査中としらばくれるばかりだ。

記者クラブを通じた統制がよほど利いているのか、テレビは大晦日の特番に押されて、そういう姿勢を批判的に取り上げる番組がほとんどない。インターネットの世界での関心は依然として高いが、世間全体の関心は年の瀬の慌しさに紛れてだいぶ薄れているようだ。事件のとばっちりで公民館での年越しを余儀なくされ、一つ間違えば住み慣れた自宅を木端微塵《こっぱみじん》に吹き飛ばされかねない近隣住民の一大事も、報道で接するだけの大半の人々にとっては、すでに対岸の火事といったところらしい。

池田からはいましがた連絡があった。黒塗りの車でやってきた谷岡と思しい男は、十五分足らずで帰って行って、父親はそれを恵比須顔で見送っていたという。

その直後では相手も過剰に警戒するだろうからと、池田たちはしばらく近所を聞き込みして回った。

近隣の民家や商店は年の瀬で慌しく、十分な話は聞けなかったが、掘り出し物の情報が一つあった。あの黒塗りの車を四年前にも見かけた住民がいたという。

「より正確にいうと、松木さんが自殺して一ヵ月ほどしたころだそうです」

ほくほくした声で池田は言った。それは想像していた以上のネタだった。つまり西村の立て籠もり事件とは関係なく、三田村はすでに松木の家族と接触していたことになる。当然、そこにはそうすべき理由があったわけだろう。

「松木という人、西村が想像している以上に核心に迫るようなことを知っていた可能性があるな」

高揚を覚えながら葛木が言うと、池田は猜疑を滲ませた。

「あの親父さん、侮れない策士かもしれませんよ。息子が自殺して一月ばかりで三田村と接触していた。だとしたら松木さんからなにか話を聞いていたか、あるいは遺書のようなものでもあった――。それをネタに親父さんのほうから三田村に話を持ち掛けたって線も考えられるじゃないですか」

そこまで人を疑りたいとは思わないが、それを否定する積極的な根拠も思い浮かばない。そのあともういちど松木の実家に向かい、池田はインターフォン越しに三十分ほど粘ったらしい。

最初はけんもほろろだったが、宥めたりすかしたりの池田の説得に父親は最後は泣きだしそうな調子で、息子の死については誰にも触れて欲しくない、頼むから放っておいてくれと哀願したという。

それが近くを通る人にも聞こえて、いかにも警察が市民を苛めているようで具合が悪いから、その場はやむを得ず諦めたとのことだった。

「親父さん、なかなかの役者のようではありますが、時間をかければ落とせそうな気がします。近所の評判だと、実直で、どちらかというと気の弱いほうらしい。そういう人間がそこまで芝居を演じるとなると、三田村によほど痛いところを握られているか、さもなきゃよほど美味しい餌を与えられているかじゃないですか」

手応えを感じている様子で池田は言った。だからといって、いまここでそれにばかりかまけてはいられない。夕刻の捜査会議のことを伝えると、さっそく飛んで帰るとのことだった。

「いよいよ大物を送り込んできたわけですか。敵も本気で守りに入ったようですね。なあに、こっちが先に大ネタを摑んで赤っ恥をかかせてやりゃいいんです」

池田は意気軒昂《いきけんこう》なところを覗かせた。

3

本署での捜査会議は定刻通り午後五時に始まった。

岡崎という参事官は予想と違っていかにも温厚そうな人物で、高木や中里のような権柄ずくなところがまるでない。

連絡を受けてすぐ、俊史が勝沼に問い合わせたところ、経歴は入庁以来一貫して警備・公安畑だが、三田村閥と見なされる人脈には属していないらしい。

警視庁警備部に出向したのは一昨年で、実務能力には定評があるが、なぜか出世のスピードが遅い。年齢からすれば地方の警察本部の本部長くらいにはなっているはずだが、本人に欲がないのか、なにかの理由で冷や飯を食わされているのか、勝沼もそのあたりがよくわからないらしい。

いまここでそういう人物が前面に出てきたことに、勝沼は警戒心を募らせていると俊史は言う。

岡崎は署長の竹田に勧められて雛壇の中央に着席した。階級でも役職でもいちばん格上だし、警備部長の名代という立場だからそれで当然だ。しかしここでは新参者だという意識でもあるのか、最初は末席に座る気でいたようで、こんな状況でなかったらさぞや好感を持てただろう。

署長は城東署の主だった面々や近隣の所轄から応援にやってきた捜査員たちに動員をかけたらしく、ざっと見て参集した人員は前回の倍近い。

現場周辺は機動隊と地域課の警官が固めているから、現状でとくに不安はないだろう。SIT担当管理官の落合も中里と張り合うように顔を見せている。敵側でないのはたしかだが、前回も危うくオウンゴールをしかけた経緯があるから、その言動には注意を払う必要がある。

数で本庁側を圧倒しようという作戦は上手くいったが、岡崎の登場に関しては予想が狂った。中里や高木のようなタイプを想定して身構えていたところを、つっかえ棒を外されたような格好だ。

池田が館林で仕入れた情報については、すでに渋井と勝沼の耳に入れてある。どちらからも当面は腹にしまっておく約束をとり付けておいたから、それが岡崎や高木に伝わっている惧れはない。岡崎は遠慮がちに口を開いた。

「諸君には、暮れの忙《せわ》しない時期に現場に張り付いてもらって、本庁側としても感謝に堪えない。君たちもインターネットやマスコミの報道には耳を傾けているだろうから、情報量については我々とほぼ同等と言えるだろう。今回は脅迫の対象が警視庁というはなはだ厄介な事件で、本庁上層部も対応に苦慮しているんだが――」

話しぶりはすこぶる率直で、傍らで高木と中里は大いに不服顔だが、渋井は興味深げに耳を傾けている。雛壇の前の捜査員たちのあいだにもかすかなざわめきが走る。本庁から来た警備・公安関係の捜査員たちも戸惑ったように顔を見合わせている。そんな気配に気づくふうでもなく、生真面目な調子で岡崎は続ける。

「西村が主張していることがもし事実だとしたら、警視庁にとってじつに堪えがたい事態だ。我々としても鋭意事情の把握に努めているところだが、当時の関係者からは、あの手紙に書かれていたような事実があったという証言は得られなかった」

そもそもまだ関係者からの事情聴取などまったく行っていないはずなのだが、岡崎は臆面もなく苦渋を滲ませる。けっきょくしらばくれて押しとおそうという腹らしいと葛木は落胆した。

傍らの大原もやはりだめだというように首を振る。当たりが柔らかいからと言って高木や中里と考えに大きな隔たりはなさそうで、彼らより懐が深そうなだけ、かえって扱いが難しいとも言えそうだ。こちらの言い分を聞くふりをして時間稼ぎをされ、西村に自棄を起こさせて自爆させる――。そんな筋書きさえ透けて見える。

だとしてもここは向こうの出方を観察すべき局面だ。いま手にしている材料は当面は隠し球にしておく。まだ動かぬ証拠を握ったとまでは言い切れない。西村が短気を起こさないように説得し続けるのは、なんとしてでもやり遂げなければならない自分の仕事だ。

「警察が市民から負託された公権力を私欲のための殺人に使ったなどということを、私個人としてはあまり信じたくない。だからといってろくに調べもしないで退けてしまうのも、社会の公器としての警察がとるべき道ではない――」

真剣な口ぶりで岡崎は続ける。

「我々に与えられた選択肢は限られている。まず第一義には、人質や周辺の家屋に実害を出さずに西村を無力化することだ。無力化という言葉にはもちろん射殺という意味も含まれるが、極力生かして拘束するのが基本線なのは言うまでもない」

出席者の反応を探るように岡崎はそこで言葉を切った。高木と中里が含み笑いをしながらちらちらりと目を合わせる。渋井は腹の底は見えているというように皮肉な視線を向けている。落合は鳶に油揚げをさらわれるのを警戒するように身を固くする。しばし間をおいて岡崎はさらに続けた。

「もちろん容易な作戦ではない。例の心拍計を使った起爆装置の件もある。しかし前回の会議でSITが提案した妨害電波発生装置を使用すれば、そこはクリアできるというのが本庁上層部の判断だ」

「もちろんその際の突入部隊はSITということですね」

落合が慌てて口を挟むが、岡崎はさらりと受け流す。

「いや、そこはこだわるべきじゃないというのが我々の考えでね。こと突入技術に関してはSATに一日の長がある。とはいえ現場に先乗りしたのはSITで、西村に関する情報も先行して把握している。君たちにもプライドがあるだろうから、混成チームというのも一考に値すると思うんだが」

「突然混成チームと言われても――」

落合はあからさまに嫌気をのぞかせる。相手が突入を本業とするSATとなると、口では混成チームと言っても、お株を奪われるのは目に見えている。

落合にすれば単に体面の問題に過ぎないのかもしれないが、葛木たちにとっては大いに意味が違う。

三田村一派にとって西村の殺害がもっとも望ましい結果であるのは間違いない。SATが先陣を切って突入するのを許せば、起爆装置を取り外したところで射殺するという、こちらがいちばん惧れている手が打てる。高木や中里と比べれば当たりが柔らかく、無理押しをしてこないぶんこちらの抵抗力も削がれる。次第に岡崎の腹の内が見えなくなってくる。

「そうはおっしゃいますが、参事官――」

　隣に座る渋井が、警戒するように身を乗り出す。

「我々としては西村を殺害するという選択肢は考えられない。西村が公表した例の手紙が本物であることは、すでに筆跡鑑定で証明されている。しかし五年前の事件の際、一緒に突入した松木警部補は自殺した。あのときの現場の状況について語れる生き証人はいまや西村一人です。もし西村や松木の話が事実なら、真相を究明する責任はＳＩＴが所属する刑事部捜査一課にあります。従って我々としては、あくまで自らの主導のもとにこの事件を解決したい」

「気持ちはよくわかるよ、渋井さん。しかしその点については、捜査一課だけが責任を負うべき問題じゃない。西村の生死にかかわらず、警視庁としては五年前の事件の真相究明に総力を挙げる。それが警視総監の意向でもある」

　岡崎は話の核心をさりげなくぼかしている。生死にかかわらずという点にこだわるのが意味深だ。総力を挙げてと意気込んで見せてはいるが、それは官僚の口約束に過ぎない。西村が死ねば疑惑は簡単に闇に葬れる。それを考えればこちらものんびりしてはいられない。

　池田が館林で摑んできたネタはその点で大きな前進だが、警察組織内に隠然たる影響力をもつ三田村の牙城に迫るのは容易くはない。勝沼の肝煎りで動き始めた捜査二課にしても、表立っての捜査ができない以上、一気呵成にことは進められない。

そのあいだに本庁上層部が突入の決定を下す惧れは十分ある。捜査一課のような刑事事件専門の部署では現場の裁量が認められる余地が大きいが、警備・公安というのは上意下達が徹底した体質で、本庁サイドがその連中に牛耳られている以上、現場の考えを無視した作戦をいつごり押しして来ても不思議ではない。

現に一度は潰したものの、中里や高木がその方向で現場を動かそうとしたのはたしかなわけで、彼らでは埒が明かないとみての岡崎の登板だとしたら、この捜査会議はある意味で山場かもしれないと、葛木は気持ちを引き締めた。

「心配なのはそこなんです――」

渋井は皮肉を滲ませる。

「三田村官房副長官が殺害された川島と縁戚関係にあった事実は無視できません。そうなると事件の真相を解明するためには三田村さんに接触しないわけにはいかない。しかし警察OBで、警察内部にいまも隠然たる影響力を持つ三田村さんを捜査対象にすることが果たして可能かどうか？」

余りにストレートな渋井の踏み込みに、岡崎も一瞬たじろいだ。

「たまたま川島が三田村さんの甥だった。いまはそれ以上の材料をこちらは持ち合わせていない。まだそのあたりを議論する段階じゃないと思うんだが」

「いやいや、いま議論しておかないと、本庁の皆さんがご執心の強行作戦に私としては信頼がおけなくなりますから。あらぬ疑惑を残したグレーの決着は、警視庁にとっても一般市民にとっても禍根を残す結果になりかねません」

渋井はずばりと決めつける。前回はまとめ役を余儀なくされたが、格上の岡崎の登場で、こんどは遠慮なく攻め手に回ろうという腹積もりらしい。

「なあ、渋井君。我々を色眼鏡で見るのはやめにしてくれないか。私は警備・公安畑の人間で、君たち刑事畑の人間とは考えが違うところもあるだろう――」

岡崎は宥めすかすような調子で応じる。

「しかし警察という組織への愛情という点では決して引けを取らないつもりだよ。その警察への市民の信頼を失わないために、いま我々は二つの目標を達成しなきゃならない。一つは人的、物的被害を最小限にしてこの立て籠もり事件を収拾することであり、もう一つはいま君が言った疑惑を一点の曇りもなく解明することだ。それは決して容易いことじゃない」

「そのとおりです。だからこそ拙速は禁物だと言いたいんです。下手をすれば西村はおろか人質の命も奪い、一帯の家屋に甚大な被害を与えることになりかねません。警備にあたっている警察官にも死傷者が出るでしょう。その結果、真相の解明もできないということになれば、まさしく警備・公安の皆さんが日ごろ口にする警察の威信に取り返しのつかない疵がつきます」

渋井は退こうとしない。苛立ちも露わに高木が割って入る。

「だからと言ってこれ以上手を拱いているわけにはいかないんだよ、渋井さん。あんたたちは現在進行形の事件に慣れていない。殺人や強盗はすでに起きてしまった事件で、捜査には好きなだけ時間をかけられる。そんな頭だからそういう悠長な物言いができる。しかしいま起きている事件にはタイムリミットがある。西村はまだ時間を切っては来ていないが、それもまもなくだろう。公民館に缶詰になっている住民にも我慢の限界がある。拙速だなどと寝言を言っていられる状況じゃないんだよ」

渋井はそれでもひるまない。

「時間との闘いだというのは十分承知しているよ。だからといって突入がベストの作戦なのかどうかもいま早急には判断できない。現に西村は事態を急速に悪化させるような要求をまだ突きつけていない。むしろ我々には思いのほか時間が与えられていると考えているんだが」

「その与えられた時間を使って、あんたたちになにができるというんだね。葛木とかいう所轄の刑事がなにやら勝手に連絡をとっているようだが、そうやって話し込んでいれば、西村の気が変わって投降するとでも言いたいわけかね」

「あいにく本庁が公式の交渉チャンネルと認めてくれていないんで、そこまで立ち入った話はできないようだがね。しかしそちらは電話をしても相手にもしてくれないそうじゃないか」

「無駄話をすりゃいいってもんじゃないだろう。むしろ交渉を絶っているのは我々のほうだよ。どうせなにかあれば、向こうは例のブログを使ってあれこれ言ってくる。それがあいつの作戦で、ほっときゃあることないことがせネタを世間に撒き散らされる。早いとこ片付けないと、こっちのダメージが大きくなるばかりだ」

高木はさっそく本音を覗かせる。西村のブログ作戦が彼らには大いに脅威と映っているようだ。渋井はそこを逆手に取っていく。

「西村が言っていることがガセネタなら、ダメージになることはないと思うがね。警察側もしっかりそのことを発信していけばいい。しかし残念なことに、いまも警視庁は調査中といって逃げるばかりで、説得力のある情報をなに一つ出していない。このままじゃ西村の思いどおりに世論を誘導されるだけじゃないのかね」

「あんた、どっちの味方なんだ。捜査一課長ともあろう立場で、犯罪者の肩を持つ気なのか」

よほど癇に障ったようで、高木は場所柄も弁《わきま》えずいきり立つ。まさかこの場で共同正犯という言葉は使えないだろうが、渋井とはそんな考えを共有していることを葛木はいまも確信している。渋井は攻める手を緩めない。

「この会議に参集している者の大半は、事件発生以来、自らの体を楯に現場の警備に当たっている警察官です。本庁サイドが癇癪を起こして短兵急な作戦に打って出て、もし失敗したら彼らだって命を失いかねない。そんな事態に至ったとき、みなさんはどう責任を取るつもりなんですか」

今度は中里が口を挟む。

「言っちゃなんだが、警察官という職業を選んだ以上、殉職は覚悟のうえのはずだ。それが嫌ならいますぐ警察手帳を返納すべきじゃないですか」

あまりの言い草に雛壇の前に居並ぶ警官たちのあいだにどよめきが起きる。さすがにまずいと思ったか、高木が慌てた様子でそれを打ち消す。

「そんなことまで言っちゃいない。中里君もつい言葉が走ってしまったようだ。こういう事案の場合、半端な覚悟では地域住民の警察に対する負託には応えられない。我々本庁の人間だってこの事案には首が懸かっている。要するにそういうことを言いたかったんじゃないのかね」

「なんだか気に入らないね——」

講堂の一角から聞き慣れた声が響いた。若宮たちと館林からこちらに直行していた池田だった。

「ここにいる連中は、誰だってそういう覚悟はありますよ。だからといって犬死はしたくない。あんたたちにとっては捨て駒に過ぎなくても、一人一人が家族を持ち友達を持ち、夢を持って生きている。そんな命をまとめて量り売りするような感覚で扱われたんじゃ堪りません」

「君の言うことは正論だ――」

雛壇から身を乗り出して岡崎が応じた。

「どういう作戦にせよ、一人の犠牲も出したくないというのは本庁上層部にとっても当然の考えだ。だからきょうあすにでもという話じゃない。もしやるとしても極力慎重にということだ。もちろん説得によって投降させることが可能ならそれに越したことはない。葛木警部補だったね。西村が唯一交渉役として認めているのは。そのあたりの見通しを聞かせてもらえればありがたいんだが」

岡崎は唐突に話を振ってくる。その腹のうちは探りかねるが、突入作戦の実施を多少なりとも遅らせるためには、ここである程度の期待を抱かせておくのが賢明だろう。自信を覗かせて葛木は答えた。

「すでにお聞き及びとは思いますが、私に関しては西村はことのほか信頼を寄せてくれています。だからといっていまのところ投降に応じる気配はありません。話の大半は人生についての思いやら、警察に対する恨みつらみやらです。そういう忌憚のない会話が、いまの段階では西村にとっても命綱になっているような気がします」

「自爆の衝動を抑えることには役立っているわけだ」

岡崎はわかったような口を利く。とりあえず葛木は調子を合わせた。

「そうだという自信はあります。自棄を起こして自爆に走らせさえしなければ、今後の事態の推移によっては投降にも応じるかもしれません」

「今後の事態の推移というと？」

「つまり西村が指摘している疑惑を警視庁側がどう追及するか、その姿勢です。そこがまさしく彼の立て籠もりの目的ですから」

「要するに我々のほうから、彼を納得させられるようなメッセージを出せということだね」

岡崎は率直に反応する。その態度を一〇〇パーセント信じるわけにはいかないが、警備部長に物申せる立場の人間なら言っておいて無駄ということはない。

「すぐに答えが出せる問題だとは思えませんが、前向きの姿勢を感じさせるものが発信できれば、西村の頑なな態度も和らぐでしょう。それを糸口に、私もより強く投降を呼びかけられます」

「そこは重要なポイントかもしれないな。どんな作戦で行くにせよ、とりあえずいまは静穏な状況を保っておく必要がある。西村だって人の子なら、こちらがよほど刺激でもしない限り、これから正月に向かういまの時期に、敢えて血腥《ちなまぐさ》い事態を引き起こすようなことはしないだろう」

岡崎は楽観的な口ぶりだ。やっていること自体は常軌を逸しているにせよ、ここまでの西村の交渉態度にはすこぶる理性的な抑制が感じられる。岡崎をはじめとする本庁サイドのお歴々も、その点については気づいているのだろう。

そこはある意味で西村の弱点とも言える。そんな西村の態度の裏をかいて強行突入を実施するという作戦も考えられなくはないからだ。

ここは本庁サイドの、なかんずく岡崎の理性を信じるしかないが、傍らで落ち着きなく顔を見合わせている高木と中里の動きがやはり気になる。

「私もそう願っています。こちらでしっかりと事実関係を洗い出し、西村のいうことが真実なら素直に過ちを認める。そうでないのなら捜査の経緯を隠すことなく公表して世間の審判を仰ぐ。それでも西村が納得せず破滅的な行動に出るようなら、そのときはこちらもそれなりの行動を考えざるを得ないと思います」

そうは言いながらも葛木には確信がある。三田村はすでに馬脚を現している。それは松木の手紙の内容が真実で、家族はそれについて、かなり深い事情を知っていることを示すものだ。

池田が拾ってきた話で、二課は三田村の身辺に張っている網をさらに狭めていくだろう。

いまいちばん惧れるのは、その答えが出る前に突入が実行されてしまうことだ。岡崎は頷いた。

「それが最善の策だというのはよくわかる。そういう方向で私も上層部に具申するつもりだよ。だからといって、これから一ヵ月も二ヵ月もこんな状況を続けるわけにはいかない。君たちの目には拙速と映るかもしれないが、場合によっては実力行使による事態の収拾に乗り出さざるを得ないことも一方で理解しておいて欲しい。もちろんその場合、西村を生かして拘束することは重要だ。そのためにはSITはもちろん所轄の人たちの協力もぜひ仰ぎたい。大任を預かって現地本部に乗り込んだ以上、私も事件解決に最善を尽くすつもりだ」

いかにも官僚らしい答弁で、実務能力に定評があるというのはどうやら嘘ではないようだ。雛壇の前の捜査員の何人かも納得したように頷いている、しかしけっきょく明確なことはなにも言っていないようにも受けとれる。

高木と中里もどこかすっきりしない表情だ。渋井が口を開く。

「とりあえず警視庁の姿勢について、きょうのうちにでもなんらかのメッセージを発してもらえませんか。西村が突きつけた疑惑に対して、鋭意究明に取り組むというアピールだけでもいい。少なくともこれから三が日にかけては、西村にもことを起こして欲しくないですから」

高木が慌てて横槍を入れる。

「まずいよ。それじゃろくに調べもせずに、西村の疑惑の正当性を半ば認めてしまうことになる。闘う前に白旗を上げるようなもんじゃないか」

「それも作戦のうちだよ。真実はいずれ明らかになる。こうなったら時間を稼ぐのがこちらにとっては得策だ。最悪、突入という事態に至っても、そのために万端の準備をしておける」

渋井は余裕を覗かせる。池田が摑んできた三田村の尻尾のことには触れていないが、すでに二課とも情報交換はしているはずで、数日のうちに固い証拠を摑む自信でもあるようだ。

「私もその点は賛成だよ。それでどうかね、竹田署長。公民館に退避している住民の皆さんには、いろいろ不満も溜まってはいるだろうが」

話を振られて、竹田はここぞというように身を乗り出す。

「一部には犯人射殺を要求するような声もありますが、大半の人は我々の立場を理解してくれているようです。こちらも鋭意説得に当たっていますし、誰しも住み慣れた自宅が爆薬で吹き飛ばされるのは嫌ですから。署のほうでおせちも用意しましたから、三が日程度までなら混乱は避けられるとみています。ただそれ以上となると――」

「ああ。それまでにはなんとか落としどころを見つけたい。ご苦労をおかけしますが、そこはよろしくお願いします」

慇懃《いんぎん》な口調で岡崎は言った。

4

会議を終えて現場近くまで戻り、夕食がてら避難地域から外れたファミレスに腰を落ち着けた。

葛木、大原、俊史、川北といういつものメンバーに池田と山井と若宮も加わって、ここもなかなかの盛況だ。

一とおり料理や飲み物を注文し終えたところで大原が切り出した。

「あの参事官、狸だとしたら相当の古狸だぞ。どうも上手いこと丸め込まれたような気がしてしょうがない」

「かといって、ああいう話のわかる態度で出て来られると、こちらもなかなか突っ込めない。丸々信用するのも危険ですが、中里さんや高木さんと比べれば理性的な話し合いができそうではあります」

葛木は慎重に応じた。大原はそれでも首をかしげる。

「おれに言わせれば、中里や高木みたいながさつな連中のほうが本音が見えてやりやすい。

岡崎なんてのはあくまで官僚で、駆け引きや根回しが本業だから、いつ寝首をかかれるかわからない」

「あのあと勝沼さんが、庁内で岡崎氏の評判をいろいろ聞いてくれたらしいんですけど――」

ついいましがたまで勝沼に状況を報告していた俊史が身を乗り出す。

「岡崎氏は、どうも政治家との繋がりを極端に嫌っているようなところがあるらしいんですよ」

「警備・公安関係のキャリア官僚としては意外だね」

大原は興味深げに相槌を打つ。俊史はさらに続けた。

「十何年か前に彼は警視庁の公安部に在席していたそうです。当時の役職はアジア担当の外事二課の課長で、さる隣国を発祥地とする宗教団体の捜査を指揮していたらしいんです。その過程で、与党の大物政治家がその団体から巨額の不正献金を受けていて、その見返りに国家の機密情報を流しているという疑惑が浮上した。岡崎氏は迷わずその情報を上にあげ、徹底捜査を具申したそうなんです」

「そのころはずいぶん意欲的な人だったんだね」

大原はいかにも意外だという口ぶりだ。俊史は頷いた。

「保守政治家がらみの事案というのは、公安にとっては鬼門のようです。実際、警視庁にも警察庁にも、左翼や右翼を担当する部局はあっても保守系の政党を扱う部局は存在しない。岡崎氏も本来のターゲットは悪徳商法やスパイの疑惑がもたれているその宗教団体だった。その過程でそれが出てきてしまったわけでしょう」

「それで、公安は本格捜査に乗り出したんですか」

「何度上に具申してもなしのつぶてで、そのうち公安総務課への異動の辞令が下ったそうです」

「部内庶務担当ですか。現場を外されたわけですね」

「それだけじゃなくて、その年度にほぼ既定となっていた警視長への昇進が見送られたんです」

「その政治家のほうはなんのお咎めもなしですか」

「その後、外務大臣や財務大臣を歴任して、数年前にリタイアしています。岡崎さんのほうは一昨年、やっと警視長に昇進しましたが、同期と比べると一周遅れで、警備局内部ではそのうえの出世はないだろうとみられているようです」

「それで政治家が嫌いになったと――」

「たぶん本人もそうなんでしょうが、そういう過去があるから、政治家繋がりの人脈からは遠ざけられているとみてもいいんじゃないですか」

「だとしたらこういう局面で、どうして前面に押し出されたのかですよ」

大原は腕組みをする。俊史も思案げな調子で応じる。

「それについては勝沼さんもいい答えが見つからないようです。ただ三田村人脈と一線を画しているのは間違いなさそうで、強行策に対しては多少の歯止めになるんじゃないかとみています」

「そんな気配はたしかに感じたね。高木と中里がずいぶん複雑な顔をしていたところからすると」

大原は大きく頷いた。川北も似たような感想らしい。

「こちらの顔を立てようという気遣いも感じられたし——。たとえ突入というかたちになったとしても、混成部隊ならうちの隊員も突入チームに加えさせることは可能でしょうから、五年前の事件の再現ということにはならないと思います」

俊史も、そのあたりについては楽観的だ。

「渋井さんの提案にも耳を傾けたんですから、少し様子を見てもいいような気がします。そのあいだ、こちらはこちらでいろいろ動けますから」

「そこなんですがね——」

今度は池田が身を乗り出す。

「父親がだめなら、妹という手があると思うんですよ」

「妹さんか。松木さんが退職した当時は実家で両親と暮らしていたと聞いていたな」

葛木は膝を打った。池田は自信ありげに小鼻を膨らませる。

「近所の人から聞いたところでは、いまも実家にいるそうです。普段は市内の保育園で保母さんをやってるそうなんですが、あすは元日ですから、たぶん家にいると思います。周辺で張ってりゃそのうち外へ出てくるでしょうから、そのときつかまえて話が聞けるんじゃないかと思うんです」

「親父さんと同じ対応なら無駄足になるぞ」

「それもあり得ますが、試してみる価値はあるでしょう。予定外の捜査会議があったんで、近所での聞き込みもまだ十分とは言えませんから、若いの二人を連れて、あすも館林へ出かけてみますよ」

傍らで山井と若宮も頷いている。池田はむろんのこと、若い彼らなら、なおさら現場にただ張り付いているだけの仕事は退屈なのだろう。

「いいんじゃないのかね。たとえ空振りになっても、なにもしないでいるよりははるかにましだ」

大原も乗り気のようだ。葛木は慎重に言った。

「くれぐれも穏便にな。向こうにしても元日早々、決して愉快な話題とは言えないだろうから」

「もちろんそこは任せてくださいよ。こと聞き込みに関しちゃ、仏の池田で通っていますから」

それを聞いて山井も若宮も苦笑しているが、署内では鬼のデカ長で鳴らしている池田が、聞き込みの対象者に対しては情を通わせる達人だということを、何度か同行して葛木もよく知っている。

テーブルに料理が届いて、各自が食事にとりかかろうとしたとき、俊史の携帯が鳴りだした。ディスプレイを覗き、俊史は慌てて耳に当てた。

「葛木です。なにか新しい情報でも？」

そう問いかけて、俊史は相手の話に聞き入った。勝沼からだろう。向こうからわざわざ電話を寄越したところを見ると、よほど重要な話らしい。ときおり相槌を打ちながら俊史は耳を傾ける。その表情が次第に明るくなってくる。

五分ほどで通話を終えて、俊史は振り向いた。

「二課がお宝を掘り出したようだ」

「ずいぶん動きが速いな。この段階で三田村の身辺に接触したら、かえって藪蛇じゃないのか」

葛木は思わず不安を漏らしたが、俊史はあっさり首を振る。

「そっち方面じゃないんだよ。先日、川島哲也が三田村の甥だという情報をマスコミに流した野党関係者がいただろう。さっそくその人物を突き止めてね。三田村とライバル関係にある元参議院議員で、いまは浪人しているらしい。二課はそっちから話を聞き出したようなんだ」

「餅は餅屋だ。なかなかやるじゃないですか。それでどういうお宝が？」

大原が気忙しく問いかける。俊史はお冷で軽く喉を潤して語りだした。

「どうも三田村は、川島に恐喝されていたようなんです」

「恐喝？」

「三田村にしてみれば、暴力団との癒着で警視庁を馘《くび》になり、そのあと暴力団員にまで成り下がった甥の存在は、絶対に表沙汰には出来ない事情だった。そのうえ三田村自身が地元の暴力団から裏献金を受けていた。蛇の道はへびで、東京の暴力団に所属していた川島の耳にはそういう情報が入っていたらしいんです」

「もし発覚すれば、政治家にとっては致命的ですね」

「ええ、川島はそれを材料にして、たびたび三田村に少なからぬ金を要求していたそうなんです」

大原が首を捻る。

「なにも殺さなくても、出世街道驀進《ばくしん》中の政治家なら金は唸るほどありそうなもんですが」

「ところがそうでもないらしいんですよ。三田村は財閥の御曹司でもないし、政界に転身する以前は一介の官僚に過ぎないから、大した資産を持っているわけでもない。一方で選挙資金はいくらあっても足りないほどで、川島にせびりとられる金は三田村にとってかなりの痛手だったようです。そのうえ一つ臍《へそ》を曲げられたら、その事実をマスコミに公表されかねない」

「たしかな話なのかね」

「その元議員の現在の秘書が、以前、三田村の地元秘書をやっていたそうで、川島との現金の受け渡しを担当していたようなんです。必要ならその秘書に宣誓供述させてもいいと言っているそうです」

「その元議員にすれば、宿敵の三田村を追い落とす千載一遇のチャンスというわけだ。張り切るのも納得がいくな」

大原が言う。意を強くしたように俊史は応じる。

「それ自体は状況証拠に過ぎませんが、殺害教唆の動機解明という点では十分な重みがあります」

「あとは三田村と、当時のＳＩＴの管理官だった丹羽隆敏を繋ぐ線を解明すればいいわけなんだが」

大原は唸る。葛木は慎重に言った。

「三田村議員による殺人教唆を立証するには、それだけでは不十分でしょう。丹羽さんが隊長の頭越しに松木さんに殺害命令を出した事実をどう証明するか。西村も直接は聞いていないんですから」

しかし大原は意に介さない。

「なあに、そこまで状況証拠を並べ立てれば、西村の主張が正しいことは証明されたようなもんだ。そこのところを警視庁が認めれば、おそらくあいつは投降する。三田村一味の犯罪事実の立証はそれからゆっくりやればいいんだよ」

「そのとおりです。まずは今回の立て籠もり事件を一滴の血も流さずに収拾することが重要で、そのためにはとりあえず十分な材料じゃないでしょうか」

川北も大原に賛同する。そこまで言われれば葛木も納得するしかない。

「だったらそのときは、私も全力で西村を説得します」

「こっちもあすは館林へ出かけて行って、二課に負けないお宝を掘り出しますよ。たとえ状況証拠でも、数を揃えりゃ法廷を動かせます。この勝負、最後は西村の勝ちですよ」

意気揚々とした表情で池田は言った。

5

池田が得た情報と二課が得た情報――。これで流れは大きく変わる。

手早く食事を済ませると、現場警備に戻るという池田たちと別れ、ＳＩＴの隊長車に戻ったところで、葛木はさっそく西村に電話を入れた。いまここで西村におかしな行動をとられたら、せっかく有利に運んでいる状況を後退させかねない。

岡崎はああは言ったが、本庁のお偉方のなかに入れれば彼も一つの歯車だ。本庁サイドが予期せず刺激的な動きに走った場合にも極力自制するように、まずは西村を説得しておく必要があるからだ。

そういう心配が杞憂でもあったように、西村はいつもの気さくな調子で電話口に出た。

「大晦日だというのにご苦労様です。葛木さんのお蔭で、おれも生きて年を越せそうですよ」

「本当にそんな気持ちでいるんなら、私の立場も察してくれて、早く投降して欲しいもんだがね」

葛木も穏やかな口調で言った。西村が訊いてくる。

「警視庁のお偉いさんたちは、この期に及んで、まだしらばくれて済ますつもりなんですか」

「いまのところ、とくにいい知恵も浮かばないようでね」

例の情報をいますぐ切り出したい衝動を抑えながら葛木は言った。西村にしても一筋縄では決していかない相手だ。本題に入る前に、その腹の内をしっかり探っておく必要がある。

「松木さんの手紙についてのあちらさんの感想は？」

「マスコミに公表している程度だよ。要するに、詳細について鋭意調査中といったところでね」

「調査なんかしなくたって、知ってる人間は知ってます。このましらばくれて逃げるつもりなら、いい三が日を過ごせるかどうか、保証の限りじゃありませんよ」

「それは十分承知しているはずだ。彼らもじつは追いつめられているということだろう」

西村が唐突に訊いてくる。

「さっきまで、捜査会議でもやってたんですか」

「ああ、本庁警備部の参事官がご到来でね。しかし、どうしてわかる？」

「警備の人数がだいぶ手薄になって、そのあと葛木さんたちも現場を離れるのが見えましたから」

「さすがは元ＳＩＴの隊員だ。なかなか観察が鋭いな」

「ＳＡＴはまだいるんですか」

「ああ。当初は狙撃チームだけだったが、いまは突入チームも加わっている」

「けっきょく、強行突入するつもりなんですね」

「極力、それを避けるように説得しているところだ」

「追いつめられているならなおのこと、難しいと思いますがね。どんな手段を講じてでもおれを殺すことが、連中にとってはいちばん望ましい結末でしょうから」

「いずれにしても、早まったことはしないで欲しい。まもなく君に朗報をもたらせるかもしれない」

もう少し引っ張るつもりでいたが、つい口にしてしまった。西村は不審げな調子で訊いてくる。

「朗報って、なんですか？」

「新しい材料が出てきた。これで君の願いを遂げられる——」

三田村の秘書と松木の父親の接触の件、さらに川島哲也による三田村への恐喝の件を聞かせてやったが、西村はとくに喜ぶふうでもない。

「その程度の話じゃ、三田村の訴追は無理ですよ」

「たしかに状況証拠ばかりだが、少なくとも警視庁上層部が知らぬ存ぜぬで済ますわけにはいかなくなる。本格的な捜査に乗り出すことになれば、犯罪事実の立証は決して困難じゃない」

「だから、ひとまずおれに投降しろと言うわけですか」

「ああ。そろそろ闘いの場を法廷に移すことも考えて欲しいんだ。まだ表に出していない材料が君にはあるという話じゃなかったか。それを合わせれば三田村の犯罪を十分立証できる」

「もしできなかったら、おれは単なる間抜けで終わります」

「そこは信じてもらうしかない。少なくとも我々が、隠蔽のためではなく真実の究明のためにそういう動きをしていることは認めてくれていいはずだ」

「葛木さんたちのご努力には感謝しています。しかし今回のことはおれ個人が勝手に始めたことで、自分の力でやれるところまでやるつもりなんです。申し訳ないけど、葛木さんたちを人間としては信じられるとしても、組織としての警察や検察を信じる気にはなれないんです」

「日本は法治国家だ。その国の警察組織内部で起きた犯罪を徹底究明できないとしたら、この国そのものを貶めることになる。私たちはそういう覚悟でやっている。その点において、我々と君の思いは一致しているはずだ」

「そう願っている警察官は少なからずいるでしょう。しかしけっきょく無力じゃないですか。いまも蔓延している裏金システムにしたってそうでしょう。内部告発した警官は左遷され、挙句は組織から追放された。外部から指摘されれば一部の警官の不祥事としてトカゲの尻尾切りで済ませ、組織としての犯罪性は決して認めない。警察に靡《なび》く習性が染みついているマスコミは、決して大きく取り上げない――」

西村は一方的にまくしたてる。言っていることは当たっているから、葛木は反論するすべもない。

「三田村のような警察官僚出身の政治家にとっては、それが重要な政治資金になるから、彼らは警察組織に芋蔓のように人脈を張り巡らせ、人事や予算配分に介入してその利権を手放そうとしない。おれや松木さんが嵌められた例の事件にしても、そういう利権構造がベースにあってのものと言えるんじゃないですか」

「たしかにそうかもしれない。だからこそ心あるものが立ち上がらなきゃいけない。君に今回のような行動をとらせた責任は我々にある。遅まきながら我々なりの闘いを始めたところだ。だからこそ、君と私は共同正犯だとまで言った」

「それで本当に警察が変わると思いますか。嵌められた松木さんは自殺して、殺害命令を下した当時の管理官は出世して組対部の理事官をやっている。三田村は近々入閣が噂されている。三田村の人脈に属する連中に限って、とんとん拍子で出世している事実はすでに把握しているでしょう。そんな連中が寄ってたかって警察を私物化しているんです。裏金を吸い上げ、都合の悪い犯罪を隠蔽し、論功行賞でもあるかのように警察人事に介入する。出世だけが生き甲斐の官僚はそういう連中の言いなりです。そんな警察の体質を合法的なやり方で変えられると思いますか」

変えられると自信をもって言えない自分がもどかしい。

西村の言うような人間を輩出することが警察のような巨大官僚機構の体質だとしたら、たとえ三田村を訴追できても、新たにその座を占める人間が必ず出てくる。そういう連中は、じつは法をも私物化している。それを合法的なやり方で変えられるのかという西村の問いには切実なものがある。

法の番人としての警察官に、きょうまで誇りをもって生きてきた。そんな自分が、いま西村が指摘したようなことを知っていながら、抗っても無駄なことと見て見ぬふりをしてやり過ごしてきた。そんな自分の人生を振り返れば、忸怩たる思いのほかなにもない。

警察官として、人間として、自分はいま瀬戸際に立たされている。

西村が自らの命を捨ててでもやろうとしていることが、世間一般の感覚からすればテロリズムなのは間違いない。そしてその意思に、法の番人という立場を超えて共感を覚えざるを得ない自分がいる。

「済みません。葛木さんにこんなことを言っても、ご迷惑なだけなのは十分承知しています――」

一転して穏やかな調子で西村が言う。

「三が日が明けるまで、おれも無茶なことはしないと約束します。警視庁がどんな答えを出してくるのか、まずは見極めようと思います」

「私を信じてくれるのかね」

すでに答えはわかっているとでも言いたげに、西村は穏やかな諦念《ていねん》のようなものを滲ませた。

「けっきょく自分は死ぬことになるかもしれません。そのときなにか一つでもこの世に希望が残せるなら、決して無駄死にじゃないような気がします。おれにとって葛木さんこそがその希望です」

第十三章

1

この世に残せる唯一の希望――。それが葛木だという西村の言葉が、不吉な予言でもあるかのように頭のなかで谺《こだま》する。西村がこだわる三日の期限は、この世界との別れを惜しむために自ら設定した猶予期間のようにさえ思えてくる。

しかしそれでは葛木の面目が立たない。西村を生きさせられなければ、刑事としての自分の人生もこれで終わりだという気がしてならない。西村の絶望の深さが葛木の心を強く揺さぶる。

二人の会話を聞いていた俊史たちも、語るべき言葉が思い浮かばないように押し黙る。

「西村もあそこまで意固地になることはないと思うんだがな」

途方に暮れたように大原が口を開く。川北がおもむろに続ける。

「彼にすれば、松木警部補を自殺に追いやったのも、自分だという思いがあるでしょう」

「そこまで責任感の強い人間なら、自爆して死傷者を出したり、近隣住民に多大な迷惑をかけたりすることを本気でやろうと考えるだろうか」

そこがかすかな希望だというように大原は問いかける。西村は警察を試しているような気がします」

「やはり信義の問題なんでしょう。西村は警察を試しているような気がします」

「ああ。おれたちの誠意は伝わっていても、しょせんは組織に属する人間だ。あいつは組織そのものを疑っているわけだからな」

「彼が言っているとおりなら、人質に対しても殺害する動機がないわけじゃなさそうだ。今回の行動の目的が、真実を明らかにすることよりも警察に痛打を浴びせることだとしたら、やらないと決めてかかるのも危険だね」

俊史も慎重に言う。元ＳＩＴ隊員の西村であれば、警察側との駆け引きも熟慮したうえでの行動のはずで、自爆という最終手段に打って出る可能性を排除するような言質《げんち》は決して与えないだろう。まさにそれこそが彼にとっては唯一の切り札なのだ。

一方でそのことが諸刃の剣だとも言える。葛木たちを含め、警視庁サイドにプレッシャーを与えるうえで極めて有効であるがゆえに、三田村一派にとっては強硬手段による西村殺害のもっとも強い動機にもなるからだ。

もっとも西村はその点も腹を括っている節がある。ブログを使ったメッセージの発信で、マスコミも世論も警視庁の発表に疑念を抱いている。強引な突入作戦で自分が殺害されるようなことがあれば、世の人々は西村が発信した川島哲也殺害事件の話と重ね合わせて考えるだろう。

そのとき警視庁が川島の事件についての疑惑をどう否定しようとも、それを裏付ける新たな状況証拠として一般の人々は見るはずで、警視庁はもとより、日本の警察組織そのものにとって計り知れないダメージになる。

それは葛木にとっても辛い。自分が半生を捧げた警察に対し、一般市民の目からは限りなくクロに近いグレーという見方が定着することは堪えがたい。

しかし三田村一派にすればどうでもいいことだろう。彼らにとって警察は欲得のための道具に過ぎない。どれほど濃いグレーであっても、犯罪として立証されなければ痛くも痒くもない。善も悪も区別のつかない泥沼のような世界こそが、彼らのような魑魅魍魎《ちみもうりょう》が住みやすい環境なのだ。

「そこだよ。おれたちの目には三田村はクロとしか見えないが、そこをどう立証するか。時間がたっぷり使えるならやり方はいろいろあるが、三日という期限は大きな障害だ」

大原は頭を抱える。こちらの捜査に進展がない場合、三日後に西村がどう出るか予想がつかない。まさか突然、爆破予告をするようなことはないと思うが、三田村一派をさらに追い詰めるような行動に出た場合、突入作戦を回避するのは困難になるだろう。

川北はSIT単独での突入なら十分勝算があるようだが、中里たちの横車でSATに主導権を握られた場合は保証の限りではない。せめて突入要員も混成にしないと、SATだけではなにをやられるかわからない。

　西村は近隣一帯を吹き飛ばせるほどの爆発物を用意しており、その点が川島のときとは状況が違う。不可抗力による殺害と言い逃れる理屈はいくらでも見つけられるだろう。マスコミや世論がそこにいくら疑惑の目を向けても、正当防衛が認められれば法手続き上なんの瑕疵《かし》もないことになる。

「突入という事態を回避できるのが最善ですが、最悪そうなった場合に備えて手を打っておくべきでしょう」

　葛木は言った。西村の自制力をいまはまだ信じたいが、それも相手があってのことだ。むしろ桜田門の本部のほうが西村を挑発するような行動に出る惧れもなくはない。

「政治的なレベルでの駆け引きになりそうだな。現状だと桜田門の本部を牛耳っているのは警備・公安の連中ということになるが、そこにどうやって介入するかだ。頼れるのは勝《かつ》沼《ぬま》さんくらいだが、あの人にしても警備局に対してどれだけ影響力を行使できるか」

　大原は唸る。だからといって、ここはなんとか保険をかけておきたい。俊史が身を乗り出す。

「それならおれがいったん警察庁に戻って、じかに勝沼さんと話してみるよ。これから三が日にかけては泊まり込みだと言っていたから、こちらの状況を詳しく説明するにもいい機会だし」

「そうしてもらえるとありがたい。電話じゃ難しい微妙なニュアンスも伝わるし、そのあたりについての勝沼さんの考え方もじっくり聞けるだろう」

葛木は期待を滲ませた。中里《なかざと》にはごまめの歯ぎしりと揶揄《やゆ》されたが、いまの状況ではあながち外れとも言い難い。所轄の刑事にしかできないことがある一方で、上の世界の大きな力でしか動かせないこともある。

三田村が本気で影響力を行使してきた場合、勝沼もこちらと五十歩百歩になりかねないが、それでもなにか打つ手はあるはずだ。自分たちのような末端の警官と同様に、警察が悪徳政治家の手駒に成り下がることを潔しとしない警察官僚がいないはずがない。俊史は頷いた。

「善は急げと言うからね。いま連絡を入れてみるよ」

俊史は携帯のボタンを押した。勝沼はすぐに応答したようだ。事情を説明し、これから出向きたいと言ったあと、相手の話に耳を傾けながら怪訝な表情で葛木を振り返る。

「わかりました。話をしてみて、折り返しご連絡します」

そう応じて通話を終え、俊史は葛木に向き直った。

「親父に警察庁まで出て来られないか、訊いてくれって言うんだよ。西村と接触している当人から、じかに話を聞きたいそうなんだ」

「おれふぜいが上の役所の局長と？」

当惑しながら応じると、俊史は大きく首を横に振る。

「勝沼さんは身分の差なんて気にする人じゃないよ。西村からの連絡は携帯で受けられるから、しばらく現場を離れても問題はない。本当は自らこちらに出向きたいらしいんだけど、立場上難しい。なんとか考えてみてくれって言うんだよ」

「いいじゃないか。現場のことはおれたちに任せて、いますぐ行ってきたらいい」

大原は乗り気だ。川北も賛意を示す。

「思いがけないチャンスじゃないですか。非正規のラインとはいえ、本庁の刑事局と現場が直結すれば、三田村一派の政治的な策謀にも遅滞なく対処できます。我々にとっては大きな力になりますよ」

警察庁刑事局長といっても、現場に対する直接的な指揮権があるわけではない。黒幕が巣食っているのは警備局で、勝沼としてはそちらへの影響力も限られるだろう。そう考えれば過剰な期待は禁物だが、いまできることはなんでもやるべきだ。葛木は頷いた。

「わかりました。どこまでお役に立てるかわかりませんが、膠着した状況を打開するうえで悪い話じゃないと思います」

「桜田門の本部には、まだこの内容は聞かせていないんだね」

録音した西村とのやり取りを再生しながらここまでの詳細な経緯を説明すると、深刻な表情で勝沼は問いかけた。葛木は頷いた。

「ええ。そもそもこうした対話をすること自体、公式には認めてもらっていません」

「自分たちにとって都合の悪い内容が含まれていることがわかっていたんだろうな。いくら部外秘にしても、本部として聞いてしまえば部内的には公になる。彼らと西村との交渉が絶たれているのも、向こうが拒絶しているというより、本部がそういう努力を意図的に怠っているためだとも思えるよ」

勝沼は皮肉な口ぶりだ。葛木は頷いた。

「私もそんな気がします。しかし本部に気兼ねなく話ができる点では幸いとも言えます」

「たしかにそれは言えるだろう。そこで君たちに頼みたいのは、とにかく時間を稼ぐことなんだ。西村が三日という期限を切っていることにどういう意味があるのかわからないが、三田村本人を検挙するにはそれでは到底間に合わない。そのうえ国会議員には不逮捕特権がある」

2

不逮捕特権のことは気にかかっていた。現在は国会は開かれていないが、会期前の逮捕でも議院から要求があれば釈放しなければならない規定がある。通常国会は一月中に召集される。その前に議院が釈放を求めないほどの強い証拠を固めておかなければ、かなりの期間、立件が遅れる可能性がある。

「三田村議員を訴追に持ち込むことは可能でしょうか」

葛木は問いかけた。相手が国会議員となると、一般の殺人捜査が専門の捜査一課では手に余る。そのうえ現場での対応で葛木たちも手一杯だ。そこは刑事局長の職権を背景にした捜査二課の仕事に期待するしかない。

「松木警部補の父親への三田村サイドからの接触の件は貴重な情報だ。川島哲也が三田村を恐喝していたという話にも信憑性がある。松木警部補が存命なら、彼の証言も有力な証拠になったんだが」

「議員本人の逮捕、訴追に至るには時間がかかるにしても、それを保証できるところまで捜査が進展すれば、西村も考えを変えるかもしれません」

「ああ。三日という期限は厳しいが、見通しだけはつけないと状況はさらに悪化するだろう。その場合の対処はあなたに頼むしかない。西村が警視庁の本部との接触を拒否しているのは、ある意味で幸いかもしれない。彼らに任せたら、あらぬ挑発に走って、逆に西村を刺激しかねない」

「桜田門の本部が突入の決断をする可能性も大いにあります」

「西村の主張は主張として、それも考慮に値する作戦ではある。ただし君たちが危惧する事態になるのは極力避けたい」

慎重な口ぶりで勝沼は言う。葛木はその意味を確認した。

「SATが単独で突入するケースですね」

「彼らだって、西村がなにを主張しているか、マスコミやネットからの情報で知っている。まともな警察官なら川島の事件の二の舞になりたくはないと信じたいが、油断できないのは言うまでもない」

「突入現場はある意味で密室ですからね」

「桜田門やうちの上層部には、三田村一派の意向とは無関係でも、西村を射殺して落着という結果を歓迎する向きもいるだろう」

「警察がそういうレベルの役所なら、私は手帳を返納するしかありません」

「そのときはおれも付き合うよ。しかしその前にやれることはやっておかないとね」

自信ありげに勝沼は言う。葛木は問い返した。

「なにか目算がおありですか」

「じつは二課が大きな情報を摑んだらしい」

「というと?」

「例の川島が恐喝のネタに使った暴力団からの裏献金の話だよ。三田村の政治団体の政治資金収支報告書に、過去五年間で数千万円という巨額の記載漏れが見つかった。おそらくその暴力団からの裏献金だ。もちろん御多分に漏れず、議員本人は関与を否定するだろうが、それを理由に政治団体の関係者や議員秘書を取り調べることは可能だ」

「そこから川島の件にも迫れますね」

「ああ。なんとかその流れから議員本人の逮捕に繋げられれば、殺人教唆の事実も追及できる。とにかくこれから三日のうちに、二課の特命チームが総力を挙げてその段取りを整える」

「松木警部補に射殺命令を出したとされる丹羽さんについては？」

「すでにうちの首席監察官とは話をしている。直接取り調べできる立場ではないが、警視庁の首席監察官に対して指示を与えることはできる。丹羽理事官の聴取についてはいますぐにでも動ける態勢だが、重要なのはそのタイミングだ。三田村議員側の警戒心を煽らないために、そちらの捜査と密接に連携して動くことにしたい」

「網は着実に狭められそうですね」

「そこまでの成果を示すことで、西村を翻意させることは難しいだろうか」

勝沼は身を乗り出して問いかける。そう訊かれると葛木も退くわけにはいかない。

「なんとか頑張ってみます。いずれにせよ、約束した三日間に限っては、西村は無茶な行動には出ないはずです。住民の一時帰宅の際も、彼は無謀な動きはしませんでした」

「ところが三田村の子飼いの管理官がその裏をかいた作戦を企てた。そこが心配だというわけだ」

「そうなんです。あすからの三が日は、この事件への世間の関心も薄らぐでしょう。西村の警戒心も緩むはずとみて、隙を突いての強行作戦に出る可能性も否定できません」

「勝手にやられて、西村はおろか多数の死傷者を出す事態になれば目も当てられない。その点については、私のほうから警備局長に強く申し入れをしておくよ。中里という管理官や高木という警備一課長が、うちの警備局の三田村人脈と強く結びついているのは間違いない。こちらが三田村に対して網を狭めつつあるとほのめかしてやれば、とばっちりを食うのを惧れて連中も派手な動きは手控えると思うんだが」

「作戦の切り札になる妨害電波発生装置は、すでにＳＩＴが入手しています。それがなければ作戦の実行は不可能で、ＳＡＴ単独での突入にせよ、事前にこちらに接触せざるを得ないと思います。その点が歯止めになるかもしれません」

「そういう話が持ち込まれたら、私に直接連絡をくれ。長官官房に直談判してでも止めさせるから」

勝沼は力強く請け合った。

3

勝沼との面談を終え、現場へ戻る公用車の車中で、やや消沈したように俊史は言った。

「勝沼さんも、これといった決め技は持ち合わせていないようだね」

自らを奮い立たせるように葛木は応じた。

「そこはおれたちと同様だ。普通の刑事捜査だって一発逆転の大技なんてまずあるもんじゃない。こんなことをやっていても無駄じゃないかと思えるようなことの積み重ねの向こうにしかいい結果は待っていない」

「そうだね。三日という期限にこだわれば心もとないけど、三田村を網のなかに追い込んだのは確かだからね。そうなると問題は、西村をどう説得するかだよ」

「正直にこちらの状況を話すしかないだろうな。西村はまだほかに警察サイドの急所を摑んでいるようなことを匂わせているが、どうもはったりのような気がする。むしろ狙いは、自分を殺害させるように仕向け、結果として警察にダメージを与えることじゃないのか」

「だとしたら、そのこと自体がまさに自爆作戦だね。もしそんなことになったら、おれたちだって一生癒せない傷を負うことになる。どうやってそれを思いとどまらせたらいいんだろう」

「根底にあるのは、おれたちが所属し、自らもかつて所属した警察という組織への絶望なんだろう」

「この社会全体への絶望といっていいかもしれないね」

「彼が陥った運命の過酷さを考えれば無理はないという気がするが、勝沼さんがそうであるように、それが警察という組織のすべてじゃないことをどう納得させるかだよ」

「おれたちだけじゃない。勝沼さんの肝煎りとはいえ二課も特命チームをつくって動いてくれている。渋井一課長もそうだ。たぶん監察もこの件に関しては手加減なしでやってくれる。西村にはそこを信じてもらうしかないと思うよ」

「ああ、渋井さんや勝沼さんの動きについてはおれも感謝している。昼夜を分かたず張り付いてくれている現場の連中だって、正義の遂行を職務と心得る本物の警察官だ」

「しかし西村が納得するような結果を、最終的におれたちの力で出せるだろうか」

俊史にしては弱気な口ぶりだ。それもわからないではない。葛木にしても政治家を標的にした捜査は経験したことがない。

与党の大物でしかも警察官僚出身。警察に対する三田村の政治的影響力は並みではない。長官、総監といった警察トップが三田村の影響力の外にいるとは考えにくい。そこから圧力がかかれば、勝沼や渋井も屈せざるを得ないかもしれない。

葛木にしてもそんな危惧を払拭できない以上、果たして西村に対してどこまで強い説得ができるか。

「やらなきゃならない。それができないとしたら、西村からすれば、おれたちも三田村やその取り巻きと同類のクズ役人に過ぎないことになる」

強い口調で葛木が言うと、俊史は納得したように頷いた。

「そうだね。いまは結果を恐れているときじゃない。一歩でも半歩でも前へ進まないと、世界はなにも変わらない」

「そのとおりだよ。おれもこれから西村の説得に全力を注ぐ。闘うべき真の相手は西村の絶望だ。この世界はあながち悪いものじゃない。生きてみるに値するものだということをわからせることが、刑事という商売を超えたおれの責務だ」

「そこは親父の人間力に頼るしかないね。親父だって、いまは生きていてよかったと思っているんだろう」

生前、なにもしてやれなかった妻への慚愧から何度も死を考えたことは、だいぶ前に俊史に告白している。そんな思いから救ってくれたのが、「母さんは刑事としての父さんのファンだった」という俊史のさりげない一言だったことも——。葛木は率直な気持ちで頷いた。

「ああ。うだつの上がらないおれの人生も、母さんやおまえという味方がいたことを知って、絶対に捨てちゃいけない宝物に思えてきた。それと同じように、西村にも決して少なくはない味方がいることをわかって欲しい」

4

霞が関から首都高に入ったところで葛木の携帯が鳴った。大原からだった。耳にあてると、どこか忙しない声が流れてきた。

「勝沼局長との話は済んだのか」

「ええ、いまそちらへ向かっているところです」

「どうだった。動いてくれそうか」

「厳しい条件のなかで、できるだけのことはやってくれそうです――」

悲観的な印象はなるべく出さずに会話の内容を伝えると、喜び半ばという調子で大原は応じた。

「せいぜいやってもらってそのくらいだろうな。いやいや贅沢は言えない。三田村の政治資金収支報告書の件は大きな材料だ。この短期間で二課はいい仕事をしてくれたよ」

「三日という期限さえはずして考えれば、三田村はもう網にかかったも同然です」

「ただし結果を出すにはもう少し時間がかかるな」

「問題はそこを西村が信用してくれるかです。いまはまだ手形に過ぎません。不渡りになる可能性もなきにしもあらずですから」

「しかし説得するしかないだろう」

「精いっぱいやってみます。しかしまだ読めないのは、西村が望んでいるのが、果たして三田村とその人脈に連なる連中を検挙することなのかどうかです——」

先ほど抱いた危惧を口にすると、大原は不安げに応じた。

「おれもそんな気がしていたんだよ。あいつの目的が単に警察にダメージを与えて死ぬことだったら容易い話だ。さらに警察を挑発して、自分を殺害する以外に選択肢がないところへ追い込めばいいんだから」

「困るのは、敢えてその手に乗るのを辞さない連中がいることですよ」

「その点をたぶん西村は見誤っているな。あいつがいちばんダメージを与えたい連中が、そういうダメージにいちばん抵抗力があることをわかっていない」

「もちろんそうなった場合でも、三田村一派に対する追及の手は緩めませんがね」

不退転の思いで葛木は言った。だとしてもそれは最悪の結末だ。このまま死傷者を出すことなく西村が投降すれば、刑期は十年足らずで済むだろう。どこかの居酒屋で一献《いっこん》酌み交わしたいという葛木の誘いにも応じられる。

「いつ、どういうかたちでそのあたりの事情を西村に伝えるかだな。説得に応じる可能性があるなら早いほどいいが、とことん死ぬ気でいるんなら、新たな挑発のネタに使われかねん」

「帰ったら相談しましょう。いま高速に入ったところで、二十分もあれば現場に戻れます」

「そうしよう。今夜は署から年越し蕎麦の差し入れがあるそうだ。温かい食い物を腹に入れれば、なにかいい知恵が出てくるかもしれん」

年越し蕎麦の話を聞いて腹の虫が鳴きだした。ここのところ、朝、昼、晩と仕出し弁当やコンビニ弁当で、体よりも心が冷え込むような気分だった。

現場に戻ると、大原と川北が隊長車のなかで待ちかねていた。折り畳み式のテーブルの上にプラスチックの器に盛られた四人前の天麩羅蕎麦が湯気を立てている。

「そろそろ戻るころだと思って出前してもらったんだよ。ほかの連中は近くの公園に仮設したテントで交代で食っている。地元の蕎麦屋の組合がケータリングを引き受けてくれたそうなんだ」

「それは嬉しいですね。市民の皆さんも我々の苦労をわかってくれているわけだ」

「そうも言えるけど、無料ってわけじゃないからね。世の中不景気で年越し蕎麦を頼む家も少なくなったから、向こうも渡りに船というところじゃないの。うちの署としては馬鹿にできない物入りだよ」

大原はいかにも管理職という愚痴をこぼす。さっそく蕎麦の器を手にとって一箸啜《すす》ると、やや伸びてはいるもののまだ十分温かく、ごま油で揚げた天麩羅も香ばしい。

「それでもありがたいですよ。これで人並みに年が越せます」

「たしかに仕出し弁当やコンビニ弁当だけじゃ年を越した気分にはなれないね。それじゃおれもいただくとするか」

大原も勢いよく蕎麦を啜る。俊史と川北も夢中で箸を動かしている。隊長車の車内は蕎麦を啜る音以外しばし沈黙に満たされる。西村にも振る舞ってやりたいところだが、それを受け入れる状況でもないだろう。

事前によほど備蓄していたのか、西村からは食料や煙草や日用品の要求が一度もない。立て籠もり事件ではそういう物の受け渡しが犯人逮捕の突破口になるケースが多いが、元SIT隊員の西村はそのことをよく知っている。

5

ゆうべは年越し蕎麦にありつけたものの、元旦のきょうは雑煮《ぞうに》もなければおせちもない。今年も当分SITの隊長車をねぐらに、男所帯の侘《わび》しい生活が続きそうだった。

「しかし西村が無事に年を越せただけでも幸いだよ。あいつに新年の挨拶はしなくていいのか」

いつものメンバーでコンビニ弁当の朝食を済ませたところで大原が言う。葛木は頷いた。

「私もそう思っていたところです。これから電話を入れてみます」

携帯の短縮ボタンを押すと、数回の呼び出し音で繋がった。スピーカーホンに切り替えると、意外に明るい西村の声が流れてきた。

「葛木さん、明けましておめでとうございます。こちらからご挨拶しようと思っていたところでした」

「私のほうこそ新年おめでとう。元気で年が越せたようでよかったよ」

「葛木さんもお元気そうでなによりです」

「人質の女性も変わりないんだね」

「ええ。状況が状況ですから元気だと言えば嘘になりますが、食事もちゃんととっているし、体調面では問題ありません」

「彼女だけでも解放することはできないかね。大量の爆薬と脈拍計を使った起爆装置がある以上、こちらは強行突入はできない。自爆されれば周辺家屋を中心に経済的被害は巨額になる。住民はもちろん警察もそれは望まない。だとしたら人質をとっていることに大きな意味はないと思うが」

「おれもそれは考えています。すべては今後の流れ次第です」

率直な調子で西村は言った。それは意外な反応だった。葛木は問いかけた。

「今後の流れというと？」

「警察が一つの組織として五年前の事件の真相を明らかにし、社会に対して謝罪すること。その道筋が提示されればということです」

「そのときは君も投降するのか」

「それは別の話です。自分の死に方は自分で決めます」

「いま我々は三田村議員に対する網を狭めつつある。君が言う三日という期限には間に合わないが、近い将来、起訴に持ち込めるという手応えがある。そのときは警察内部で彼の手先となった連中も一人残らず訴追される。事件に関与はしていなくても、長官、総監を含む警察トップも責任は免れないだろう。君の望みはそれで達成されるんじゃないのか」

　そこまでが葛木が言えるすべてだった。確約はできない。しかしそれをやり遂げることが自分にとって、いまや人生の価値と等価なのだという思いを込めた。

「ええ。おれの人生の最後の望みです。それが達成されれば、もう思い残すことはないんです」

　西村はなにかを断ち切るような口調で応じた。葛木は語りかけた。

「どうして死に急ぐんだ。人生に躓《つまず》きはつきものだ。それを乗り越えたとき、生きることがかけがえのないものだと気づく。捨てていいような人生はどこにもない。希望は生きることを通じてしか生まれない」

「おれは殺す必要のない人間を二人殺しました。その罪を一生背負って生きろというんですか。言葉ではなんとでも言えます。しかし言葉では決して癒せない絶望というものもあるんです」

川北がみているように、松木の死にもまた西村は抜きがたい罪責感を抱いているようだ。葛木は続けた。

「承知しているよ。君が背負っている人生の重荷と比べれば、私の言葉なんて紙切れのように軽いものだというくらい。それでも言いたい。君が背負っているものは、生き続けることによって素晴らしい宝に変えられる。君の絶望の深さを、むしろ私は羨んでいるくらいだよ」

「言葉遊びはもうやめませんか」

鋭い口調で西村は言った。相手が別の世界の住人ででもあるかのように越えがたい心の隔たりを感じた。それでも葛木は語るのをやめられない。

「君には空しいお喋りにしか聞こえないかもしれない。しかし私にとっては魂の叫びだ。君の力で警察は目覚めようとしている。そんな思いを共有している人々が大勢いる。君はもう一人じゃない」

「それは嬉しいけど、でも、もうもとへは戻れないんです」

「どうしてそう悲観的にものごとを考えるんだ。手段はともあれ、君はすでに大きな仕事をやってのけた。それを誇りに新しい人生を歩むべきだ」

「おれの人生はとっくに終わっています。いま生きているのは、おれがなにを成し遂げたかを見届けるためだけなんです」

そう言い捨てて、これで打ちきりだというように西村は通話を切った。

「人質の解放についてはいくらか前向きの答えだったが、生きて投降する気は皆無のようだな」

重い口調で大原が言う。ドライに割り切るなら、人質さえ解放されればあとは勝手に死ねとも言える。自らの行動の結果に納得しての死なら、自爆という手段も思いとどまるかもしれない。

しかしそう割り切ることが人として正しい道なのか。ここで終わりにしてしまうなら、いま西村に語った偉そうな人生講話がまさしく紙切れのように軽いものだったことになる。

「もう一歩だという気がしますよ。少なくとも人質の件は前進です。言葉では頑なところを見せていますが、我々の動きについては間違いなく評価しています。自爆をやめて投降に応じる目も出てきたと思います」

川北は楽観的だ。しかし葛木にすれば、最後の難関をクリアするのがより困難になったような気がする。自爆は断念させられても、自殺を思いとどまらせることには、また別の難しさがある。

それは警察に対する怒りではなく、五年前に射殺した川島への、さらに自分の手紙が自殺の引き金になったと信じている松木警部補の死への贖罪《しょくざい》の意味を持つからだ。

それが西村にとってどれほどのトラウマになっているのか、葛木には想像も及ばない。しかしそのどちらも本来は西村の責に帰すべきものではない。警察官の職務とはまた別の意味で、それをさせてはならないという思いは強まる一方だ。

「二課は正月休み返上で動いてくれています。三が日のうちに西村の気持ちを動かすような成果が出るかも知れません。池田さんたちも館林に出かけています。そこでも有力な材料が見つかるかもしれません。自分がなにをなし遂げたか見届けたいと西村は言った。それなら、最後の答えが出るまで生きるべきなんです」

俊史は祈るような口ぶりだ。葛木は言った。

「おれも最後まで諦めずに説得するよ。絶対に死なせるわけにはいかない。三田村のような悪党のせいで、三人もの人間が死ぬのは堪えがたい」

6

勝沼からは午前中に現状の報告があった。

警視庁の監察は、すでに松木警部補に殺害命令を出したとされる当時の管理官、丹羽隆敏現組対部四課理事官の身辺調査に着手しており、二課による三田村サイドの捜査の進展にリンクするかたちで、一両日中に本人からの事情聴取に踏み切る手はずらしい。

二課の動きは迅速で、きょうのうちにも都内にある三田村の政治団体の事務局に対する令状を請求し、あす早朝から家宅捜索に入る段取りだという。三田村からの圧力を回避するためにすべては極秘裏に進めており、正月休みで油断している隙を突く作戦だ。そこから一気に三田村の検挙に進むのは難しいが、肝心なのはまず外堀を埋めることだと勝沼は言う。

そんな動きに呼応するように、渋井はこの日から城東署の本部に常駐し、現場の動きに目を光らせている。そのターゲットが中里とその配下のSATであることは間違いなく、必要な場合は決断力に乏しい落合に代わってSITを直接指揮するかたちになるから、こちらにとっては心強い布陣と言える。

三日間の猶予という約束を守っているのか、西村のほうから具体的な要求はない。警視庁からは特段、西村へのメッセージは出されていないが、三田村に対する捜査の進展に期待してのことなら、それを伝えた葛木への信頼はそれなりに強いと考えられる。

館林へ出かけた池田からは昼過ぎに連絡があった。松木警部補の自宅を張っていたところ、四十代くらいの女性が家から出てきた。普段着姿で、遠出する様子はない。しばらく後をつけると、出かけた先は近くのスーパーだった。

店から出てくるのを待って、池田が身分を告げ、松木警部補の妹さんかと確認すると、そうだと答えた。さっそく松木さんのことで話を聞きたいと申し出た。警戒されるものと覚悟していたら、むしろ積極的に応じてきて、逆に池田がたじろぐほどだったらしい。

妹の名は和恵《かずえ》。近くのファミレスに腰を落ち着け、ずばり三田村と父親の関係について訊ねると、和恵は憤りを滲ませて言ったという。

「父は兄の誇りを売り渡したんです――」

松木の死から一ヵ月ほどしたころ、谷岡元雄と名乗る人物が焼香をしたいとやってきた。現在は国会議員の秘書をやっているが、かつては警察官で、松木の上司だった時期があり、優秀な部下として目をかけていた。訃報を知って驚いて飛んできたと言ったらしい。

松木と谷岡に在職中接点がなかったことはすでにこちらで確認済みで、その言い分が嘘なのは間違いないが、もちろん両親も和恵もそんなことは知る由もない。

焼香のあとしばらく雑談して谷岡が帰ってから、仏前に置かれた香典袋を開けてみると、中身は聞いたことのない会社が振り出した小切手で、額面は三百万円。父親は慌てて名刺にあった携帯の番号に電話した。なにかの間違いではないかと訊くと、間違いではない、心からのお悔やみとして受けとって欲しいと言う。

最初は固辞したが、谷岡は頑として聞かない。狐につままれたような思いで父親はそれを受けとることにしたらしい。

その大金の意味がわかったのはそれからしばらくしてからで、和恵が兄の遺品を整理していたときだった。ふと目に留まったノートを開いてみると、なにかのレポートのような内容が書き込まれていた。

難解な警察用語が多く、走り書きで判読不明な箇所も多かったが、どうやら自殺する前年に兄が参加した突入作戦についてのものだった。

そこに書かれている事実は和恵を震撼させた。五年前に兄はＳＩＴを退任し、都内の所轄に移り、さらに依願退職して実家に戻ってきた。そのあいだに妻とも離婚している。当時、兄は鬱病《うつびょう》と診断され、抗鬱剤による治療を受けていた。

そんな人生の転変の理由について兄はなにも語らなかった。そもそもそれ以前にも、職務上知りえた事実は家族にも喋れないといって、仕事の内容について語ることはほとんどなかった。

だから五年前の事件のことも和恵は初めて知った。それが警視庁上層部から政界にまで繋がる黒い人脈によって仕掛けられた罠だったことも――。

その人脈に連なる一人が谷岡元雄で、彼が仕える参議院議員三田村和彦こそ、その頂点に位置する人物だった。

三百万円の香典の意味がそのときわかった。それは口止め料なのだ。

どのようにして兄がこれだけの事実を調べ上げたのかわからない。警察官としての正規の職務としてではなかったのは間違いない。和恵が読んだところでも、ほとんどが伝聞や憶測で、犯罪を摘発するための資料としては使えないことを、兄自らも随所に記していた。兄はこんな秘密を抱えて、悪者を告発することも出来ずに自ら命を絶った。その無念を晴らすために、あの金は突っ返し、ノートを世に公表すべきだと和恵は両親に迫った。父親は拒絶し、母親もそれに従った。年金暮らしの両親にとって三百万円は大金だった。それに加えて恐怖もあった。相手が息子の言うような悪党なら、逆らえば自分たちの命も危うい——。

それから毎年一回、同じ金額の小切手が送られてくるようになった。そして昨日また谷岡が訪れて、今度は五百万円の札束を置いていった。これから警察やマスコミが押し寄せる可能性がある。例の件についてはくれぐれも口をつぐむようにという要請だった。

外出先から戻ってきて和恵はそれを知り、ふたたび突っ返すように両親に迫ったが、もちろん聞き入れてはくれない。怒りのやり場に困っていたところへ声をかけてきたのが池田だった——。

そこまで語って、池田は深々とため息を吐いた。

「SITをやめてからは所轄の地域課勤務でした。非番を含めて体の空く時間は多い。遺されたレポートはそれを利用して個人的に調べ回った結果じゃないですか」

「しかし告発するに足る証拠は集められなかったわけだ」

「口止めに走ったということは、彼がそんなことをしていたのを連中は察知していたんでしょうね。依願退職もなんらかの圧力を受けてのような気がします」

「そのノートはいまも実家に？」

「それが困ったことに、娘さんに黙って親父さんが焼却しちまったらしいんです。根が律儀な性格で、口止め料を受け取った以上、それが信義だという理屈だったそうで」

「だとしたら意味は大きいが、状況証拠以上のものではないな」

「そうなんですがね。じつはもう一つ面白い話があるんですよ――」

池田はもったいをつける。いちばんのネタを最後に持ってくる癖はなかなか治らない。

「それはいったいなんなんだ」

「じつは――」

池田が語ったネタは、当たれば逆転ホームランというくらいのものだった。

「やってみる価値はあるな」

期待を込めて葛木は言った。いかにも楽しげに池田も応じた。

「ええ。ただ諦めたんじゃ、宝をドブに捨てることになりそうな気がします」

7

翌日、午後五時を過ぎたころ、本署の現地本部にいる署長から電話が入った。受けたのは大原で、その顔にただならぬ緊張が走った。通話を終えて大原は舌打ちした。

「中里が抜け駆けを画策しているようだ。高木警備一課長から連絡があったらしい。万一に備えて消防車と救急車の出動を要請してほしいとのことだ」

「つまり今夜じゅうに突入があるということですか」

緊張を覚えて問い返した。

「そうだとしたら許せない。いま中里に電話を入れる」

大原は携帯を取り出し、長いコールを続けてから、憤りも露わに携帯を閉じた。

「ふざけやがって。応答もしない」

傍らで川北がSATの動きを監視している箕田に電話を入れている。しばらくやりとりを続けて、振り向いた川北の顔が青ざめている。

「動き出したようです。なにをするつもりだと訊いても一切答えないようで、いまはアパート近くの路上に車両を移動して待機しています」

「銃は持っていますか」

「全員完全装備で、うち二名が標準装備の短機関銃を携行しています」

「急がないと。おれは勝沼さんに連絡を入れる。親父たちは渋井一課長に知らせてくれないか」

俊史はそういって勝沼をコールする。葛木は渋井の携帯番号をダイヤルした。通話中の信号音が聞こえてくる。いったん諦めて携帯を閉じたとたんに着信音が鳴った。耳に当てると、緊張ぎみの渋井の声が流れてきた。

「すまん。電話中で出られなかった。ＳＡＴの件だな」

「ええ。怪しい動きがあるのは本当ですか」

「いま高木警備一課長に確認していたところだ。連中、どうもやる気のようだ」

「こちらにはなにも話がありません。単独でということですか――」

「どうも二課の動きが警備部に漏れたらしい。それが三田村に伝わって、強引な動きに出てきたんだろう」

「あと少しで三田村を捕えられます。ここで勝手なことをされると、すべてが水の泡になりかねません」

「それが向こうの狙いだろう。西村を殺害して事件の幕を引く。三田村逮捕に向けた二課の動きは、そのあと時間をかけて潰せばいいという算段だよ」

「私の感触では、西村は我々以上の材料は持っていません。いまさら殺害することに意味はないような気がするんですが」

「向こうはそこが疑心暗鬼なんだよ。ある意味で西村に手玉に取られているわけだが、こちらからすれば、それが状況を悪化させる要因になっている」

「しかし突入時に使う妨害電波発生装置は我々の手にあります。それを渡さなければ実行は難しいでしょう」

　やや楽観する思いで葛木は言ったが、渋井は警戒心を露わにする。

「そうも安心してはいられないだろう。向こうもプロだ。単独突入を企てているとしたら、その点でもなんらかの手段は講じているはずだ。種を明かしてしまった以上、同じ装置を急遽用意した可能性もある」

「思いとどまらせる方法はありませんか」

「高木は警備部長の承認を得ているといっている。例の岡崎という参事官も相当の狸だったな。最初からこうするつもりでこちらを油断させていたわけだ。ＳＡＴの指揮権は連中が握っている。桜田門の本部のトップが警備部長で、とやかく言うなと言われれば黙って引き下がるしかない」

　渋井は悔しさを滲ませる。葛木は言った。

「それならＳＩＴは捜査一課の管轄です。渋井さんの出動命令があれば、いつでも動けます」

「SATより先に突入を決行するわけか」

渋井は考え込む。傍らでやり取りを聞いている川北が頷いて賛意を示す。葛木はさらに一押しした。

「西村を殺さずに拘束するには、もうその手しかないでしょう」

「あんたの言うことはもっともだ。しかし現場で先陣争いをしているうちに、西村に突入の気配を察知される惧れはないか」

そう言われると心もとない。向こうの強引な動きからすれば、話し合いによる調整の余地はまずないだろう。そこは渋井も悩むところのようだ。もう一度高木と談判してみるといって、渋井は通話を終えた。

勝沼と話していた俊史も、通話を終えてこちらを振り向いた。

「勝沼さんも寝耳に水だったようだ。これから警備局長のところへ出向いて話をするそうだよ。それで埒が明かなければ、長官と直談判することも辞さないと言っている」

「そうか。渋井さんも、もう一度警備一課長と話をすると言っている」

「我々は急いで突入の準備を整えます。こちらはシミュレーションをしっかり進めてきましたから、上からの指令さえあれば、急ごしらえのSATよりも速やかに行動に入れます」

そう言って川北は携帯から箕田に総員呼集の指示を出す。大原は署長に電話を入れて事情を説明し、現場の警官に注意喚起するよう要請する。

作戦に突入する際は最悪のケースを考えて大半の警官がこの場を離れることになるが、いまそれをすれば西村に異変を察知される。葛木たちは多少距離を置くにしても、現場にとどまらざるを得ない。突入作戦を実行する際にはそういうリスクもあるから、SITとしてはこれまで簡単に踏み切れなかったわけだった。

今度は大原の携帯が鳴った。大原は耳に当てたとたんに剣突を食らわせる。

「事前の相談もなしに、どういうつもりなんだ。現場の人間は死ねということか」

目顔で合図すると、大原は慌ててスピーカーホンに切り替える。いつもの舐めたような中里の声が流れてくる。

「だからいま連絡してるんだよ。本部で相談して決まったことだ。SITの実力じゃ不安だということでね」

「妨害電波発生装置は貸してやらないぞ」

「どうせそういうけち臭いことを言い出すと思って、似たものを用意したよ。警備部門にもそういう技術の専門家はいるんでね」

「なにからなにまでおれたちのパクリだな。あんた、いまどこにいる?」

「陣頭指揮するために、特型警備車でそっちへ向かっているところだ」

特型警備車とは警察用語で、危険地域での活動に用いられる機動隊専用の装甲車両を指す。いま葛木たちがいるSITの隊長車もある程度の防弾性は備えているが、特型警備車はさらに戦闘車両に近いといえる。

「あんたたちはそれで身の安全が護られるんだろうが、現場にいる警官はどう退避させるんだよ。そういう話もせずに、勝手にことを進めるつもりなのか」

「決行の二時間前に連絡を入れるから、いっぺんにじゃなく徐々に間引くように退避して欲しい。ただし最終的に、防護楯や車両の陰で身を守れる人員は残してもらいたい。そうじゃないと西村に怪しまれるからね」

「それだって命懸けだよ。それに混成でやるって話じゃなかったか」

「チームワークってのがあるからね。俄《にわ》か仕立ての混成チームじゃ、こういうリスクの大きい仕事は難しい」

「やはり西村を射殺する気だな」

「その点についても承認を得ている。あくまで必要な場合に限ってだが、テロリストの命が重いか、人質や警官の命、住民の財産が重いか、考えなくてもわかるだろう」

「あんたたちにとっていちばん重いのは、政界とつるんだ利権構造じゃないのか」

「そこをどうしても勘ぐりたいなら、この現場をきっちり収拾してからゆっくりやればいいだろう。ものごとには順序というものがあるからな」

「どうしても混成でやろうという気はないんだな」

「すでに上の偉い人たちが決めたことでね。おれは言うことを聞くしかないんだよ」

勝ち誇るように中里は言った。

8

勝沼はあれからすぐ警備局長と談判したが、西村の立て籠もり事件はあくまで警視庁の所管で、警察庁側に捜査指揮権はないと建前論で応じるだけで、まさに糠に釘といったところらしい。

長官官房に掛け合おうにも、長官は休暇中で出庁していないとのことで、やむなく自宅に電話を入れてみたが、そちらも留守で誰も出ない。まさかこの事件のさなかに旅行に出かけているはずもない。触らぬ神に祟りなしと、どこかに雲隠れして推移を見守っているのかもしれないが、こうなると警察庁サイドでは打つ手がないと、勝沼は困惑を露わにしているようだった。

渋井も高木に作戦の中止を申し入れたものの、すでに本部で決まったことで、そもそもSATの運用は警備部の専管事項だと押し切られたという。現場重視の考えでこちらに常駐することにしたのが間違いのもとで、本部に居残っていればその場で反対できたものをと、渋井は慚愧《ざんき》の念を滲ませた。

中里からは午後七時に連絡がきた。実行は午後九時で、その一時間前から警備要員の退去を始めて欲しいという。現場に残るのは防弾楯や防弾服を装備している機動隊員が中心だが、それだけでは西村の目に不自然に映るので、西村が設置したカメラの画角内には通常装備の警察官も居残ることにする。

そのために万一の際の退避場所として、車両の陰や民家のブロック塀の背後等を事前に確保しておく。いま現場に向かっている爆発物処理班の専門家によれば、爆風の直撃さえ避けられれば、死傷者が出るような事態にはならないだろうという。

そう説明されても、はいそうですかと納得できる話ではないが、西村に突入を察知されるのは極力避けたい。池田、山井、若宮が居残ってくれ、さらに城東署の若手が五名ほど志願してくれたので、人数的にはそれで十分こと足りる。

川北たちＳＩＴの部隊もＳＡＴがしくじったときのバックアップとして待機するが、そもそもその場合は二の矢が放てる状況ではないはずで、けっきょく出る幕はなさそうだと、箕田をはじめとする隊員はいかにも不満げだ。

幸いこの日は風が弱く、最悪の事態に至っても延焼の惧れは少ない。消防車と救急車はすでに近隣に待機している。中里は必ず成功すると自信満々だ。

自分は装甲付きの特型警備車で指図をするだけだが、配下のＳＡＴは文字通り命懸けの任務になる。それについての責任感など露ほども感じていないようで、そんな態度からして葛木としては不快極まりない。

隊長車の窓から様子を窺っていると、午後九時十分前、あらかじめ把握してあったカメラの死角を通って四名の突入隊員がアパートに向かった。足音を忍ばせて玄関からなかに入り、ほどなく住民から使用許可を得ていた隣戸の窓辺に姿を現した。

ゆっくりと窓を開け、窓ガラス破壊用のハンマーを背負った隊員がベランダに出た。続いて音響閃光弾《おんきょうせんこうだん》発射用のグレネードランチャーを携えた隊員が続く。

そのあとに出てきた二名は全長五〇センチほどの短機関銃を携行している。中里は使う予定はないと言っているが、川島の事件を考えれば信じるのはやはり難しい。

西村はまだ気づいている様子はない。隣戸のベランダとは隔て板で仕切られているから、まだカメラの死角に入っている。

隊員の一人がポケットから小さな装置を取り出した。たぶん妨害電波発生装置だ。こちらのアイデアを盗んで急遽用意したものらしいが、果たして想定どおり作動するか。こちらは西村が使っているものと同型のカメラでテスト済みだが、そのあたりがどうも危うい。

それ以上に、いま自分が西村を裏切ろうとしていることに葛木は胸が締めつけられる思いだった。

刑事という商売をやっていると被疑者に情が移ることは珍しくない。しかしここで起きていることはそれとは違う。西村が今回起こした事件を通じて訴えようとしていることに、刑事として、人として共鳴したからだ。だからこそ共同正犯という言葉さえ口にした。

　西村が突きつけた三日間の期限は、言い換えれば期間限定の平和協定でもあった。それを破ろうとする側に自分はいる。SATの突入で西村を生かして拘束できるなら、あらゆる要素を勘案してそれはやむを得ないと言える。しかしもし失敗したとき、西村は二度と自分を信じないだろう。だとしたら彼が自爆を決意したとき、それを止められる者は葛木を含めておそらく誰もいない。

　そのうえ絶望の果てに死を願っている西村にとって、いまこの世界との唯一の絆が葛木のはずなのだ。その絆をいま断ち切ろうとしている自らに、葛木は怒りに似たものさえ覚えていた。

　SATの隊員の一人が隔て板から顔を覗かせて西村のいる部屋の様子を窺う。窓はいまもカーテンが引かれたままで、なかの様子はわからない。

　ハンマーを背負った隊員がベランダの囲いを越える。そのまま横に移動して隣戸の側に移ろうとしているようだ。

　そのとき葛木のポケットで携帯が鳴った。西村からの着信だ。慌てて応答しながらスピーカーホンに切りかえると、押し殺したような西村の声が流れてきた。

「約束を破ったんですね」

　葛木の体から血の気が引いた。見破られた——。妨害電波発生装置に不具合や操作ミスがあったのか。SATの姿が室内のパソコンに映し出されているのは間違いない。だとしたら嘘は通じない。ここは率直に応じざるを得ない。

「そういうことになる。私の力が及ばなかった」

大原が携帯を手にして車の外に飛び出した。中里に電話を入れるのだろう。SATの作戦は即刻中止させるしかない。

「連中がなにをしようとしているのか知りませんが、突入したとたんにあの世へ行くことになりますよ。もちろん、おれも女もお供しますけど」

「結果的に君を騙した。その罪は私が一身に背負うべきものだ。だから早まったことはしないでくれ」

短機関銃を肩から下げた隊員が続いて囲いの外に出る。それを確認したのだろう。西村が嘲《あざけ》るように言う。

「口封じのためにおれを殺すわけですね。川島哲也のときと同じ手口じゃないですか」

「殺すためじゃない。生かして拘束するのが目的だ。あれはSATの標準装備だと聞いている」

窓越しに大原が大きく頷いてみせる。中里と連絡がついたらしい。西村の部屋に向かっていた隊員が慌てて引き返すのが見える。

「作戦は中止になった。SATはこのまま引き上げる。これだけは信じて欲しい。私は君に死んで欲しくない。自爆も自殺もやめて欲しい」

「葛木さんはそうでも、警察組織には違う人間がいる。それをいちばんよく知っているのが葛木さんでしょう」

西村は表情を欠いた声で言う。黄泉の国に足を踏み入れた者の呪詛《じゅそ》のように、その声が葛木の心を寒々と吹きすぎる。

「頼むから、くれぐれも最後の手段には訴えないでくれ。我々は警察を変えられる。世界を変えられる。君や松木さんを陥れた悪の病巣に、我々はいまメスを入れようとしているところだ」

言いながら葛木は、深い思いを込めて川北に目くばせした。川北はわかったというように大きく頷いた。

俊史が怪訝な表情で葛木の顔を覗き込む。隊長車の外に出て、アパートに向かって歩き出す。あっけにとられたように佇んでいる大原の傍らを通り過ぎながら、葛木は西村との会話を続けた。

「私だって君だって放っておいてもいずれ死ぬ。急ぐことはないじゃないか。そのうちどこかの居酒屋で一献傾けたいと私は言った。その気持ちはいまも変わらない」

「葛木さんがどう考えようと、警察そのものの体質が変わったわけじゃないことが、これで証明されたんです。おれは三日間、攻撃的なことはしないと約束した。そして警察が出してくる答えを待つことにした。ところが早々出てきた答えがおれを抹殺することだった。葛木さんたちがいくら頑張っても、警察そのものは変わらない。そういう警察を叩きのめすために、おれにやれることは一つしかないんです」

西村は言い募る。その言葉の調子にわずかに人としての感情が滲む。アパートの玄関に向かいながら葛木は続けた。

「警察のすべてが悪じゃない。それは誰でも、どこの世界でも同じことだ。私が正義を代表する一人だというつもりはない。私のなかにも腐った部分はある。同時にそれを潔しとしない部分もある。そのせめぎ合いこそが成長だ。そうやって少しずつなにかを変えていくしかない。苦しい道かもしれないが、生きるとはそういうことだと私は思う」

「それ以上近づかないでください、葛木さん。おれはいつでも自爆できる」

アパートに歩み寄る姿をカメラで確認したのだろう。葛木は迷わず玄関に踏み込んだ。

「その前に、人質の女性を解放してくれないか。君が死を望むのは勝手だが、彼女は望んでいない。敢えてそうするとしたら、君や松木さんに理不尽な運命を強いた連中と君も同類になる」

「どうしておれを困らせるんです。おれは葛木さんには死んで欲しくない」

「私も君や人質の女性に死んで欲しくない。いまここでこんなことを言っても君は笑うだろうが、それでも私は約束する。君を陥れた犯人は警察自らの力で必ず検挙する。それが警察内部の人間であれ、警察に強力な影響力を持つ大物政治家であれ――」

葛木は二階に向かう階段を上った。西村は悲痛な声を上げた。

「来ないでください、葛木さん。おれはまっとうに生きる権利を奪われた。せめて好きなように死ぬ権利くらいは残してくれてもいいでしょう」

葛木はドアの前に立った。

「開けてくれないかね。これまでは電話ばかりだった。一度くらい顔を見ながら話をしたい。友達が訪ねてきたくらいに思ってくれないか。君がどうしても死ぬというんなら、これが直接会って話す最初で最後の機会だ」

「どうして。どうしてそんなことを――。おれのような人間のために命を捨てる気なんですか」

「頼む。このドアを開けてくれ。私ももう元へは戻れない。君に生きて欲しい。そして心のドアも開けて、我々と手を携えて、君が憎んでいる悪と闘って欲しい」

「そんなのやるだけ無駄です。おれにできるのは復讐して死ぬことだけだ。だからといって、それでなにかが変わるとも思わない。現におれを殺したい勢力に、葛木さんも加担したじゃないですか」

「そう言われても反論はできない。しかしそれによって喜ぶのは、君が憎んでいる悪の側だけだ」

「そんなこと、もうどうでもいいんです。おれみたいな人間が生きる場所はこの世の中にはないんです」

「そういう世の中だからこそ、君に死なないで欲しい。どんなに苦しくても、生きることでなにかが変わる。現に君は私を、私の仲間たちを変えてしまった」

葛木は万感の思いを込めた。西村は沈黙する。しばらく間をおいてロックを外す音がした。ドアが開き、やつれた表情の女性が半身を覗かせた。

「杉田久美子《すぎたくみこ》さんだね」

葛木は問いかけた。名前を確認すると、女性は頷いた。その瞳には恐怖と安堵が入り混じった複雑な色が浮かんでいる。ドアの向こうから西村の声が聞こえた。

「女は解放します。お入りください」

葛木は小刻みに震えている女性の肩に手を置いて、逃げろというように顎を振った。女性は階段に向かって一目散に駆け出した。

「投降してくれるんだね」

携帯をポケットに仕舞いながら葛木は室内に足を踏み入れた。短い廊下の奥のダイニングキッチンに西村の姿が見えた。

短く刈った髪。厚手のセーターにコーデュロイのズボン。小ざっぱりはしているが、顔色は青ざめ、頬はこけている。ダイニングテーブルの椅子に座り、膝の上には、室内での取り回しを考えてか銃身を短く切り詰めた猟銃がある。テーブルの上にはノートパソコンがあり、複数のウィンドウに分割された画面にはウェブカメラで映し出された室外の映像が並んでいる。

「違います。葛木さんに別れを言いたかったんです」

「私を道連れにかね」

「そうなるかもしれません」

そう答える西村の手首には腕時計型の脈拍計が装着され、そこから長いケーブルが部屋の片隅に積み上げられた十個ほどの段ボール箱の山に延びている。ケーブルはその山の下に置かれた赤い塗装の金属のボックスに繋がれ、そこからさらに段ボール箱の一つ一つにケーブルが延びている。

赤いボックスが起爆装置で、脈拍計がそれを作動させるトリガーの役割を果たしているようだ。冷え冷えとするものを感じながら葛木は言った。

「ずいぶん凝った仕掛けのようだな」

「トリガーはおれ自身です。おれが死ぬと、即座に爆発します」

西村は猟銃を手にとった。死を覚悟しながら葛木は言った。

「無意味な死になるよ。おれにしても、君にしても」

「そもそも無意味だったんです、おれの人生なんて。生まれてきたことが間違いだったたんです」

西村は猟銃の筒先を自分の顔に向けた。葛木は言った。

「私もかつて経験したことがあるよ。絶望というのは心地よい免罪符だ。しかしそこからはなにも生まれない。絶望に抗って生きるのは苦しいが、それに堪える意思だけが人生を輝かせる力を持つ。君のような人間にこそ、その力がある」

西村が銃の筒先を口に咥えた。

「やめるんだ、西村!」

葛木は西村に駆け寄った。

そのとき、パソコンの画面の映像が乱れた。直後に室内が真っ暗になった。ベランダの窓の方向でガラスが砕ける音がした。

続いて鼓膜を破るような大音響と眼底に衝撃を覚えるような強烈な閃光が室内を満たした。頭の中心を貫くようにキーンという金属音が鳴り続け、それ以外の音はまったく聞こえない。視界は目映い光の幕に覆い尽くされた。

平衡感覚が失われ、宙に放り出されたように上下左右が識別できない。直後に床に打ちつけられたような衝撃が全身に走り、虚空に吸い込まれるように意識が遠のいていった。

9

目の前に人の顔がおぼろげに浮かんだ。

耳鳴りがひどく、頭が割れるように痛い。視野のなかには明るい雲のような光の残像がいくつも漂っている。

「葛木さん。大丈夫ですか。任務はすべて完了しました」

語りかけたのは川北だった。横たわっているのは隊長車のベンチで、その傍らから覗き込んでいるのは俊史と大原のようだ。

「西村は？」

「検挙しました」

「生きているんですね」

「ええ。間一髪のタイミングでした」

「遅れれば私も生きてはいなかった」

「そうでもなさそうです」

「というと？」

「脈拍計を使った起爆装置はスイッチがオフになっていたようです。ケーブルは突入直後に我々が切断しましたが、そのあと入室した爆発物処理班が確認しています」

「つまり西村が死亡しても起爆しなかったと？」

「そのようです。これから持ち帰って詳しく解析するそうですが、スイッチがオンなら起爆した可能性は高かったようです」

「西村は一人で死ぬつもりで私を？」

「おそらくそうでしょう。葛木さんを室内に招き入れたのは意外でした——」

川北たちはあれからすぐに葛木のあとを追い、SATが使用した隣戸に身を隠した。アパートは安普請だったため、薄い壁を隔てて葛木と西村の会話が聞こえたという。

「うちの隊員は机上のシミュレーションを繰り返していましたから、突入は遅滞なく行えました。SATとは違って、妨害電波発生装置もちゃんと作動したようです——」

川北は得意げな笑みを浮かべた。西村がいた部屋では、いま処理班が爆発物の撤去作業を行っているという。音響閃光弾で意識を失っても普通は数分で回復するが、葛木は回復までに十数分かかったらしい。

「たぶん歳のせいでしょう」

どこか寂しい思いで葛木が言うと、川北は首を振った。

「炸裂したのが葛木さんのすぐ近くだったんです。ただ心配ですから、これから病院へ搬送して検査を受けてもらいます」

川北たちの顔が次第にはっきりしてきた。葛木は問いかけた。

「人質の女性は？」

「だいぶ衰弱していたので、先に救急車で病院へ運んだところです。精神的にも動揺していましたので、しばらく安静にする必要がありそうです」

「ＳＩＴのみなさんも怪我はなかったんですね」

「ご心配なく。全員、かすり傷ひとつ負わずに済みました」

　今度は俊史が語りかける。

「しかし親父の行動には驚いたよ。命を捨てる覚悟だったの？」

「いや、なにも考えていなかった。体が勝手に動いちまった。火事場の馬鹿力ってやつかもしれないな」

「川北さんがすかさず動いてくれてすべてがうまくいった。しかしおれはずいぶん肝を冷やしたよ」

　大原が笑う。考えてみれば確かに無茶だった。そんな自分の行動に果たして意味があったのか。脈拍計による起爆装置のスイッチをオフにしていたということは、西村にはあの時点で自爆する意思はなかったことになる。

　それでも自分が行かなければ西村は死んでいた。それを防げただけでも意味はあったと思いたい。誰一人死なせずに終わる――。この事件に携わって以来、心に秘めていた最大の願いがそれだった。

殺人事件が飯の種だったこれまでの刑事人生で、人の命を救ったのは初めての経験だ。それは今後の人生を通じて、自らに誇れる勲章となるだろう。

「ああ、それから——」

川北が生真面目な顔で切り出した。

「逮捕された直後、西村が私に託した葛木さんへの伝言です。もし葛木さんの説得を受けなかったら、自分は人質や警備の警官や周囲の人家を巻き添えに計画どおり自爆していた。そんな大罪を抱えて死んでいく愚かさから救ってくれたのは葛木さんだった。そのうえ、そんな馬鹿な自分の命まで救ってくれた。その勇気に報い、犯した罪を償うために、逃げることなくこれからの人生に立ち向かいますと——」

「そんなことを？」

驚きを隠せず葛木は問い返した。川北は大きく頷いた。

「親父が西村にあのときなにを話したのか、おれも聞きたいよ」

俊史も嬉しそうに言う。胸に熱いものが込み上げた。自分がやったことは無駄ではなかった。なにより西村の心を救えたのが嬉しかった。

西村の籠城事件の解決に勢いを得て、捜査二課は三田村の周辺に一気に捜査の手を伸ばした。

容疑は政治資金規正法違反だったが、真の目的はむろん三田村の殺人教唆容疑で、事情聴取の対象は政治団体や後援会のトップ、政治秘書にまで及んだ。公設第一秘書の谷岡元雄もむろん例外ではない。

一方、警視庁の首席監察官は、組対部四課の丹羽隆敏理事官に対して集中的に事情聴取を行い、その結果、身柄を捜査一課に引き渡した。捜査一課は殺人教唆の罪で丹羽を送検した。その有力な証拠は松木警部補の遺品のなかにあった。

ヒントになったのは妹の和恵が見つけたという、兄のノートに書かれていた「残念なことに録音失敗」との文言だった。遺品のなかにはICレコーダーがあり、再生してみると、SITに所属していた時期に松木が受けた口頭での命令を録音したデータが数多く含まれていた。

SITの職務には、特別公務員暴行陵虐罪もしくは特別公務員暴行陵虐致死罪に問われる惧れのあるものも含まれる。松木はかつて任務中に容疑者を射殺したことがあった。そのときは命令に合理的理由があった。それでも自分の職務がつねに罪に問われる可能性があることに気づき、以来、口頭で受けた命令はポケットに忍ばせたICレコーダーに録音することを習慣としていたらしい。

しかし問題の川島哲也の事件のときだけはなぜか録音に失敗していた。和恵がそのデータを再生してみても、雑音ばかりでまったく聞きとれない。

そんな話を聞いて池田はそのICレコーダーを借り受けた。科学捜査研究所に持ち込んでみると、データファイルが破損しているとのことだった、復元出来ないかと訊くと、たぶん可能だろうという。だめで元々と依頼したら一週間ほどでほぼ完全なファイルが復元された。声紋鑑定の結果、八〇パーセント以上の確率で丹羽の声だという結果が出た。

それは間違いなく川島を射殺せよとの命令で、その理由として短銃の所持や人質の存在を挙げ、法的に問題のない公務の執行だと説明していた。

それを突きつけられて丹羽は事実を認めた。しかし自分一人で罪を被る気はまったくなく、自らもまた上の人間から教唆されてそうしたのだと実名を挙げて証言した。

そこから伸びる教唆の芋蔓は、いまや三田村の腹心の谷岡元雄にまで達しようとしており、マスコミは三田村の殺人教唆容疑をほぼ事実と決めつけて報道している。

警視庁と警察庁での三田村人脈の影響力は急速に衰え、勝沼の号令に従って捜査一課と二課は本丸である三田村の訴追に向けて仮借ない捜査を進めており、中里や警備一課長の高木もその対象にすでに含まれているという。

西村は放火準備、脅迫、建造物侵入、人質強要罪と賑やかな罪状で起訴されたが、検察は動機に係わる情状を考慮したようで、求刑は五年と予想以上に軽いものだった。川島哲也の事件に関しては、あくまで職務命令に忠実だったに過ぎないとして、検察は訴追をしなかった。

求刑どおりの判決が出たとしても、三年程度で仮釈放となる可能性があり、葛木が誘った居酒屋で一献の話も近い将来実現するものと思われる。

11

「しかしあれだけの事件で、一人の人間も死なせずに済んだのは大成功と言っていいんじゃないの」

とりあえずのビールを美味そうに干して俊史が言う。一月も半ばの金曜日、仕事が明けてから錦糸町駅前の居酒屋で葛木は俊史と落ち合った。三田村一派の捜査は本庁の捜査一課と二課に委ねられ、葛木たち所轄サイドは平常勤務に戻っている。

「まあ、いろいろ好運に恵まれたところもあるがな」

お通しの小皿に箸を伸ばしながら葛木は応じた。俊史は弾んだ声で言う。

「それも言えるけど、大原さんや池田さんたちはもちろん、勝沼さん、渋井さん、二課や監察の人たち――。いわば警察の良心と言っていい人たちが果たすべき役割を果たしてくれた。それがいちばん嬉しいよ」

「しかしある意味で当たり前のことでもある。それが嬉しいのはおれも変わりないが、三田村一派のような連中をはびこらせた土壌はおれの心のなかにもあった。それに気づかせてくれたという意味で、いちばんの殊勲者は西村だと思うよ」

「忘れてたよ。というより当然すぎて指摘する必要すらないくらいでね。彼を死なせなかったのは親父の手柄だ」

「本業じゃないからノウハウもなにもない。ただじたばたしていたら結果オーライになっただけだよ」

気のない調子で葛木は応じた。やっているあいだはまさに綱渡りの心境だった。手柄などと言われれば面映ゆい。気にするふうもなく俊史は言う。

「逆にいえば素人だったからよかったんだよ。ノウハウとかマニュアルに従ってたんじゃ、きっと解決は覚束なかった」

「ああ。素人だから一人の人間として対処するしかなかった。警察官としては失格かも知れないが」

「親父が言った共同正犯という言葉、最初はどきりとしたけど、結果はそれが正しかった。

西村と共同正犯ということなら、三田村一派の摘発に動いた勝沼さんをはじめとするすべての人々に言えることだよ」

「そうかもしれないな。そういう人たち全員が、ある意味で素人だった。自分が属する組織を私欲の道具に使うような連中に限って玄人面《くろうと》をする。そういう点はおれも肝に銘じておかないと。おまえに対してもつい玄人ぶって偉そうな講釈をすることがあるからな」

中里たちとの軋轢を想起し、苦い思いで葛木は言った。俊史は首を振る。

「それは違うよ。もしそうならおれはそんな話に耳を貸さない。刑事である前に一人の人間としていつもくそ真面目にものを考える、そんな親父の姿勢が好きなんだよ」

「それはそっくりおまえに返したい言葉だな。先の短いロートル刑事のおれはもう気兼ねなしになんでもやれるが、キャリアとなるとまた別だ。出世するのが仕事みたいなもんだから、足をすくわれないように気を付けないと」

「大きな仕事をするためにはたしかに出世しないとね。しかしそこにばっかり目がいくと、ミイラ取りがミイラになっちゃうよ」

「やっぱり刑事がよかったか」

葛木は問いかけた。入庁して間もないころ、そんな思いをよく聞かされた。俊史はあっさり頷いた。

「ああ。いったん退職して、警視庁の試験を受けようかとときどき思う。本庁に戻ってからはとくにだね。志望するのはもちろん所轄だよ」

「隣の芝生は青く見えるってやつだな。キャリアなんてなりたくてなれるわけじゃない。勝沼さんがいたから今度の事件もいい決着がつきそうだ。おまえにもそういうキャリアになってもらうのがおれの夢だよ」

「なんとか期待に応えないとね。ああそうだ。西村が出所したら、どこかの居酒屋で一杯やる話。そのときはおれも誘ってよ」

「もちろんだ。そのころはおまえもきっと警視正だろう。飲み代はそっち持ちで、ぜひ招待させてもらうよ」

親馬鹿気分でそう言うと、屈託もなく俊史は応じた。

「多少出世したって、国家公務員だから給料は親父と変わらないよ。三田村一派のように裏から入ってくる金もないからね。でもそこは太っ腹で受けて立つよ」

そんな俊史を頼もしく見つめながら、西村のことを葛木は思った。理不尽な運命に翻弄されて大きく躓いた彼の人生に、新たな希望が芽吹くことを、真剣に祈らずにはいられなかった。そのために微力を尽くすことが、今後の人生の心楽しい宿題のように思えた。

この作品は２０１５年７月徳間書店より刊行されました。
なお、本作品はフィクションであり実在の個人・団体などとは一切関係がありません。

徳間文庫

強《きょう》襲《しゅう》
所轄魂

2018年6月15日　初刷

著者　笹《ささ》本《もと》稜《りょう》平《へい》

発行者　平野健一

発行所　株式会社徳間書店
東京都品川区上大崎三―一―一
目黒セントラルスクエア
〒141―8202

電話　編集〇三(五四〇三)四三四九
販売〇四八(四五一)五九六〇

振替　〇〇一四〇―〇―四四三九二

印刷　凸版印刷株式会社

製本　株式会社宮本製本所

ISBN978-4-19-894356-1　(乱丁、落丁本はお取りかえいたします)

徳間文庫の好評既刊

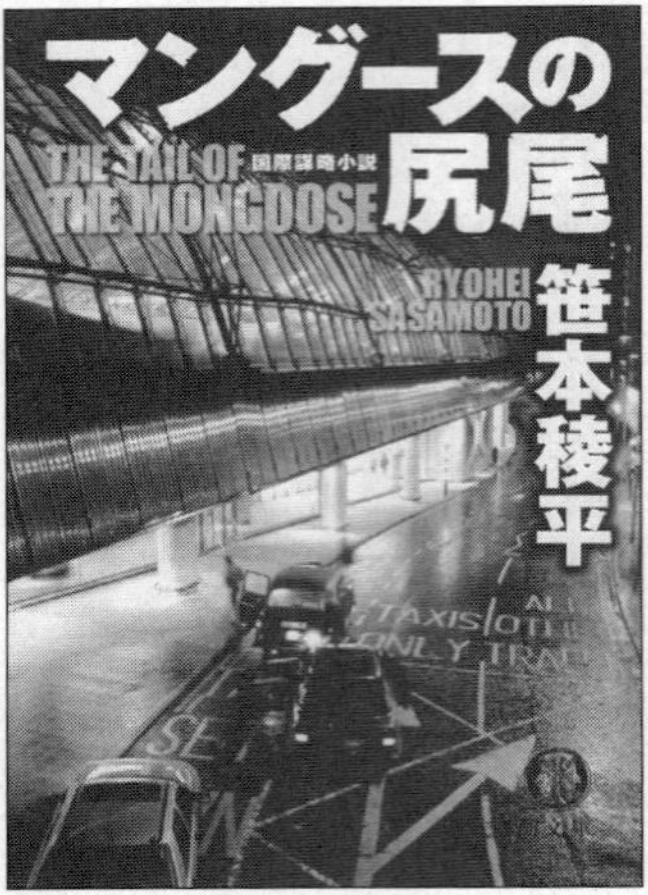

笹本稜平

マングースの尻尾

　武器商人戸崎は、盟友の娘ジャンヌに突然銃口を向けられた。何の憶えもない戸崎に父親殺しの罪を着せたのは、どうやらＤＧＳＥ《フランス対外保安総局》の大物工作員《マングース》らしい。疑惑を晴らし真犯人を捜すべく、ジャンヌと行動を共にする戸崎だったが、黒幕は証拠を隠滅しようと狡猾な罠を張り巡らす。命を狙われるふたりに、伝説の傭兵檜垣が加わり、事態は急転し始める！

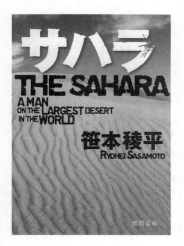

徳間文庫の好評既刊

笹本稜平

所轄魂

女性の絞殺死体が公園で発見された。特別捜査本部が設置され、所轄の城東署・強行犯係長の葛木《かつらぎ》邦彦《くにひこ》の上役にあたる管理官として着任したのは、なんと息子でキャリア警官の俊史《としふみ》だった。本庁捜査一課から出張ってきたベテランの山岡《やまおか》は、葛木父子をあからさまに見下し、捜査陣は本庁組と所轄組の二つに割れる。そんな中、第二の絞殺死体が発見された。今度も被害者は若い女性だった。